西北地域文学与少数民族文学论辑

刘 洁 主编

西北文学与文化丛书

中国社会科学出版社

图书在版编目（CIP）数据

西北地域文学与少数民族文学论辑／刘洁主编．—北京：中国社会科学出版社，2014.4
（西北文学与文化丛书）
ISBN 978 - 7 - 5161 - 3949 - 3

Ⅰ.①西… Ⅱ.①刘… Ⅲ.①地方文学史—西北地区—文集②少数民族文学—文学研究—西北地区—文集 Ⅳ.①I209.94②I207.9 - 53

中国版本图书馆 CIP 数据核字（2014）第 026609 号

出 版 人	赵剑英
责任编辑	田　文
特约编辑	陈　琳
责任校对	韩天炜
责任印制	王　超

出　版	中国社会科学出版社
社　址	北京鼓楼西大街甲 158 号（邮编 100720）
网　址	http：//www.csspw.cn
	中文域名：中国社科网　010 - 64070619
发 行 部	010 - 84083685
门 市 部	010 - 84029450
经　销	新华书店及其他书店
印　刷	北京君升印刷有限公司
装　订	廊坊市广阳区广增装订厂
版　次	2014 年 4 月第 1 版
印　次	2014 年 4 月第 1 次印刷
开　本	710×1000　1/16
印　张	21
插　页	2
字　数	350 千字
定　价	60.00 元

凡购买中国社会科学出版社图书，如有质量问题请与本社联系调换
电话：010 - 64009791
版权所有　侵权必究

《西北文学与文化丛书》编委会

主　　　编　刘　洁

编委会成员　（以姓氏拼音为序）
　　　　　　　陈召荣　第环宁　多洛肯
　　　　　　　高人雄　郭郁烈　贺　群
　　　　　　　罗文敏　宁　梅　宋占海
　　　　　　　延娟芹　张天佑　张向东

前　言

祖国的大西北自古以来就是中华文明的发祥之地，是多民族聚居之区，是古代东西方政治和经济交流的通道，是多民族文学与文化的融合之域。特殊的地理位置和多元的文化背景，赋予西北文学与文化鲜明的地域性、民族性、开放性和包容性。而彰显西北多民族地区的文化特色，深入发掘西北文学多元一体的发展规律，早已成为地处西北的专家学者们十分重视的研究领域。

近年来，根据学校"立足西北、服务民族"的办学宗旨，西北民族大学文学院围绕学科发展目标，凝练学术方向，培育优势学科，以科研创特色，以教学促发展，学院教师的科研已呈现出地域特色鲜明、多学科协调发展的态势。文艺学学科注重文学理论与民间文艺学研究，沿着民族性、世界性和当代性的方向深入拓展，在西北少数民族文学理论研究方面取得了突破性进展，已形成"西北少数民族审美学研究"科研团队；中国古代文学在北朝文学、关陇文化、秦晋文学、西北边疆文学等研究领域取得了较为丰硕的成果；中国古典文献学侧重整理和研究元明清时期的诗文文献，在整理编纂少数民族汉文学典籍方面成绩突出；比较文学与世界文学通过少数民族文学与外国文学的比较研究，探讨少数民族文学发生发展的源与流、母题与结构的演变规律，以及与外国文学的文化关联，努力构建西北少数民族文学与外国文学在文化生态、情感模式、审美观念等方面的对话平台；现当代文学则关注西北地区的作家作品，在西北叙事诗和甘肃现当代作家作品方面的研究多有创新，语言学则在西北方言研究上不断有所收获。

学院教师目前已完成的与西北地域民族相关的项目有：北朝民族文

学研究（国家社科基金项目 2005 年）、敦煌愿文词汇研究（国家社科基金项目 2007 年）、汉唐时期的西域文学研究（国家重大规划项目 2007 年）、藏语方言调查字表及辅助系统研究（国家社科基金项目 2009 年）、地域文化背景下的秦文学研究（国家社科基金项目 2010 年）、《格萨尔》与《伊利亚特》叙事比较研究（国家社科基金项目 2010 年）、敦煌文学——雅俗文化交织中的仪式呈现（教育部人文社科项目 2010 年）、关陇文化背景下的北周文学研究（教育部人文社科项目 2010 年）、元代文化精神与多民族文学整体研究（国家社科基金项目 2010 年）、东西文化交流视野下的先唐西域文学研究（国家社科基金项目 2011 年）、西北少数民族民俗文化变迁中的社会性别问题研究（国家社科基金项目 2011 年）、五六十年代西部叙事诗研究（甘肃省社会科学规划项目 2009 年）、文学地理学视野中的甘肃当代文学（甘肃省社会科学规划项目 2011 年）、清代少数民族汉文学诗文叙录（中央高校科研项目 2012 年）、近三十年中国少数民族文学研究方法理论反思与建构（校级中青年科研基金项目 2012 年），等等。出版学术专著《古代少数民族诗词曲家研究》（2000 年）、《唐代文学与西北民族文化研究》（2008 年）、《西北文献丛书二编》（2006 年）、《北朝民族文学研究》（2011 年）、《西北地域文学与文化》（2012 年）等 10 余部，发表与西北地域民族相关的学术论文 60 余篇。

为了拓宽科学研究发展平台，形成学院教师的科研合力，进一步突出学术研究的地域和民族特色，集中展现学院教师的研究成果，文学院成立了由博士生导师和硕士生导师组成的《西北文学与文化丛书》编辑委员会，期待在引领学院学术研究和科研成果推介方面做一些有益的工作，学院初步计划在 2013—2015 年出版与西北地域和民族文学文化相关的论著 4—6 部。

本论辑是《西北文学与文化丛书》的第一本，收入论文 30 余篇，其研究内容涵盖西北少数民族文学理论研究、西北古代文学研究、西北现当代作家作品研究、敦煌文学与文化研究、古代少数民族史诗研究、古代少数民族作家作品研究及西北方言研究。所辑录的文章不论是旧作还是新篇，都以深化提高西北地域文学和民族文学文化研究为目的，这也是学院教师长期以来学术追求的结晶。

众人举焰，光照前程。让我们以锐意进取、务实创新的精神，为西北文学和文化的发展贡献一份力量。

《西北文学与文化丛书》编委会

2013 年 8 月 30 日

目　录

第一部分　西北少数民族文学理论研究

西北少数民族文艺理论研究刍议 …………………… 第环宁　于晓川(3)
藏族审美观念初探 …………………………………………… 郭郁烈(9)
从《格萨尔》看藏族社会美思想 …………………………… 郭郁烈(19)

第二部分　西北古代文学研究

秦文化与晋文化之比较 ……………………………………… 延娟芹(31)
论秦文化与西戎文化的相互影响
　　——兼对秦文化起源问题辨析 ………………………… 延娟芹(42)
构思巧妙　匠心独运
　　——《小雅·出车》解析 ……………………………… 米玉婷(52)
春秋时期秦人的社交辞令 …………………………………… 米玉婷(59)
从《左传》中秦国的文学创作活动看秦国文学 …………… 米玉婷(64)
试论唐代河陇诗意象色彩的审美特征 ……………… 刘　洁　马凤霞(71)
宋代咏昭君诗初探 …………………………………… 刘　洁　马春芳(82)

第三部分　西北现当代作家作品研究

论路遥小说创作中的陕北高原文化特色 …………………… 李小红(93)
西部与西部女性的一种言说
　　——以匡文留的西部诗歌为例 ………………………… 李小红(101)

浅论秦地文化场中文学之精神及其局限性 …………… 李小红(108)
"仁义"之原上的悲喜剧
　　——关中地域文化与《白鹿原》 ……………………… 李小红(114)
高原文化与陇东文学 ……………………………………… 李小红(121)
马自祥长篇小说《阿干歌》的文学地理之维 …………… 盛开莉(126)
贫瘠、闭塞中的生存书写
　　——读雪漠的长篇小说《大漠祭》 …………………… 陈　力(137)

第四部分　敦煌文学与文化研究

敦煌遗书中的"唱导"仪式与唱导文之关系探微 ………… 陈　烁(145)
敦煌遗书中的丧葬仪式与丧俗文之关系探究 …………… 陈　烁(158)
敦煌建宅仪式与《儿郎伟·上梁文》等建宅文 …………… 陈　烁(172)
农耕文化岁时节日仪式与敦煌文学 ……………………… 陈　烁(200)
敦煌文学中的婚礼仪式及其文化空间 …………………… 陈　烁(218)
敦煌写本《天地开辟以来帝王纪》浅谈 …………………… 马培洁(238)

第五部分　古代少数民族史诗研究

纵聚向与横组合:《格萨尔王传》与《荷马史诗》
　　整体结构之异 …………………………………………… 罗文敏(249)
东西方英雄史诗中的"磨难"母题与"三段式"情节 ……… 罗文敏(260)

第六部分　古代少数民族作家作品研究

清初回族诗人丁澎及其诗词研究述评 ………… 多洛肯　胡立猛(271)
清初回族诗人丁澎诗文词作品版本考述 ……… 多洛肯　胡立猛(281)
清初回族诗人丁澎诗学思想发微 ……………… 多洛肯　胡立猛(289)
清代蒙古族诗人博明研究述评 ………………… 多洛肯　王　荔(296)
清中叶蒙古族诗人法式善诗文研究述评 ……… 多洛肯　王　荔(305)

第七部分 西北方言研究

论西宁话和临夏话中的 SOV 句式 ………………………… 安丽卿(319)

第一部分

西北少数民族文学理论研究

西北少数民族文艺理论研究刍议*

第环宁　于晓川

　　21世纪，中国的文艺理论研究面临着新的形势，这就是进一步坚持以马克思主义理论为指导，以深化和优化"文"与"史"、"人"与"美"的关系为宗旨，以审美主体与审美客体所构成的审美关系为基础核心，着重解决文艺理论学科建设的民族化、世界化和当代化问题，这也就意味着我们的文艺理论研究又一次面临新的挑战。要使我国的文艺理论研究在新的世纪里继续向前发展，必须进一步承接和吸纳古今中外有价值的文论遗产，注重与新世纪的文艺实践相结合。应对这一挑战的方式和途径自然很多，但是就中国文艺理论研究的现状而言，有一个问题必须引起高度关注，那就是对少数民族文艺理论的研究。早在20世纪80年代初，文艺理论批评史学家郭绍虞先生就发出呼吁：应该扩大我们的研究领域，改变长期以来较少注意兄弟民族文艺理论的状况。此后20多年一些研究者拨艰排难、锐意开拓，涉入少数民族文艺理论研究领域，相继发现并整理出了一批可喜的中国少数民族文艺理论成果，但这与中国文艺理论研究新形势的目标要求还有很大的距离。本文试由此入手，先就西北少数民族文艺理论研究的基本问题谈一些意见。

一

　　中国少数民族的文艺理论和美学思想是丰富而多彩的，它们的确是中

---

* 本文原载于《西北民族第二学院学报》2006年第1期。

华文艺理论和美学思想宝库中光彩夺目的珠玉。但是，客观地、实事求是地说，在相当长的时间内，甚至到今天，更多的文艺理论研究者的视野只局限于汉族的文艺理论领域，而对异彩纷呈的少数民族文艺理论却视而不见，至少是没有给予足够的关注，以致其在一定程度上还处于理论研究的盲区。同样，西北少数民族文艺理论研究也面临着尴尬的窘境。由于时间和空间诸方面条件的限制，截至目前，学界对西北少数民族文学，尤其是文艺思想还没有予以足够的或者说应有的关注，甚至对它的研究还是大片空白。一个基本的事实是，无论国内或国外对西北少数民族文艺思想的研究，就从事的人数来看，可以说寥寥无几，只有极少数有志者致力于其间；就研究成果来看，目前只限于一般性的资料整理，且这种整理还仅仅是零碎的、局部的，缺少最基本的理论分析与阐述，更无所谓"体系探讨"可言。既然如此，那么应该怎么办呢？

（1）知其难。研究西北少数民族文学艺术思想，构建其理论体系是一项伟大而艰巨的工程，其难点有二：一是时空跨度较大，调查研究耗时费力，需要投入较大的精力；二是资料匮缺，填补空白需要做大量的工作。因此，其重点在于运用科学的方法，全面、系统地收集、整理西北少数民族文艺思想的历史资料，构筑其文艺思想理论体系，总结其发展演变的规律，研究其在历史价值以及在西部大开发背景下的现实意义，探寻其在新的历史条件下为西北少数民族地区文化、经济建设服务的新途径。

（2）明其旨。对西北少数民族文学艺术理论，不仅是要进行全面挖掘、整理、翻译和一般性的研究，更重要的是要构建其理论体系。这一研究，旨在总结西北少数民族文艺思想发展的规律，探讨其本质、揭示其特征、概括其全貌、认识其价值；其成果应该广泛运用于改革开放及市场经济条件下西北少数民族地区精神文明建设的各个方面，尤其是在新的历史时期西部大开发背景下，对于政治、经济、文化、科技各项事业的建设要发挥积极的推动作用。更为重要的是，要有助于西北少数民族文学及其文艺思想走向世界，赢得其在人类文化发展历史上的重要地位。因此，这一研究不仅仅是为了完整地展现中华文艺理论思想悠久、精深和多样的风貌，更重要的是，要发掘民族文学的宝贵财富，探索民族文学的发展规律，总结民族文学的创作经验，追寻民族文学艺术思想的灵魂，弘扬民族文化精神，寻求民族文学发展的道路，使之更好地为民族文化的现代化建设服务，并使之超越历史和现实空间而走向世界，确立其在人类文化发展史上应有的地位。

（3）得其法。由上述其"难"、其"旨"可知，这一研究必须在马克思主义文艺理论观的指导下，运用辩证唯物主义和历史唯物主义的方法，充分尊重少数民族宗教信仰及习俗观念，注重调查研究、注重综合分析、注重比较诠释、注重分类概括、注重传统经验判断与现代思维方法的结合，充分利用相关学科的研究成果，从历史发展纵向和理论板块横向，全力构建西北少数民族文艺理论体系。具体而言，就是要立足西北少数民族地区，以时间为经，以民族为纬，发掘蒙古族、回族、藏族、维吾尔族、哈萨克族以及裕固、东乡、保安等民族各个历史时期的文艺思想资料，构筑其文艺理论体系，全面探讨其文学艺术本体观、创作观、批评观、审美观等诸方面问题。

二

文艺理论是文艺学的最高抽象形式和理论形态，它以马克思主义为理论指导，多学科、多方法地概括和阐释文艺的基本规律，为文艺创作、文艺批评、文艺发展，乃至整个文学艺术和人类审美文化建设的实践活动与研究活动提供理论依据。由此而言，研究西北少数民族文艺思想，构建其理论体系，意义是极其重大的。于乃昌先生等一些理论家已经开了先河，且奠定了一定的理论基础，给以后的研究搭起了一座攀扶之梯。就西北民族大学而言，郗慧民、魏泉鸣、郭郁烈、尕藏才旦、马自祥诸贤的一系列有关西北少数民族文艺理论及文化研究成果也很引人注目，尤其是他们给博士、硕士研究生开设的《西北花儿学》、《西北叙事诗学》等课程，一方面打下了较为坚实的学术基础，另一方面也培养了一批研究人才。同时，由郭郁烈主持，第环宁、朱广贤、张天佑等参与，国家民委批准立项的"西北少数民族文艺思想系统研究"项目也已启动。相信在不久的将来，西北少数民族文艺思想研究领域会产生更可喜的成果。这既是学术研究的理想，也更是学术实践的现实。目前，笔者以为还有以下几方面的问题必须在研究过程中予以高度重视和认真把握。

（1）民族化问题。没有人能够否认文艺与母语的联系。文艺，不仅是历史的，还是民族的。一个民族的美学情趣内在地凝聚于文学艺术之中。文艺理论就包含了对于一个民族美学历史的接受。毛泽东同志在各个历史时期的著述中，曾多次谈到文艺的"民族特色"、"民族的特性"、"民族风格"、"民族形式"、"民族化"，以及文艺的"中国作风"、"中国气派"、"中国化"，等等。毛泽东对文艺民族特色的论述，是同他对哲学、历史、文化、经济、军事等领域的民族特色的论述紧密相连的。他把民族特色看成一个系统概念，并在这个系统中考察和探讨文艺的民族特色。由此，这里所言的民族化，其一是要充分尊重西北各少数民族的审美个性、审美超越；其二是要发掘其在中华民族共同体中的审美共性、审美融合。中国当代文艺理论建设应当具有民族特色，只有强化、深化和优化文艺理论的民族特色，才能凸显文艺理论的中国特色。我们应该意识到，在经济全球化条件下，各国文化中某些民族的东西可能在淡化、弱化，其共同性和世界性的成分在日趋增长，但这不能也不可能导致其民族特色的消失。同样的道理，文艺的民族特色不是一个静止的、不变的、一次定型的概念，相反，它是一个变化发展的、历史的、开放的动态概念；同时，文艺民族特色纵向方面的动态性，还表现于其横向方面的开放性。

（2）世界化问题。世界化（全球化）趋势是一种历史的必然，它是随着资本主义工业化之后世界市场的形成而出现的。马克思、恩格斯早就在《共产党宣言》中指出了业已存在的经济全球化趋势及其对包括文学艺术在内的精神生产的影响，其内涵就是马克思、恩格斯所说的一种各民族文化的"往来与依赖"。不少学者认为，对发展中国家而言，全球化不是简单地向发达国家的方向深化，也不是某些国家的专利，它是人类历史和经济发展的进程，是人类文化进步与发达的必经阶段。西北少数民族文艺理论应该是具有"原创性"的，当下其发展的新起点也应是一种"原创的批评"，那么这就需要在原创性批评的追求中实现其地域（区域）性文论的深度创造性的现代转化。尽管在话语全球化趋势中有西方话语霸权的倾向，我们的理论研究中确实也存在着大量追逐西方理论时髦以及新鲜概念术语满天飞的现象，但这并不是问题的关键，关键是我们是否从逻辑、历史和现实出发，寻找到西北少数民族文艺理论发展的真问题。在全球化时代里，西方为我们提供了大量的理论资源，我们应该在对话交流的基础上寻找和兴建或者说重建具有中国特色的西北少数民族文艺理论抑或文化理论。

（3）当代化问题。回顾文艺理论研究所走过的历程，我们应该说传统中国文艺理论资源、西方文艺理论资源、俄苏文艺理论资源对建构现代中国文学理论曾经起过巨大的作用。对于文学理论学科的当代建设与未来发展，或许有许多可行之路，但许多学者认为，从学科现状来看，其发展大体有三种路向，即马克思主义文论的当代创新、传统文论的现代转换、西方文论的中国化，这才是中国文艺理论生命机体中三个最有潜力的生长点，也才能体现出中国文艺理论的时代精神。笔者认为这样的见解是精辟的。由此而言，研究中国少数民族文艺理论、西北少数民族文艺理论，自然也要体现时代精神，要使之当代化。那么西北少数民族文艺理论怎么样才会当代化并具有时代精神呢？这必须从三个方面予以关注：第一，必须在研究中国当代文学发展状况的基础上，概括西北少数民族文艺理论对当代中国文艺实践的新价值，回答当代少数民族文艺实践提出的新问题。第二，必须面对 20 世纪西方文艺理论的挑战。第三，随着科学的发展，20 世纪出现了许多新的学科，诸如社会学、心理学、符号学、系统论、控制论、信息论，等等，这些新学科反映了 20 世纪科学的新成果，并且这些新兴的学科作为理论，都可以转化为方法。我们必须在充分顾及文艺本身的特殊性、文艺事实的复杂性的前提下，采用这些新方法，用以研究西北少数民族文学艺术现象，从而创建其文艺理论新的分支，这样才能把西北少数民族文艺理论提高到当代科学的水平上来。我们的任务应该是除了在逻辑上对其加以丰富、使其更加自洽外，还要以我们的经验为基础，对其加以修正、衍生、改造，使其具有开拓创新的历史进程和与时俱进的理论品质。没有这样一种气魄和精神，西北少数民族文艺理论的建构就可能缺乏必要的创造性。

（4）文化生态问题。任何民族的理论思维走向和理论思想体系的形成，都根源于该民族的文化生态环境，文艺理论和美学思想亦然。文学艺术作为人类的精神产品，和其他文化现象具有不可分割的互动关系，文艺理论理应把文化以及文学和文化的关系纳入自己的研究视野。因此，文艺理论必须向外拓展到文化层面，建立一种文化诗学，从宏观上把握文艺现象，弄清文艺发展的外部规律。当代社会，随着时代精神的发展，文学艺术的审美品格逐渐转移到大众文化之中，大众文化取代纯文艺成为精神文化的中心，对纯文艺进行言说的文艺理论逐渐丧失其意义。因此，文艺理论还必须打破纯文学艺术的苑囿，进行跨文艺实践。整体而言，中华民族是 56 个民族的共同体，中华民族文化具有多元整一性，中华文艺理论也具有多元整一性，这是中华各民族在彼此文化长期的影响交融过程中，形成了不同于西方传统的中华文艺理论特色。如中华传统文艺理论中的言志抒情之说、为国为民之论、感兴讽喻之旨、妙悟神韵之趣等，不仅为汉族所遵循，也通过少数民族中深谙汉学的知识分子在本民族中的传播，为各族人民所接受。另外，就各个少数民族而言，他们的民族文化、民族心理乃至表现在文艺理论和审美意识上，又各自具有鲜明的本民族特色，表现出中华民族文化（包括文艺理论和美学思想）统一中的多样性。社会经济结构的差异和社会历史发展的不平衡性是形成文艺理论和审美意识的民族特性的基础原因。中国各少数民族文艺理论和审美意识异彩纷呈，正是中华民族文艺理论和审美意识丰富性的表现。研究西北少数民族文艺思想，就必须从各民族文化的基本内涵出发，正确把握其审美精神、人性精神、乐生精神、自由精神，以及受宗教制约而体现的神秘性和由民族豪情而衍生的表现愿望、浪漫情怀，等等。

应该说，真正优秀的、民族的，必将会是世界的。在研究西北少数民族文艺理论的艰难探索中只要坚持这一点，不仅可以使一些学术问题得以新的概括和新的提升，还可以促进理论研究与创作实践在更大范围和更高层次上对话，解决各种文学艺术现象的一些理论问题和实践问题，进而为新世纪的中国当代文艺理论发展创设重要的机缘，营造出我国新时代文艺理论与实践的良性生态。

藏族审美观念初探[*]

郭郁烈

藏族作为中华民族成员中具有悠久文化历史传统的民族之一，具有自己独特的世界观、人生观、价值观、宗教观、文化观和社会历史观，审美观作为任何一种完整的文化都是不可或缺的组成部分，在藏族文化中同样占有十分重要的位置。只是藏族文化作为一种具有复杂内容结构和存在形态的文化类型，其审美观念同样具有混融复杂的内容结构和存在形式。通观藏族传统文化和民间文学，我们可以强烈地感受到审美观念其实正是藏族的民族精神实质和价值指向所在。这种内在地凝聚着藏族传统文化和民间文学的观念就是在藏族世俗文化和宗教文化精神中蕴含的不同于中国儒家传统的"以善为美"。在藏族文化中，这一观念包含着两个层面，即抽象的宗教观念的层面、具象的世俗观念及其实践——行为的层面，这两个层面是既相互矛盾对立、又相互渗透统一的，它构成了藏族审美观念的基本内容和特色。

一

藏传佛教明确地把善作为人生境界中的最高追求和理想。在藏族聚居区影响最为广泛的格鲁派便把人生境界区分为依次递进、价值不同的三重：三恶趣（地狱、畜生、饿鬼）、三善趣（天、人、阿修罗）、涅槃寂静（常、乐、我、净）三个层次。三恶趣的世界是充满了残酷、痛苦的

---

[*] 本文原载于《西北民族学院学报》（哲学社会科学版，汉文）1999年第2期。

世界，在这里，或者被熊熊烈火焚烧，或者在无间地狱中遭受无尽的折磨，或者变成饿鬼，永世不得一食，或者变成牛羊马猪等牲畜，任人鞭打和屠宰；三善趣的世界虽然比三恶趣的世界要好得多，生活在这里的有情众生可以得到一世的享受和幸福，但这些都是暂时的、无常的，因此，这种享受和幸福本身就是苦，上述二重世界六种层次的境界都是苦难的深渊，是六道轮回的世界；涅槃寂静的世界是对苦难的六道轮回的世界的超越。它是佛教出离世间的最高理想境界，其特征则是"常、乐、我、净"，与前两个世界的"无常、苦、无我"相对立。"常"就是超越肉体生命的有限而达到的寿命无限，"乐"就是超越现世无常之苦而获得的绝对自由，"我"是超越内外依绕的自立、自在与自由，"净"是在清除了七情六欲等俗常之绊后达到的情操高洁。面对上述三个截然不同的世界，每个有情众生何去何从？这完全取决于个人的自由选择。而个人的自由选择即构成"前业"，它决定一个世俗的人死后进入哪个世界。所谓作恶得恶果、自食其果；行善得善果，亦自享其果。这便是佛教的人生观。佛教的任务就是教化诱导人们逐渐超越、脱离"三恶趣"，再脱离"三善趣"的六道轮回的苦难世界，最后进入涅槃佛国的美妙世界。在这里，人生最高的境界涅槃便是佛教的最高的善，也就是最高的美。那么，如何实现、达到涅槃的境界，获得善即美呢？

格鲁派的创始人宗喀巴认为，通过修炼"三士道"的人格境界可以实现佛教最高的善即美。修炼"三士道"需要有两个前提，就是亲近善知识和思维人身难得两个问题，也就是首先要向德高望重、学识渊博的高僧名师接触和靠拢，从他们那里受佛教的启蒙教育，由此投入佛门，成为佛教徒。投入佛门后，便要经常想到有暇圆满的人身难得，认识到这得之不易的人身就是修持佛法的最大资本。作为一个人，重要的是要时刻想到在短暂的人生中抓紧一切机会修学佛法，唯有佛法——"三士道"才是受益无穷的法宝。"三士道"是三个不同的人格境界或心灵境界。宗喀巴的目的是通过这三个不同的人格境界，使心灵逐渐得到升华，最终达到超乎现实世界的涅槃境界，获得高于世俗价值的价值——佛的价值。[①] 下士道是指脱离三恶趣、生人天善趣的人生境界。宗喀巴大师说："总的说来，浊世中有情的种姓有各种各样。尤其是现时都不念死无常，不念三恶

---

① 参见班班多杰《拈花微笑》，青海人民出版社1996年版，第262—274页。

趣的痛苦。都贪着名利恭敬和一般衣食之事,都只知忙碌于此生之事。能想到未来后世将如何转变者,也寥若晨星。"① 由于世俗大众都只思考眼前利益而不顾及死后如何,因而要先修下士道,即让众生思维人生无常,怖畏恶趣。由怖畏恶趣而竭诚皈依三宝,深信佛说因果道理,止恶修善,由此远离恶趣,往生善趣。中士道就是在下士道基础上产生的出离心。下士道解决的是厌离三恶趣而希求转生到天、人、阿修罗三善趣世界的法门。按照"二趣六道"的划分,人类处在天和阿修罗之间,在六道中的地位是较高的,因此,黄教对一切众生最起码的要求和企望是让他们首先转生到"三善趣"当中,尤其是转成人类更好。在宗喀巴看来,人生虽然短苦,但人类伟大,因为人身难得,一旦得到人身后便可以修学佛法。这是宗喀巴对人生价值、人类价值和人类所处的现实世界的价值和意义的一种肯定的判断。只是这种肯定的价值是暂时的而非终极的,是相对的而非绝对的,是有限的而非永恒的。"三善趣"固然比"三恶趣"的世界要好,但同样都是苦,人生的过去、现在、未来三世皆苦,"三界无安,犹如火宅",人间世界是火宅,是无边的苦海,芸芸众生,困陷于熊熊火宅之中,受尽苦难。宗喀巴大师对人生的意义和价值从根本上做出了"苦"的判断,视大千世界为滚滚红尘,因而得出中士道的人必须脱离这充满苦难的人生世界的结论。中士道的境界就是厌恶现实社会,进而想从此苦难的人伦日用中解脱出来,一心想成为佛的心灵境界。一个人一旦有了这样的心灵境界和人格理想,也就具备了解脱自己的能力。只有这样的人,才能解脱他人。此即中士道的境界。在修炼中士道的人格境界后,还应该进一步想到:自己之所以要出离三界,完全是因为自己已经确认在整个生死轮回的世界里,没有一个真正的安身立命之处,哪怕是立锥之地也是找不到的。推己及人,三界一切众生也完全同自己一样,如果不出离生死,那么任何地方、任何时候都只有痛苦,而绝无快乐。从这点出发,就应该想到,一切有情众生也应该像自己一样得到解脱,如果只是自己解脱自己,那就仍然不能救度一切众生。要救度一切众生,还需要有救度的方法。只有佛陀才能彻底利益众生,成佛就成为人们追求的最迫切的目标,而成佛仍需要成佛的方法和途径。这样,利众生愿成佛的"菩提心"便会生成。

---

① 周加巷:《宗喀巴传》,转引自班班多杰《拈花微笑》,青海人民出版社1996年版,第264页。

有了菩提心，就有资格修大乘菩萨行了。这便是上士道的境界，亦可称为菩萨的境界。这种境界其实也超越了一般所谓"涅槃"（它是小乘教的最高境界），因为它不仅追求自我解脱六道轮回，断除烦恼，灭绝生死，得到涅槃，而且还要解救一切有情众生，即慈悲为怀，普度众生，这便是大乘人的境界，也是最后的、最高的境界。①

总之，从藏传佛教的人生境界论可以看出，善是人生的最高追求和目标，是既合于"规律"，也合于目的的"自由"境界，它最为充分地体现了人的本性和潜能，带给主体的是一种出离生死，走向绝对、无限、永恒的大畅快，因而它也就是最彻底的美。

二

在与宗教相对的世俗的层面，藏族传统文化观念与现实的行为实践追求，都十分突出地强调个人的伦理道德修养。藏族传统文化认为"无论何时，行恶得善者百中得一，行善得善者比比皆然"，"俗语云，因祸得福，但无论何时不会有因福得祸者"②，表现出对善的十分强烈的认同和对其至高无上地位的绝对肯定。而这种向善的伦理道德的观念基础则是"利他"，一切从他人出发，对照比较，发微探幽，从而成就自我的高尚道德人格。"对人有益，对己永远有利；危害他人，对己永远有碍"③，这就是其利他原则的基本精神。而要成就高尚的道德人格，实现利他的目标，主体还需要具有忍耐、仁慈、知足、无贪的品性。"要有行罪恶人超生，正直善人处死，不公正之事认可，忍耐之力。""稍有过失，要能忍耐，若不忍耐，对方就会误会而蔑视。""主人仁慈，比授予政权还好，官长仁慈地给予智慧、教诲乃是最大的仁慈。""知足之分寸，即是，肚不饥，背不寒，柴水不缺断，即可足矣！这些目的的达到，富裕而安逸；超过以上财物，不会安宁富裕。财宝役使自己，财宝即成仇敌。""贪得无厌，歪门邪道即由此产生。"④ "不知满足的贪欲者，痛苦就像春雨连

---

① 参见班班多杰《拈花微笑》，青海人民出版社1996年版，第262—274页。
② 王尧、陈践：《敦煌古藏文〈礼仪问答写卷〉译解》，《西北史地》1983年第2期。
③ 同上。
④ 同上。

绵。"① 在对主体品性做了正反两面的具体设限后，藏族传统文化还概括地指出："做人之道为公正、孝敬、和蔼、温顺、怜悯、不怒、报恩、知耻、谨慎而勤奋。虽不聪明机智，如有这些，一切皆能中意，亲属亦安泰。非做人之道是偏袒、暴戾、轻浮、无耻、忘恩、无同情心、易怒、骄傲、懒惰。身上若有这些毛病，一切人皆不会中意。"②

这里强调的"做人之道"，利他、忍耐、仁慈、知足、无贪等思想观念和佛教倡导的伦理信条"十善"——不杀、不盗、不淫、不嫉妒、不忿恨、不愚痴、不谎话、不巧辩、不挑拨、不恶骂，"六度"——布施、持戒、忍辱、精进、禅定、智慧，在精神实质上完全一致，或者毋宁说，宗教的观念正是现实生活实践的一种折射。它们的互渗融合则形成了藏族文化发展中特定历史阶段的伦理准则："诸恶莫做，诸善奉行。"③ 善成为藏族现实人生追求中的最高价值，在善面前，真、美都处于附属、服从的地位。真、美只有符合善的原则时才是有意义和价值的，否则就会被否定。藏族谚语说得最为明白："根子有毒的树上，花儿虽美有谁摘它？没有知识的蠢人，外表虽美有谁敬他？""花美在外表，人美在心底。""失去良知的人，空有一副架子。"④ 对于人来说，美就是内在的品行、修养、知识，与此相违背的形式美是无意义、无价值的。

三

藏族不仅在宗教观念、伦理道德观念中体现了以善为美的思想，而且从民间文学中可以看出，在现实的行为实践中藏族同样将善视为最高的行为规范、准则和尺度。

首先，善是人们追求的目标。格萨尔王下凡投生时便负有重大的使命：降妖伏魔，为老百姓创造美好的生活。所谓"扶助弱小者，打击的

---

① 《藏族谚语集锦》，李双剑、曲尼辑译，中央民族大学出版社1989年版，第61页。
② 参见班班多杰《拈花微笑》，青海人民出版社1996年版，第262—274页。
③ 同上。
④ 《藏族谚语集锦》，李双剑、曲尼辑译，中央民族大学出版社1989年版，第7—8、17页。

是强梁。黑头老百姓将过好时光"①。"我要做黑头人的君长,我要制服凶暴强梁的人们。"② 格萨尔是白梵天王的贵子,但由于下界人间妖魔横行,善良无辜的老百姓遭受其欺凌和迫害,因此大慈大悲的观世音菩萨为了拯救人间灾难而派遣了这位天神下界降妖伏魔。

如前所述,利益众生是佛教和藏族传统伦理观念的最高追求、最高的美,而格萨尔王下凡后的一切行为都是为了追求这一人生理想。他的一切征服妖魔的行动都是"替天(神)行道",都是在执行和实现着天神的意愿。征服四大魔国十八大宗的战争,只有一个十分明确的目标,那就是为了善。而格萨尔一旦征服战胜了敌国,便立即分发财物,普施仁爱给敌国的人民,反对滥杀无辜,并任用敌国的忠臣良将,让他们按照善道治理国政,使老百姓安居乐业,过美好幸福的生活。藏族民间故事传说中也有大量内容表现了藏族以善为美、以善作为追求的对象目标。《穷人和桃朗神》中的穷人格色尔甲自己穷困潦倒,但一旦得到致富的宝物——魔锅,吃上了美味佳肴时,他的母亲便意识到"这一定是因为我们母子两人心肠好,老实种庄稼,神才给我们这个宝物"。而格色尔甲则心里想:"我一家人是有吃有喝了,可是只管一家人吃饱,这不跟财主一样了吗?应该请邻居们都来吃吃,让大家都能吃到这样有酒有肉的饭,那多好啊"③。《老大和老二》中的老二同样是一个追求善行的穷汉,他在获得了能变万物的宝物——锯末,自己生活有了保障后,马上便想到了广大的穷人——全国的老百姓,他对母亲说:"光我们自己生活好还不行,把喇嘛、百姓和国王全都请来吃一顿吧,让大伙儿都高高兴兴。"④ 他们为了实现自己的美好愿望,付出了沉重的代价,遭受了巨大的磨难,但他们义无反顾。

其次,善是人们追求的动力。以格萨尔及格色尔甲等为代表的善良、正义者之所以采取一系列利他、益众的行动,根本在于他们对善的信仰及其因果报应的思想:善有善报,恶有恶报。正是这种观念推动着人们不懈地去追求善、实践善。格萨尔从生至死都是为着善道的事业而奋斗。还在他准备下凡投生时便宣布:"现在我要投生到人间,降伏四方四魔王,叫

---

① 《格萨尔王传·贵德分章本》,王沂暖、华甲译,甘肃人民出版社1981年版,第5、17页。
② 同上书,第18页。
③ 《藏族民间故事选》,上海文艺出版社1980年版,第147页。
④ 同上书,第162页。

他们给我做奴隶,让人类世界享太平。"① 为此,他经受了巨大的磨难与痛苦。格萨尔还未出生时,作为恶的象征的叔叔超同便设毒计欲置其于死地,把重病在身即将分娩的尕擦拉毛放逐到偏远的山沟里。而格萨尔出生后,他又以格萨尔不是个孩子,是个毒蝎子为由,"挖了一个九层的深坑,里面放上刺鬼,把孩子放在刺鬼上,四肢都钉上一个大橛子,心口上用刺鬼点成灯,用大石头把脑袋压上,最后,用土把深坑填平"②。给格萨尔送去放入巨毒的"颡酥",企图毒死他,还请苯教咒师用咒术谋杀他,但恶不胜善,善必胜恶,超同谋杀格萨尔的阴谋最终统统失败了。超同仍不甘心,又挑动总管王下令驱逐格萨尔母子到荒无人烟、妖魔横行的玉隆去。而这一切最终都不能打消格萨尔降妖伏魔、追求善道的意志,相反,愈是经历磨难,他愈是坚定不移,最终他战胜了邪恶,成了岭国人民的英明领袖。而超同也因干尽坏事而暴露出了邪恶、丑陋的面目,为岭国人民所唾弃。在民间故事《穷人和桃朗神》、《下河取宝》、《老大和老二》、《长日子》、《小朗昂姑娘》等当中也同样表现出人们对善的虔诚和执着,故事中的主人公都是穷苦善良的人们,他们一心向善,心无邪念,行无逾矩,他们由于善良而被欺被骗,但最终都实现了自己善良美好的愿望。而故事中的反面主人公如财主、老大、地主、喇嘛等,则均因心怀邪念、作恶多端受到了严惩:或者因贪得无厌、欺侮敲诈兄弟而被湖水淹死;或者因贪桃朗神的宝物而摔下悬崖,粉身碎骨;或者因贪婪而被宝木棒打得墙裂屋塌,家变成了一片坟场;或者害人害己,为下河取宝而致命丧黄泉。这些作恶者的可悲下场无疑又反过来激励人们世代不懈地追求善、向善。

再次,与对善的强烈追求相一致,藏族更鲜明地否定恶、鞭挞恶、唾弃恶。《格萨尔王传》中那些邪恶的魔国国王、奸邪的超同等都被藏族作为反面的教员,世代诅咒。民间故事中更有大量揭露、批判、否定、唾弃邪恶的内容。如《平头山》、《万户抢宝井》、《小金鱼的宝箱》、《花狗姑娘》、《百雀衣》、《回声》、《真萨》、《鱼为什么笑》、《国王游街》,等等,它们大多揭露批判现实中地主、恶霸、皇帝、喇嘛、财主等的邪恶,

---

① 《格萨尔王传·贵德分章本》,王沂暖、华甲译,甘肃人民出版社1981年版。
② 《格萨尔王传·花岭诞生之部》,王沂暖、何天慧译,甘肃人民出版社1985年版,第120—121页。

从根本上体现出藏族对人性中贪婪、自私、无耻、忘恩负义、懒惰等劣根性的否定与超越。

最后，善恶成为藏族现实实践活动中判别人们思想行为的正负价值尺度和标准。如前所述，在宗教观念及伦理道德观念中善是核心，是最高的美。体现在现实生活实践中，这一观念就成为判断善恶、美丑的尺度和标准。《格萨尔王传》中肯定什么反对什么的根本尺度就是善。当格萨尔为正义、为"黑头藏人"谋利益时他就被肯定、被歌颂，而当他忘记了自己的神圣使命，沉溺于美色，无所作为时就受到神、人共同的批评和指责。当珠牡为岭国人民的公利而与卡切国王机智周旋，英勇拼杀时；当她协助格萨尔治理岭国国政，为民造福时，她就被人们赞美、歌颂。当她为妒忌、爱恋而拖格萨尔的后腿，不让格萨尔去救王妃梅萨绷吉时，人们就又否定、批评她。在上引各个民间故事中我们同样可以明显地看到，凡是符合利他、忍耐、仁慈、知足、无贪的"做人之道"的就被肯定被赞美，相反对那些无耻、忘恩负义、无同情心、懒惰、贪婪者则一律给予批判和否定。

总而言之，在现实行为实践的层面上，善正构成了藏族追求的目标、动力和价值标准，善构成了藏族人的实践过程。其中包含体现着藏族的审美理想、审美态度、审美趣味、审美标准。

四

由以上分析可以看出，藏族审美观念是佛教理义之美与现实实践之美的矛盾统一，是宗教的涅槃理想与现实的善之理想的对立转换。

由于藏族是一个全民信教的民族，因而宗教在藏族人的生活中占据着无可替代、无法比拟的重要地位，发挥着极为关键的作用。因此，科学所谓真在藏族文化中不占重要位置。在藏传佛教看来，客观外界的一切东西其实都是服从于神的意志的，因而也就不存在什么客观的东西，当然无客观规律可言，一切都取决于神意。所以，佛教倡导的善就不是那种通过人的现实实践而达致的目的实现，即意志自由。相反，藏族所强调的善正是在神意统率下的一种"不自由"。因为信仰精神统率下的人们是无须理性科学的。神意导演的虚幻就是真的，也是善的，一切都是先验确定了的、有目的的。理性精神支配下的那种自由、那种真在信仰精神面前荡然无存的根据。在藏族文化高高突现出来的是那种信仰精神灌注下的孑然独立的"善"。这种善也就不是传统的所谓主体对客体真的把握及真与主体的主观的目的的一致性，即合规律性与合目的性的统一，这里只有目的——先验的目的本身，这是一个绝对精神、绝对灵的世界。绝对精神、绝对灵的世界并不是一个绝对自由的世界。在般若中观论者看来，不存在一丝一毫有自性的东西，甚至连他们所要达到的最终目标——涅槃和所要证悟的最后真谛——真如也是空。由此，空也就是最高的善、最高的美。然而，教义的推论并非现实。人们一旦从神幻、想象的王国迈出，就不能不感受到"有"，人的生命存在本身便是"有"（"缘起有"）——世俗事物的作用和功能，而其生命的展开——修身、独尊无畏、努力向善，从根本上肯定了人的主体精神的积极性与创造性，肯定了人的本质力量。向善的过程，实质上正是人的本质力量的确证的过程，从而也就是美的、审美的。现实世界中人们的一切追求和努力在此意义上也就得到了肯定，取得了正面的价值意义。现实中人们向善的理想也由此与"涅槃"的最高境界获得了一致。现实人们的向善、求善的行为就不是多余的，而是一种逼近涅槃的有价值的实践过程。

　　藏族以善为美的审美观念还集中地体现在当美善二者不能得兼时舍美取善，以善权美。在史诗《格萨尔王传》中，当格萨尔即将离开岭国而去被放逐的玛域时他唱道："物相不真是幻妄，外表内里不相同。外表虽美内假的，这样的东西有三种：看外表孔雀翎毛美，内不净剧毒满腹中；看外表懦夫武器美，胆子小怯狐狸一般同；看外表娼妓容貌美，心不真对人是假心情。外表虽丑内里美，这样的东西有三种：看外表苦行很粗鲁，内心里仁慈禀性善；看外表叔伯话严厉，意善良言把心暖；看外表麦穗有芒刺，在里面却是粮食最香甜。"① 格萨尔的唱词集中揭示了内在美与外在美的矛盾，而其取舍的倾向则显而易见。对此，民间情歌、谚语中也有十分明确的表现。如"莫看山头高低，要看是否平坦；莫看情人面庞，要看情人心肠"。②"根子有毒的树上，花儿虽美有谁摘它？没有知识的蠢人，外表虽美有谁敬他。""花美在外表，人美在心底。"无论是外在的自

---

① 《格萨尔王传·花岭诞生之部》，王沂暖、何天慧译，甘肃人民出版社1985年版，第120—121页。
② 《藏族情歌选》，上海文艺出版社1981年版，第7页。

然还是社会的人,在藏族审美观念中都突出强调其内在的品质、德行是第一位的,是决定对其取舍、肯定否定的关键因素,而与内在的善相矛盾的外在美则理所当然地被放在服从、次要的地位,必要时,它完全可以忽略不计,甚至它与内在美的背离正好构成了对一事物做出否定性评价的根据。

当然,藏族审美观念在强调善的至高无上地位的同时,也希望美善的和谐统一,尽善尽美。像格萨尔、珠牡、梅萨绷吉等形象一样,既具有内在的高尚品德,又具有外表的美丽。但在现实生活中,内在善(美)与外在美的矛盾、不统一、不和谐是永恒的,因此,藏族以善为美的审美观念就具有了坚实的存在基础和永久的价值意义。

从《格萨尔》看藏族社会美思想[*]

郭郁烈

藏族社会美思想是其哲学、美学思想的重要组成部分，是深入认识和把握藏族社会文化精神不可或缺的环节。本文拟从藏族伟大史诗《格萨尔》入手来探讨藏族社会美的基本内容、精神特质。

一

《格萨尔》作为一部描写和反映藏族古代部落社会由征战掠夺到走向军事联盟性统一的巨篇伟制，它集中反映了藏族人民的苦难生活及其反抗邪恶、追求正义、向往光明、企盼统一，要求改善现实、和平安定生活的美好愿望。

首先，它集中表现为藏族人民对平等、公正、幸福生活的渴望。"岭"是藏族人民心目中最美丽的地方，《仙界遣使》描写道："在南瞻部洲北部，有个叫做佟瓦衮曼的地方，在雪域之邦所属的朵康地区。这里土地肥沃，百姓富庶，这个地方区域辽阔，包括黄河右岸的十八查浦滩、查浦赞隆山岗、查朵朗宗左翼等地。"① 《霍岭大战》也同样描写了岭地的美妙："地方宽阔，风景美丽，绿油油的草原，万花如绣，五彩斑斓。""这

---

[*] 本文原载于《西藏研究》1998年第3期。中国人民大学复印资料《民族研究》1998年第10期全文转载；李铁映主编：《中国人文社会科学前沿报告（1999）》，社会科学文献出版社2000年版，第326页对本文做了详尽介绍。

① 《仙界遣使》，转引自降边嘉措《〈格萨尔〉初探》，青海人民出版社1986年版，第34页。

里的草原辽阔宽广，远远望去，一层薄雾笼罩着，好象一位仙女披着碧绿的头纱……山形象箭杆一样笔挺……群峰象弓腰一样的弯曲……"① 然而自然的美好并不能给人民带来真正的幸福。曾几何时，这里一片混乱，妖魔鬼怪到处横行，老百姓备遭欺凌。他们期盼着、等待着、争取着，当格萨尔大王战胜群魔，统治了岭国时，岭国人民兴高采烈地高歌："快乐升平的好时光/已经降临到岭地方/高兴地举起酒杯来呀/欢乐的歌儿尽情唱……岭国的百姓不用再担忧/雄狮大王已经得胜利/酥油、糌粑不会缺/毛毡、氆氇不会光/骡马、牛羊一定遍岭地。"② 这不仅是对胜利的欢呼，更是对理想的礼赞。而被格萨尔征服了的霍尔国人民的歌唱同样反映了这一理想："我们霍尔的各酋长/年年平安心里乐/并托雄狮大王福/家家富足米粮多/没吃的穷人富裕了/弱小人地位提高了/老年人心地开阔了/小孩子快乐增多了/少女们心情象花朵/越开越艳越美好//牦牛、奶牛和犏牛/还比天上星星多/山羊、绵羊和小羊/好象白雪落山坡//无主的骡子赛过芨芨草/无主的马儿还比野马多/无主的食品堆成山/无主的野谷象花朵//奶子象海酒象湖/没有一人愁吃喝/夜里跳着舞/白天唱着歌/都是托格萨尔大王福/人人欢喜人人乐。"③ 物质丰富，精神欢舒，"人人欢喜人人乐"，在浪漫主义的抒唱中，正表现出藏族人民对社会生活的美好理想。而这种美好社会理想、生活理想的发生则植根于藏族当时所处的特定的社会现实：当整个藏族社会处在奴隶制向封建制的过渡时期时，藏族地区四分五裂，部落间相互攻略，老百姓生活在水深火热之中。而作为藏族传统宗教的本教和外来的佛教之间也正在进行着你死我活的拼搏，佛教正在通过各种不同的方式同化、改造苯教，而苯教则进行着顽强的反对和抵抗。这种经济、政治、社会、宗教上的巨大矛盾冲突使人民群众承受着前所未有的物质的、精神的痛苦。藏族人民将自己全部的希望寄托在了一个代表老百姓利益和愿望而又具有非凡能力的"超人"——英雄身上，这样格萨尔便应运而生了。

格萨尔降凡出生的根本目的就是受大慈大悲的观世音菩萨和白梵天王的派遣"去拯救人间灾难"、"降妖伏魔，抑强扶弱，救护生灵，作黑头

---

① 《霍岭大战》，青海人民出版社 1984 年版，第 1 页。
② 《保卫盐海之部》，青海民研会编印，第 22—23、76、48、136 页。
③ 同上。

人的君长"①。他一出生便"食指向上指着，站起身来作拉弓的样子"，并说，"我要作黑头人的君长，我要制服凶暴强梁的人们"②。格萨尔成亲15天时，大梵天王通过天母巩闷姐毛传达命令："你是黑头人的君长／你要坐殿登基来统治／你要降伏四方四种魔／叫他们永远作奴隶／你要压制强梁的人／叫他们永远把头低／你要扶助弱小的人／让他们扬眉又吐气。"③ 格萨尔在坐殿登基之后，他又反复向岭国老百姓庄严宣布："世上妖魔害人民，抑强扶弱我才来。"④ "我要铲除不善之国王，我要镇压残暴和强梁。"⑤ "我要令当权者低头，为受辱者撑腰。"⑥ 不论格萨尔是一个历史人物还是一个艺术形象，我们都有充分的理由相信他的这些誓言，正是藏族人民心声的折射，藏族人民精神心灵的形象外化。

其次，这种社会理想还表现为人民对民族和平统一的企盼追求。所谓"出现敌人共同打／有了幸福和欢乐／共同享受无偏私"⑦。当尼泊尔大军配合卡切国进攻岭国时，岭国的总管王劝说道："对待世界大王格萨尔他／如仇视他便是黑绒陀罗／要传播麻风病来杀人／如慕敬他是自救主／要让人人欲求能遂心／最好去向他投诚／叔叔我可当引见人／如果你能这样做／自利他乐都安心。"⑧ 在征服了霍尔国之后，霍尔国的大将梅乳孜对格萨尔唱道："你到处扶助弱小者／镇压妖怪和强梁／要爱护霍尔老百姓／让人人快乐永安康。"⑨ 也正是在这时，终于出现了"岭国人和霍尔人，从此相亲相敬，互助往来"和平相处的局面。

当格萨尔被超同迫害，前业所定他要被放逐，忍受磨难，在玛域地区居住时，"下部黄河堪隆六山地带，是老鼠魔怪占领的草场：山头的黑土被翻遍，山腰的茅草被咬断，大滩的草根被吃掉。人要去那里，会被尘土

---

① 《贵德分章本》，甘肃人民出版社1981年版，第1、17、34—35、316、162、170、179、38—39页。

② 同上。
③ 同上。
④ 同上。
⑤ 同上。
⑥ 同上。
⑦ 《花岭诞生之部》，甘肃人民出版社1985年版，第4、124—125、44、134—135、69页。
⑧ 《卡切玉宗之部》第三产业，甘肃人民出版社1984年版，第18、6—7、10—12、13页。
⑨ 《贵德分章本》，甘肃人民出版社1981年版，第1、17、34—35、316、162、170、179、38—39页。

埋葬掉，牲畜到那里，要为饥饿折磨死"①。格萨尔在"英雄怒吼调"中唱道："古代藏人有谚语/毁坏田地的是老鼠/扰乱村寨的是强盗/拆散家庭的是悍妇/你这为害的老鼠身/过去干的坏事实在多/看你今天的坏主意/是想消灭所有大部落/你抢去草原牧草难养畜/毁坏上供花田难敬佛/草原牧人幸福全丧失/所有的坏事你都做。"② 格萨尔为了"草原牧人的幸福"而发愿消灭了全部老鼠。同时，玛域那时还有强盗出没，拦路抢劫，杀人越货，格萨尔也施展法力彻底消灭了他们，使玛域"不仅白天没强盗，夜晚鬼神露面也不敢"。商人们"再不用害怕有强盗出没了"，"可以随便走"③。商人们的利益、安全得到了保护，玛域成了和平安宁的理想之所。

二

基于对和平安宁的期盼，藏族人民反对不义的战争，而又为正义和平而战。格萨尔在回忆自己征服敌国的历史时曾说："魔王萨当害人民/人人听见人人恨/他权发兵侵盐海/侵犯别国罪不轻//我要搭救老百姓/和这个魔王比输赢/任他兵将有多少/不获全胜不收兵。"④ 在霍尔国侵略花岭国并掳走王妃珠牡，格萨尔要去征服霍尔国时唱道："不要挥兵去犯人/但若敌人来侵犯/奋勇抗击莫后退。"⑤ 在姜国入侵花岭国时，格萨尔组织力量坚决进行抗击，并表示："姜地兵马来犯边/寸土不让不投降/花岭大战紫姜国/为王公利图自强/为护岭国救百姓/为保饭食与民享。"⑥ 而格萨尔的哥哥甲擦协尕尔一听到霍尔兵来侵犯就立即召集岭国人，宣告道："国中有难，大家要团结起来，同心同德，努力杀敌。为民除害，为国立功！"⑦ 高歌："捍卫国土在此时，冲锋陷阵要胜利。"⑧ 他冲锋陷阵，

---

① 《花岭诞生之部》，甘肃人民出版社1985年版，第4、124—125、44、134—135、69页。
② 同上。
③ 同上。
④ 《保卫盐海之部》，青海民研会编印，第22—23、76、48、136页。
⑤ 《花岭诞生之部》，甘肃人民出版社1985年版，第4、124—125、44、134—135、69页。
⑥ 同上。
⑦ 《贵德分章本》，甘肃人民出版社1981年版，第1、17、34—35、316、162、170、179、38—39页。
⑧ 同上。

勇猛杀敌,直到因上当而被辛巴梅乳孜暗算即将死去时,仍然唱着高亢激奋的歌:"血肉身体虽然死/千秋万代美名扬//坐在家中活百岁/不如为国争光彩。"① 对和平与正义的追求,使得那些发动侵略战争的"妖魔"不仅遭到被侵略者的顽强抵抗和最终失败,同时他们在自己国内也遭到抵制和反对。如姜国萨当王准备出兵侵略岭国盐海时,他就遭到王妃达萨的反对,达萨劝告说:"姜国地在物又博/有米有肉果木多/大王和臣子吃呀吃不完/不要侵略别国去惹祸!"② 当王妃的儿子玉拉托居尔要作为先锋出征时,她马上劝阻道:"你是妈妈的独生子/你是妈妈的掌上珠/侵略别国没有好下场/你千万不能去出征!"③ 姜国的大臣贝塔尔在战前即反对国王发动战争,战争失败后又严厉指责国王:"以前姜国安分守本土/人民安乐国家也太平/大王你偏偏要去抢盐海/无缘无故起战争/我一次劝阻再次劝/大王你总是不死心……八年一战连一战/英雄猛将快死完/一百八十万众兵马/现在残存无一半。"④

另一个侵略者卡切国王发动战争时在自己国内的反应几乎和姜国国王发动战争时完全相同。卡切国王的王妃听了国王狂妄自大,目空一切,野心勃勃,发动侵略战争的决定,内心思谋,这个国王有把我父亲国土抢过来的威力,因此才骄傲自大,不可一世,我一定要唱一支讽刺的歌去警醒他,并唱道:"请听着啊,专断的国王/有几种比喻是如此/黄铜以自己比黄金/昆虫把树叶比金子/青蛙把草堆当高山/愚人说又高又大是自己。"⑤ 而113岁的卡切国老臣塞真让霞尔"心中盘算了三四一十二回,考虑了五五二十五遍。他想……与玛桑格萨尔圣者为敌,是卡切将要亡国的预兆",因此,他坦率而又恳切地劝谏道:"金宝座上的尺丹王/请你听我老臣言/卡切国自从达玛绷图王以来/世代相传到今天/不动不摇守自地/国基稳固如大山/从未丧失本国一寸土/爱护百姓施仁政/从未抢过别国一个人/卡切的国运日益兴隆//到了尺丹大王陛下时/最初对尼泊尔去作战/尼王率兵互厮杀/战争连续达九年/最后用力降服了他/敌我兵马损失各一半/接着

---

① 《贵德分章本》,甘肃人民出版社1981年版,第1、17、34—35、316、162、170、179、38—39页。

② 《保卫盐海之部》,青海民研会编印,第22—23、76、48、136页。

③ 同上。

④ 同上。

⑤ 《卡切玉宗之部》,甘肃人民出版社1984年版,第18、6—7、10—12、13页。

又对卧卡王/没有一根毫毛事/斗争却是大如山/连战九年未停止/众多的英雄齐上阵/英勇的达诺多战死/小国不能敌大国/后来你才得胜利/以后又对宁卡王/你率领尼、卧、卡切三国兵/没理由在无云天空里/霹雷闪电起战争/把许多谷穗般的士兵都打烂/把许多岩石般的勇将都轰平/浴血奋战九年多/用尽诡计去欺蒙/抢来都粲宁公主/把宁卡国土庶民都吞并//现在卡切应当有节制/男子有节制是智人/女子有节制是贤女/大官有节制是伟人/如果自己不节制/要与岭国把兵交/野狼吃绵羊一百只/是要胀死的预兆/国王四面去树敌/是要灭亡的预兆。"① 在老臣大义凛然的指斥中,我们深切地感受到正义与不义的尖锐对立,正义必然战胜不义,善必然战胜恶的无可违逆。这里固然有着对自己国家、自己亲人乃至自身命运的现实的关注,有着鲜明的功利。然而,透过这种具体现实的关注,它所显示出来的不正是一种历史的必然选择吗!

总之,平等、幸福、公正、和平、安宁与统一是藏族人民在特定社会历史条件下所产生的共同愿望与追求,同时,也体现着人类对善的向往的普遍价值关怀。每一个有正义感和善恶、美丑观念的人都会企盼正义、和平、安宁与统一,反对侵略、动荡和分裂。

三

与对平等、公正、和平、安宁、幸福的社会追求相统一,由于藏族特殊的阶级关系,僧侣官员阶层是精神生产者,也是统治者,对他们来讲个体最高的德行便是"爱护黎民若子女",引导众生走向佛陀,而对普通老百姓来讲个体的最高善行则是对佛的绝对虔敬、信仰以及勤劳、公利。而上述两个层次则构成了藏族社会美中特殊的创造观念。正是这种创造观念稳固了藏族社会的阶级关系,也正是这种创造观念创造了藏族特殊的审美文化。

《花岭诞生之部》中一开始便引用古代藏族人的谚语阐述其创造观念:"对于神灵、珠宝与官长/经常奉事心愿才能实现/对于买卖、农耕和家务/勤劳不息才会增财产/对于马儿、妻子与房屋/随时装饰样子才美

---

① 《卡切玉宗之部》,甘肃人民出版社1984年版,第18、6—7、10—12、13页。

观。"① 这一观念显然是从特定的角度对被统治者的广大人民群众的训导与劝诫，在漫长的奴隶社会和封建社会当中，广大下层藏族人民辛勤地劳动在农耕、牧场之上，创造了巨大的物质财富，保证了藏族的种系繁衍和文化——主要是佛教文化（包括审美文化）的传承。佛教倡导的基本行为规范之一便是"积极奋进"，即"勤"或"精进"。正是下层人民的劳动及财富才使得藏传佛教得以弘扬光大。《花岭诞生之部》中曾详尽记述了格萨尔在消灭了玛域地区的强盗土匪之后，过往的商人既给格萨尔神子进贡、奉献物品，同时还被罚建宫殿与茶城。格萨尔曾对向他借地方的六位岭国使者骄傲地宣称："那年拉达克商人贩货物／霍尔毒蝎五人来劫夺／我角如随后追赶去／强盗虽未被我捉／抛石却打死霍尔托托王／获得托桑巴尔瓦大铜锅／拿来九黄闪亮的托热剑／夺回拉达克商人不少商货／下行经商的众商客／我向他们抽商税／送我金银丝绸与马骡／这是我收税的第一回／／汉地的茶商一千人／我们中间纠纷起／他们想抢我枣骝马／我将他们统统下监狱／他们不得不认输／茶砖一千块作献礼／还罚建宫殿与茶城／这是角如第二次得胜利。"② 下层老百姓的辛劳显然是由其特殊的社会地位决定的，同时也是他们不得不为生存而奋斗以及无奈的命运逼迫下的自觉选择。因此，勤劳、奉献等观念作为统治阶级对人民群众的要求并进而灌输到老百姓的头脑，由外在的规范变成内在的自觉欲求也就是理所当然的事。而从历史的观念看，它正构成了藏族社会得以发展进步的动力，成为藏族人民的一种美德。

与广大的下层劳动者不同，自从藏传佛教产生以后，就规定了僧侣阶层是不参加任何生产劳动的，他们既是宗教代表，又是政治统治者，他们的吃、喝、住、穿、用等一切物质条件均由下层劳动者——农牧民提供。而这些"身披黄缎袈裟的修法人／吃着人间美味享清福／坐在舒适的金座上／还觉太苦不舒服／梦想进入极乐世……"③ 对于这些不劳而获的统治者，人们的最美好的企望便是他们能有一点善心，能够体恤老百姓的痛苦，能给老百姓一个相对宽松的生存空间。正如格萨尔的生母果萨拉尕尔向自己的父亲龙王所唱的那样："听说上师喇嘛胸怀广／就象苍天空旷无边际／因此有话要向你讲／上师喇嘛你的想法是——／从佛典经续的乳海中／

---

① 《花岭诞生之部》，甘肃人民出版社1985年版，第4、124—125、44、134—135、69页。
② 同上。
③ 同上。

能将观修的精华来摄取/又把众生引向解脱路/好喇嘛善行应如此/好首领的行为应当是——/爱护黎民若子女/执法公正不偏私/能使百姓得安逸/如果能够这样做/才算首领有见识。"① 格萨尔则一再宣称自己的所作所为都是为了公利:"凡我所作所为,会是为了众生谋幸福。""除了黑头藏人公利外,格萨尔王我无私利。"② 甲擦协尕尔则提示格萨尔:"为了众人事/万死也不辞⋯⋯/如果松懈麻痹/则会损害众生的安乐、幸福。"③ 而前述那些岭国英雄英勇无畏、不怕牺牲的斗争精神也正是为了公利而不惜赴汤蹈火的具体表现。格萨尔大王更是为了公利忍受了超同的迫害,流落玛域,母子相依为命,挖蕨麻、捕地鼠、食猎肉——真有一种"天降大任于斯人也,必先苦其心志,劳其筋骨,饿其体肤,空乏其身,行拂乱其所为"④ 的悲壮,有一种"泥水当中生妙莲/要任其自然去萌发/太阳照它开花朵/无用把污泥去洗刷/但是谁也忘不了/淤泥浊水生莲花"⑤ 的哲理妙趣。而正是在苦难的磨炼考验中,格萨尔才真正奋起了,他终于成了"黑头藏人"的统治者、救世主,他给"黑头藏人"带来了光明、幸福与欢乐。

由此可见,藏族所强调的创造——勤劳、公利、爱民等,实际上是两个不同阶级、阶层所对应持有的两个不同层次、平面的创造活动。对于广大的下层劳动人民来说,勤劳只意味着劳动力的付出和物质财富的增加,而这种物质财富并不为劳动者本人所有,相反,在极其漫长的阶段里劳动者本人是没有支配权的。勤劳带给他的是贫困,付出也并不意味着收获、拥有。正如马克思所说的,"劳动为富人生产了宫殿,却为劳动者生产了贫民窟。劳动创造了美,却使劳动者成为畸形"⑥。藏族劳动人民的勤劳在现实的层面上实际被歪曲、异化了,成为一种沉重的负担。劳动者的本质力量当然得不到对象化。只是我们应该特别强调的是藏族是一个全民信教的民族,具有强烈的信仰精神,而"政教合一"

---

① 《贵德分章本》,甘肃人民出版社1981年版,第1、17、34—35、316、162、170、179、38—39页。
② 同上。
③ 同上。
④ 《孟子·告子下》。
⑤ 《花岭诞生之部》,甘肃人民出版社1985年版,第4、124—125、44、134—135、69页。
⑥ 《1844年经济学哲学手稿》,刘丕坤译本,第46页。

的特殊社会政治结构又通过政治的手段强化了宗教在藏族人民心目中的地位。因此在勤劳创造问题上有着自己特殊的观念、心理。藏族人民在劳动力及其物质成果上的付出，如纳税、布施、无偿的宗教性劳动，从其心理感受上说，更主要的是一种精神性的"补偿"或"消费"活动，而非简单物质性的付出。在这种活动中，他们得到了某种心灵上的满足，并进一步促发着自己的幻想。藏传佛教认为，现实世界"一切无常，皆假非真，乐少苦多"，而只有在涅槃中才是"寂灭永乐"："贪欲永尽，恚永尽，愚痴永尽，一切烦恼永尽。"① 这种重来世、涅槃，而轻视现实生活的观念的理论基础则是因果报应的轮回业报学说。在它看来，来世涅槃是大乐大美的境界，现实只是生命循环轮回中的一个阶段而已，现实社会中的一切都是有限、暂时、虚幻的，"一切皆苦"。现实的这一切都是爱及其欲望的催动下产生的，而消除这种痛苦就要根除欲望以消灭爱，彻底地驱逐它、离开它，人们在现世只能也只应艰苦地忍受今生的各种苦难，行善积德。基于这样的认识，处在现实苦难中的善良的人们，几乎放弃了一切现实人世的享乐、荣辱、得失。对宗教的布施、花费、无偿劳动也就是为来世换取善果报应而做的一种努力、一种铺垫、一个筹码。企盼通过这种宗教的努力，求得无所不在、无所不能的神、佛的护佑，使自己从精神上、心理上超越现实有限，解除痛苦，获得精神上的幸福、愉悦和欢乐。由此，物质性劳动也就具有了情感——审美的色彩。

对于僧侣官员阶级来说，他们的公利——创造观念则又显然是建立在不证自明、天然合理地对自己所处地位的肯定基础上的，因为根据佛教观念，他们是佛、神的化身、代表者，因而他们便始终以高于普通老百姓的身份和惯性来思维。在他们那里公利、利他的活动从客观上固然对于老百姓来讲是一件好事、善事，但从主观上讲，僧、官员首先是把这种创造行为作为一种仁慈、施舍、普济。他们是站在佛的高度，以一种超越世俗的大度居高俯视芸芸众生，他们所关注的人的创造当然更彻底的是精神性的。这里当然存在着超越功利的情感——审美感受。这些我以为正是藏族社会美思想独特的东西。

---

① 《杂阿含经》卷18。

四

综观上述藏族社会美思想的具体观点，无论是对平等、公正、幸福、和平、统一的企盼向往，还是对人的创造——勤劳、公利的肯定追求，它们自身都并不自觉，相反，它们都共同指向一个更神圣、更高级的存在——佛，格萨尔大王即是佛之子，是佛的代表和化身。

在社会理想的层面上，平等、公正、幸福、和平、统一、勤劳、功利等都只有在佛即格萨尔大王的神性的统摄下才可能成为现实。因此，所谓社会美中的平等、公正、幸福、和平、统一都是相对的，是有前提的，即格萨尔大王允许、认可、倡导。而且这种平等、公正、幸福也主要是精神心灵性的，而非物质现实性的。只要得到格萨尔大王的认同、肯定，那即使自己纳税、受罚，在精神上也是幸福、快乐的。如前所述，这是由佛教否定人生价值，轻视现实社会，提倡止恶行善，确认因果报应，主张来世幸福，向往佛国天堂的观念决定的。正是由于藏族执着地甚至不惜一切地追求一种终极理想，进而超越了生死、贫富、得失、毁誉、荣辱、利害、是非等，只要是有益于自己成佛或接近佛的，他们便会认可，哪怕付出巨大的代价也在所不惜。据此，我们可以深入理解《格萨尔》中所倡导的各种观念的真正的内涵以及它对现代意义的自由观念的漠视，它所内含的社会美思想的特殊意义。从社会学的角度看待《格萨尔》的社会理想时，它可能是虚幻、不切实际的，但从美学角度来看，其社会理想、社会观念却是富含审美精神的。因为，它们超越了物质利欲的现实世界，而指向一种终极性的精神性的目标，从而支撑藏族在漫长的数千年中承受住了生产力低下、生存环境极为恶劣的严峻考验，坚韧不拔地生存下来并走向现代。固然，藏族社会美的审美精神与藏族社会现代化的现实追求肯定并不是和谐一致的，但这并不意味着传统社会美思想价值的丧失。西方进入后工业化社会之后对传统文化的频频回眸，使我们有理由相信，藏族史诗《格萨尔》所显示的传统社会美思想仍将不断显现自己特殊的价值，其对现世、人生的否定等缺失理所当然会得到扬弃。

第二部分

西北古代文学研究

秦文化与晋文化之比较[*]

延娟芹

晋国是春秋时期的大国,北方实际的霸主,在当时诸国事务中起着举足轻重的作用。秦国参与诸侯国事务较晋国晚一些。但是到了战国时期,秦国却一跃成为实力最强的国家,并且最终统一了中国。秦晋地域接壤,晋国是春秋时期同秦国交往最多的国家。秦国和晋国在不同领域、不同时间做出了具有各自特点的成就,将两国的文化做一比较,有助于我们更进一步了解两国文化的特点,去探寻文化发展的某些规律。

秦文化和晋文化都是历史的、动态的概念。以秦文化为例,就有秦族文化、秦国文化、秦朝文化等不同提法,这些概念之间既有联系,其所指时间、外延又互不相同。另外学者们也常常将文化分为物质文化、精神文化。这里所说的秦文化和晋文化,主要指两国的精神文化。因战国时期晋国分为韩、赵、魏,而韩、赵、魏三国文化同中有异,较为复杂,为眉目清晰,这里的晋文化主要指春秋时期的文化。

一 秦晋文化的异同

(一) 文化来源

1. 与周文化的关系

秦晋都程度不等地吸收了周文化,周文化成为两国共同的文化来源之

---

[*] 本文系国家社科基金项目"地域文化背景下的秦文学研究"阶段性成果(项目批准号:10XZW007)。

一。晋国作为姬姓诸侯，无论是情感上还是行动上，都是周文化的自觉维护者。晋国虽然有曲沃代翼这样有悖于宗法制的事件发生，然而从对西周礼乐的实行来看，大体合礼。秦国由于特殊的经历，在建国后为了摆脱不利的处境，表现出对周文化的艳羡和自觉学习，穆公时，秦国在礼乐方面已经与诸夏无异。但是从吸收程度看，晋国受周文化的影响要比秦国深得多。

对周文化接受程度的差异，源于两国封国缘由以及在诸侯国中地位的不同。西周初年的分封是件大事，武王虽然取得了伐纣的决定性胜利，但当时形势并不稳定，周王室对全国的统治并不巩固，不久发生的武庚叛乱就反映了当时周王朝统治者所面临的危机。西周分封的重要目的之一，就是通过分封，可以建立起从中央到地方全面统治的政权，地方政权成为拱卫王室的有力屏障。齐国、晋国这些诸侯国的分封意义尤其重大。而在今晋南一带，西周时还散居着许多戎狄部落，如条戎、奔戎等，对周王朝构成了一定的威胁。另外，一些被周人吞并的小的方国，如唐、虞、芮、黎等国对周王朝并不完全臣服，时时有叛乱的可能。据孙诒让考证，古唐国就参加了武庚叛乱。《尚书》中有《西伯戡黎》一篇，记载的是周文王伐黎的史事。可见，在周初，这里的局势还动荡不安，叔虞封唐是经过周王慎重考虑的。

叔虞被封时举行了隆重的仪式。《左传·定公四年》载卫国大祝子鱼在皋鼬会盟前就蔡先于卫歃血一事与苌弘的谈话："昔武王克商，成王定之，选建明德，以藩屏周……分唐叔以大路、密须之鼓、阙巩、沽洗，怀姓九宗，职官五正。命以《唐诰》而封于夏虚，启以夏政，疆以戎索。"子鱼把唐叔与周公、康叔并提，称作"三者皆叔也"，表明叔虞被分封在当时非同一般。能够享受天子赐予的大路等战利品，在西周初年只有极个别地位尊贵者才可以受此殊荣。

与晋国的分封相比，秦国的分封则显得不足称道。在护送平王有功的情况下，秦国才被分封，史书中对这次分封的具体过程、参加者等没有任何记载，这多少也说明当时的分封是十分简单而仓促的。尤其是所"封"的岐山以西土地当时还在戎狄手中，"戎无道，侵夺我岐、丰之地，秦能攻逐戎，即有其地"。经过了襄公、文公两代君主的艰辛努力，秦国才取得了当初所分封的土地。可见秦晋两国立国基础完全不同。

立国以后，两国地位也明显有别。晋国频繁干预周王室以及其他小国事务，在诸侯国中时时以大国自居，尤其是到晋文公时，俨然北方唯一的霸主，在诸侯会盟中常常以盟主的身份出现，许多周边小国都纷纷朝贡于晋。秦国在穆公时虽然也号称一霸，但势力始终局促在崤函以西的西北一带，地域的局限，大大影响了秦国在诸侯国中的地位。同时，秦国为异姓诸侯，又与西戎杂处，这种处境也造成了东方国家对秦国一定程度的轻视。秦国不但与盟主无缘，甚至连参加会盟的资格也没有。《左传》载秦国参加大型会盟只有四次，第一次参加是在穆公二十八年，《春秋》中被列于最后。①

不同的经历，使得秦、晋两国对待周文化、周礼的动机截然不同。晋人多是自觉维护与遵守，秦人则更多地从实用的角度出发，带有很大的功利性。

2. 与戎狄文化的关系

秦晋都与戎狄杂处，受戎狄文化影响，都具有民族融合性和兼容并蓄的开放性。

前引《左传·定公四年》晋国始封时除"启以夏政"外，另一项重要国策就是"疆以戎索"，即疆理土地均依戎法。西周初年所封诸侯国中能够将接受其他部落文化作为一项重要国策的实属罕见。周文化的突出特点之一是严格的夷夏之辨。中原国家以文化上的强势自诩，对周边少数民族部落往往存在一定程度的轻视。《诗经·鲁颂·閟宫》："戎狄是膺，荆舒是惩，则莫我敢承。"战国时期，北方鲜虞部落建立的中山国成为当时重要的诸侯国之一，孟子依然有"吾闻用夏变夷者，未闻变于夷者也"的言论。② 成王为叔虞制定"疆以戎索"的国策，一方面是着眼于政局的稳定，体现他不凡的战略眼光；另一方面也可见当时这一地区戎狄势力之大，人数之多。对此，史籍多有记载："晋居深山，戎狄与之邻。"③ 清人高士奇也说"晋四面皆狄"④。处理不好与诸多部落的关系，足以对刚建

---

① 秦国首次参加会盟是在秦穆公二十八年（前632年），《左传》记载秦列最后；第二次在秦穆公二十九年（前631年），《左传》中秦依然位列最后；第三次在秦桓公十六年（前588年），《春秋》中秦列第三，《左传》中列第五；最后一次在秦景公三十一年（前546年），在这次会盟中因齐国、秦国免于朝见楚、晋，故《春秋》中未记载秦国。

② 杨伯峻：《孟子译注》，中华书局1960年版，第125页。

③ 《左传·昭公十五年》。

④ （清）高士奇：《左传纪事本末·晋并戎狄》，中华书局1979年版，第501页。

立的诸侯国产生颠覆性的破坏。

不但晋国周边聚居着大大小小的戎狄,在晋国内部就有数量不少的戎狄人。成王分给唐叔的怀姓九宗到底包括哪些部族?王国维云:

> 其可特举者,则宗周之末,尚有隗国,春秋诸狄皆为隗姓是也。《郑语》,史伯告郑桓公云:"当成周者,西有虞、虢、晋、隗、霍、扬、魏、芮。"案他书不见有隗国。此隗国者,殆指晋之西北诸族,即唐叔所受之"怀姓九宗"。春秋隗姓,诸狄之祖也。①

《左传·僖公二十三年》载,重耳逃亡到狄,狄人伐廧咎如,获其二女,重耳娶了季隗,赵衰娶了叔隗。廧咎如是狄族的别种,其女为季隗、叔隗,隗则是廧咎如的姓。这是隗为狄人的有力证明。从当时实际情况推测,既然晋国将安抚戎狄作为一项重要内容,那么,一定会有数量不少的戎狄人被晋国收归,王国维的考证很有见地。

除了立国时便有戎狄人加入外,建国后晋国与戎狄的交往也非常密切。重耳逃亡狄达12年之久,后狐射姑受到赵氏排挤,也出奔赤狄潞氏。晋与戎狄结盟数次,《春秋》鲁宣公十一年(前598年):"晋侯会狄于欑函。"杜注:"晋侯往会之,故以狄为会主。"晋悼公时魏绛力陈和戎五利,悼公大悦,派魏绛盟诸戎,之后实行和戎政策数十年。晋国与戎狄的联姻在别国也很罕见。晋献公六位夫人中四位就是戎女。《左传·庄公二十八年》,晋献公"娶二女于戎,大戎狐姬生重耳,小戎子生夷吾"。另外两个是导致晋国内乱的骊姬以及其娣。重耳不但自己为戎女所生,他也娶戎女为妻。古代贵族妇女出嫁往往要带上丰厚的嫁妆,先秦妇女嫁妆虽不可考,从当时陪媵制度看,一定的生活用品、货物珍宝甚至能工巧匠作为嫁妆都有可能。晋国与戎狄的多次联姻无疑会加速二者之间的文化交流。许多戎人的后代、亲戚成为晋国政治中的重要力量,如狐姬的父亲狐突曾辅佐太子申生,兄弟狐偃跟随重耳流亡在外,后成为晋卿,为晋文公继位及建立霸业做出了巨大的贡献,狐氏也成为晋国大族之一。叔隗嫁给赵衰后生子赵盾,赵盾专晋政达20年之久。可以说戎狄文化深深渗透到了晋国的上流社会,晋国君臣对戎狄文化的接受带有自觉的主观意识。从

---

① 王国维:《观堂集林·鬼方昆夷玁狁考》,中华书局1961年版,第590页。

情感来说，他们不但没有因为当时夷夏之辨观念而轻视戎狄，反而由于与戎狄的特殊关系（如文公由戎人所生），对戎狄文化有些亲切和认同。

晋国与戎狄文化的互相影响也比较明显，晋惠公时曾将陆浑之戎和姜戎迁到晋国南部，悼公时魏绛和戎，使得这些戎人逐步脱离了漂泊无定的游牧生活而开始从事农耕生产。军事上，戎狄多居山间，晋国原有的车兵难以施展其优势。晋平公时，晋卿中行穆子率师同山戎无终部等戎狄联军战于大卤，因笨重的战车行动受阻，于是将领魏献子下令"毁车以为行"，以步战取代车战，结果大胜。① 晋国无论是政治、军事还是文化方面，与戎狄的交流在诸侯国中都很突出。

相形之下，秦国对戎狄文化的吸收就显得有些不自觉。与其他国家一样，秦国与西戎总体上处于对抗状态。秦国自封国后，与戎狄的斗争就从未间断。如秦宪公二年（前714年），"遣兵伐荡社。三年，与亳战，亳王奔戎，遂灭荡社"。"武公元年，伐彭戏氏。"武公"十年，伐邽、冀戎，初县之"。穆公元年（前659年），"自将伐茅津，胜之"。到穆公三十七年（前623年），取得了霸西戎的决定性胜利。

对立中有时也不乏戎狄听命于秦，如穆公时与晋国一起迁陆浑之戎于伊川（《左传·僖公二十二年》）。秦桓公二十三年（前581年），"秦人、白狄伐晋，诸侯贰故也"②。秦桓公二十四年（前580年）秦与晋"夹河而盟，归而秦背盟，与翟合谋攻晋"③。史载最重要的一次秦与西戎的外交是穆公时以女乐送戎王，诱由余。

秦人与西戎之间也有联姻。秦襄公即位后，曾嫁穆嬴于西戎的一个首领丰王为妻。"襄公元年，以女弟穆嬴为丰王妻。"④ 秦与西戎联姻可能更多是出于防御目的。

秦人与戎人长期的战争，迫使他们时时高度警惕，尽可能提高自己的战斗力，形成了尚武好战的风气。秦人与戎人之间虽说也有外交与联姻活动，但在秦国历史中，戎狄文化没有像晋国一样渗透到上层社会。

总之，秦晋两国虽然都接受戎狄文化，但是程度不同，晋主动接受，

---

① 《左传·昭公元年》。
② 《左传·成公九年》。
③ 《史记·秦本纪》。
④ 《秦史记·本纪》。王蘧常谓："丰王盖戎王，荐居岐、丰之为号者。"见《秦史》，上海古籍出版社2000年版，第3页。

上层社会与戎狄交往很多，秦的接受则有些被动。

3. 与其他文化的关系

今晋南一带是夏文化的发祥地，晋文化还接受了夏文化的因子。从晋国初封实施"启以夏政"的政策看，这一地区受夏文化影响很深。否则，不会有此国策。

夏政究竟如何，因史料缺乏，无从考之。但是夏虚文化渊源已久却是事实。《左传·昭公元年》载子产与叔向的一段话：

> 昔高辛氏有二子，伯曰阏伯，季曰实沈，居于旷林，不相能也，日寻干戈，以相征讨。后帝不臧，迁阏伯于商丘，主辰。商人是因，故辰为商星。迁实沈于大夏，主参，唐人是因，以服事夏、商。其季世曰唐叔虞。当武王邑姜方震大叔，梦帝谓己："余命而子曰虞，将与之唐，属诸参，而蕃育其子孙。"及生，有文在其手曰虞，遂以命之。及成王灭唐，而封大叔焉，故参为晋星。

高辛氏即传说中的帝喾，帝喾之子实沈就居住在夏虚，后来这里又建立唐国，唐叔虞就是唐国末期的国君，曾服事殷商。考古成就也证明了这里历史的悠久，夏王朝建立之前，考古学意义上的陶寺文化就是居住在今晋西南的陶唐氏中的豢龙氏创造的。① 叔虞始封时"启以夏政"是充分考虑到当地相沿已久的习俗，为保证政权的稳定做出的正确选择。

《大戴礼记》中保留有《夏小正》一篇，学界认为以建寅之月为岁首者为夏正。《商周彝器通考》中有晋军缶，铭文为"正月季春，元日乙丑"②。周历季春三月，正是夏历之正月。《左传》中晋国用的就是夏正，僖公十五年（前645年）的秦晋韩原之战，《春秋》记载为十一月，《左传》根据晋国史料则记为九月。直到现在，农历依然沿用夏历，可见夏历源远流长。从夏代历法的影响不难推知夏文化的成就。可以说，晋地是中国远古人类最早开发的区域之一，也是华夏文明起源的中心地区。

嬴秦氏族是秦人的祖先，最早活动于黄河下游，后逐渐西迁，直到定居于今甘肃天水一带。秦文化中保留了一些东夷文化以及殷商文化的成

---

① 邱文山等：《齐文化与先秦地域文化》，齐鲁书社2003年版，第481页。
② 杨伯峻：《春秋左传注》，中华书局1990年版，第1540页。

分。这主要表现在图腾崇拜和宗教信仰方面,如以鸟为图腾,喜好擅长游牧狩猎,对少昊神的崇拜等。

秦人以鸟为图腾。《秦本纪》载"秦之先,帝颛顼之苗裔,孙曰女修。女修织,玄鸟陨卵,女修吞之,生子大业"。大业的后代大廉名曰鸟俗氏,大廉的玄孙孟戏、中衍,皆鸟身人言。秦人图腾崇拜在出土文物中也有反映,如秦景公一号大墓中就发现彩绘木雕金凤鸟。

文化来源的不同,是秦晋文化呈现不同特点的重要原因,前人谈及两国文化,常常会提到兼容并包、开放、多民族文化融合等,由于所融合的各种文化成分的不同,导致了两国文化总体特点异大于同。

(二) 秦晋用人指导思想不同

人才关乎一个国家的兴衰存亡,在春秋战国诸侯纷争的时代,人才就显得尤为重要。在选择人才的原则方面,秦晋表现出不同的特点。晋国的用人政策,大体还是沿袭以尊尊亲亲为主的尚贤尚功的原则,以职掌晋国军政大权的三军将帅来看,大体不出赵、韩、先、狐、胥、郤诸家。《国语·晋语四》载文公时对官员的任命:"举善援能,官方定物,正名育类。昭旧族,爱亲戚,明贤良,尊贵宠,赏功劳,事耆老,礼宾旅,友故旧。胥、籍、狐、箕、栾、郤、柏、先、羊舌、董、韩,寔掌近官。诸姬之良,掌其中官。异姓之能,掌其远官。"近官指朝廷之官,中官指宫廷内官,远官指地方官吏。虽然也提出举善援能、明贤良,但始终没有超越昭旧族、爱亲戚、尊贵宠、友故旧之传统用人模式。

以血缘关系为纽带的宗法观念在晋国较为淡薄。曲沃代翼,以小宗取代大宗,打破了嫡长子继承的宗法制,对晋国统治者是沉痛的教训,这是晋国发展史上的重大转折,从此通过打击公室宗族势力来稳固国君地位成为晋国历代统治者的用人原则。之后献公灭桓庄之族,骊姬逐杀群公子引发内乱,对国内宗族势力造成了毁灭性的打击。与此同时,大力扶植异姓势力,晋国重用异姓卿族成为传统。"唯晋,公子不为卿,故卿皆异姓。"①

既然可以挣脱血缘关系的纽带,任用异姓,选用人才就需要另一套新

---

① (清)高士奇:《左传纪事本末·晋卿族废兴》,中华书局1979年版,第431页。

的标准，尚贤是理所当然的选择。晋国的军政大权主要掌握在少数卿大夫手中，在这些人中到底由谁掌握，却是优先选择有才能者，如里克、荀息因为灭虢、虞有功官居卿位，赵衰、赵盾、狐偃、先轸等人也是因才能得以重用，可以说晋国实行的是卿中选贤的用人原则。在卿大夫家族中，也是能者居之，韩厥之长子韩无忌有废疾，让其弟韩起为卿；赵盾并非赵衰长子，却位高权重，集家庭、国家权力于一身；赵无恤为赵鞅次子，被立为卿。

秦国与晋国最大的不同是没有世族，秦国人才的任用不受家族的影响，不分贵贱，只要有益于秦国，即可重用。秦国属于输入人才的国家，国内的许多有识之士大都来自他国。在秦穆公、秦孝公、秦惠文王、秦昭王、秦王政这几代国君在位时期表现最为突出。秦穆公时期的重臣由余、公孙枝、士会、丕豹、百里奚、蹇叔，等等，为穆公的霸业做出了无可估量的贡献。战国以后，秦国招揽的外来人才数量更多、作用更大，如法家商鞅、李斯，兵家尉缭，纵横家张仪，统兵将帅蒙恬、王贲，等等。在秦国始终没有出现握有重权的卿大夫家族。

从用人思想来看，秦人较晋人用人更为灵活，更讲求现实效果，这是秦人能够最终灭六国统一中国的原因之一。

（三）秦晋政治注重实用的程度不同

秦晋政治都注重实用，具有一定的变革性和功利性，但是程度不同。

晋国在文公时的强盛与当时的改革分不开。政治上，晋文公能做到弃怨任贤，赏罚分明。寺人披曾在重耳逃亡时试图追杀他，重耳继位后依然重用。对于违背命令的有功之臣，如郤犨、舟之侨等，也坚决予以处罚。经济上，实行"作爰田"、"作州兵"的政策；军事上，将原来的二军扩充为三军。晋国重用异姓贵族，后来又产生法家思想，无不是重实用、重变革思想的体现。

秦人注重实用，国家政策能够依据现实需要及时做出调整，具有很强的现实性。秦文化的实用性体现在许多方面，最突出的表现是秦国对待其他文化的态度。诗书礼乐是自西周以来文化的重要内容，更是划分贵族平民的重要标尺，东方诸国无不以此津津乐道。对这些先进的文化，秦国有意学习效仿，并且取得了明显成效。但是对于西周以来占绝对地位的宗法制度，秦国却并没有接受。当时周天子名存实亡，诸侯国内大族之间权力的争夺、倾轧，卿大夫家臣权力的日渐扩大，成为各国共同面对的棘手问题，鲁国、晋国、齐国等当时有影响的国家，问题尤为突出。这些社会矛盾，秦国国君自然清楚。因此秦在建国后并没有重用世家大族。纵观春秋战国，秦国没有出现如其他国家一样握有重权的世族，导致秦国无世族。秦国在吸收东方文化时从实用的角度进行了扬弃。

秦国这种对其他文化中不同成分的取舍、吸收、扬弃，源于秦国一贯的指导思想，即讲求实用。从为周孝王在汧渭间养马的非子开始，面对现实、接受现实，从而根据现实情况脚踏实地地奋斗，就成为秦人的生存准则。秦国被周王以及其他诸侯国的逐步认可接受，建立邦交，乃至秦国领土的不断扩大，都来自秦人面对现实的不懈努力。

晋国的重变革、尚功利受到周礼中道德规范、礼义等的约束，多数晋人对周礼的遵守均出自内心的自我需要。秦人的遵礼则完全是现实利益的驱使，很难说秦人对周礼、周文化有很深的感情，在实用和礼义之间，秦人在实用的道路上走得更远。

文化本没有优劣之别，所谓优劣均是针对特定的时代而言的。任何文化内部都有其精髓供后人学习借鉴，一种文化不能适应当时社会发展的需要，并非说这种文化就变成了劣质文化，就应该将之彻底抛弃。

周礼、分封制、嫡长子继承制在西周初年对于巩固周王室政权曾经起了不可估量的作用。西周时的各诸侯国都程度不等地接受了这些文化。随着生产力的进一步发展，这些文化中渐渐生出不合时代要求的因子。春秋时期正处于社会大变革的时期，社会的发展要求文化领域也做出相应的变革。鉴于此，秦国、晋国都做出了反应，都进行了变革。但是，晋国的变革只是在旧有基础上的适应性调整，或者说是修补，并没有彻底动摇西周以来的制度和文化。这种修补产生了一定成效，从长远观之，仍不免被历史淘汰，晋国的最后解体就是明证。与晋国相比，秦国的改革要彻底得多。秦国从建国初始，就没有对周文化全盘接受。在当时的诸侯国中，秦人的这种变革尤显魄力，秦文化较晋文化更加适应当时社会发展的需要。在春秋战国这一特定时期，秦文化无疑是比晋文化更为优秀的一种文化。

二　秦晋文化的交流

春秋时期晋国是秦国政治上主要的交流国家，但是两国文化的互相影响、融合却并不突出。这一时期的融合主要表现在出土文物方面。出土于天水市北道区的一件青铜瓦垅纹四足匜,形制纹饰与山西天马——曲村遗址北晋侯墓地所出匜非常相似。① 圆顶山秦墓所出青铜器物,也具有明显的晋器风格,如器物造型追求华丽的装饰性倾向,大量使用动物形象做附饰。尤其所出车形器,与山西曲沃北赵村晋侯墓中出土的一只鼎形青铜方盒相类似,而与山西闻喜晋墓所出挽车模型更为相似,尤其是形制和动物附饰,如出一辙,其渊源关系一望可知。这种现象在其他秦墓出土物中也有发现。② 郭沫若也注意到秦公簋、镈钟"铭文格调词句多与晋邦盦相同","此簋与镈和钟必约略同时,可以远后于晋邦盦而不能远先于晋邦盦。盖嬴秦后起,其文化稍落后于中原。铭文之与晋邦盦相类似者乃采仿中原风气"③。晋邦盦郭氏考订是晋襄公时器。以上器物说明了秦器与晋器之间存在着某种渊源关系。

晋国是春秋时期青铜器较为发达的国家。上述秦器与晋器的诸多相似性,不禁使我们联想到与秦人同祖的晋国赵氏家族。与晋器相似的这些秦器技术,会不会是通过赵氏家族传到秦国的呢?

赵文化(包括战国时的赵国)与秦文化有许多相似性。李学勤曾说:"赵文化有两重特性,既是一种华夏文化,又是一种戎狄文化,是华夏文化和戎狄文化相交融的一个结果。赵文化的特点和精神,是一种开放的、进取的、包容的、融合的文化。"④ 这与秦文化的特点非常相似!战国时赵地畜牧业非常发达,《汉书·地理志下》称代地的定襄、云中、雁门一带,其民鄙朴,少礼文,好射猎。这是继承祖先善于养马传统的结果。赵人也雄健尚武,在赵地很难找到鼓吹温柔敦厚、忠信礼让的纯粹儒家理论家,相反,却有许多慷慨悲歌之士。秦人祖先善养马为人熟知,《史记·秦本纪》中出现多处记载,如大费曾"佐舜调驯鸟兽,鸟兽多驯服","造父以善御幸于周穆王",非子"好马及畜,善养息之"。

秦人与赵人同祖的血缘关系,相近的文化风习,加之秦国与晋国地域接壤,这些都是秦晋两国文化交流的很好契机。秦国与晋国出土器物风格

---

① 祝中熹、李永平:《青铜器》,敦煌文艺出版社2004年版,第134—135页。
② 祝中熹:《早期秦史》,敦煌文艺出版社2004年版,第271页。
③ 转引自王辉《秦出土文献编年》,台北新文丰出版公司2000年版,第47页。
④ 李学勤:《赵文化的兴起及其历史意义》,《邯郸学院学报》2005年第4期。

接近，这些技术在早期很有可能是通过赵国工匠传入秦国的。

与人才交流中晋属输出、秦属输入的现象相同，在文化交流中，晋国处于优势，秦国则是主动学习。春秋时期秦晋文化交流还不明显，到了战国时期，秦国才大规模融合晋文化。

秦晋文化交流的另一有力见证是作于战国秦惠王时期的《诅楚文》。《诅楚文》无论是内容还是形式，与《左传》所载晋国《吕相绝秦书》都非常相似，显然受到《吕相绝秦书》的启发。

战国时期秦与三晋的文化交流首先是通过大量客卿进行的。这些来自三晋的客卿，到了秦国后，也将三晋的一些思想、文化带到了秦国，最突出的是法家思想。秦孝公时商鞅变法的许多内容源于三晋，变法所制定的法律，据载是以魏国李克的《法经》为基础，睡虎地秦简《为吏之道》最后就附了两条魏律，可见魏国变法在秦国社会的影响。需要说明的是，商鞅之学，来自三晋，而在商鞅变法取得成功后，变法的经验又反过来影响三晋国家，纷纷为他们学习与效仿。韩非子思想中"法"的成分就主要来自商鞅。《韩非子·五蠹》也说："今境内之民皆言治，藏商、管之法者家有之。"商鞅变法在韩国的影响如此巨大，其他国家的情况也大体可知。《汉书·艺文志》杂家《尉缭》二十九篇下，颜师古注引刘向《别录》云："缭为商君学。"今本《尉缭子》为魏国著作，① 但是书中有很多有关秦国制度方面的内容，与《商君书》的词语、制度有多处相似之处，这是《商君书》影响《尉缭子》的结果。除魏国的李克变法外，战国晚期的韩非子也在秦国产生了一定影响。韩非虽入秦不久后就被杀，但是《韩非子》一书却在秦国受到了重视，秦王政见了韩非的《说难》、《孤愤》后大加赞赏，提出要见韩非。《史记·李斯列传》也载："而二世责问李斯曰：'吾有私议而有所闻于韩子也。'"有学者指出，秦始皇时期的"以吏为师"思想，在《韩非子·五蠹》中已经出现，《五蠹》中有"故明主之国，无书简之文，以法为教；无先王之语，以吏为师；无私剑之捍，以斩首为勇"几句，可见这一主张其实来自韩非。②

---

① 《尉缭子》究竟属于哪个国家的著作，学界分歧很大，有的学者认为《尉缭子》应该是魏国著作，尉缭应是梁惠王时人；而有的学者认为《尉缭子》应是秦国著作，尉缭由魏入秦，在秦曾任国尉。本文取前一说。参见文超《先秦兵书研究》，上海古籍出版社2007年版。

② 史党社、田静：《秦与三晋学术的关系〈先秦兵书研究〉作者——以〈尉缭子〉、〈韩非子〉为例》，载《秦文化论丛》第11辑，三秦出版社2004年版。

论秦文化与西戎文化的相互影响*

——兼对秦文化起源问题辨析

延娟芹

  秦人长期与戎狄杂处，秦文化在一定程度上受到了西戎文化的影响，对此古今学者都有论述，如班固在《汉书·地理志》中曾说："天水、陇西，山多林木，民以板为室屋。及安定、北地、上郡、西河，皆迫近戎狄，修习战备，高上气力，以射猎为先。"但是前人对秦文化与西戎文化关系的论述都较为笼统，到底秦文化中哪些因素来源于西戎文化？秦文化在吸收西戎文化的同时是否也对西戎文化产生了影响？二者有什么关系？另外关于秦之族源，学界一直存在两种截然相反的观点："东来说"和"西来说"。对这个问题的不同认识，也直接关系到秦文化中许多要素的来源以及与西戎文化的关系问题。本文拟从文献记载出发对这些问题进行分析。

一 有关西戎的族属、习俗

  先秦时期西北之部落，商周间有鬼方、昆夷、熏鬻，西周时有獯狁，春秋时有戎、狄，战国时有胡、匈奴。据王国维考证，诸多称呼是对同一部族或者相近部族在不同时期的不同称谓，并非一个部族消失后又出现新

---

  * 本文为西北少数民族文学研究中心项目"西北多民族文化融合对汉代文学题材的影响"阶段性成果。

的部族。① 这些部族在春秋时期都可以归入西戎。

"西戎"是个非常宽泛的概念，可以看作一个总称，下面又分成若干种族，如著名的有犬戎、骊戎、陆浑戎、绵诸戎、翟獂戎、邽冀之戎、义渠戎、大荔戎，等等。他们的活动地区，主要在今陕西、甘肃、宁夏，特别是在甘肃一带。② 狄人有时也指西戎之一支，文献中戎、狄常常并称，二者之不同很难区分开来。西羌、氐人也属于西戎，《后汉书·西羌传》从西羌说起，下文又讲到西戎，可见《西羌传》作者认为羌人即西戎。近年来，一些学者研究的结果也表明，西羌当属于西戎部落。"西戎内部至少还可分成氐羌两大系统，其中羌人为西北甘青土著，氐人则主要是上古由东方徙来之獯狁、昆夷、畎夷。"③ 总之，可以把"西戎"理解为对西北许多非华夏部族的统称。

西戎部族没有文字，有关他们的文化情况文献记载很少，现在只能通过一些零星材料，以窥一二。

《左传·襄公十四年》戎子驹支与范宣子的对话：

> 昔秦人迫逐乃祖吾离于瓜州，乃祖吾离被苫盖、蒙荆棘，以来归我先君。……我诸戎饮食衣服，不与华同，贽币不通，言语不达。……赋《青蝇》而退。

《史记·匈奴列传》：

> 匈奴……随畜牧而转移。其畜之所多则马、牛、羊，其奇畜则橐驼、驴、骡、駃騠、駒騟、驒騱。逐水草迁徙，毋城郭常处耕田之业，然亦各有分地。毋文书，以言语为约束。儿能骑羊，引弓射鸟鼠；少长则射狐兔，用为食。士力能弯弓，尽为甲骑。其俗，宽则随畜，因射猎禽兽为生业，急则人习战攻以侵伐，其天性也。其长兵则弓矢，短兵则刀铤。利则进，不利则退，不羞遁走。苟利所在，不知礼义。

---

① 王国维：《观堂集林·鬼方昆夷獯狁考》，中华书局1959年版，第583—606页。
② 俞伟超：《古代"西戎"和"羌"、"胡"考古学文化归属问题的探讨》，载《先秦两汉考古学论集》，文物出版社1985年版。
③ 陈平：《关陇文化与嬴秦文明》，江苏教育出版社2005年版，第145页。

> 自君王以下，咸食畜肉，衣其皮革，披旝裘。壮者食肥美，老者食其余。贵壮健，贱老弱。父死，妻其后母；兄弟死，皆取其妻妻之。其俗有名不讳，而无姓字。

《后汉书·西羌传》也有类似记载。

通过以上材料，可以大致勾勒出戎狄部族的特点：生活迁徙不定，以畜牧、狩猎为主，兼有粗耕农业，可能是一种复合经济。春秋以后，与诸夏杂居，农业成分增加。没有文字，食畜肉，衣皮革，擅长骑射和攻占侵伐，尚功利，以战死为荣。不知礼义，婚姻较为自由随意。

戎狄的这些习俗，形成诸夏对其颇为复杂的感情。从文化观之，戎狄确实落后于诸夏。当诸夏已经讲求"食不厌精，脍不厌细"[①]，衣服要"短毋见肤，长毋被土"、"以应规、矩、绳、权、衡"时，[②]戎狄却尚在食畜肉，衣皮革。如果说生活习俗的不同还可以求同存异的话，戎狄的抢夺侵伐就为诸夏所不能接受了。戎狄游牧漂泊的生活，决定了他们没有固定的居住地点，不可能有太多的积蓄，生活受自然环境影响很大，一旦环境恶劣，便面临着生存危机。相比之下，诸夏是农业经济，生活稳定，在风调雨顺丰衣足食时，还会有一定的积蓄，以供荒年补给。这样，戎狄为生活所迫向诸夏侵夺便很自然。但是，在尚礼义的诸夏眼里，戎狄的这种抢夺近同于强盗。更为可怕以致令诸夏不能认同的是戎狄在婚姻制度上的随意性。父死，儿子可以娶后母，这在诸夏看来，就近乎禽兽了。诸夏在文化上的优越感，形成对戎狄的极度鄙视。

戎狄也有诸夏远远不及的长处。善用硬弓长矛，出没神速，以骑兵步兵为主，军队机动灵活。戎狄在战争中这些显而易见的优势使得诸夏在文化上的优越感在他们面前根本不堪一击，迅速变成了劣势，戎狄的侵扰成为诸夏共同面临的棘手问题，以至于有时诸夏不得不互相联合方能抵御他们的进攻。齐桓公"尊王攘夷"旗号的提出，正是抓住了各国的这种心理，是诸夏这一尴尬处境的最好注脚。鉴于此，诸夏对戎狄又从心底升起了本能的畏惧。

---

① 杨伯峻：《论语译注》，中华书局1980年版，第102页。
② 王文锦：《礼记译解》，中华书局2001年版，第875页。

一方面在文化上鄙视，另一方面在军事上畏惧，这是诸夏对戎狄的复杂感情，由此也出现了复杂的政治关系。

与其他国家一样，秦国与西戎总体上处于对抗状态。秦国自封国后，与戎狄的斗争就从未间断。如秦宪公二年，"遣兵伐荡社。三年，与亳战，亳王奔戎，遂灭荡社"。"武公元年，伐彭戏氏。"武公十年，"伐邽、冀戎，初县之"。穆公元年，"自将伐茅津，胜之"。到穆公三十七年，取得了霸西戎的决定性胜利。

对立中有时也不乏戎狄听命于秦，如穆公时期秦国与晋国曾一起迁陆浑之戎于伊川（《左传·僖公二十二年》）。秦桓公二十三年（前581年），"秦人、白狄伐晋，诸侯贰故也"①。秦桓公二十四年（前580年）秦与晋"夹河而盟，归而秦背盟，与翟合谋攻晋"②。史载最重要的一次秦与西戎的外交活动是穆公时将一批女乐送给戎王，离间戎王与其谋臣由余的关系，最后迫使由余归附了秦国。

秦人与西戎之间也有联姻。秦襄公即位后，曾嫁穆嬴于西戎的一个首领丰王为妻。"襄公元年，以女弟穆嬴为丰王妻。"③ 秦与西戎联姻可能更多是出于防御目的。

二 秦文化与西戎文化的相互影响

（一）"西来说"辨析

关于秦之族源，一直存在两种截然相反的观点："东来说"和"西来说"。对这个问题的不同认识，直接关系到秦文化中许多要素的来源问题。

"东来说"发端于司马迁，认为秦之先祖来源于山东沿海的东夷嬴姓氏族。"西来说"由王国维首倡，主张秦之先祖来源于西方的戎狄。下面重点讨论"西来说"。

王国维在《观堂集林·秦都邑考》中提到："秦之祖先，起于戎狄。"

---

① 《左传·成公九年》，杨伯峻：《春秋左传注》，中华书局1990年版，第846页。
② 《史记·秦本纪》，《史记》，中华书局1959年版，第196页。
③ 《秦史记·本纪》。王蘧常谓："丰王盖戎王，荐居岐、丰之为号者。"见王蘧常《秦史》，上海古籍出版社2000年版，第3页。

在他的提示下，不少学者做了进一步的探索。如蒙文通就有详尽论证，①在学界反响很大。俞伟超、熊铁基等学者也撰文做了论述。②

综观"西来说"学者之说法，最值得重视的是以下几点。

（1）春秋战国秦人墓葬以及随葬品最突出的特点是屈肢葬、洞室墓、铲形袋足鬲、西首葬。这些特点尤其是屈肢葬、洞室墓、铲形袋足鬲与甘青地区诸戎羌文化风习相近，可证秦人源于西戎。这是"西来说"学者最有力的证据。

（2）秦人世居之地名曰犬丘、西犬丘，地名中带犬字说明秦人可能出自西戎中的犬戎一族。

（3）秦人的一些风习与西戎近同，因此汉代以前的文献中多有中原诸夏将秦与戎狄并称或视秦为戎狄的记载。

（4）《史记·秦本纪》载申侯对周孝王说的一段话中有"昔我先郦山之女，为戎胥轩妻，生中潏"一句，明确称秦之先祖胥轩为戎。

第一、第二点前贤已经做了详细论述，这里只做简单介绍，重点分析第三、第四点。

第一点，"东来说"学者已经做了批驳，如春秋时期秦人屈肢葬多出现在下层社会墓葬，秦人贵族多采用直肢葬。这一问题属考古学范畴，正确与否只能由考古学专家做出判断。第二点，地名中带犬字并不能作为秦人出自犬戎的直接证据。古代部族迁徙要经过数代人的艰辛努力，秦人从东方逐渐迁到关陇一带，至少也经过了几百年的时间，焉知此犬丘不是秦人在后来与戎狄杂居的漫长岁月中受其影响的结果呢？

第三点，将秦人与戎狄并称或视秦作戎狄的记载主要见于以下文献：

1. 《战国策·魏策三》

> 魏将与秦攻韩，无忌谓魏王曰："秦与戎翟同俗，有虎狼之心，贪戾好利而无信，不识礼义德行，苟有利焉，不顾亲戚兄弟，若禽

---

① 蒙文通：《周秦少数民族研究》中有《秦为戎族》和《秦为犬戎之一支》两篇，上海龙门联合书局1958年版，第22—26页。

② 俞文为：《古代"西戎"和"羌"、"胡"考古学文化归属问题的探讨》，载《先秦两汉考古学论集》，文物出版社1985年版；熊文为：《秦人早期历史的两个问题》，《社会科学战线》1980年第2期。

兽耳。"①

2. 《管子·小匡》

（桓公）与卑耳之貉，拘秦夏。西服流沙西虞，而秦戎始从。②

3. 《史记·秦本纪》

孝公元年……秦僻在雍州，不与中国诸侯之会盟，夷翟遇之。

4. 《史记·六国年表》

今秦杂戎翟之俗，先暴戾，后仁义，位在藩臣而胪于郊祀，君子惧焉。……秦始小国僻远，诸夏宾之，比于戎翟。

5. 《史记·商君列传》

商君曰："始秦戎翟之教，父子无别，同室而居。今我更制其教，而为其男女之别，大筑冀阙，营如鲁卫矣。"

6. 《公羊传·昭公五年》

秦伯卒。何以不名？秦者，夷也。匿嫡之名也。③

7. 《穀梁传·僖公三十三年》

夏，四月，辛巳，晋人及姜戎败秦师于殽。不言战而言败，何也？狄秦也。其狄之何也？秦越千里之险入虚国，进不能守，退败其

---

① 缪文远：《战国策新校注》，巴蜀书社1998年版，第757页。
② 黎翔凤：《管子校注》，中华书局2004年版，第425页。
③ （唐）徐彦：《春秋公羊传注疏》，《十三经注疏》北大标点本，1999年，第483页。

师，徒乱人子女之教，无男女之别。秦之为狄，自殽之战始也。①

8.《公羊传·僖公三十三年》

晋人及姜戎败秦于殽。其谓之秦何？夷狄之也。曷为夷狄之？秦伯将袭郑，百里子与蹇叔子谏曰："千里而袭人，未有不亡者也。"②

9.《救秦戎钟铭文》

秦王卑命竟平王之定救秦戎。③

上引内容除《救秦戎钟铭文》作时有争议外，其余都属春秋以后著作。《救秦戎钟铭文》虽然国别和作器时间学界分歧很大，但是有两点可以确定：一是该铭文反映了当时秦楚两国的友好关系；二是这里的"秦戎"是指秦兵、秦国军队，并不是对秦的蔑称。

上引《战国策》、《史记》、《榖梁传》中的记载并没有真正把秦人当作戎翟。细玩其辞可以发现，"秦与戎翟同俗"、"夷翟遇之"、"杂戎翟之俗"、"比于戎翟"、"秦戎翟之教"几句中本身就隐含有秦本非戎翟，只是因为染有戎翟风习，才被诸夏视为戎狄，将这些记载作为秦人起源于戎狄的说法显然不能成立。退一步说，假若秦人源于西戎，春秋以及更早的文献岂有只字未提之理？此外，从秦人自身来说，也从未将自己与戎狄等同，反而是为了抵御西戎，数代人经过了艰苦卓绝的斗争，并为此付出很大代价。假若秦人出自西戎，怎么会为拱卫异族（华夏）而与自己的同族（西戎）战争不断呢？

上引几条记载从文字本身把秦作为戎翟的只有《公羊传》两条。仅仅依据个别记载就将大量的视秦为华夏的记载统统否定，似乎有失武断。

---

① （唐）杨士勋：《春秋榖梁传注疏》，《十三经注疏》北大标点本，1999年，第154页。
② （唐）徐彦：《春秋公羊传注疏》，《十三经注疏》北大标点本，1999年，第270页。
③ 此钟于1973年出土于湖北当阳季家湖楚城遗址，钲部刻"秦王卑命"4字，鼓左刻"竟平王之定救秦戎"8字。"平"字各家释读略有分歧。这里据李零《楚国铜器铭文编年汇释》，载《古文字研究》第13辑，中华书局1986年版，第380页。

第四点,"戎胥轩"的问题。

司马迁著《史记》,用语极为严谨,在探讨秦人祖先的一段文字中,在"戎胥轩"前后的秦人祖先名称前都没有冠以"戎"字,单单在胥轩前增一"戎"字,颇令人不解。而且,从整段文字看,他也没有把秦人作为戎翟一支。在《秦本纪》中开宗明义,"秦之先,帝颛顼之苗裔",前后记载的矛盾司马迁应该知道的,那么他为什么还保留"戎胥轩"说法呢?

周孝王因为非子养马有功,想要把非子立为大骆之嫡子。其时,大骆有嫡子名成,乃申侯之女所生。申侯便亲自向孝王为其外孙成争取嫡子之位,于是就有了"为戎胥轩妻"云云一段话。

申侯族乃西戎一支,其文化在当时落后于诸夏,甚至连文字也没有。在他们心里,夷夏之辨并不像中原那么严格,他们对秦人先祖的不太恰当的称谓在所难免。何况,当时申侯之先嫁给戎胥轩,秦与戎联姻,秦人与戎人也算近亲,在戎人看来,把秦人当作戎人也未尝不可。

通过对以上文献的辨析,可以做出如下结论:将秦视作戎狄都是战国以后的事,春秋时期并没有这样的记载。这些提法的出现当另有原因,以此作为秦出于西戎、秦为西戎一支的说法有失片面。

(二) 秦文化与西戎文化的相互影响

尽管"西来说"的观点难以成立,"西来说"学者发现并提出的某些问题却很值得我们思考。更为重要的是,"西来说"影响如此之大,足以形成与"东来说"抗衡的局面,一个最基本的前提是,秦文化中确实有许多戎狄文化的成分,这是两派学者都认同的事实。分歧的主要焦点是,这些戎狄文化成分是秦人族源固有的还是后来受戎狄文化影响产生的?"东来说"学者的解释是:"'西来说'从秦杂戎狄之俗、行戎狄之教上来论证秦与西戎同族,是误将秦文化的族源与秦文化受戎狄文化的影响这两个根本不同的概念弄混淆了。"[①]

既然秦文化中的戎狄成分不是秦人族源固有的,而是后来吸收外族文化的结果,这种吸收表现在哪些方面?先看出土器物。

---

① 陈平:《关陇文化与嬴秦文明》,江苏教育出版社2005年版,第140页。

秦文化遗存中常常出现大量金器。大堡子山秦陵中发现两对金虎和组成四对大型鸷鸟图案的七八十件金饰片。圆顶山秦墓中出土金首、金格的剑柄。凤翔景公大墓出土了不少金泡、金纽扣等。宝鸡益门村春秋秦墓共出金器百余件，有金柄铁剑、金首铁刀、金泡、金带钩、金环、金络饰等。[①] 而在同时代的中原墓葬中很少发现金器，关中一带的周人墓葬和窖藏中发现青铜器无数，却不见金器出土。将金器作为随葬品的习俗决不会来自华夏，这是秦人受西戎文化影响的结果。

传世文献也可以帮助我们了解戎狄文化对秦人的影响，梳理古人说法，大抵有三方面内容：

1. 秦人不识礼义德行。具体表现是父子无别，同室而居。这是令诸夏最为鄙视的习俗。

2. 秦人贪戾好利而无信。为了最大限度地获得利益，秦人甚至可以不择手段，父子、夫妻等亲情在利益面前显得微不足道，这与诸夏重义轻利的道德观念不同。

3. 秦人崇尚战争军功。秦人好战，这是古今学者的共识。好战风习的形成除了秦国早期艰难的生存环境所迫之外，长期与戎狄杂处，尤其是邦冀戎、茅津戎等相继被秦吞并，秦人中自然有不少戎狄人存在，这些都潜移默化地影响了秦人的价值观念和社会风尚，如魏源曾云："盖襄公初有岐西之地，以戎俗变周民也"[②]。

文化交流的特点是，一般由发达地区流向落后地区。诸夏文质彬彬的礼乐文明、谦谦儒雅的君子风范、浩繁多样的文化典籍，都对戎狄有着无形的吸引力。戎狄学习华夏文化应该是主动的，积极的。政治上的联姻、人才的流动、生活地域的杂处，都是学习交流的很好途径。春秋时期戎狄虽然未见有典籍出现，但种种记载表明戎人中个别贵族的文化修养并不逊色于中原人士。

《左传·襄公十四年》所载戎子驹支智对范宣子一段辞令，甚为精彩，为我们展示了戎人贵族的文化修养。这段辞令也常被散文选本收录。

> 将执戎子驹支，范宣子亲数诸朝，曰："来！姜戎氏！昔秦人迫

---

① 参见祝中熹《早期秦史》，敦煌文艺出版社2004年版，第272页。
② （清）魏源：《诗古微·秦风答问》，岳麓书社1989年版，第534页。

逐乃祖吾离于瓜州，乃祖吾离被苫盖、蒙荆棘以来归我先君，我先君惠公有不腆之田，与女剖分而食之。今诸侯之事我寡君不如昔者，盖言语漏泄，则职女之由。诘朝之事，尔无与焉。与，将执女。"对曰："昔秦人负恃其众，贪于土地，逐我诸戎。惠公蠲其大德，谓我诸戎，是四狱之裔胄也，毋是翦弃。赐我南鄙之田，狐狸所居，豺狼所嗥。我诸戎除翦其荆棘，驱其狐狸豺狼，以为先君不侵不叛之臣，至于今不贰。昔文公与秦伐郑，秦人窃与郑盟，而舍戍焉，于是乎有殽之师。晋御其上，戎亢其下，秦师不复，我诸戎实然。譬如捕鹿，晋人角之，诸戎掎之，与晋踣之。戎何以不免？自是以来，晋之百役，与我诸戎相继于时，以从执政，犹殽志也，岂敢离逖？今官之师旅无乃实有所阙，以携诸侯，而罪我诸戎！我诸戎饮食衣服不与华同，贽币不通，言语不达，何恶之能为？不与于会，亦无瞢焉。"赋《青蝇》而退。宣子辞焉，使即事于会，成恺悌也。

面对范宣子的强词夺理、无中生有、咄咄逼人的气势，戎子不卑不亢，镇定自如，娓娓道来，对祖先历史、诸夏情况的精熟了解，对《诗经》的准确运用，尤其是柔中带刚、有理有据的反诘，都与诸夏行人无二。结尾的赋诗既含蓄地提出"无信谗言"的忠告，又指出了问题的实质：该事件的起因是晋国听信谗言，横加罪名。驹支的一番话不但折服了以强势自居的范宣子，同时还达到了目的，与晋成恺悌。戎子的辞令足见戎狄接受华夏文化的深度和广度。

秦人与戎狄在进行军事斗争和政治交流的同时，文化方面也受到潜移默化的影响。大体说来，秦人接受戎狄文化是被动的，多是出于生存的需要；戎狄学习包括秦文化在内的华夏文化则是主动的，积极的。

构思巧妙 匠心独运*

——《小雅·出车》解析

米玉婷

《出车》一诗描写了发生在周宣王时期的战争，充满了哀愁与忧患。① 诗在写作手法和布局谋篇上都独具匠心，本文拟对其进行分析，以探讨此类诗篇在创作上的独到之处。为免查阅之繁，兹录原诗如下：

我出我车，于彼牧矣。自天子所，谓我来矣。召彼仆夫，谓之载矣。王事多难，维其棘矣。

我出我车，于彼郊矣。设此旐矣，建彼旄矣。彼旟旐斯，胡不旆旆。忧心悄悄，仆夫况瘁。

王命南仲，往城于方。出车彭彭，旂旐央央。天子命我，城彼朔方。赫赫南仲，猃狁于襄。

---

* 本文原载于《兰州教育学院学报》2006年第3期。

① 《诗经》中的战争诗，按战争的范围和性质可分为两类：一类是反映周天子对外战争的，如《小雅》中的《采薇》、《出车》、《六月》、《采芑》，《大雅》中的《江汉》、《常武》等；一类是反映诸侯对外战争的，如《秦风》中的《小戎》、《无衣》等。《大雅》、《小雅》中的六篇战争诗按战争发生的地域又可分为两部分：一是反映周王朝与西北戎狄战争的，即《采薇》、《出车》和《六月》；二是反映周王朝与东南荆蛮和徐淮战争的，即《采芑》、《江汉》和《常武》，这两类诗歌在情感基调上差异显著。通读这六首战争诗，会发现反映西北战争的诗歌笼罩于一种抑郁沉痛的情绪和氛围中，而反映东南战争的则充满了将士们必胜的信念和远大的抱负。

昔我往矣，黍稷方华。今我来思，雨雪载途。王事多难，不遑启居。岂不怀归？畏此简书。

喓喓草虫，趯趯阜螽。未见君子，忧心忡忡。既见君子，我心则降。赫赫南仲，薄伐西戎。

春日迟迟，卉木萋萋。仓庚喈喈，采蘩祁祁。执讯获丑，薄言还归。赫赫南仲，玁狁于夷。

一　精巧细致的布局结构

对《出车》的布局谋篇和整体把握上，方玉润讲得清楚："此诗以伐玁狁为主脑，西戎为余波，凯还为正义，出征为追述，征夫往来所见为实景，室家思念为虚怀。头绪既多，结体易于散漫。……唯全诗一城玁狁，一伐玁狁，一归献俘。皆以南仲为束笔。不唯见功归将之美，而且有制局整严之妙。作者匠心独运处，故能使繁者理而散者齐也。"① 对于诗之结构，方氏亦颇有见地："（一、二章）讲出征，先写车旅仆从之盛，是一篇点兵行。（三章）王命南仲，仲传王命，两命互写，郑重之至，赫奕之至，是全诗警策处。（四章）以上了一事，此下又生一事。以事之曲折为文之波澜。（五章）忽从其室家一面写未能即归，事愈闲而文愈曲矣。玁狁是正义，西戎乃余波故曰'薄伐'。（六章）须看他处处带定南仲，章法自能融成一片。末仍归重玁狁，完密之至。"

诗人把精拣出的点兵建旗、伐玁狁、征西戎、凯旋归来献俘虏等主要情节巧妙组合，一统纷杂头绪，构筑成篇，并选取不同角度叙述，以主带次。既有条不紊地展现事件发展全过程，又避免了罗列事件之弊。这种结构使诗章布局严整，凸显主题的同时使诗歌曲折动人。

诗歌的空间构成也颇有妙处。全诗共描绘了受命点兵、建旗树帜、出征北伐、转战西戎、途中怀乡、得胜而归六个不同时空的画面，诗人将这些并无紧密联系的场景、情节借助情感的抒发糅合、贯通，展开一幅真实、广阔的古时征战图。

---

① 方玉润：《诗经原始》（下），中华书局1986年版，第343—344页。

二 摇曳多变的视角

诗一开篇即以倒叙手法先声夺人地展开描述,加强紧迫的临战情势:首先借全军最高统帅南仲之口,将车驰马聚、急如星火的紧急备战之景铺开后再道出紧急出车的原因——"王事多难,维其棘矣"。

第二章在兵强马壮、各色旗帜处处飞扬的壮阔场面中,南仲并非只见威武之师的雄姿,而是细心地发现了士兵因战前的恐惧而出现"况瘁"之相,且由于此次征战责重任大,他也"忧心悄悄"。这表现出南仲能"上承天子威灵,下同士卒劳苦"①,为后来率军凯旋提供了依据。

第三章是作者转换几次视角表述的。首先从作为士卒的诗人的角度描述出征和周军壮盛之貌:"王命南仲,往城于方。出车彭彭,旂旐央央。"继而口吻又马上转成南仲:"天子命我,城彼朔方。"仿佛可见周军浩荡地前进,马上的南仲俯瞰军队,心中思量着此次征伐。这样铺张地形容周军的盛容,胜利似已唾手可得。作者略过战斗场面的描写,笔锋直接转至获胜的喜悦,他激动地高赞:"赫赫南仲,猃狁于襄。"

第四章由诗人亲自出面叙述,上承征猃狁回忆的结束,下启对伐西戎回想的开始。本章连下章,是诗人在襄猃狁、伐西戎后,于归途中对征伐生活的回忆,亦为虚写之词。有当本章是诗人征完猃狁转伐西戎途中的真实叙写,恐非。"《笺》:'黍稷方华,朔方之地六月时也。以此时始出垒征伐猃狁,因伐西戎。至春冻始释而来反,其间非有休息。'按,'黍稷方华',始成方也。'雨雪载途',始伐戎也。"②陈子展也说:"诗人自言不以家事辞王事。昔也往城朔方,今也来伐西戎。"③ 分析出了本章描写的征战状况。

第五章表现了击退猃狁后,周军回军向西,将去平伐西戎时征人怀乡思亲之情终于克制不住,勃发而出。时序上来看前章为"雨雪载途"之时,此章又是"喓喓草虫,趯趯阜螽"的深秋时分,似有不妥,实则不然,如方氏言:"插此一笔,乃与前后二章景物相称。看似间杂,其实非

---

① 方玉润:《诗经原始》(下),中华书局1986年版,第343—344页。
② 王先谦:《诗三家义集疏》,中华书局1987年版,第587页。
③ 陈子展:《诗经直解》,复旦大学出版社1983年版,第546页。

间杂也。"这在下边套语部分有所说明。

言及本章的抒情主体，朱熹《集传》以为"此言将帅之出征也，其室家感时物之变而念之，以为未见而忧之如此，必既见而后心可降耳"。陈子展也认为是"设为南仲室家之言，其未归也而望之"（《直解》）。朱陈二人皆以为本章出自南仲室家之口，恐非，当仍为征夫设想之词。事实上是首战告捷，诗人并未自己亲口表达他的激动和久战未归对家人的思念，而是借妻子之口。诗人之妻先抒发了思夫之忧和团聚之乐："未见君子，忧心忡忡。既见君子，我心则降。"本是征夫思妇，但这里诗人转换抒情主体，将征夫在外对妻子的思念变成了思妇在家对征夫的期盼，巧妙地体现出两种相思，一种情愁。

关于本章草虫的兴象，郑《笺》云："草虫鸣，阜螽跃而从之，天性也。喻近西戎之诸侯闻南仲既征猃狁，将伐西戎之命，则跳跃而乡望之，如阜螽之闻草虫鸣焉。草虫鸣，晚秋之时也，此以其时所见而兴之。"恐非，此诗是征夫旋归时所作，"室家思念为虚怀"，本章就是诗人通过妻子之口婉转地表达自己在途中已不可遏止的乡愁，那么，要配合这种情感的抒发，此处应是以秋虫起兴，借自然之物况人事，草虫振翅而鸣，阜螽趋声而跳，此呼彼应，相悦相求，男女春恋、依偎之情诚然如斯，而非如郑氏所云。

本章连下章，诗人又让妻子反复赞叹威名赫赫的南仲，这样不仅避免了只由诗人赞美的重复，又把情愫表达得委曲。如王夫之所言：

> ……南仲之功，震于闺阁，室家之欣幸，遥想其然，而证人之意得可知矣。乃以次而称南仲，又影中取影，趋紧人情之极至者也。（《诗绎》）

上到将领，下到普通士卒及其室家，作者从不同身份地位人物的不同视角来反映战争，增强了战争的立体感。

至卒章，诗人的情绪也如春回大地，"迨至今而春回日暖，草长莺飞，采蘩妇子，祁祁郊外，而壮士凯还，则执讯获丑，献俘天子，归功大帅"（《原始》）。第四章"雨雪载途"为深冬或初春时景，正是去伐西戎之时。陈奂《传疏》："'黍稷方华'著戍方之始，'雨雪载途'著伐戎之始。"故旋归之时，已是"春日迟迟，卉木萋萋。仓庚喈喈，采蘩祁祁"。

方氏以为"此真还乡景物也"(《原始》)。欧阳修《毛诗本意》也认为是诗人实写眼前真实所见。主虚写者如王夫之则以为:"训诂家不能领悟,谓妇方采蘩而见归师,旨趣索然矣。建旌旗,举矛戟,车马喧阗,凯乐竞奏之下,仓庚何能不惊飞,而尚闻其喈喈?六师在道,虽曰勿扰,采蘩之妇,亦何事暴面于三军之侧耶?征人归矣,度其妇方采蘩,而闻归师之凯旋。故迟迟之日,萋萋之草,鸟鸣之和,皆为助喜。"(《诗绎》)此说更合乎情理,故此亦为征夫归途中设想之词,假以妻子所见来想象王师还归之景。

"赫赫南仲,玁狁于夷"同上章一样也是诗人借妻子之口赞美南仲。而以"玁狁于夷"结束本诗,郑《笺》之见准确:"伐西戎,以冻释时反朔方之垒,息戍役。至此时而言归京,称美时物,以及其事,喜而详之也。执其可言,问所获之众以归者,当献之也。……此时亦伐西戎,独言平玁狁者,玁狁大,故以为始,以为终。"①

三 套语的运用

帕里指出,早期诗歌的基本性质是"口述的",而口述诗歌总的语言特点是"套语化与传统性"。即兴创作必须脱口而出,诗人常信手拈来熟记于心的现成诗句。这些诗句被多次引用就成了套语。它们最初被创造出来,有某种意义、情感、口吻和上下文,也能引起某种反响。他人引用是为了追求自己心目中的效果,一般从套语的思想意义和情感内容着眼,它原来的上下文有时就无暇顾及。这样可能会产生镶嵌的痕迹,即套语所叙之事、所绘之景与创新的诗歌环境不相融洽。用书面创作的规则衡量它的话,自然就看不到其匠心所在。②

《出车》后三章套用了不少民歌的句子,"实开后世集句之风"(《诗经注析》)。先看第五章,"喓喓草虫"数句套用《召南·草虫》第一章:

> 喓喓草虫,趯趯阜螽。未见君子,忧心忡忡;既见君子,我心则降。

---

① 转引自王先谦《诗三家义集疏》,中华书局1987年版,第588页。
② 参见《钟与鼓——〈诗经〉的套语及创作方式》,谢谦译,四川人民出版社1990年版。

戴震《诗经补注》云："《草虫》，感念君子行役之诗也。"表现一个女子忧心忡忡地思念在外行役的丈夫，想象着团聚的欢乐。[①]《出车》的作者明显就是借用了这句诗来表达同样的情感。

第六章前四句出现在《豳风·七月》：

……春日载阳，有鸣仓庚。女执懿筐，遵彼微行，爰求柔桑。春日迟迟，采蘩祁祁。女心伤悲，殆及公子同归。

同是春光明媚，仓庚鸣啭，一群采蘩女子，加上曲折小道，柔嫩桑条，展现出一幅昂然春景。这里的"女心伤悲"是怕被公子带回家。《出车》引用了部分并稍作变动——"春日迟迟，卉木萋萋。仓庚喈喈，采蘩祁祁"。这样从内容和情感上都更符合该诗情势发展的要求。

第四章"昔我往矣，黍稷方华。今我来思，雨雪载途"套用了《采薇》第六章，朱熹《集传》："东莱吕氏曰，采薇之所谓往，遣戍时也。此诗之所谓往，在道时也。采薇之所谓来，戍毕时也。此诗之所谓来，归而在道时也。"两诗都用"昔我往矣"和"今我来思"表示出征后的回归，但内容有所差别。闻一多先生说，《诗经》中有些诗的"事"经过了"情"的炮制（《歌与诗》）。套语更是经过众多诗人在不同的环境中以情炮制，故其感情色彩很浓厚。这样就能解释诗的后几章在时序上的物候不协调的问题。"黍稷方华"、"雨雪载途"、"草虫阜螽"、"春日迟迟"等景视为实写时，诗歌显得时令混乱，事实上却是诗人有条不紊的思路。

此外，本诗简括的场面描写也是一大特色。第三、第五章省略了对周军与猃狁、西戎交锋的描写，单讲周军的声威和军容，就足以使人想见人强马壮，将勇士猛，给读者留出广阔的想象空间。《诗经》战争诗不似其他民族的同类诗篇把描写战斗场面作为重点，而是略去，把重点放在如多叙士卒"勤苦悲伤之情"等处，笔墨多用于渲染军威声势，表现凭借道德的感化和军事力量的威慑而轻易取胜，从不突出残酷的厮杀场面，从中表现出我国古代战场得胜不靠兵威，而是用王道与盛德威慑敌人，最终轻松获胜的政治、军事理想。所以这些作品中只有紧张的气氛而不见血腥。

[①] 程俊英、蒋见元：《诗经注析》，中华书局1991年版，第33页。

而世界上其他民族的著名史诗都是浓墨重彩地具体描绘战斗场面，如希腊史诗《伊利亚特》和印度史诗《摩诃婆罗多》就是用巨大篇幅详尽地描述战斗。至今中国很多影视作品仍保留这种文化特点，不直接展示血淋淋的写实场面，镜头于此戛然而止，虽无视觉上的强烈冲击，但已营造出浓重的紧张气氛，目虽不见而效果自现。

综观《出车》，诗人利用改换视角，套语的运用，巧妙安排叙事与抒情的结构布局，使之井然有序又曲折动人，取得了较高的艺术成就。

春秋时期秦人的社交辞令

米玉婷

春秋时期秦人的文学活动除了诸侯士大夫们在朝聘会盟时的赋诗言志外，还有一些针对当时时事发表的言论，这也是我们了解秦文学的一个途径。从这些言论中，可以看出当时秦人真实的思想与语言之表达，进而透过这些言论，了解秦人在日常生活中的文学水平。本文拟通过对以下几例的评析来探讨这一现象。

第一，公孙枝、百里奚对秦伯。

公元前647年，晋国连年遇到灾荒，粮食歉收，于是向秦国借粮以度灾年。面对晋国的求援，秦国君臣在朝堂之上对此各抒己见，事见《左传·僖公十三年》载：

> 冬，晋荐饥，乞籴于秦。秦伯谓子桑："与诸乎？"对曰："重施而报，君将何求？重施而不报，其民必携；携而讨焉，无众，必败。"谓百里："与诸乎？"对曰："天灾流行，国家代有。救灾，恤邻，道也。行道，有福。"①

此事在不少史料中都有记载，内容大致相同，如《史记·秦本纪》载：

> 晋旱，来请粟。丕豹说缪公勿与，因其饥而伐之。缪公问公孙

---

① 杨伯峻：《春秋左传注》，中华书局1990年版，第344—345页。

支，支曰："饥穰更事耳，不可不与。"问百里奚，奚曰："夷吾得罪于君，其百姓何罪？"于是用百里奚、公孙支言，卒与之粟。以船漕车转，自雍相望至绛。

又见《史记·晋世家》载曰：

四年，晋饥，乞籴于秦，缪公问百里奚，百里奚曰："天灾流行，国家代有，救灾恤邻，国之道也，与之。"邳郑子豹曰："伐之。"缪公曰："其君是恶，其民何罪！"卒与粟，自雍属绛。

又《国语·晋语三》载：

晋饥，乞籴于秦。丕豹曰："晋君无礼于君，众莫不知。往年有难，今又荐饥，已失人，又失天，其殃也多矣。君其伐之，勿予籴。"公曰："寡人其君是恶，其民何罪？天殃流行，国家代有。补乏荐饥，道也，不可以废道于天下。"谓公孙枝曰："予之乎？"公孙枝曰："君有施于晋君，晋君无施于其众。今旱而听于君，其天道也。君若弗予，而天予之，苟众不说，其君之不报也则有辞矣。不若予之，以说其众。众说，必咎其君。其君不听，然后诛焉。虽欲御我，谁与？"是故泛舟于河，归籴于晋。

面对晋国求粮之请，秦国君臣在朝堂之上就给与不给各抒己见。从上述四部史书中所著录的相关文献材料中可见，所记载的事件前后大致相同，可见当时真实情况和君臣间的言辞大致如此。考察君臣对话，均多以四言为主，语言简洁凝练，不事雕饰，逻辑性强，富有说服力，细细读来，字字铿锵有力。

第二，卜徒父对秦伯。

公元前645年，晋夷吾在外逃亡时，为了能够得到秦国的帮助而曾向秦王许诺，如果帮助他返晋掌国，则会将河西之地赠予秦。但事成之后，夷吾"既而不与"。加之秦曾多次在晋国遭遇饥荒时都援之以粟，但是待到秦国遇到灾年后，晋国却不予理会，还欲乘人之危发兵攻打，故而秦欲伐晋之不义。《左传·僖公十五年》记载了此次秦伯在伐晋之前，秦国卜

徒父受命先进行了占卜,结果是"吉",并就此占卜向秦伯进言:

> 晋饥,秦输之粟;秦饥,晋闭之籴,故秦伯伐晋。卜徒父筮之,吉:"涉河,侯车败"诘之。对曰:"乃大吉也。三败,必获晋君。其卦遇蛊□曰:'千乘三去,三去之余,获其雄狐。'夫狐蛊,必其君也。蛊之贞,风也;其悔,山也。岁云秋矣,我落其实,而取其材,所以克也。实落、材亡,不败,何待?"三败及韩。①

秦伯采信了卜徒父的占卜,举兵伐晋,终获胜利。这段记载反映出秦人已很重视卜、筮之事,这显然是受到了周人的宗教观念的影响。此后,卜、筮的作用在秦国愈来愈大,凡大事必问于卜。从这段记载中可以发现,文中所述虽是卦爻辞以及解卦之辞,但由秦国的占卜者说出来,并不显得艰深古奥,难以琢磨,反而都带有民歌风味,质实生动,易于理解。

第三,秦大夫公孙枝引诗谏秦穆公。

《左传·僖公十五年》载公元前645年,秦在韩原之战中获晋侯归来后,君臣间争论怎样处置晋侯,大夫公孙枝引西周史佚之言谏秦穆公归之:

> 大夫请以(晋惠公)入。公曰:"获晋侯,以厚归也;既而丧归,焉用之?大夫其何有焉?且晋人戚忧以重我,天地以要我。不图晋忧,重其怒也;我食吾言,背天地也。重怒,难任;背天,不祥,必归晋君。"公子絷曰:"不如杀之,无聚慝焉。"子桑曰:"归之而质其大子,必得大成。晋未可灭,而杀其君,只以成恶。且史佚有言曰:'无始祸,无怙乱,无重怒。'重怒,难任;陵人,不祥。"乃许晋平。②

这里提到的史佚,杨伯峻在《春秋左传注》中说:"即《尚书·洛诰》之'作册逸',逸、佚古通。《晋语》'文王访于莘、尹',《注》谓尹即尹佚。《逸周书·世俘解》'武王降自东,乃俾史佚繇书'。《淮南

---

① 杨伯峻:《春秋左传注》,中华书局1990年版,第352—354页。
② 同上书,第359—360页。

子·道应训》云：'成王问政于尹佚。'则尹佚历周文、武、成三代。《左传》引史佚之言者五次，成公四年《传》又引《史佚之志》，则史佚之言恐当时人均据《史佚之志》也。《汉书·艺文志》有《尹佚》，《注》云：'周臣，在成、康时也。'此史佚为人名。"《尹佚》亦即史佚之书。①

秦之大夫子桑在言论中不仅说理时言简意赅，而且还引史佚之言来加强说服力。反映出秦之贵族在平时交流时也惯于引用古人语来加强自己言论的分量。

第四，晋大夫阴饴甥对秦伯之问。

秦晋战事平息之后，晋国派阴饴甥会秦伯，以修旧好。事见《左传·僖公十五年》载：

> 十月，晋阴饴甥会秦伯，盟于王城。
> 秦伯曰："晋国和乎？"对曰："不和。小人耻失其君而悼丧其亲，不惮征缮以立圉也，曰：'必报雠，宁事戎狄。'君子爱其君而知其罪，不惮征缮以待秦命，曰：'必报德，有死无二。'以此不和。"秦伯曰："国谓君何？"对曰："小人戚，谓之不免；君子恕，以为必归。小人曰：'我毒秦，秦岂归君？'君子曰：'我知罪矣，秦必归君。贰而执之，服而舍之，德莫厚焉，刑莫威焉。服者怀德，贰者畏刑，此一役也，秦可以霸。纳而不定，废而不立，以德为怨，秦不其然。'"秦伯曰："是吾心也。"改馆晋侯，馈七牢焉。②

此篇对问之词为金圣叹《才子古文》卷1收录，题为"阴饴甥对秦伯"。对于这段对话，金圣叹评说得很好："看他劈空吐出'不和'二字，却便随手分作小人、君子。凡我有唐突秦伯语，便放在小人口中；有哀求秦伯语，便放在君子口中。于是自己只算述得一遍，既是不曾唐突，又并不曾哀求，真措辞入于甚深三昧者也。"对话之间，阴饴甥的机智和秦伯被吹捧后的愉悦显而易见，同时还可以看出秦君对于这些曾经是中原诸侯国习用的外交辞令也已经是驾轻就熟了。

秦人在交际活动中发表的这些社交辞令，给我们开启了另一扇了解秦

---

① 杨伯峻：《春秋左传注》，中华书局1990年版，第360页。
② 同上书，第366—367页。

人文学水平和文学修养真实状态的窗，使他们的文学成就显得更为生动。

综而观之，从春秋时期秦人的文学创作和文学作品，到秦人在朝聘会盟中的文学活动——赋诗言志，再到平时社交中的说理言论，从不同方面反映了春秋时期秦人的文学水平和文学思想，表现出他们在接受周先进文化的基础上，又吸收了戎狄等少数民族的文化因素，同时还保留并发展了秦人自己特有的文化，呈现出多元性和地域性的特点。因而，秦人的文学作品，不管是成篇的诗章，还是平日的言论，都表现出较高的文学水准和富有特色的文学情调，在中国文学发展史上，上承周文化之精要，下启汉文化之繁荣，占有重要的位置，具有较高的研究价值。

从《左传》中秦国的文学创作活动看秦国文学

米玉婷

地处西陲的秦国是一个起步较晚但是发展较快的诸侯国,虽说文化水平发展的起点较低,但是春秋时期风行于中原各发达诸侯国的上层社会的借诗表意这种言说方式,对于当时的秦国上层社会的贵族来说,他们也同样精通。我们可以通过秦国的这种文学创作活动来了解秦国当时的文学状况。

一

在中原各诸侯国的奴隶制欣欣向荣时,秦还只是个部落,徘徊在阶级社会的门槛之外,直到公元前771年,犬戎杀周幽王于骊山下,襄公率兵伐戎救周有功,又护送周平王东迁,故而被封为诸侯,并得到了岐以西之地的封赏,方正式立国,始与别的诸侯国"通聘享之礼"。而这也已经是进入春秋以后的事了,当时的社会正处于动乱、变革和"礼崩乐坏"的旋涡中,奴隶制迅速崩溃,封建社会正在酝酿,在这种历史潮流下,秦国却偏居一隅全心全意地建设着自己的奴隶制。

建国前的秦在经济、文化上都相当落后,没有文字,也没有自己的典籍。立国之初,秦文公十三年(前753年)才"有史以记事",从而"民多化之者"(《史记·秦本纪》)。但是,建国后的秦在文化上取得了长足进步,尤其是文公十六年(前750年)秦取得周原,有大批"周余民"被秦接收过来,其中不乏作策的太史等文人,这对改变秦国文化落后的状况有着巨大的意义。春秋以前秦国没有文化典籍,但是秦国建立以后出现的文化典籍从内容到形式与东方各个文明发达较早的诸侯国无异。① 如《尚书》中有《秦誓》这样成熟的散文，《诗经》中有《秦风》这样风格独特的诗篇，此外还有《石鼓文》和《诅楚文》等都是春秋时期秦国优秀的文学作品。

二

《左传》是一部公认的可信度较高的记载当时历史真实的作品，这一部春秋史籍中记载了大量的文学作品的创作背景以及时人的赋诗、引诗等文学创作活动的实例，反映出当时的文学现实状况。其中自不乏对秦人文学创作活动的记载，使我们可以从中了解到春秋时期秦国在文学上的真实状态，进而对当时秦国的文学有一个较为客观、准确的认识。

《左传》所记载的第一例赋诗事件就是发生在秦国。秦伯接待出奔的晋公子重耳并设宴款待，席间"公子赋《河水》。公赋《六月》。赵衰曰：'重耳拜赐！'公子降，拜，稽首，公降一级而辞焉。衰曰：'君称所以佐天子者命重耳，重耳敢不拜？'"（《左传·僖公二十三年》）若从《河水》乃《沔水》之误的说法，则重耳赋这首诗所取意义在其首两句："沔彼流水，朝宗于海。"其本意是诸侯朝见天子，这里以海喻秦，自比为水，乃是对秦的奉承。而秦伯所赋的《六月》本是歌颂尹吉甫辅佐宣王征伐的，这里用以比喻重耳还晋定能振兴晋国，并像尹吉甫那样辅佐天子。可见在与来自齐这样的文化大国的重耳的互相奉承和吹捧中，秦伯也能娴熟地赋诗应对。

这件事在《国语·晋语》中有更详细的记载：

> 他日，秦伯将享公子，公子使子犯从。子犯曰："吾不如衰之文也，请使衰从。"乃使子余从。秦伯享公子如享国君之礼，子余相如宾。卒事，秦伯谓其大夫曰："为礼而不终，耻也。中不胜貌，耻也。华而不实，耻也。不度而施，耻也。施而不济，耻也。耻门不闭，不可以封。非此，用师则无所矣。二三子敬乎！"秦伯赋《采菽》，子余使公子降拜。秦伯降辞。子余曰："君以天子之命服命重

---

① 林剑鸣：《秦史稿》，上海人民出版社 1981 年版。

耳，重耳敢有安志，敢不降拜？"成拜卒登，子余使公子赋《黍苗》。子余曰："重耳之仰君也，若黍苗之仰阴雨也。若君实庇荫膏泽之，使能成嘉穀，荐在宗庙，君之力也。君若昭先君之荣，东行济河，整师以复强周室，重耳之望也。重耳若获集德而归载，使主晋民，成封国，其何实不从。君若恣志以用重耳，四方诸侯其谁不惕惕以从君命！"秦伯叹曰："是子将有焉，岂专在寡人乎？"秦伯赋《鸠飞》，公子赋《河水》。秦伯赋《六月》，子余使公子降拜。秦伯降辞。子余曰："君称所以佐天子匡王国者以命重耳，重耳敢有惰心，敢不从德？"①

事实上在穆公时代，秦国的奴隶主阶级与周奴隶主阶级一样，俨然以深通"诗书礼乐"自居。《史记·秦本纪》中记载有一次秦穆公对西戎派来的使节由余说：我们以"诗书礼乐法度为政"，你们戎狄没有这些东西，"何以为治？"实际上到穆公时，秦国奴隶主阶级确实已经精通"诗书礼乐"，穆公已经和西周奴隶主贵族一样精通用赋诗的办法在宴会中表达自己的意见，以显示自己的高雅。因而也就有《国语》中记载的这段深知秦穆公十分讲究礼仪的狐偃让在文学上胜于自己的赵衰陪同重耳去赴宴之事了。

第二例是记载文公元年（前636年）事：

> 毂之役，晋人既归秦师，秦大夫及左右皆言于秦伯曰："是败也，孟明之罪也，必杀之。"秦伯曰："是孤之罪也。周芮良夫之诗曰：'大风有隧，贪人败类。听言则对，诵言如醉。匪用其良，覆俾我悖。'是贪故也，孤之谓矣。"（《左传·文公元年》）②

秦伯所引的是《大雅·桑柔》中的第十三章。《桑柔》是芮良夫哀伤周厉王暴虐昏庸，任用非人而终遭灭亡的诗。秦伯所赋的这一章本意是责备周厉王任用贪利之人，不听讽谏之言，促成民变。秦伯这里是直接用了诗的本意，来责备自己不听良言而终于导致战争的失败。这既表现出秦伯

---

① 徐元诰撰，王树民、沈长云点校：《国语集解·晋语》，中华书局2002年版，第339页。
② 杨伯峻：《春秋左传注》，中华书局1990年版，第516—517页。

较高的文学素养,对恰当地引用《诗经》中的篇章既贴切地表达自己的思想又达到一定的政治目的这样的言说方式看起来已经是驾轻就熟。在表现出其文化修养的同时还起到拉拢人心、弥合君臣裂痕的功用。

第三例是记载文公六年（前631年）事：

> 秦伯任好卒,以子车氏之三子奄息、仲行、鍼虎为殉,皆秦之良也。国人哀之,为之赋《黄鸟》。①

《黄鸟》便是秦国人民在这样的历史背景下创作出来的。又见《史记·秦本纪》："武公卒……初以人从死,从死者六十六人。……缪公卒……从死者百七十七人,秦之良臣子车氏三人名曰奄息、仲行、鍼虎,亦在从死之中。秦人哀之,为作歌《黄鸟》之诗。"从陕西凤翔雍城秦公一号墓的殉葬来看,被殉者竟有182人之多。而这座墓的主人是秦穆公的四世孙,春秋晚期的秦景公。由此可见人殉制度在秦国变本加厉,愈演愈烈。虽然人殉在各国都出现过,但到春秋中期以后,人殉的现象在各诸侯国普遍地受到指责,如《左传·僖公十九年》,宋襄公祭社时要杀人,司马子鱼就说："六畜不相为用,小事不用大牲,而况敢用人乎！"《左传·宣公十五年》,晋国大夫魏武子死时,曾命他的儿子魏颗将他的爱妾殉葬,而魏武子死后,魏颗却把那个爱妾嫁了,并说魏武子要殉葬是昏话。《礼记·檀弓下》齐国的陈子车死后,其妻和家宰要用人殉葬,其弟子亢极力反对,说如果一定要用人殉葬,唯有"妻与宰"最合适,那二人只好作罢。但是秦国社会发展要晚于中原别的诸侯国,当别的诸侯国都即将步入封建社会时,秦国却还处于奴隶制时期,再加上长期居于戎狄之间,风俗或多或少地受到影响,其礼乐教化程度可想而知。《黄鸟》（大约作于公元前261年）一诗除了用双关词和呼告来渲染悲惨无告的气氛外,值得一提的是其夸张的修辞。"如可赎兮,人百其身",人民痛惜好人死于残酷的殉葬制度,不禁呼告天而表示情愿死一百次来赎回三良的性命。刘师培先生在《美术与真实之学不同论》一文中说："唐人之事,有所谓'白发三千丈'者,有所谓'白头搔更短'者,此出语之无稽者也,而后世不闻议其短。则以词章之文,不以凭虚为戒,此美术背于真实之学者二

---

① 杨伯峻：《春秋左传注》,中华书局1990年版,第546—547页。

也。……盖美术以性灵为主,而实学则以考核为凭。"他这段话,指出了文艺和其他学科的差别,艺术的夸张是可以"言过其实"甚至"语出无稽"的。由此可见,《黄鸟》在创作上取得了良好的文学和艺术效果,表现出当时秦人不低的文学创作水准。

第四例是定公四年(前508年)事:

> 申包胥如秦乞师,秦哀公为之赋《无衣》。(《左传·定公四年》)①

《无衣》是一首在秦军中广为流传的军中战歌,从诗的内容来看作者应是军中将士。语句质朴、豪迈,全诗充盈着一种豪侠之情和慷慨霸气,王先谦《集疏》:"《汉书·赵充国辛庆忌传赞》:山西天水、陇西、安定、北地处势迫近羌胡,民俗修习战备,高上勇力鞍马骑射。故秦诗曰:王于兴师,修我甲兵,与子皆行。其风声气俗自古而然,今之歌谣慷慨,风流犹存耳。"王氏又说:"王于兴师,于,往也。秦自襄公以来,受平王之名以伐戎。""西戎杀幽王,于是周室诸侯为不共戴天之仇,秦民敌王所忾,故曰同仇也。"该诗写出了秦人、《秦风》的特点:慷慨从军,团结战斗,视死如归,豪壮之气和生死与共的狭义之风溢于言表。"开口便有吞吐六国之气,其笔锋凌厉,亦正如岳将军直捣黄龙。"(陈继揆《读诗臆补》)反映出秦地民风强悍,习武乐战,表现出秦人在战争频繁的年代里,以从军为荣,并乐于为公而战,有着同生死、共患难的凝聚力,斗志旺盛。秦哀公在申包胥来秦乞师救楚时直接赋引了这首诗,直取其义,表达了他同仇敌忾、无私救助的决心。

此外还有《渭阳》一诗,虽然只见于《诗经·秦风》,在《左传》中没有具体关于诗歌创作的记载。但是《左传·僖公二十四年》却记载了这首诗的创作背景:秦穆公送重耳回晋国,送别时秦穆公作《渭阳》于重耳。方玉润评是诗为"诗格老当,情致缠绵,为后世送别之祖,令人想见携手河梁时也"。二章"悠悠我思"一句,置身于送别的氛围中,更显得情真意挚。往复读之,悱恻动人,体现出作者的无限情怀。杜甫诗:"寒空巫峡曙,落日渭阳情。"储光羲诗:"停车渭阳暮,望望入秦

---

① 杨伯峻:《春秋左传注》,中华书局1990年版,第1548页。

京。"杜牧诗："寒空金锡响，欲过渭阳津。"都用此诗典故，可见此诗之动人处，并不在二人之谊重，而在于送别之情深。

三

据《左传》和《国语》等史籍记载，春秋时在重要的外交和交际场合贵族们常常是以赋诗的形式表达自己的意思。正如孔子说："不学《诗》，无以言"，"诵《诗》三百，授之以政，不达；使于四方，不能专对，虽多，亦奚以为？"都是指在外交和交际场合借助于诗来表达自己的意思。之所以赋诗言志会成为当时上层社会交往中的一种普遍现象，主要是由于春秋时期已经是礼乐式微，诸侯在外交活动中已经直接以诗为工具，因古诗以见意，以见义所需，任选诗篇为赋，不再考虑行何礼配何乐赋何诗，所赋诗篇超越了西周所制典礼性赋诗的范畴，赋诗最初的典礼性便为政治性所取代，赋诗本身也由开始的审美体验变为了委婉表达自己意思的"公共活动"，而诗歌原来所具有的那种庄严性、高贵性又恰好符合贵族作为一个社会阶层的自我认同需求，"不歌而诵谓之赋，登高能赋可以为大夫"，精通《诗》成为受过良好教育的标志，是贵族之所以成为贵族除去政治、经济上的特权之外很重要的在文化上的优越性，也是贵族能承担重要政治职责的前提条件。所以诗这种言说方式在当时的具体语言环境中凑巧成为显示文化修养与实力的身份性标志。此外，诗因其含蓄、委婉的特点也使使用者能在各种场合婉曲地表达自己的想法，而不至于使对方感到不便或尴尬，因而备受统治阶级的青睐。

先秦人"用诗"的普遍方法就是按照各用诗人的社会处境、时代情况等因素而将诗解释为各种各样的，从诗的某一句或某一个词出发，展开丰富的想象，让诗为其所用。而从前面所举出的事例可以看出秦王赋诗不像别的诸侯国的赋诗者那样断章取义，而是所赋之诗与当时的场合、事件发生背景以及诗歌的本意都比较切合，对诗意并未多做引申，基本上都是直取其意，而中原各国很多赋诗都是根据自己的需求，取诗的引申义，甚至有时候借诗想要表达的意思和诗的本意是风马牛不相及的。与《左传·襄公二十七年》中记载的"垂陇之会"这样的大型赋诗活动相比较，可以明显见出秦国人在用诗上表现出的上述特点，这也正好反映出了秦人直率的性格特点。在与别的民族交往的同时，文化上也都有所交互，秦国就在保持了自己的民族文化风貌的特点基础上,积极吸收诸夏的发达文化,这就使秦国的文学创作在当时的诸侯国文学中有独树一帜的鲜明特色。从上述例子可以看出,不管是自己创作的诗歌,还是对已有诗歌的引用,秦人都有不俗的表现。但是从另一方面来看,秦人赋诗的直接性,也表现出秦人在赋诗时的联想不比其他诸侯国来得婉曲、丰富,这也是秦人文化积淀不足和他们朴野民族性格造成的局限。

试论唐代河陇诗意象色彩的审美特征

刘 洁 马凤霞

生活中，色彩随处可见，心理学家证明，色彩可以影响个体人的心理和生理，比如，红色能给人以热情，绿色能使人轻松。人们在感受到色彩的"冷"与"暖"时，这种源自大自然的先天的颜色就有可能会与某些我们人类社会中的社会行为与情感模式发生同构，相互融合。种种社会生活模式和情感内容由于与某些生理感觉相似，就会不自觉地或者说是无意识地进入我们的感觉之中，并与它契合，使它具有某些特定的社会意义。

色彩分冷暖，同时笔者认为色彩也可分为自然色彩与情感色彩两类。自然色彩主要包括色彩的冷暖与轻重，而情感色彩则包括有色彩的明快感与忧郁感、色彩的兴奋感与沉静感等。前者更加偏向于色彩的物理属性，而后者则更加偏向于色彩的社会属性。广义的河陇诗是指唐代诗人描写河陇地区自然风物、人文民俗、战争等内容的诗作，这里既包括入住河陇或经由河陇去往他地的文人所作的相关诗歌作品，同时也包括从未有过边塞生活体验的诗人作家描写河陇的诗作。据笔者粗略统计唐代河陇诗有近千首诗歌，里面自然包含有众多的色彩词语。这些语汇或是描述真实的自然风物之色，或是借用颜色的视觉感给人传递以情感色。华夏文化是"天、地、人"三位一体的文化，又简称"天人合一"的文化，唐代河陇诗中的色彩性也充分地体现了"天人合一"的理念，即自然色为"天"，情感色为"人"，二者相互融合，相互渗透，自然色通过情感色将风物的实际色彩表现得更加真实，情感色透过客观存在的自然色把作者的真实情感传递得更加贴切，从而铸就了唐诗的辉煌。

一 自然色彩

大自然是神奇的，它赋予了存在于这个世界上的所有存在物以不同的颜色。河陇地区东接黄土高原，南北两侧均有高山蜿蜒，西临青海新疆地区，气候较为干燥，区域内既有千里戈壁也有茫茫大漠，既有险关要隘也有绿洲城池，呈现出了该地区在自然带上的过渡性。唐代河陇诗中有不少诗歌中带有明显的色彩词语或描述，如：

> 热海亘铁门，火山赫金方。白草磨天涯，胡沙奔茫茫。
>
> （岑参《武威送刘禅判官》）
>
> 黄沙西际海，白草北连天，愁里难消日，归期尚隔年。
>
> （岑参《过酒泉忆杜陵别业》）
>
> 夜台空寂寞，犹见紫云车。
>
> （佚名《杂曲歌辞·凉州歌第三》）
>
> 阵云暗塞三边黑，兵血愁天一片红。
>
> （沈彬《横吹曲辞·入塞曲》）
>
> 素从盐海积，绿带柳城分。
>
> （皎然《横吹曲辞·陇头水》）

在这近千首河陇诗中，既有红、黄等暖色系的色彩，也有绿色这一冷色系色彩，更有白色这一类的中间色，可谓色彩夺目。这些表示自然色彩的词语被作者拼贴于它们所修饰的名词之前，并与之构成一个独特的词汇，或是单独蕴涵着深意，或是与其他词语构成各类不同的组合形式，以求更好地表达诗意。但从色系的划分上来看，就笔者统计的河陇诗中涉及有暖色系中的"红"67处，"黄"171处；中间色系主要涉及的是"白"共235处，"黑"28处；冷色系中主要包含着"绿"35处，"紫"35处。由此可以得出，在唐代河陇诗中，单从物理色系上来说，中间色最多，暖色次之，冷色最少。

唐代西域地区较为荒凉，人烟稀少，在这种恶劣的自然环境之下，处于中间色的白与黑就给了诗歌创作者以无限的发挥空间，通过这两种中间色的运用，将西北地区，甚至缩小到河陇地区的西部沙漠地区的苍凉之感表现得淋漓尽致。白色在西方文化中是纯洁的象征，而在中华五千年的文化中却并非如此。尽管现代社会中外来元素愈来愈多，许多年轻人挪用西方的教堂式婚礼，整个会场都是白色，尽显神圣、浪漫与纯洁，但白与黑偏压抑的、偏苦难的情感色彩却一直都存在于我们的社会生活之中，不曾消亡。如"白草磨天涯，胡沙奔茫茫"中，白草以其苍白的外在特征，尽显西北荒漠的苍凉。试想一下，如将"白草"换为"春草"、"绿草"，则诗中的意境将全然相反，苍凉之感被春机盎然所取代，而后者的这种感受显然是与西北大漠背道而驰的。暖色系中的红色和黄色虽在色系分析中是热情、温暖等的代名词，但当这两种暖色被诗人运用到唐代河陇诗之中时，其蕴涵义或引申义却潜移默化转为与之原意相反的方向。红色在河陇诗甚至是西北边塞诗中常被用来描写战争，如李贺的《雁门太守行》"半卷红旗临易水，霜重鼓寒声不起"、王昌龄的《从军行七首》"大漠风尘日色昏，红旗半卷出辕门"等，在这里，红色不再是热情与喜气的象征，而变成了鲜血、牺牲、战争等的代名词。更多的红色被组成了"红颜"、"红妆"等，如骆宾王《在军中赠先还知己》"风尘催白首，岁月损红颜"、李峤《倡妇行》"红妆楼上歌，白发陇头新"等，这里"红"与"颜"、"妆"等表示岁月、青春的词相组合，转而变成了青春易老、岁月不再的代名词。尤其是当这些词组出现在河陇诗中的以送别、闺怨为主体的诗歌中，更是将这种叹息芳华易逝的情感描述得如同温婉的小溪悄无声息地流淌过读者的心田，虽是悄然叹息却更似撕心的呐喊"我芳华易老，你何时才是归期？"黄色多被用来描写"黄云"、"黄沙"等，如王之涣的《横吹曲辞·出塞》"黄沙直上白云间，一片孤城万仞山"、戎昱的《相和歌辞·从军行》"擒生黑山北，杀敌黄云西"等。茫茫戈壁，千里流沙，孤城沙碛，河陇地区西北部独特的苍茫辽阔景象不知折服了多少边塞诗人。在这里，黄色不再令人有温馨感，取而代之的是一种透骨的苍凉，苍茫沙漠里目之所及的仍是无尽的黄沙和偶尔几株因风扭动的野草。总之，河陇诗中所出现的各类色彩词语，均是与河陇地区的地理环境，即"天"相契合的。它们的出现不仅使更多的人了解了河陇地区的独特地理环境、气候条件等自然因素，同时也化有形于无形之间，巧妙地将诗人的感受表现了出来，给读者以独特的审美体验。

二 情感色彩

河陇诗中各种色彩的出现,既客观地再现了河陇地区的地理环境、物候等因素,也使读者更加深入地介入到了诗歌的审美体验之中,更加真切地品味诗作,思诗人之所思,感诗人之所感。而这种更深层次的审美体验在诗作的情感色彩中进行得更为深入。如果将情感色彩也进行分类的话,笔者以为,可根据其亮度将情感色彩分为明亮的情感色彩与灰暗的情感色彩。明亮的情感色彩如河陇诗歌中反映初盛唐昂扬奋进、慷慨激昂的"小来思报国,不是爱封侯"(岑参《关人赴安西》)的爱国英雄主义战争诗歌,灰暗的情感色彩则如河陇诗作中"愿随孤月影,流照伏波营"(沈如筠《闺怨》)所反映的征妇闺怨情思,又如"不知何处吹芦管,一夜征人尽望乡"(李益《夜上受降城闻笛》)所描写的征人厌战思乡情绪等。

情感色彩实际上是自然物的一种主观的心理上与情感上的升华。诗歌文本通过各种词语组合,刺激和唤醒读者原有的审美心理图式和审美期待视野的出现,在给读者以震撼和惊赞的同时,适当地突破读者原有的审美心理图式和审美期待,打破读者原有的相关认识定式,从而使文本阅读者产生新的更高一层次的审美期待视野。这种期待视野与诗歌创作者的创作期待相契合,使文本接受者在接受诗歌并与之进行情感对话的同时,与诗歌文本产生心理的共振,达到共鸣的层面,得到审美快乐,从而更加深透地体会诗人蕴涵于诗歌之中的复杂情感。

(一)明亮的情感色彩

唐朝是中国历史上的一个光辉王朝。鼎盛时期,其版图甚大,疆域面积在 1600 万平方公里左右,西北到达咸海,直接与现伊朗接壤;北及贝加尔湖,即近俄罗斯赤塔地区;南部则包括了越南全境;东北到今俄罗斯的朱格朱尔山脉。尽管初唐时期,内忧外患较为严重,百废待兴,但这并未影响初唐人的爱国热情,一时间,从军报国、建功立业成为唐初士子们的共同追求,"宁为百夫长,胜作一书生"就是最好的写照。而盛唐时期,拥有如此之大的疆域,加之文化发展、社会稳定、经济繁荣,国力达到鼎盛,盛唐世人皆是内心乐观向上、义气蓬勃。就拿西北边塞为例,同是西北边关塞外之地，在盛唐诗人的眼中，边疆沙场似乎已不再是满目荒凉的荒漠古城，而变成了热血男儿一展抱负、建功立业的好去处；西北荒凉关塞上正在进行的也不再是生死未卜、胜负难料的浴血战争，而是变成了稳操胜券的胜利之战。盛唐人对边塞战功的向往，已经内化为一种自觉的行为，那些慷慨激昂、掷地有声的豪气誓言，将出征的勇士们的精神风貌展露无遗。而这正是盛唐所独有的精神风貌。

西北地区在古代各个时期大多是"荒凉"一类词语的代名词，无论是气候上的干燥，还是地表植物的缺少，这些自然条件无疑都给西部地区染上了苍凉的色彩。但也正是这些艰苦条件、苍凉物象，吸引着一代又一代的文人墨客、骁兵战将，或驻足于此，或将自己的生命奉献给这片辽阔而苍茫的土地。正如林庚所说："没有生活中的无往不在的蓬勃朝气，所谓边塞风光也早就被那荒凉单调的风沙所淹没。"[①] 林庚所说的这种"无往不在的蓬勃朝气"，在初、盛唐时代河陇诗中的战争类题材中有较好的展现。在唐朝时期，国家政基渐稳，其中贡献最大的莫过于唐人高昂的爱国主义精神。列宁曾说过："爱国主义就是千百年来巩固起来的对自己祖国的一种最深厚的感情。"[②] 这种"最深厚"的感情在唐朝的河陇诗中得到了最集中、最鲜明的体现。"愿得此身长报国，何须生入玉门关"（戴叔伦《塞上曲》），"上马带吴钩，翩翩度陇头。小来思报国，不是爱封侯"（岑参《送人赴安西》），"黄沙百战穿金甲，不破楼兰终不还"（王昌龄《从军行七首》其四）等。这些诗歌中无不处处洋溢着投身边疆、为国捐躯的爱国主义。唐代诗人戴叔伦的这首《塞上曲》有两首，下面两句是节选自其二，"汉家旌帜满阴山，不遣胡儿匹马还。愿得此身长报国，何须生入玉门关"。在这首诗作中诗人运用了"旌帜"、"阴山"、"胡儿"、"玉门关"等常出现于西北边塞诗作中的意象，通过自己的主体构思，巧妙地将其串联起来，在营造了磅礴气势的意境之时，又将作者的报国之心表露无遗。前两句中诗人以形造势，描述了巍巍大唐的旌旗在阴山上迎风飘扬，如若有突厥胡人来犯，定叫他有来无还的强大气势场面。后两句转而巧妙地"用典"，"玉门关"在这里是一关键意象。美玉为门，

---

① 林庚：《唐诗综论》，人民文学出版社1987年版，第61页。
② 《皮季里姆·索罗金的宝贵自供》，载《列宁全集》第35卷，人民文学出版社1985年版，第187页。

生死为关。玉门关向来被视作是"生死关",就连东汉留守西域30余年,创下丰功伟绩的班超,据《后汉书·班超传》记载,晚年思乡,上书朝廷要求回朝时也说:"臣不敢望到酒泉郡,但愿生入玉门关。"而在戴叔伦的这首诗作中,诗人虽同用"玉门关"这一意象,却喊出了不一样的爱国心声:"作为大唐子民的我,愿以此身终生报效国家,大丈夫建功立业,何须活着返回玉门关?!"最后一句既是反问也可视作是肯定,作者那种牺牲自我、从军报国的壮志豪情正是唐代高昂爱国主义最鲜明的旗帜,也是唐代河陇诗意象的明亮色彩的永恒代言!

(二) 灰暗的情感色彩

纵观《全唐诗》中所收录的近1780余首西北边塞诗中,这种阳刚奋进、慷慨激昂的战争颂歌毕竟在数量上敌不过灰暗色彩的边塞诗数量。在唐代河陇诗中,带有灰暗情感色彩的诗歌涉及的题材要比明亮的情感色彩所涉及的更加宽泛,大致包括士卒的厌战、思乡,闺怨尤其是征妇题材,送人游塞等,这些诗歌的涉及面比较宽广,情感色彩也要比单纯的歌颂战争类诗歌要丰富、复杂得多。本文将以士卒厌战思乡与征妇为主来分析唐代河陇诗中的灰暗情感色彩。

1. 士卒们的厌战思乡情感色彩

纵观整个唐代边塞诗的主流风格不难发现,经过了初唐的"宁为百夫长,胜作一书生"的从军热情,盛唐的"功名只向马上取,真是英雄一丈夫"的进取精神,中唐的"不知何处吹芦管,一夜征人尽望乡"的厌战思乡情绪,走向了晚唐的"凭君莫话封侯事,一将功成万骨枯"的反战呼声。我们看到连年征战确实做到了内平战乱、外抵侵略,既保证了国内的和平与稳定,又保证了边疆国土的安全。但不能因此忽视战争给百姓带来的苦难,国家强制性征兵导致了多少家庭的破碎,又致使多少士卒客死异乡而无人收尸。中唐时期的厌战与晚唐时期的反战都是最鲜明的例子。中唐时期是大唐帝国由盛而衰的时期,而晚唐更是一个"山雨欲来风满楼"的历史阶段,在这样一个社会动荡、战火不熄的年代,边塞诗人们反映的不再是鼎盛时期开疆拓土的豪情与气魄,而是将视线转向了残酷的征战现实,繁荣时期的浪漫色彩被现实主义取代。

通过阅读河陇诗可以看出,导致士卒产生厌战思乡情绪的原因众多,大致有边塞环境恶劣、远离故土常年不得归、思乡念亲、功名为他人所占等。其中边塞环境恶劣、远离故土常年不得归是重要导火索。相关诗歌如表1。

表1　　　　　　　　不同厌战原因的河陇诗举例

厌战原因	诗歌举例			《全唐诗》所在卷目
	诗歌名称	作者	相关内容	
艰苦的自然环境	《从军六首》	刘长卿	黄沙一万里,白首无人怜。	卷19
	《相和歌辞·从军行》	李颀	野营万里无城郭,雨雪纷纷连大漠。	卷19
远离故土韶光易逝	《横吹曲辞·陇头水》	卢照邻	陇坂高无极,征人一望乡。关河别去水,沙塞断归肠。	卷18
	《杂歌曲辞·从军行路难二首》	骆宾王	征役无期返,他乡岁华晚。……夜夜朝朝斑鬓新,年年岁岁戎衣故。	卷25
功名归他人	《从军行六首》	刘长卿	一身事征战,匹马同苦辛。末路成白首,功归天下人。……胡马嘶一声,汉兵泪双落。谁为吮疮者,此事今人薄。	卷19
	《横吹曲辞·出塞曲》	贯休	玉帐将军意,殷勤把酒论。功高宁在我,阵没与招魂。	卷18

西北地区多为戈壁沙漠,常年气候恶劣,植被覆盖率较中原地区更是偏低,因此多数荒凉地区呈现的是漫天黄沙、人迹罕至的景象。常年在这种自然条件之下参与征战、驻守边疆而不得归,士卒内心自然会产生对战争的抵触心理。我们先来看这些诗作中所描写的自然环境,无论是"穷漠"、"黄沙"还是"朔风"、"枯草",这些原型意象被诗人用来与其他语汇构成各式组合,从而将河陇西北地区描写得苍凉而荒芜。试想在如此恶劣的自然条件之下,尤其是在严寒的冬季,凛冽的朔风拂面,生生地刺痛了戍边士兵的脸颊与心灵,"野营万里无城郭"(李颀《相和歌辞·从

军行》),驻扎的营地方圆数里都看不到任何城郭的影子,士兵们满眼都是黄云、黄沙与空旷的戈壁沙漠。久戍之地离家多远?连长风都要吹过几万里才到达玉门关,"山川路长谁记得,何处天涯是乡国",常驻边疆的"我们"的故乡又远在何处呢?在这样的外部环境下,久戍的士兵们自然会将自己的故乡做一番对比,不管是"三年不见家",还是"白首无人怜",当年出征之时的健壮青年,若能侥幸保命归来,也早已是白首老翁。戍卒们若能归家,可还记得回家的路?当初抱着"长身报国"的豪情壮志来到祖国的边疆,想要在保家卫国的同时,建功立业、功成名就,然而事实总是残酷的,"一将功成万骨枯"(曹松《己亥岁二首》),"功高宁在我"(贯休《横吹曲辞·出塞曲三首》),牺牲的、尸横遍野无人收的多是无名小卒,而招功揽名、封侯相的多是军中的将领们。"谁为天子前,唱此边城曲"(贯休《古塞下曲四首》其二),征战之前将士们的豪气壮烈之声、与战之时的痛苦厮杀之音、思乡之时的孤寂呜咽之语,谁又能替他们传达到圣明的天子面前?这些对于驻守边疆的士兵们来说都是既期盼又害怕的,期的是功成名就、永垂青史,盼的是家人团圆,害怕的是客死沙场无法归乡与家人团聚,忧的是归家之后的物是人非。这种复杂的、消极的灰暗情感色彩,也许只有靠诗人巧夺天工的构思与恰如其分的语言表述才能传达出来吧!

2. 闺怨诗

闺怨诗的征妇怨是最能凸显唐代河陇诗灰暗情感色彩的一类诗歌题材。按照刘洁先生在《唐诗审美十论》中的观点,闺怨诗又称闺情诗或思妇诗,多描写闺中少妇由于丈夫长期在外不归而产生的怨情。闺怨诗自出现之始,发展到唐代达到了前所未有的高度。闺怨诗中数量最多、最为感人的是那些描写征妇思亲念远的诗歌,正如唐汝询所说:"唐人闺怨,大抵皆征妇之辞也。"诗人们或是"代言"女子心声,或是巧夺天工地运用梦境,抑或通过各种典型意象的情景相映,表现的或是"谁家不结空闺恨,玉箸阑干妾最多"的悲伤之语,或是"胡麻好种无人种,正是归时底不归"的幽怨之情,或是"一行书信千行泪,寒到君边衣到无"的牵念之思,或是"何日平胡虏,良人罢远征"的期盼之绪,或是"梦到天山外,愁翻锦字中"的相思之苦,抑或"从此不归成千古,空留贱妾怨黄昏"的哀痛之言。总之,无论采用哪种创作手法,都将深闺之思表现得淋漓尽致。

值得注意的是，唐朝时期的"男子作闺音"现象尤为凸显。中国历代有许多男性文人曾经拟作闺音，他们将自己的文学触角伸向女性生活、女性情感，一些作品相当"女性化"，几乎达到了以假乱真的境地，而且，有的时候他们对女性命运的透视比女性自己更为清晰、深刻。虽然唐以前的诗歌中也有出现过"男子作闺音"的现象，但及至唐代，随着唐代妇女社会地位的不断提升，诗人们常常"不约而同"地写出了"代言"女子心声的诗歌作品，他们常以女性口吻来抒写心曲。据笔者粗略统计，《全唐诗》中较为明显的属于边塞闺怨诗的约有200首，其中男性作家占了绝大部分的比重，女性诗人则仅如陈玉兰、裴羽仙等，数量极少。这正如学者杨义先生所言："为少妇思边代言的风气，于唐代甚炽。期间的相思既注入生死苦味，又展示关山云海的悲壮，在感情力度和艺术境界上都有所开拓。"总之，这种"集体无意识"的"女性化"诗歌特征，随着唐代诗人对女性情感世界的把握与表现达到了前所未有的深度也更加明显，艺术境界也更加臻于成熟，情感描写也更加细腻与丰满。张仲素《秋夜曲》中虽未有主人公出现于诗中，但闺中女子在轻漫如纱的月光里，听着如同敲打在她心坎之上的滴漏声感叹长夜漫漫，埋怨秋天逼迫虫类通宵鸣叫，扰乱自己念夫的心绪的情态却早已展露出来，因此，这位女子的殷切期望或是祷告，祈求老天：我给夫君做的寒衣还未寄到，千万不要飞霜降温啊！这些诗作中，男性诗人巧妙地运用着各种创作手法，将征妇牵念戍边的夫君、独守空闺的哀伤的情感色彩以及盼君早日归家的期待表现得淋漓尽致，甚至比女性诗人表现的深度更为深刻，成了唐代河陇诗中一道亮丽的风景线。

梦境是唐代河陇诗中征妇题材类诗歌常用来表现征妇思夫的内心活动的创作手法。弗洛伊德曾说过，梦的内容是愿望满足的表现。频繁的战事导致了大量家庭的分离，征人与思妇被迫长期分离，双方都承受着感情的煎熬。于是，现实当中不得相见，思妇唯有把这一最朴素的愿望寄托在梦境之中了。张仲素的《秋思二首》和陈陶《陇西行四首》其二是征妇诗中写梦境较好的诗作之一。张仲素的《秋思二首》其一："碧窗斜日蔼深晖，愁听寒螀泪湿衣。梦里分明见关塞，不知何路向金微。"诗中女子一觉醒来，只见斜月透进碧纱窗照到了床头，虽然已经如此清幽，但女子却是"愁听"秋虫的悲鸣，内心的寂寞化为断线的泪珠沾湿了衣襟。梦里不是"分明见关塞"了吗？已经到了良人驻守的要塞，想要继续前进去寻找夫君,却发现自己早已迷失方向,找不到去往金微山的道路。诗人通过梦境的回忆,加之"梦里"与现实的回转、"分明"到达与"不知"路向的回环,在回回环环、曲曲折折之间将女子念夫之情表现得如水般缠绕于字里行间。其他的如陈陶《陇西行四首》其二:"誓扫匈奴不顾身,五千貂锦丧胡尘。可怜无定河边骨,犹是春闺梦里人。"作者以旁观者的口吻,前两句主要叙写了唐军誓死杀敌却五千将士丧身"胡尘"的悲壮的激战场面。后两句话锋一转,诗人并未直接铺陈战争带来的悲惨景象,而是巧妙地运用了诗歌创作中的"虚实相生"的手法,将"无定河边骨"与"春闺梦里人"相联系,虽然征人早已化作白骨尸陈无定河边,但家妻并不知道良人已去,还在梦里与他团聚。"可怜"、"犹是"等词的运用更是将这种灰暗的悲剧氛围渲染得令人心痛的窒息。作者通过这种虚与实的强烈对比,使全诗都充满了一种震撼心灵的悲剧力量。作者让我们看清了何为真正的悲剧:灾难和不幸已然降临其身,然而当事人却毫无察觉,反而依旧满怀热切而美好的期望。

意象是诗歌的基本组成元素,恰如其分地运用恰当的意象,能够在营造意境、表达情感方面事半功倍。征妇诗中也有着其独特的意象群,征衣、月、水、灯、更漏、高楼、书信、雁等都位列其中,而征衣是这个意象群中情感色彩最浓郁的一种意象,也是情感最鲜明的一类意象。据笔者粗略统计,唐代边塞闺怨诗中有将近40多首涉及"征衣"这一意象的。由于边塞环境恶劣,征衣的重要性就尤为凸显,而这一重要的任务就落在了征妇的肩上。她们总是于秋夜彻夜捣衣,为远在边疆的征人赶制寒衣,以抵御边疆的寒冷,给他们带去一丝家的温暖。李白的《子夜吴歌·秋歌》就是描写征妇捣衣的佳作之一。整首诗运用的都是情景交融的手法。"长安一片月,万户捣衣声",诗的前两句以"一片"和"万户"来写光写声,看似无理却又韵味无穷。被月光笼罩如昼的长安城里响起了"万户"的捣衣之声。秋夜深深,长安城的妇女们似乎都在捣衣,忙着为自己远征边疆的良人赶制寒衣,以便早日寄到边陲能够帮助夫君御寒。悲愁的秋风也难以将这寒砧吹尽,吹不尽、化不开的总是玉关情自浓。诗人通过"月"、"捣衣"、"秋风"、"玉关"等意象,通过与其他动词或数量词相组合,使得征妇的内心"何日平胡虏,良人罢远征"呼之欲出。

裴羽仙的《寄夫征衣》是少数女性诗人的征妇诗作。诗中的"独下"、"相伴"、"愁捻"、"试"、"匀"、"不尽"等动词与"寒阶"、

"灯"、"金针"、"残泪"、"心中事"等名词性质的词语构成独特的意象组合,将征妇那种深秋之夜唯有孤灯相伴的孤寂、征衣做好却无人试穿的惆怅、举袖拭泪写成的千行红笺却也抒不尽心中之事的思念等复杂的情思糅合于字里行间,诗中流淌着的化不开的灰暗情感色彩,撼人心扉。另一位女性征妇诗人陈玉兰的《寄夫》也是征妇诗中的佳作之一。诗人以女性独有的细腻情思先是陈述了夫君远戍边关、自己身在吴地,两地相距甚远,而身旁吹过的西风却吹皱了"妾"的心湖,使自己更加地担忧夫君。一纸书信承载着征妇的千行泪,千言万语凝聚成一句最普通的问候"天寒地冻之时,我做的棉衣不知君收到否?"只此一句"平亦不平"的话语,就将体贴的征妇的念夫、忧夫、寄衣、修书等一系列的活动表现了出来。

通过上述解读,我们可以看到,征衣的运用不仅反映了当时的社会状况,更主要的是深闺女子表达情感的需要。思妇虽身在春闺,但却心系边关,征衣成了长期分离的征人与思妇之间传达感情的纽带与桥梁,那一针一线形成的不再是一件简单的棉衣,更是渗透着征妇复杂思想感情的载体。所以,一件征衣不仅能帮助征人御寒,还能让他体会到家妻的相思之苦,唤起他对家乡、对家妻的思念。

综上所述,唐代河陇诗中运用的大量与色彩相关的意象语汇,通过自然色彩与包括明亮情感色彩和灰暗情感色彩的情感色彩的演绎,将诗中或是慷慨激昂的爱国精神,或是思归念夫的闺怨之情,或是西北独有的千里荒漠等生动而鲜明地表现出来,在整首诗歌的氛围营造与情感表达上发挥了重大的作用。

宋代咏昭君诗初探*

刘 洁 马春芳

"昭君出塞"的故事深受历代文人关注，于是便成为古代诗坛的热门题材。诗人们往往怀有一颗敏感的心，或歌颂昭君和亲的功绩，或同情昭君的悲惨遭遇，或借昭君之事表达自己对当朝统治者的不满，历代咏昭君诗层出不穷。

在宋代，朝廷"采用崇文抑武的基本国策"①，由此带来创作的繁荣发展，而宋代咏昭君诗经过前面自汉至唐几个朝代的积累和沉淀，表现出更加成熟而理性的特点。

一 汉代的和亲政策与宋代无和亲的历史

在我国古代，和亲的历史始于汉朝，至唐达到鼎盛，后来的元明清都陆续有宗室女或宫女去和亲。

最早的和亲发生在西汉，据史料记载，高祖在平城（今山西大同）被匈奴围困于白登山，解围后一直为匈奴所扰。当时的匈奴在冒顿单于的统治下，兵强马壮，有控弦之士三十万，经常骚扰北方的边境，令高祖十分忧虑，于是同大臣们商议对策。刘敬认为高祖刚刚平定天下，将士们十分厌倦战争，不能用武力来征服匈奴。而弑父篡位的冒顿单于，也

---

* 本文为甘肃省高等学校人文社科重点研究基地西北少数民族文学研究中心重点项目"古代和亲文学研究"（项目编号：XBM－2012016Z）的阶段性成果。

① 《中国文学史》第3卷，高等教育出版社2005年版，第4页。

无法以"仁义"去安抚他,所以刘敬提出将高祖嫡长公主嫁与冒顿为妻的想法,后因吕后不同意自己的女儿远嫁,于是,高祖只得赐宫女为长公主,嫁与单于为妻,由此开启了中国古代和亲的道路。此后在惠帝、文帝、景帝、武帝时期,陆续又有几位公主嫁到匈奴去和亲,王昭君就是其中一位。

"昭君出塞"的故事最早是在《汉书》中记载的:"竟宁元年,单于复入朝……单于自言愿婿汉氏以自亲。元帝以后宫良家子王嫱字昭君赐单于。单于欢喜,上书愿保塞上谷以至敦煌,传之无穷,请罢边备塞吏卒,以休天子人民。"(《汉书·匈奴传》)[①] 竟宁元年春正月,匈奴呼韩邪单于来朝。诏曰:'匈奴郅支单于背叛礼义,既伏其辜,呼韩邪单于不忘恩德,乡慕礼义,复修朝贺之礼,愿保塞传之无穷,边垂长无兵革之事。其改元为竟宁,赐单于待诏掖庭王嫱为阏氏。'(《汉书·元帝纪》)[②] 从汉匈关系发展史来看,昭君和亲的确起到了密切双方关系,促进汉匈和平相处的目的。但是一个弱女子孤身一人远嫁异邦,语言不通、气候恶劣、生活习俗不同,她究竟是如何在异域生活下去呢?历代文人对此做出很多猜想,并将其表现在作品内,这在咏昭君诗中占了很大的比重。然而宋代却是一个特殊的时代,终宋一代竟无女子去和亲,其中的原因也引人深思。

宋代从北宋开国到南宋灭亡,一直都受到辽、西夏和金等民族的不断骚扰,国家安全始终都存在隐患。然而在强兵压境的情况下,宋人依然不肯选择和亲,笔者认为主要有以下两方面的原因。

首先,源于严重的华夷偏见。理学发展于北宋,兴盛于南宋。理学"讲天理,讲伦常。在民族关系上,理学的影响是强调了华夷之辨。朱熹算是理学的集大成者,他就认为'中国结婚夷狄'是'自取羞辱'"。[③] 宋代的士大夫阶层受理学影响极深,他们多认为把皇室女子嫁给夷狄为妻妾,实在是有辱大宋国体,所以他们宁愿花大量的钱财去议和,也不愿将自己所谓正统民族的女子嫁到"蛮荒之地"去。正是因为他们贵己薄彼的民族偏见,所以才形成了宋代无和亲的历史。

---

① (汉)班固撰,(唐)颜师古注:《汉书》,中华书局1962年版,第11册,第3803页。
② (汉)班固撰,(唐)颜师古注:《汉书》,中华书局1962年版,第1册,第297页。
③ 张正明:《张正明学术论文集·和亲通论》,湖北人民出版社2007年版,第207页。

其次，依赖于强大的经济实力。宋代的农业生产稳固发展，诸如手工业、商业、印刷业、纺织业等城市经济则兴旺发达，海外的通商贸易更促进了宋朝经济的高度发展。较为雄厚的经济实力，使得宋人有足够的钱币物器与敌人议和，所以当仁宗时期辽和西夏向大宋朝廷请求赐婚时，仁宗一一拒绝，并认为婚姻不如岁币持久。正是由于这些原因，宋代没有女子去和亲。但这并不影响宋人思考历史上的和亲问题，也未影响宋代诗人对昭君和亲的关注与吟咏。

二 宋代咏昭君诗的继承与创新

宋代是中国封建时代文人较少受到限制的时代。据统计，现存宋代咏昭君诗150首。[①] 由于宋代文人的言论相对来说较为自由，所以他们在表达对昭君和亲这一历史事件的看法时，基本上能够畅所欲言，从中我们可以了解宋人对和亲政策的认识和理解。

（一）同情昭君的遭遇，抒发其家国之思

同情昭君远嫁，这一主题在前代就已经有过，最典型的莫过于晋代石崇的《王明君辞并序》，另外如唐人的"自嫁单于国，长衔掖庭悲"（郭震《王昭君》），"胡地无花草，春来不似春"（东方虬《昭君怨》）等。诗人们通过描写昭君在胡地对故国的思念以及胡地恶劣的环境等，表达了对昭君的深切同情。由于宋代没有和亲的经历，所以宋朝的诗人对于王昭君远嫁异域的同情表现得更加鲜明深刻。诗人们或描述昭君的悲惨遭遇，或描写昭君在胡地的寂寞，例如："黄河入东海，还从天上回，嗟尔独抱恨，一往掷蒿莱"（刘敞《王昭君》），"独留青冢向黄昏，颜色如花命如针"（王安石《明妃曲》），"独抱琵琶恨更深，汉宫不见空回顾"（秦观《王昭君》），"砂碛茫茫天四围，一片云生雪即飞"（陆游《明妃曲》），"穷寒绝塞人踪稀，时有天边霜雁飞"（薛季宣《明妃曲》），等等。在这些诗中，有的描写胡地气候和生活环境的恶劣，有的抒发昭君在胡地语言不通、满心寂寞只能借琵琶加以倾诉的悲苦。通过琵琶、鸿雁、青

[①] 参考可咏雪、戴其芳、余国钦、李世馨、武高明编注《历代吟咏昭君诗词曲 全辑·评注》，内蒙古出版社2009年版。

冢、胡风等一系列意象写出了昭君命运的悲惨以及诗人们对于昭君的同情。

自北宋末年起,金、元的实力逐渐增强,他们不断蚕食北宋的国土,最终,在靖康之难后,风雨飘摇的北宋朝廷不得不大举南下。面对家国破碎,诗人们感到无比的悲伤,他们对故国的思念借着吟咏昭君而表达出来。如"胡沙漫漫紫塞晓,汉月娟娟青冢秋"(陆游《感旧绝句》七首之六)。陆游一生所希望的就是能够收复北方的失地,他在临终前留下"王师北定中原日,家祭无忘告乃翁"(《示儿》)的绝笔,就是希望有朝一日能够收回失去的土地。宋代有不少诗人借助昭君对故国的思念,表达了自己对中原故土的眷恋:"西风吹霜雁飞飞,汉宫月照秋砧衣。嫖姚已死甲兵老,公主公主何时归"(高似孙《琵琶引》),诗歌看似是在感叹公主何时归,实际上却在感叹自己何时回归中原故里。"虽为胡中妇,只落汉家衣"(姜夔《同潘於久作明妃诗》),姜夔一生飘零不定,他将自己的人生失意与家国哀愁寄托在咏昭君诗中,区区几个字暗含着诗人无尽的忧伤。

(二) 哀叹美貌误人,洗脱毛延寿的罪名

自古道:"红颜薄命",这在古代咏昭君诗中表现得尤为突出。南北朝时期的施荣泰和唐朝张祜在他们的咏昭君诗中都提到了美貌误人:"垂罗下椒阁,举袖拂胡尘。唧唧抚心叹,蛾眉误杀人"(施荣泰《王昭君》),"莫羡倾城色,昭君恨最多"(张祜《昭君怨》)。到了宋代,这种美貌误人的看法更加具体化:"生男禁多才,长沙伴湘累;生女禁太美,阴山嫁胡儿。长沙虽归如不归,阴山亦复归无期。绛灌通侯延寿死,琵琶休怨汉天子。"(唐庚《明妃曲》)"红颜胜人多薄命,莫怨春风当自嗟。"(欧阳修《再和明妃曲》)"不怨君王远,不愿父兄老,唯怨蛾眉误一生,枯荣不得同百草。"(曹勋《昭君怨》)诗人们明确提出红颜薄命,昭君是由于自己生得太美才被选中而远嫁胡地的,所以诗人们劝告昭君不要怨恨君王和画师。在诗人们看来,美貌不仅带来了昭君的不幸,而且给后人留下恐慌:"天生尤物元无种,万里巴村出青冢。高台望思台已荒,东风溪涨流水香。婵娟钟美空万古,翻使乡山多丑女。炙眉作瘢亦不须,人人有瘿如瓠壶。"(范成大《明君台》)"十二巫峰下,明妃生处村。至今粗丑女,灼面亦成痕。"(王十朋《昭君村》)自昭君远嫁匈奴后,昭君故里的村人便认为美貌是一种灾祸，为防止悲剧的再次发生，村民们故意灼伤女子的面部，以疤痕来避免灾难。

另外还有一些诗人则把昭君看作是红颜祸水，他们认为毛延寿是大汉的功臣。"从来败德由女美，褒姐骊姬及西子。玉环飞燕更绝佳，遗臭千载堪咨嗟。毛生善画古无有，强把丹青倒妍丑。却教尤物摈绝域，能为君王罄忠益。"（袁燮《昭君祠》）诗人认为自古以来德行的败坏就是源于女子的美貌，更举出褒姒、妲己、杨玉环、赵飞燕为例，诗人认为毛延寿虽然按照自己的意愿颠倒了美丑，但却使祸水远离汉代朝廷，这对君王和国家是有益的事。"请婚荐女不自惭，画师威罪翻深按。虽然责略变真质，却为宫中去尤物。正似渠成秦利厚，反间之辜宜特宥。汉皇傥有帝王资，尽戮奸谀赏延寿。"（刘才邵《昭君出塞行》）这一首和前一首诗歌一样，诗人认为毛延寿为宫中除去尤物，是做了对国家有利的事，应当得到奖赏。

（三）感慨人生贵在相知，认为昭君是因祸得福

说到宋代的昭君诗，不得不提到的就是王安石的《明妃曲》（二首），当其他人都在写昭君的悲惨遭遇和她在胡地的孤独生活时，王安石却独树一帜，提出了自己的新见解。"明妃初出汉宫时，泪湿春风鬓脚垂。低回顾影无颜色，尚得君王不自持。归来却怪丹青手，入眼平生几曾有；意态由来画不成，当时枉杀毛延寿。一去心知更不归，可怜着尽汉宫衣；寄声欲问塞南事，只有年年鸿雁飞。家人万里传消息，好在毡城莫相忆；君不见咫尺长门闭阿娇，人生失意无南北。""明妃初嫁与胡儿，毡车百辆皆胡姬。含情欲语独无处，传与琵琶心自知。黄金杆拨春风手，弹看飞鸿劝胡酒。汉宫侍女暗垂泪，沙上行人却回首。汉恩自浅胡恩深，人生乐在相知心。可怜青冢已芜没，尚有哀弦留至今。"王安石打破了长久以来人们将昭君远嫁的"幕后黑手"归于画师毛延寿的偏见，大胆地提出并不是画师故意丑化昭君，而是昭君之美在于她的神情韵态，人的神情风韵本来就是难以画出来的。由此将谴责的矛头指向皇帝，暗含对君王按图召幸的讥讽。这是一处惊人之笔，他破天荒地提出昭君在胡地的生活并不十分凄惨，而且以古喻今，说明人生失意与否，并不在于生活在哪里。当年陈阿娇虽然生活在汉宫中，可还是得不到君王的宠爱，孤独度日。只要能遇到知心人，就算是生活在环境恶劣的地方也是十分幸福的。王安石的见解打

破了长久以来的华夷偏见，认为人生贵在相知，"把昭君的遭遇，提高到人生哲理的高度，打通了昭君与无数人生失意者的联系，其胸怀眼界，实在高人几筹，也把咏昭君的诗作，提高到了一个新的境界"[①]。这在封建时代无疑带来前所未有的震撼。自王安石《明妃曲》问世，便对当时的文坛产生了巨大的影响，欧阳修、司马光等文学巨匠也纷纷作诗相和。欧阳修有《明妃曲和王介甫作》、《再和明妃曲》，司马光有《和王介甫明妃曲》等。后来，吕本中在王安石的影响下，写出了"人生在相知，不论胡与秦。但取眼前好，莫言长辛苦。君看轻薄儿，何殊胡地人？"（吕本中《明妃》）只要有一个相知贴心的人，无论生活多艰辛也无所谓，这明显是在讽刺汉朝君主的薄情寡义。

　　于是，在王安石的影响之下，宋代文人都不再一味地同情昭君，而认为昭君和亲是摆脱了她在汉宫不受皇帝赏识、孤独度日的痛苦，也不用再受其他宫女的妒忌和画师的刁难，还能给汉匈人民带来和平。"汉宫美女不知数，骨委黄土纷如麻。当时失意虽可恨，尤得千古诗人夸。"（李纲《明妃曲》）"延寿若为公道笔，后人谁识一昭君。"（郑樵《昭君解》）后宫佳丽三千，但是很多人连名字都不曾被后人知晓，昭君虽被毛延寿误了，但却因祸得福受到后人的敬仰。"万事无过真实处，后人赢得写婵娟。"（裘万顷《题昭君图》）昭君当初因为不肯贿赂画师蒙受冤屈，却由此赢得后世无数人为她吟诗作画，赏识有加。"上流厌人能几时，后来燕啄皇孙死。野狐落中高台倾，宫人斜边曲时平。千秋万岁总如此，谁似青冢年年青。"（黄文雷《昭君行》）宫中的亭台楼阁早已倾倒荒芜，妃嫔的坟墓也已变成田地，只有昭君墓年年青翠，流芳百世。还有些诗人直接赞颂昭君的功绩，"西京自有麒麟阁，画向功臣卫霍间"（刘子翚《明妃出塞》），"汉家眉斧息边尘，功压貔貅百万人。好把香闺旧脂粉，艳妆颜色上麒麟"（许棐《明妃》）。诗人将昭君看得同大将军卫青、霍去病一样重要，认为应该将昭君的画像放到麒麟阁的功臣榜中去。"传闻上古与萧关，自倾耕桑皆乐土。向来屯饷仍缯絮，庙算年年关圣虑。但令黄屋不宵衣，埋骨龙荒妾其所。"诗歌着眼于昭君出塞后带来的和平景象，赞颂昭君为国家献身的豪情。

---

　　① 可咏雪、戴其芳、余国钦、李世馨、武高明：《历代吟咏昭君诗词曲　全辑·评注》，内蒙古出版社2009年版，第47页。

（四）以古喻今，借咏昭君抒发自己的人生感慨

自先唐起，就有很多诗人借昭君的遭遇来抒发自己的感慨，如"秘洞扃仙卉，雕房锁玉人。毛君真可戮，不肯写昭君"（侯夫人《遗意》）。女诗人在替昭君鸣不平的同时，抒发了自己久居深宫不得意的悲愤。唐代诗人则曰："自古妒蛾眉，胡沙埋皓齿。"（李白《于阗采花》）诗人借昭君被胡沙埋没来表达自己怀才不遇的不满。宋人也不例外，他们有的人"把昭君的遭遇上升到哲理的高度，以之涵盖世事的变幻和人生的无常"①，如宋代大文豪苏轼，他一生才华横溢但政治上却十分坎坷，他发出"古来人事尽如此，反复纵横安可知"（苏轼《昭君村》）的感叹。还有的人借昭君得不到汉帝的赏识来表达自己郁郁不得志的愤慨，"太古以来无寸草，借问春从何处归！"（陆游《明妃曲》）诗人以昭君之口表达内心的抑郁。宋代的文人地位较高，因而他们十分关心国家政治，有着心系天下的胸怀，有的诗人写昭君为了国家主动去和亲，实则是借昭君表达了他们的爱国热情。"但愿夕烽常不惊甘泉，妾身胜在君王前"（郑舜卿《昭君曲》），"非无霍嫖姚，两国虑涂炭。欲宽公卿忧，只影非所羡"（白玉蟾《明妃曲》），"若借此行赎万骨，甘忍吾耻縻一身"（赵汝鐩《明妃曲》）。诗人们在诗中通过描写昭君为了国家安宁而勇赴胡地，实则是借昭君之口透露他们关心国家安危的满腹心事，流露出他们"先天下之忧而忧，后天下之乐而乐"的爱国情怀。一个弱女子尚且不顾自身安危，远赴胡地，作为七尺男儿更愿意为国家牺牲自己！

综上所述，由于政治和文化制度的宽松，宋代的文人言论较为自由，作诗也少了很多约束，所以在宋代咏昭君诗中，诗人们敢于在诗中直陈自己真实的想法。由于宋朝没有和亲的历史，这使得大部分文人对昭君的遭遇有着不同于前代的感受，诗人们在继承前人观念的同时，还以自己独特的眼光，拓宽了咏昭君诗的新领域。他们不再单纯地同情昭君，描写她悲惨的遭遇，而是深入探究昭君和亲的深层原因。有些诗人从大局出发，赞颂昭君的伟大功绩，甚至为毛延寿洗脱罪名，认为昭君

---

① 闵泽平：《昭君诗歌的情感变迁》，《三峡文化研究丛刊》2001 年（年刊），第 283 页。

和亲是因祸得福,找到了自己最好的归宿,这种前所未有的认识,对当时以及后世文人都产生了十分深刻的影响,也使古代咏昭君诗跨入了一个全新的阶段。

第三部分

西北现当代作家作品研究

论路遥小说创作中的陕北高原文化特色

李小红

"任何一种文化总是和它产生的地域相结合。"① 陕北黄土高原区域主要包括延安和榆林地区，海拔900—1500米，约占全省土地面积的45%，与晋西北、内蒙古、宁夏、甘肃四省区接壤，是草原与高原的过渡地带。在历史发展的进程中，这里宜农宜牧的自然环境逐渐形成了以农耕文化为主体，融汇游牧文化的文化格局。司马迁、班固就曾认为这里"西有羌中之利，北有戎狄之畜"②。同时，严酷的自然环境也造就了这里居民豁达务实的人生态度以及坦荡浪漫的地域民族精神。

在《平凡的世界》的扉页上，路遥写下了这样一句话："谨以此书献给我生活过的土地和岁月。"这样一句看似简单的话，其中倾注的路遥对于陕北这块古老而贫瘠的黄土地的心血和汗水，也许只有作家自己最清楚。路遥是一位脚踏黄土，从苦难中成长起来，一路艰辛、一路悲歌地走向文坛并获得成功的作家。他关于这个平凡世界的所有热情与思考，都凝聚在从《人生》到《平凡的世界》这段短暂而又漫长的人生求索中。综观路遥的小说创作，笔者发现，无论是他早期所写的《人生》，还是后来为他带来巨大声誉的《平凡的世界》，黄土高原始终是他精神的故土。他将这种独具特色的地域文化写进作品中，在当代文坛上吹起了一股强劲的"西北风"。赵园曾说："'大西北风情'在某种意义上是文学艺术创造的结果。文学艺术不只成功地创造了这'风情'的美感形态而且创造了陶

---

① 吕静：《陕北文化研究》，学林出版社2004年版，第44页。
② 同上书，第417页。

醉于这风情的观众与读者。"① 笔者认为，路遥作品中的"大西北风情"不仅表现在他对陕北地域风情的描绘上，而更多是作为一种创作气质贯穿他创作的始终，并持续影响着阅读者的情感。在其小说创作中，路遥主要通过一系列硬汉形象的塑造和陕北民歌"信天游"的融入体现陕北高原这种独特的地域文化特色。

一 傲然挺立的硬汉形象

俗话说："一方水土养一方人。"陕北黄土高原上养育的男人、女人均带着黄土地的刚气。在这里，"乡民普遍自称为'受苦人'，将辛勤劳动、勤俭度日视为人生的要则"②。在这样的黄土地上成长起来的路遥，势必会将他童年、少年的记忆带进小说创作，形成一种风格鲜明的"苦难意识"。

阅读路遥的小说，常常会给人一种沉重的喘不过气来的感觉。文学评论家李建军就认为："路遥的小说属于典型的人生炼狱体验叙事。"③ 路遥总是将他的主人公放在极其严酷的环境中去磨炼他们的意志，彰显他们美好的品质。《在困难的日子里》的主人公马建强，小说一开始他就面临这样的现实困境：

> 我三岁上就失去了母亲，他既是我的爸爸，也是我的妈妈，在十几年并不轻松的生活中，硬是他一手把我拉扯了这么大。——看看吧，眼下我们的光景都快烂包了。粮食已经少得不能再少了，每顿饭只能在野菜汤里像调料一样撒上一点。地里既然长不起庄稼，也就不会有多少野菜的。父子二人全凭当年喂猪喂剩的陈谷糠和一点榆树叶子维持生活。

就在这样的情况下，马建强以全县第二名的成绩考上了县立中学。他

---

① 赵园：《地之子》，北京十月文艺出版社1993年版，第151页。
② 吕静：《陕北文化研究》，学林出版社2004年版，第56页。
③ 李建军：《文学写作的诸问题，见与魔鬼下棋——五作家批判书》，中国工人出版社2004年版，第262页。

在村中父老的劝说下，背着"百家姓粮"走进了学校的大门。但是，严峻的考验还在后面，他在学校里经常饿得站不起来。饥饿，是路遥笔下的主人公所遇到的第一重苦难。对付这样的苦难，他们唯一的抵抗武器就是自尊。而真正从苦难中成长起来，并以愉悦的情绪去向苦难挑战的人，应该是孙少平。在《平凡的世界》里，路遥充满激情地描绘了孙少平面对苦难，挑战而且超越苦难的人生经历。别林斯基认为："……生活就意味着：感觉和思索，饱受苦难和享受快乐；一切其余的生活都是死亡。……我们先得有饱受苦难的能力，然后才会有享受快乐的能力，不知苦难的人，也就不知道快乐，没有哭泣过的人，也就不知道喜悦。"① 在《平凡的世界》里，孙少平对于苦难的领悟伴随着他的成长，并逐渐升华成一种人生哲学。

在求学阶段，孙少平面临着与马建强一样的困境，吃不饱、穿不暖。并且因为贫穷而与郝红梅惺惺相惜，有了朦胧的初恋。但初恋很快就破灭了。肉体与精神的双重磨难并没有击垮孙少平，他以德报怨的方式回击了苦难。可以说，这一时期的孙少平与马建强一样，对于苦难，他只是单纯的承受。

到了他在黄原做揽工汉时，孙少平开始领悟苦难并将之上升为一种哲学。他坦然地接受田晓霞的帮助并与之相恋，他坦然地与已经是大学生的顾养明见面，并欢乐地度过了一个夜晚却没有任何自卑感。他在建筑工地上极其艰苦的环境中仍然坚持读书，充实自己。小说通过田晓霞的眼睛，让我们看到了这样让人热泪盈眶的一幕：

> 孙少平正背对着他们，趴在麦秸秆上的一堆破烂被褥里，在一粒豆大的烛光下聚精会神的看书，那件肮脏的红线衣一直卷到肩头，暴露出令人触目惊心的脊背——青紫黑靛，伤痕累累！

就这样，他形成了他关于"苦难的学说"："是的，他是在社会的最底层挣扎，为了几个钱而受尽折磨；但他不仅仅将此看作是谋生活命——职业的高低贵贱，不能说明一个人生活的价值。恰恰相反，他现在倒很热爱自己的苦难。通过这一段血火般的洗礼，他相信，自己历经千辛万苦而

---

① ［俄］《别林斯基选集》第 2 卷，满涛译，上海译文出版社 1979 年版，第 453 页。

酿造出的生活之蜜,肯定比轻而易举拿来的更有滋味。"英国美学家斯马特指出:"如果苦难落在一个生性懦弱的人头上,他逆来顺受地接受了苦难,那就不是真正的悲剧,哪怕表现出的仅仅是片刻的活力、激情和灵感,使他能超越平时的自己。悲剧全在于对灾难的反抗。陷入命运罗网中的悲剧人物奋力挣扎,拼命想冲破越来越紧的罗网的包围而逃奔,即使他努力不能成功,但心中却总有一种反抗。"① 此时,孙少平对于苦难的领悟极具悲壮美。将这种悲壮美化为另一种生命状态,是他在铜城当了煤矿工人之后。他将生活赋予的苦难化为一片澄澈的蓝天,一块生生不息的黄土地,他将自己与苦难融为一体。

田晓霞的死给孙少平带来了巨大的打击,令他荡气回肠的爱情灰飞烟灭。当他来到他们相约的老地方时,伊人已去,空留爱情的芬芳。他自己在煤矿上受伤,脸上留下难看的疤痕。对于这样沉重的人生,孙少平挺起男子汉的胸膛承受了。对于生活的苦难,他无须再用言语去表达,他超越了生活的苦难。《平凡的世界》的结尾:"他远远看见,头上包着红纱巾的惠英,胸前飘着红领巾的明明,以及脖项里响着铜铃的小狗,正向他飞奔而来……"我们有足够的理由认为,此时的孙少平,苦难在他眼里已经成为生命中的一个组成部分,他超越了它也享受着它,苦难成为生活的一种本质。

现当代文学作品中描述农民苦难命运的比比皆是,但大多数作品表现的是农民在苦难面前的麻木不仁、逆来顺受。他们的反抗,也多数表现为一种消极反抗。只有在路遥的小说中,我们才看到这样一种酣畅淋漓的精神,它如同一道明亮的阳光,照进当代文坛,为我们提供了必要的温度和亮度。

二 高亢悲凉的"信天游"中的情与爱

陕北幅员辽阔,地广人稀,沟壑纵横,中华民族的母亲河——黄河就是从陕北府谷县入陕,经佳县吴堡、延川、宜川等县东侧奔流而下,至韩城禹门口进入关中地段。禹门以上山峦起伏,山大沟深,人烟稀少,常常

---

① [英]斯马特:《悲剧》,载《英国学术论文集》第8卷,转引自朱光潜《悲剧心理学》,人民文学出版社1983年版,第206页。

是这山能看见那山的人，却无法交谈，于是就有了电影《黄河在这里拐了个弯》中的主题歌所唱的"黄河水呀，九十九道弯，咱们见个面面容易，哎呀，拉话话难，一个在那山上，一个在那沟，我们拉不上话话，招一招手"。于是就有了"信天游"。陕北的"信天游"是一种即兴而作、信口漫唱、不受限制、尽情抒发的山歌。陕北人将自己对生活的期望，对爱情的追求都包含在"信天游"里，他们在"信天游"中寄予着自己的喜怒哀乐。"情歌在陕北民歌中占有很大的比重，是陕北民歌的精华。陕北民歌对质朴爱情的描写，可说是恣肆淋漓、妙不可言。"① 路遥在自己的小说中就多次写到这种极具地域风情的山歌，将陕北男女火热的爱恋，相思的煎熬，有情人不能终成眷属的无奈，化作一首又一首高亢悲凉的"信天游"。

陕北人粗犷的外表之下都有一颗火热的心，对于爱情他们却是羞涩的、含蓄的。当爱情之火燃烧，不能自已的时候，他们就去吼一嗓子"信天游"。路遥在小说中适时地穿插着这些陕北风味浓郁的"信天游"，表达出黄土高原上火一样热烈的爱情："你要拉我的手，我要亲你的口；拉手手，亲口口，咱们到旮旯里走！"这里的女子爱得那样的热烈，那样的无私。在《平凡的世界》中，贺秀莲"马上把一颗年轻而热情的心，交给了这个远路上来的小伙子。当少安一再说他家如何如何穷的时候，她连听也不想听。穷怕什么！只要你娶我，再穷我也心甘情愿跟你走！"于是就有了这样火热的表白——"荞面饸饹羊腥汤，死死活活相跟上。"于是就有了这样浓烈的祝福："上山里核桃下山里枣，孙少安好像个杨宗保。前沟里韭菜后沟里葱，贺秀莲好像个穆桂英。"在《平凡的世界》里，这样的女子不止一个。少平的姐姐兰花对自己"二流子"丈夫王满银也是倾注着满腔的爱，尽管这种爱在我们看来多少有些不值得。她一年四季在家里奔波劳动，养活两个孩子。任由丈夫在外面满世界地胡逛。等到春节王满银回家，当他为她唱起："青线线（那个）蓝线线，蓝个莹莹的彩，生下一个兰花花，实实的爱死个人！五谷里（那个）田苗子，惟有高粱高，一十三省的女儿哟，数上（那个）兰花花好"时，兰花对丈夫所有的怨言消失殆尽，她依然觉得那样的幸福。这里的男子爱得也是那样的深情，那样的专注：在《人生》中，德顺老

---

① 吕静：《陕北文化研究》，学林出版社 2004 年版，第 180—181 页。

汉为了自己的初恋情人灵转，终身未娶。当已是暮年的他回忆起灵转时，仍然会醉心地唱："走头头的那个骡子哟三盏盏的灯，戴上了那个铜铃子哟哇哇的声。你若是我的哥哥哟你招一招手，你不是我的哥哥哟走呀走你的路……"在《平凡的世界》里，向前对润叶爱得甚至失去了男子汉的尊严，但仍痴心难改——"我爱我的干妹妹，狼吃了我也不后悔。"陕北高原天然的、火热的"信天游"与陕北高原率直的、滚烫的爱情共生共荣，在野中透着酸，酸中渗着甜。那种大酸大甜，大俊大美，仿佛使人身临其境，心临其境，情临其境，确实是淋漓尽致，入木三分。

陕北高原的"信天游"不仅善于表达火一样热烈的情感，同时，它的细腻柔软，又非常适于陕北人表达自己缠绵的相思之情。《人生》中，当巧珍面对自己喜欢了很多年的高加林，却无法表达爱情时，她只能借助于歌声："上河里（那个）鸭子下河里的鹅，一对对（那个）毛眼眼望哥哥。""毛眼眼"是典型陕北方言，形容女子漂亮的大眼睛。路遥用这样一段"信天游"，让一个处于相思之中的美丽女子的形象跃然纸上。当相思煎熬着巧珍，她用这样的歌声表达自己的爱恋，期待能够引起高加林的注意。同样，在《平凡的世界》中，当润叶鼓足勇气，向少安表达她的爱情时，在原西河畔的一条小路上，他们听到了这样的歌声："不知从什么地方的山野里，传来一阵女孩子的信天游歌声，飘飘荡荡，忽隐忽现——正月里冻冰呀立春消，二月里鱼儿水上漂，水呀上漂来想起我的哥！想起我的哥哥，想起我的哥哥，想起我的哥哥呀你等一等我……"春天来临，鱼儿成双成对地在河里游玩，自然撩人情思。于是，怀春少女会情不自禁地想到自己的爱人。此时的润叶，就是这样一个女子。可面对心爱的人，一切与爱有关的话语却难以启齿，唯有这首信天游才唱出了少女心中的所想。当孙少安对田润叶爱的呼唤没有应答时，润叶从县城跑到地头找到孙少安，又一次面对心爱的人，局促而又紧张。"这时候，对面很远的山上，飘来一个庄稼汉悠扬的信天游：'说下个日子呀你不来，硷畔上跑烂我的十眼鞋。墙头上骑马呀你还嫌低，面对面坐下还想你。山丹丹花儿背洼洼开，有什么心事慢慢讲来。'"就是这两段"信天游"，将少女欲说还休、欲罢不能的心情恰如其分地表现出来。

爱情，有欢乐，就有痛苦。陕北穷苦的黄土高原上有许多爱情的悲剧。那首脍炙人口的信天游《蓝花花》就是在诉说一个爱情悲剧——有情人未能终成眷属。"正月里说媒二月里定,三月里交大钱四月里引。三班子吹来两班子打,撇下我那情哥哥抬进了周家。"① 可以看出,是旧社会的买卖婚姻破坏了蓝花花的爱情和幸福。新时期,类似这样的爱情悲剧,在路遥的小说中有很多,却不是买卖婚姻的缘故,而是城乡文化的交叉冲撞,乡村文化的落后造成的。

当巧珍得知高加林高中毕业后没有考上大学,回到了农村时,她高兴极了。她明白自己与高加林的身份地位相同了,于是她凭借一首"上河里(那个)鸭子下河里的鹅,一对对(那个)毛眼眼望哥哥"勇敢地表达自己的爱慕,并如愿以偿成了高加林的恋人。但是,巧珍对于未来所有的设想就是她要为高加林守家、种地、养娃。她像一棵藤一样,需要依附在高加林这棵树上,而缺乏独立走向新生活的自主意识。因此,随着高加林社会地位的变动,他们的爱情也以悲剧告终。如同她唱给高加林的"信天游",她一直在"望",结果却是"可望而不可即"。孙少安和田润叶的悲剧同样如此。少安对与自己青梅竹马的润叶不是不爱,而是不敢爱。他清醒地认识到自己是个农民,而润叶是"城里人"。城与乡,在他看来是一道无法逾越的巨大鸿沟。他又没有勇气像弟弟一样走出家门闯出一片天,于是只能选择放弃。他只能选择让润叶去等——"说下个日子呀你不来,硷畔上跑烂我的十眼鞋",在等待无望中,润叶嫁给了向前。在与向前的婚礼上,润叶"在一片洪水般喧嚣的声音之上,她又听见了那令人心碎的信天游:'正月里冻冰呀立春消,二月里鱼儿水上漂,水呀上漂来想起我的哥!想起我的哥哥,想起我的哥哥,想起我的哥哥呀你等一等我……'"这首信天游,实际上是他们爱情悲剧的挽歌。

此时,路遥小说中的"信天游"不再火热浓烈,不再缠绵悱恻,而是催人泪下、慷慨悲凉。他通过这样的"信天游",不仅为他小说中人物爱情的悲剧做了注解,同时也增加了悲剧的色彩和分量。法国著名文艺批评家丹纳说:"作品的生命取决于时代精神周围风俗。"② 路遥将信天游写进自己的小说中,就不仅仅是一种特定风俗的呈现,信天游是这

---

① 吕静:《陕北文化研究》,学林出版社2004年版,第178页。
② [法]丹纳:《艺术哲学》,安徽文艺出版社1991年版,第112页。

片土地上生生不息的人民的精神载体，路遥想要借此表达的是对故乡火热爱情的赞美，对相思的煎熬和有情人不能终成眷属的悲剧深切的同情。

西部与西部女性的一种言说*

——以匡文留的西部诗歌为例

李小红

　　西北不是匡文留的故乡，她的故乡在东北的白山黑水之间。因为父母工作的关系，她从北京来到甘肃，成长于甘肃。她是一位满族女性诗人，历史发展演变至今，满族并不是一个民族性特别鲜明的民族。然而，在匡文留的诗歌世界中，这几个看似毫不相干的词语诸如满族、东北、甘肃有了一种奇妙的组合与联系，那就是存留在她体内的满族"血液"——一种以狩猎和游牧为生，在白山黑水之间形成而积淀下来的强烈而狂野的精神。在她的诗歌中，这种血液和精神贯穿始终，对于西部文化的关照因此而迸发出炫目的光彩。另外，作为一位女性诗人，匡文留的诗歌中弥漫着她独特而独立的女性意识，她以女性的目光看待西部的山山水水、民情风俗、人事变迁。正如彭金山先生在《匡文留及其西部女性诗》一文中所言："在西部诗歌中的女性意识、女性诗歌中的西部风采之间，匡文留获得了自身独特的价值。"

一　一种审视的目光——女性视角之下的西部

　　生活于西部地区，匡文留在诗歌中留下了大量关于西部自然地理景观

---

* 本文为2012年度西北民族大学西北少数民族文学研究中心项目"甘肃当代少数民族文学与本土文化资源关系研究"（编号：XBM2012014Y）的阶段性成果。

的描绘，她笔下的西部是壮美的，是雄奇的，但又是区别于男性作家的另一种描述。在匡文留的笔下，黄河是她诗歌中经常写到的一个意象。黄河是中华民族的母亲河，许多诗人都以其为"母亲"对她进行过礼赞。而在匡文留的诗歌中，她从女性特有的细腻和敏锐的感觉出发，将黄河想象为恋人。"从十八岁，不，十六岁，她就/爱上了河，爱上/她心目中的男子汉……"（《从十八岁，不，十六岁》）在《黄河是粗线条的》、《黄河没有白皮肤》等诗歌中，诗人倾心描绘黄河的外部形态，在《黄河卵石》、《黄河泥沙》中，她进一步细致地描摹黄河的神韵和气质。在这里，黄河不再以母亲的形象出现，而是一条具有男性气质的河："她爱她脚下的土地/她爱黄河/她无时无刻不在翘盼/她心目中的膀阔腰圆的黄河/闪着炯炯目光迈着西部男人的步伐/奔向黄河/奔向她爱的土地。"（《从十八岁，不，十六岁》）从《河边，一位青年》到《撑皮筏子的老伯》，从《两岸槐香弥漫》到《大堤年轻在今夜》，她的目光由河及人，她赞美河岸边生生不息的黄河人，她说："告诉夜的深沉/你在盼，在爱/这目光坦坦荡荡/因为大河的目光如此/盼就盼个坦坦荡荡/爱就爱个坦坦荡荡。"（《你在盼，在爱》）掷地有声的语言将诗人对黄河的眷恋之情、缠绵之思，展示得淋漓尽致。诗人曾经在《〈爱的河〉后记》中谈到自己这样表现黄河的原因："为了不至于在同众多血气方刚的男性诗人，尤其是西部男性诗人的角逐中败下阵来，我为自己的诗的成功进行了顽强的自我选择与表现——以黄河的孩子和黄河的恋人的双重美，来完成自己西部女性诗的独特的价值。"除了黄河，匡文留笔下还经常出现沟壑纵横的黄土高原，奇峰险峻的祁连山。当她的目光掠过广袤的西部大地，沙漠、戈壁、嘉峪关、疏勒河、日月山、青海湖、火焰山、哈斯塔那古墓群、天堂寺、桑科草原、拉卜楞寺等壮美的自然景观都尽收笔底，这些西部景观在她的诗歌中均呈现出鲜明的阳刚之气。她这样表达她对博格达峰的神往："我神往心旌如磐的男人/我仇恨心旌如磐的男人/博格达峰/当我这样纯粹女人的明麝和体态/在你近前绽放成通身透亮的/雪莲/博格达峰/我无法想象你倚天的寒冷与傲岸/竟没有顷刻间飘散为/纷纷扬扬的壮士柔情/缓缓地托我于你的心尖/舞蹈/博格达峰。"（《博格达峰》）她这样表达她穿越戈壁滩的体验："天空无飞鸟的区间/戈壁显得异样真实/砾石倒映于云影，散成/烟的模样//天空无飞鸟的区间/阳光骄横而孤独地倾泻/砾石上溅起的回音/叫戈壁瓮声瓮气/失去边缘的概念//这时有我穿越戈壁/行进的姿势正是一种语言/……"(《穿越戈壁》)她这样表达她骑上红鬃马的感受:"俯下你的身子,甩我到你的背上,长嘶一声,挟风而去吧,直入夕阳或是地平线。我要用嘴唇一丝一丝亲吻你火红的长鬃,用皮肤紧压你的皮毛,让你突突跳动的肌体催涌我周身的血脉。"举凡西部大地上的种种物象,在诗人的审美关照下,都成为一种人格化的写照,这是女诗人笔下属于男性的西部、父性的西部,诗人以恋人、妻子、女儿的目光书写西部,西部在她的笔下具有别样的风姿。诚如评论家所言:"匡文留的西部诗往往呈现出一种女性的火热和野性。"[1]

西部,不仅有"大漠孤烟直,长河落日圆"的壮美景观,同时,多民族融合的民族风情也格外引人入胜。在匡文留的笔下,这些民俗风情都带有女性特有的体验和认知,女性对于家、家庭的渴望是亘古不变的情怀,在匡文留的笔下,浓郁的西部风情总是与家、与幸福紧密相连的。这是她笔下充满着家的温情情调的桑科草原:"藏犬和牦牛犊/难辨大小/一样翻卷的长毛/拱弯草的脖颈/惊碎蒲公英梦幻/帐篷散落滩腰/像伞像蘑菇又像帆/牛粪火燃起炊烟/奶茶和糌粑的浓郁/就开始流浪/……"(《素描桑科》)在《拉卜楞寺僧侣印象》一诗中,她一改往日世人们眼中清心寡欲的僧侣形象,而是赋予他们追求世俗生活和幸福的权利:"是否在阴历六月灿烂的阳光下/驶进凡人/扣问的小窗。"她笔下的雪莲花、天湖都带有着凡俗生活的温度:"开始谛听红尘的心跳/重新诠释生命。"(《净界天湖》)她笔下搓着羊毛的洁尔玛、梳着十八根黑辫子的央金措玛,英俊的骑手,与欢天喜地的太平鼓、祝酒歌、撒满大红枣儿的新房的炕头等都构成了一幅幅西部日常生活的剪影,这些洋溢着浓郁的民族风情的画面因为融入诗人自身对于家、家庭、幸福的渴望的情感而格外感人。

匡文留以审视的目光关照西部的自然景观、民情风俗,她笔下苍凉壮阔的自然景观成为一种特定的女性表达,这是充满阳刚之气的西部,是充满血性的西部,而西部多姿多彩的民情风俗则传达出她对幸福的感受和憧憬。因此,"匡文留那种充满女性意识觉醒初期特征的诗歌,成为当代西部少数民族女性诗歌写作第一阶段的代表作。随后的西部女诗人们大都或

---

[1] 季成家主编:《西部风情与多民族色彩——甘肃文学四十年》,红旗出版社1991年版,第425页。

者自觉或者无意识地沿着这条路又开出不同分支进行书写"①。从这个意义上看,匡文留的写作具有开创性。

二 一种情感的表达——西部大地上的女性

作为一位女性诗人,匡文留对女性的性别意识有着高度的敏感性。然而,不同于翟永明、伊蕾等诗人对于独立女性意识和私密女性体验的表达,她的西部诗歌有着独特的风格和内涵。她笔下的西部女性,是高原上健康美丽的"金玉米":"给我一块泥土/塬也罢峁也罢/兴许是沟沟岔岔/我漂亮的金皮肤采自阳光/劲挺矫健的线条/是风的勾画……美丽的金玉米/永远的金玉米/我是村野/世辈嫁不出的女子。"(《金玉米》)然而这些美丽的女子,也是一个面对这严峻的生存考验的群体:

  我身穿红袄的岭中姐妹
  你细碎的步子踩不疼水
  却踩疼了我
  向这大山不像大山褐色不是褐色走近
  我弱小的姐妹
  你仅仅为了背一桶水么
  暮色之海漫过家园时
  日子也就成了倒影
  梦吃的水虚幻的水里
  是谁干枯双唇唤你
  你美丽的汗珠敲打水桶
  重重叠叠的大山
  呜咽成了海涛

(《褐岭》)

在苍茫的暮色之中,大山中背水的姐妹,她们红色的身影灼伤了诗人

---

① 慕芳:《自由地飞翔,自在地表达——当代西部少数民族女诗人简论》,硕士论文,2006年。

的眼睛。这是干涸少雨的西部，严酷恶劣的生存环境考验着这些美丽而坚强的女性，也造就了她们对苦难的承受力。她们是西部大地上沉默的女儿、妻子和母亲——"头擎无形的远古陶瓮/对谁敞大嘴巴/为获取永不涅槃的/磨难"（《女人与火》）。匡文留赋予她们大地的含义，西部女性就如同西部大地一样——"至高的方式命定我是泥土/最深层水与火在交融"（《泥土》）。她们以博大的胸怀来养育她的儿女，也承受苦难，在"最深层水与火"的交融中，完成她们的生命历程。匡文留以悲悯的情怀看待她们的生活命运的同时，也在礼赞她们生命的活力和强力。

匡文留不仅描写西部女性外部的生存环境，她更将笔触深入她们的心灵世界，描述她们对男性、对爱情、对婚姻家庭以及幸福的种种复杂感受。她说："正如女人，从来就意味着等待并承载，以一生一世为代价，我们亲亲的西部母土，亿万斯年的沉默或喧嚣，诠释成人类的语言。"（《〈等待并承载〉题记》）

对于男性，匡文留这样表达着对西部女性对他们的希冀和憧憬："看你朗朗地咧嘴一笑/看你的眼睛如何在挑起的黑眉下/凝视我/看你黑缎子般的肌肤下/如何隆起岩石/我的黑黑的小烈马。"（《黑黑的小烈马》）"是一尊尊躯体么/很雄性男人的躯体/钢打铁铸的/不仅仅是外貌/这些咄咄逼人的英气与豪气/叫被称作意志和信念的内容/拔地而起/荡荡浩歌便/狂飙为我从天落"（《梨园口之外②》），这是她们想象中的男性，带有着西部风采和气息的男性。她们愿意把自己新鲜的爱情奉献给这样的男性。在追逐爱情的旅程中，她们是勇敢的，甚至是孤注一掷、奋不顾身的："在扭曲的肢体上/在怒放的手指上/颈与颈纠缠/臂和臂撕扯/酒醉的探戈荡气回肠/哪个为爱流血的女人/这般极致。"（《风上红柳》）她们是戈壁滩上傲然挺立的风中红柳，深情而妩媚地绽放，只为爱情。在她的《躺着别动》和《漠风的金字塔》两首诗歌中，诗人又是这样描写两性关系：

> 就这样躺着别动/别——动/你黑黑地躺成一座黑石山/我白白地躺成一袭白沙漠//闭上眼睛让我/任性地读你/读——你//山腔里滚沸的熔岩/浪浪相迭地席卷我荡击我/坚硬而光润的山脊/驮我的心大起大落/就这样躺着别动/别——动/直到白沙漠升起/惟一颗太阳/直到白沙漠燃起熊熊大火。
>
> （《躺着别动》）

女人的欲望是男人的勇气/漠风的金字塔转瞬坍塌/套马杆柔韧地/柔韧地叫戈壁一声唿哨/他紧拂如旌的骑装下摆/拂她的心温驯成/初醒的小驼羊。

(《漠风的金字塔》)

在这里，男性是"黑石山"，女性则为"白色的沙漠"，而"滚沸的熔岩"和"燃起熊熊大火"都可以看作是爱情的沸腾状态。而"漠风中转瞬坍塌金字塔"可以看作是女性的象征，在手执"套马杆"的男子面前，她心悦诚服地投降。这些诗歌都是关于西部女性对爱情的诉说。相较于江南女子温柔含蓄的爱情表达，西部女子无疑是坦率的，大胆的，野性的。她在《白帆船》和《我只能有你》中，毫无顾忌地表达着女性沉醉于爱情的感受，这些文字是相当直白的：

那么由我扬帆吧/扬起如雪如瀑的耀眼白帆/无论你颠簸的波峰/发足狂奔的烈马/或是猎猎燃烧的大朵火焰/紫色阳光和金色星星全都因此赐予我亲吻/波涛印证帆船/帆船也印证波涛/有你永世不竭的起伏与喘息/就有我至死不渝的招展/叫我光滑洁白的船舷/迷失在别一种晕眩/闭上眼睛/我高高地扬起/更需要以朦胧的状态/统治你的感受。

(《白帆船》)

承受你的折磨/我疼痛得发抖也幸福得发抖/没有你的日子里的那些庸俗/在这疼痛在这幸福中/缓缓稀释//没有你的日子证明/没有谁能代替你/没有谁/即使能有两个上帝两个太阳/我也只能有你。

(《我只能有你》)

在这类诗歌中，西部女性对于爱情，甚至对于本身欲望的追求，都是主动的，甚至呈现出一种大胆的索取姿态，而正是在对这种自我情感、欲望的表达和宣泄中，西部女性以及执著地为她们歌唱的女性诗人获得了独特的价值。

对爱情的迷醉并不意味着西部女性对男性毫无原则的臣服、顺从，在另一些诗歌中，匡文留表达着西部女性对于爱情理性、清醒的认知：

  索性把自己交给夜/黑纱黑裙妥帖又安全/让男人的眼睛/夜一般失明吧/让他们所有的脆弱自卑/以及渴望逃避寻求庇护的本能/在我的视野之中/以囚徒的形象顾影自怜。

（《我点亮一颗颗小红灯笼》）

  男性的脆弱自卑，让野性强悍的西部女性不屑一顾。于是，"我"宁愿沉浸于夜给予自我的安全感。"夜"的意象是一个与白昼相对照的存在。"对女性来说，在个人与黑夜本体之间有着一种变幻的直觉。我们从一生下来就与黑夜维系着一种神秘的关系，一种从身体到精神都贯穿着的包容在感觉之内和感觉之外的隐形语言，像天体中凝固的云悬挂在内部，随我们的成长，它也成长着。"[①] 当面对一个懦弱自卑的男性世界时，西部女性只有退回到属于自己的黑夜，才能反观爱情，完成自我的成长。

  "点亮自己的心/点亮一个小小的我/以火把的姿势/燃烧彻夜"（《神奇楚雄①》），这是匡文留的爱情宣言，也是她的诗歌宣言，这位在20世纪80年代就登上中国诗坛的女诗人，以独特的女性视角关注她所热爱的西部世界，诠释她对西部和西部的女性的认知，她所营造的诗歌世界成为诗坛一个独特的存在。

---

 ① 翟永明：《黑夜的意识》，载张清华主编《中国新时期女性文学研究资料》，山东文艺出版社2006年版，第70页。

浅论秦地文化场中文学之精神及其局限性

李小红

文化与文学天然有着密不可分的关系。文化是人类智慧的产物，文学来自人类的社会生活，来自人类的审美创造。所以，文化是文学的"源"，文化孕育着文学。同时，文学是文化的重要组成部分，其既是文化的文本影像，又是文化传承的载体。因此，研究某一特定地域的文学，需要将其置于特定的文化场中。"场"的概念源自物理学中的电磁学理论——电子的相互作用，可产生磁场或电场，电场或磁场又反过来受到电力或磁力的影响。想要全面了解秦地小说的精神，就需要将其置于秦地文化场中去探讨。

一　秦地文化场的概念

秦地文化又称三秦文化。"三秦"的称谓始于秦末，《史记·项羽本纪》载：鸿门宴之后，项羽自立为西楚霸王，立刘邦为汉王。为防止刘邦东进，项羽将陕西的关中、陕北地区封给三位降将章邯、司马欣和董翳，这三位通称"三秦王"，他们所占之地称为"三秦"。今称陕西为三秦，是沿用了古称，但并非楚汉相争时的概念，而是陕北、关中以及陕南的总称。自古以来，秦地作为中华文明的发祥地，其文化在历史的长河中有着举足轻重的地位："三秦文化在中国文化发展史上有着极其重要的地位，渭河流域和黄土高原，是中华文明的重要发祥地之一；关中千年古都长安，是周、秦、汉、隋、唐等十一个封建王朝的都城，也是丝绸之路的起点；陕北，则作为民族融合的重要场所而令人瞩目。三秦文化在公元

906年以前,曾集中反映了中华文明的成就,以汉唐为标志,如日中天地照耀着整个世界,显示古代中国曾经具有的开放与创造的风貌及值得炎黄子孙永远自豪的文化传统。宋元以降,三秦作为西北的军事重镇,凭借其地理文化优势,仍然在历史上有许多出色的表演,创造出既有西北风格,又保持中国文化基本精神的精彩内容。为此,在中国各区域文化中,三秦文化向来是引人注目的。"[1] 也有学者将西部分为六大文化圈层,认为秦地文化属于陕甘儒道释文化圈层。"在农耕文化的基础上,也以博大的胸怀接受着来自四面八方的文化影响,最终沉积为中国中原文化汇合西域其他文化因子融合而成的儒道释文化圈层。"[2] 由此可以看出,作为一种地域文化,三秦文化不仅有着极其丰厚的历史积淀,而且还是一种开放性的文化。三秦文化既具有中原农耕文化的因子,又兼容了游牧文化、草原文化,形成了浑朴、厚重、进取的特征。处于这样一种文化场中的秦地小说,必然会带着其独特精神进入当代文学。

19世纪法国文学史家丹纳提出,种族、时代与地理环境是决定文学的三个要素。认为在分析评价作家作品的风格时,应十分关注地理条件对它的影响,这种研究使人们日益重视从文学的地域性这一角度来考察文学并揭示其发展的某些规律。但是,人们对文学的地域性的理解长期以来局限在自然条件的层面上。其实,地域性的内涵除了地形气候等因素外,还有历史沿革、民族关系、风俗民情、生活状态、语言乡音等重要因素,换言之,较之自然条件,由历史形成的人文环境的种种因素给予文学的影响更为复杂深刻。三秦大地从行政区域而言,分为陕北、关中、陕南三大地域。这三块不同地域上分别形成了黄土高原文化、关中平原文化以及陕南山地文化。早在1984年,贾平凹就认为这三大不同的地域"势必产生以路遥为代表的陕北作家特色,以陈忠实为代表的关中作家特色,以王蓬为代表的陕南作家特色"[3]。其实,那时贾平凹已经从陕南商地获得了不少灵感,写出了不少商州地域文学,"鉴于他的地域意识之强和创作实践之

---

[1] 黄新亚:《三秦文化》,辽宁教育出版社1993年版,第2页。这里说有11个王朝建都长安,还有异说。如将短期政权和农民政权也计入,则更多。

[2] 彭岚嘉、陈占:《中国西部文化发展战略研究》,中国社会科学出版社2002年版,第102页。

[3] 贾平凹:《平凹文论集》,青海人民出版社1985年版,第133—134页。

多，自然也应视他为陕南的代表作家之一"①。对于三位作家作品中不同的地域特色，笔者将在以后的文章做重点论述。在此处，笔者将探讨他们的小说在三秦文化的整体环境中所表现出的共同的精神。

二 秦地文化场中文学精神之表现

（1）三秦文化以中原农耕文化为其根本，农耕文化中对于故土的痴恋深深影响着三秦作家的创作气质，三秦作家因此具有浓烈的"乡土情结"。陕北的城乡交叉之地之于路遥，关中平原之于陈忠实，商州之于贾平凹，正如绍兴之于鲁迅，湘西之于沈从文，呼兰河之于萧红，均成为小说一个个鲜活的文化空间坐标。"为什么我的眼里常含泪水，因为我对这片土地爱得深沉。"② 作家对于这样一块热土倾注着自己的汗水和热血。

（2）三秦文化中兼容的游牧文化的因子，在作家的创作中，表现为一种坚韧的生命意识、昂扬的进取精神和浪漫的爱情观。在三秦大地上，到处都有"尚气节，先勇力"、"怀忠畏法，果敢勇往"③ 的好儿郎，也有重情重义、敢爱敢恨的女子，这些人共同演绎出三秦大地上最惊心动魄、扣人心弦的人生故事。

（3）作为一种多元继承、多元融合、多元发展的区域文化，三秦文化开放性的特征深刻影响着秦地小说作家，使其在创作中表现出一种海纳百川的气度和可贵的自省精神。他们对静态的"乡土中国"采取严肃的观照态度，从古老秦地在当代社会艰难的蜕变和转型中，反映当代中国现代化进程的艰难性和曲折性。因此，无论作品中对底层人物生活的现实描绘还是对"民族的秘史"全景呈现以及对中国文化得失的探讨上，都有着全面而深刻的认识。

三 秦地文化场中文学之局限性

"绝域产生大美"，路遥、陈忠实、贾平凹分别以自己极大的热情去

---

① 李继凯：《秦地小说与三秦文化》，湖南教育出版社1997年版，第100页。
② 艾青：《我爱这土地》，载《艾青选集》，香港文学研究社1980年版，第55页。
③ 转引自吕静《陕北文化研究》，学林出版社2004年版，第58页。

拥抱他们所热爱所眷恋的三秦大地，并在不同的文化板块上构建起自己精彩的文学世界，他们的努力和付出换得的是累累硕果。在1992年到1993年间，陕西几位作家如陈忠实、贾平凹、高建群等在北京的集体亮相，被评论者称为是第三次"陕军东征"，给予高度评价。新时期，以他们为代表的陕西作家群，创作出一大批富有浓郁黄土文化气息的作品，使陕西成为"中国文学的重镇"。但是，地域性为这三位作家带来成功的同时，也伴生了种种缺陷。这主要表现在以下几个方面。

首先，路遥、陈忠实、贾平凹都属于典型的"农裔城籍"作家。这样的人生经历使得他们与黄土地血脉相连，在心理上形成了难以割舍的土地情结。因此，他们在作品中能够充分地关注这片黄土地上农民的繁衍生息，对他们的苦难亦有深入的把握。然而，黄土高原上传统文化对他们的濡染，以及陕西地理环境的封闭性，在某种程度上，造成了他们文本世界的封闭性。他们本能地拒斥黄土高原以外的世界，对于日新月异的城市和城市文明，难有精到的理解和掌握。虽然，贾平凹也有一系列以现代化都市"西京"为背景创作的小说，但他并没有写出城市真正的内涵和它的丰富性，城市在他的笔下成了一座"废都"。至于路遥和陈忠实，他们的笔触，基本上很少涉及城市和城市文明。

其次，地域文化应当仅仅是作家介入创作时独特的精神资源，而作家进入创作之后，都应当试图超越空间局限而具有人类性，经历时间考验而具有永恒性。如茅盾曾经指出："关于'乡土文学'，我以为单有了特殊的风土人情的描写，只不过像一幅异域的图画，虽然能引起我们的惊异，然而给我们的，只是好奇心的餍足。因此在特殊的风土人情而外，应当还有普遍性的与我们共同的对于运命的挣扎。"[①] 鲁迅先生的可贵之处就在于他既深刻地了解了农民，同时又站在历史和时代的高度对农民进行了理性的审视。而这三位作家的缺陷也正在这里，三秦文化作为他们与生俱来的秉性素养，过多地沉积在他们的心理结构中。在小说中直接表现为这三位作家对秦地文化，对秦地地域里的人，都无法找到一个可以俯瞰的视点，缺乏更高层次的理性认识和艺术升华，有"不识庐山真面目，只缘身在此山中"的遗憾。如在路遥钟情的"城乡交叉地带"中，陈忠实的"白鹿原"上，贾平凹的商州世界里，我们看到的更多的是作家对乡村文

---

① 茅盾：《关于乡土文学》，《文学》1936年第2期。

化的顾惜和袒护，这就必然限制了作家文化审视的深度和广度。文学可以借地域文化的内容而增色，但如果缺少了对这种文化的理性审视，文学也许只能成为地域文化的展览而已。

再次，他们都面临着乡土叙事的困境。三位作家的小说中，对陕西的地域景观和民俗风情的呈现为他们创作带来了成功。但是，对这些地域特色和民俗文化在每一部作品中的过分渲染，也造成了读者一定程度上的审美疲劳。另外，陈、贾两位作家，他们居于都市去创作乡土小说，对现阶段的农村缺乏理性、深入的认识。近几年，再也没有出现像路遥的《人生》、贾平凹的《浮躁》那样成功的作品。

最后，他们在创作时往往囿于经验，很难超拔，这就导致文本世界的平面化和人物性格的类型化。路遥的小说继承的是柳青现实主义的创作手法，小说中高昂的人文精神固然值得学习，但是，单一的创作手法未免让作品显得单调。陈忠实、贾平凹虽然坦言自己一直都在学习、借鉴新的表现手法，但是，他们作品中对于拉美魔幻现实主义的学习，往往停留在表面，有时甚至沦为神神道道的民间神秘文化文学的末流，缺乏根本的历史沧桑、民族抗争和真正的博大精深。比之于同时代的韩少功等人，他们并未学到真正意义上的新的表现手法。

文学是人学，需要创作出栩栩如生、血肉丰满的人物形象。但是这三位作家笔下塑造出的人物形象，尤其是女性人物形象，缺乏鲜活性、真实性。秦地过于深厚的男权中心意识影响了几位作家，他们将作品中的女性人物，往往简单地归为两类：好的和坏的，善良的和邪恶的。缺乏对人物灵魂逼视的力量，没有写出人物灵魂深处的东西，这不能不说是一种遗憾。

评论家何向阳对当代文学作品缺失的评价似乎可移植过来为这三位作家的创作把脉："总体看来，中国文学多有形而下、形而中的描摹而乏形而上的思考，多有合乎人性的心理意义的挣扎，却缺少超越人性的精神意义的拼杀；多伦理层面人性意味的咂摸，少人道层面人格意义的塑造；心理事实对心灵事实的遮蔽，直接造成了中国文学的内部心灵关怀力度的孱弱、领域的狭窄和层面的居中。"因此，他认为当代文学"处处可见生存图景的片片瓦砾，却无一座于废墟之上拔地而起的庙宇"[①]。路遥英年早

---

① 何向阳：《后撤：后新时期文学整体策略》，载《世纪末的中国文坛》，上海文艺出版社2002年版，第102页。

逝，陈忠实在写作《白鹿原》之后已经沉寂了数年，贾平凹在《高老庄》的后记中预言自己会写24卷书，那就让我们拭目以待，希望他们能够为中国当代文学建起一座拔地而起的丰碑。

"仁义"之原上的悲喜剧

——关中地域文化与《白鹿原》

李小红

　　陈忠实的《白鹿原》发表已经有 20 个年头了，时光流逝，中国的文坛新作辈出。但当我们重新审视这部被评论者称为 90 年代最重要的文学收获之一的小说时，我们仍然为之震撼，为之感动。陈忠实在他的人生进入 44 岁这一年，他听到来自心灵深处的清晰生命的警钟时，开始了他长篇创作的艰辛旅程。1991 年冬天，他完成了长篇小说《白鹿原》的写作。作为一位从关中平原走出来的作家，他对生育他、养育他的原和原上的文化，以及整个中华民族赖以生存的精神和文化，在这部意蕴丰富、气势恢宏的名作中进行了深沉而全面的思考。

　　"在关中农村的乡约族规家法民俗之中，仁义主要表现在三个方面，一是以重义轻利为核心的为人处世准则，二是以注重孝悌为核心的家庭道德，三是以贞洁妇道为核心的女性观念。这三个方面，是仁义意识的具体形态，集中代表和体现着关中的伦理观念，又以关中人最易接受的方式建构着仁义意识，强化着关中的伦理观念。于是，历经数千年，一整套以仁义为核心的伦理框架便在关中这块殷实的富于历史传统的黄土地上绵延着，深入到人们的心灵中，浸入乡民的血液中，最后甚至以一种集体无意识的形式通过遗传继承的因子，传给了一代一代的后人们。"① 在小说《白鹿原》中，几十年间，这个仁义之村的仁义之人围绕着仁义，上演了

---

　　① 张国俊：《中国文化之二难》（上），《小说评论》1998 年第 4 期。

数不清的悲剧和喜剧。

一 重义轻利背后的虚伪性

以重义轻利为核心的为人处世准则最典型的体现者是小说的主人公白嘉轩以及他的姐夫朱先生。腰板挺直，终生严格恪守着关中文化伦理准则的白鹿原的族长白嘉轩，有许多可圈可点的"仁义"之举。首先是他与长工鹿三的关系。从根本上来说，他们之间的关系应该是一种雇佣与被雇佣的关系，具有尖锐的对立性。可是，小说中，他们之间的关系被蒙上了一层温情脉脉的面纱。白嘉轩从不克扣长工的吃食和薪俸，麦收打下的头一场麦子，秋后轧下的头一茬棉花，都是鹿三的。遇上好年景，还要多加两斗麦，让鹿三过个好年。鹿三的老婆是在白嘉轩父亲的帮助下讨的，鹿三儿子黑娃的学费由白嘉轩交了，白嘉轩女儿白灵的干爸也请鹿三来做。同样，鹿三也是个自尊自信的长工，以自己诚实的劳动取得白家两代主人的信任，并心地踏实地从白家领取议定的薪俸。对于这种被雇佣的地位，鹿三自有自己的解说："自己给人家干活就是为挣人家的粮食和棉花，人家给咱粮食和棉花就是为了咱给人家干活，这是天经地义的又是简单不过的。挣了人家生的，吃人家熟的，不好好给人家干活，那人家雇你干什么？"于是，尖锐的经济对立关系在重义轻利的道德感召下被化解了，成为一种充满温情的亲和关系。在小说的后半部分，当年老的鹿三受到白家晚辈以及自己儿子的嫌弃时，白嘉轩又一次语重心长地对这些晚辈进行了教导，让读者又一次领悟了族长的人格力量。在鹿三去世的头天晚上，白嘉轩甚至与鹿三同睡在马号里，同喝一瓶西凤酒，在鹿三死后，他涕泪横流地感叹："白鹿原上最好的一个长工去世了！"在这里，关中人特有的侠肝义胆和浓情厚谊被放大和凸显出来了，现当代文学中东家与长工的关系有了一种新的局面。除了与鹿三一家的良好关系，白嘉轩还为白鹿原做了许多好事，他翻修祠堂，兴办学堂，筑堡墙，刻乡约，营救曾经有负于他的鹿子霖和黑娃，从而在白鹿原上书写了一个大大的"人"。

作为白嘉轩的姐夫朱先生在小说中更是一种"白鹿精神"即"仁义"的化身，小说对他的塑造甚至带上了一些神化的色彩。这位16岁应县考得中秀才的神童，成人之后以其一系列的壮举而震惊整个陕西。他亲自牵马下地，犁掉了妻弟价值千金的罂粟。他粗衣布鞋只身前往乾州劝退清兵总督，使数十万西安城的百姓免遭屠城的灾难。他在自家门前拴狗咬乌鸦兵军长，并为前来请他算卦的乌鸦兵军长留下"见雪即见开交"的卦辞，果真在刘军长逃走之时，天空飘起雪花。他出任滋水县赈济灾民的副总监，革除营私舞弊，亲尝舍饭。他一生只穿妻子纺织的土布不着洋衣。甚至他能预知自己的死期，在死前七天就写下遗嘱。他死后人们不断传颂他的事迹，连土匪黑娃也为他写下"自信平身无愧事，死后方敢对青天"的挽联。可以说，他是关中文化伦理准则的完美体现者，白嘉轩就不止一次地认为自己的姐夫是"圣人"。

然而，令我们遗憾的是，在仁义之村中，重利践义之为也并不鲜见。我们同样以白嘉轩为例，这个仁义村的一族之长，同样做了许多的违背仁义之事，其中最严重的要数换地。连着死了六房媳妇、家财几乎荡尽的白嘉轩，见到白鹿的吉兆，决心要买回鹿家两亩坡地以荫福子孙。就为了这个大"利"，他不能再顾忌那个大"义"。他十分精密地谋算着，不露蛛丝马迹地表演着，以卖地开始，以换地结束，最后以损人利己、重利践义的代价，完成了自己人生发达致富的关键一步。固然，白嘉轩的这一行为，无疑是发源于人的生存本能，是可以理解的，它所带来的人生的巨大成功——历史大动荡中一直保持财旺人安家和，这似乎更使得白嘉轩的这一践义之举带有一定的精明果决的豪气和道德牺牲的悲壮成分。可是，透过这一现象，我们还看到了其中的另一层含义，那就是道德意义上的"义"，无法与生存意义上的"利"相抗衡，在生存的大利面前，义不能不显出它虚弱、浮泛的一面。小说的最后，白嘉轩面对已经精神失常的鹿子霖说："子霖，我对不住你，我一辈子就做下这一件见不得人的事，我来生再世给你还债补心。"再真诚的忏悔也无法弥补当日践义重利的结果，由此也彰显出这种以重义轻利为核心的为人处世准则后面的虚伪性。

二 注重孝悌中的亲情背离

《白鹿原》所展示的关中伦理观念的重要侧面是以注重孝悌为核心的家庭道德。中国封建社会是以家庭为基本结构单位的，社会道德的培养是以家庭道德的培育为基础的，梅贻宝就曾指出："家庭恰好是培养锻炼仁德最早与最适当的机遇，可视为仁德的暖室或温床。"① 在家庭道德的诸多观念之中，处于核心地位的是孝悌。《礼记·礼运》曰："何谓人义，父慈，子孝，兄良，弟悌，夫义，妇听，长惠，幼顺，君仁，臣忠，十者谓之十义。"十义之中有八义是属家庭道德范畴的。由于关中在中国历史上、地理上和文化上所处的地位，决定了关中的伦理道德观念是以家庭道德观为主要内容的，而家庭道德观又是以孝悌为本体的。因此他们把家风的培育和传承置于家庭本体的位置上，把家风的好坏与家运的兴衰紧密联系起来，强调"父子有亲，君臣有义，夫妇有别，长幼有序，朋友有信"，并由重孝亲、论长幼而延展到"三从四德"等诸多层面。

在《白鹿原》所写的几个家庭中，最重家风最讲孝悌的就是白嘉轩家。这个门楼上镶着朱先生"耕读传家"的手迹，明柱上刻着"耕织传家久，经书济世长"的家庭，素以家教严家风正立足乡里。也正是其严厉的家教家风，使得几十年来在白家与鹿家的争斗中最终占了上风。在这个家庭中，父与子，长与幼，夫与妇，都严格按着祖宗传下的家规习俗为人处世，都自觉地用孝悌道德塑造着自己的人格。就白家的人际关系而言，白嘉轩在父亲死后，当然地坐在了"父亲在世时常坐的那把靠背椅上"，重复着父亲做过的动作，"喝着酽茶，用父亲死后留下的那把白铜水烟袋"过着烟瘾，这靠背椅、白铜水烟袋在此时已经不仅仅是一种物质存在，而具有一种家庭权力的象征意蕴。它标志着白嘉轩已经成为家庭经济的中心，居于家庭生活的权威位置之上。然而，白嘉轩仍然每天早晚到母亲房中问安，拉家常。在白嘉轩的思想中"完全是为尽守孝道"。白母面对儿子的成熟，也"自觉地悄悄地"退出了丈夫亡故后自己对家庭的主宰位置，遵循三从四德的"夫亡从子"的规范，不再干预家政，恰当地站在含饴弄孙、慈爱晚辈并被晚辈尊敬备至的家庭位置上。

就白家的生活习惯而言，每天必须早起，为母为妻者清晨洒扫之后各摇一架纺车，长工鹿三牵马套犁，儿子上学，白嘉轩向母亲问安后就开始一天的劳作。一切都是有条不紊，各居其位，各司其职，整个四合院中弥漫着沉稳和谐、勤劳节俭的气氛，天天如此，年年如是。这是关中农村理想的家庭模式，在过去以至于20世纪90年代，关中一带仍旧有很多人以这种家庭模式作为自己的治家模本。

---

① 转引自张国俊《中国文化之二难》（上），《小说评论》1998年第4期。

透析白嘉轩精心教子、苦心持家的精神意向，从根本上讲是从家庭的角度维护和促使中国传统的伦理道德观念的具体落实和贯彻，对于这一行为的本质意义，他有着自己最朴素的解释，那就是凡事须要"顾住脸面"。白灵私自退婚，白嘉轩用数倍于彩礼的麦子和棉花归还王家，并抱拳打恭，对族人说："我给本族白鹿两姓的人丢了脸。"为此朱先生的妻子朱白氏也对白灵说："你脸皮厚，你爸脸皮薄，你不要脸，你爸可是要脸的人！""你爸苦就苦在一张脸上。孝文揭了他脸上的一层皮，你接着再揭一层。"这种惧怕"伤脸蹭皮"的心理，正是关中农民对伦理道德的最浅显、最真切的把握。关中人常说："人活一张脸，树活一层皮。"在关中人的意识里，这张脸的含义就是道德的含义。

然而，白嘉轩所有的努力，都未能杜绝白孝文和白灵这两个家庭逆子的出现。白孝文在极其严格的家教环境中成长，父亲的言传身教，祖传的家规习俗，本来已经成功地培育出一个"既有学识又懂礼仪而且仪表堂堂的族长"，一个仪态端庄持重的孝子良兄。可是，在田小娥的诱惑下，这位结婚初夜还不懂得男女实质关系的白孝文，在一夜之间就走向了反面，先是性的堕落，继之而来的是赌博、抽大烟，卖房子卖地。在关中农村，卖房卖地是败家行径，而败家的精神含义就是"踢先人的脸"，是最大的不孝。

白灵的叛逆以另一种形态出现。她在白嘉轩与妻子仙草的期待中出生，因此受到格外的宠爱。她从小所受的家教相应宽松一些，这种宽松造成了她活泼开朗、胆大倔强的性格。她没有按父亲铺设的人生道路行走，自己写了退婚书，私订终身，并走上叛逆封建社会的革命之路。在白嘉轩的眼里，白灵同样是个不孝的逆子，"那是个海兽"，宣布白姓中没有这个人。

然而，在整个《白鹿原》中，作家陈忠实真实地揭示了这种以注重孝悌为核心的家庭道德背后对亲情的背离。连着死了六房妻子没有后代的白嘉轩，对于与第七房妻子所生的两个儿子的喜爱是不言而喻的："白嘉轩太喜欢这两个儿子了。他往往在孩子不留意的时候专注地瞅看那器官鼓出的脸，却说不出亲热的话也做不出疼爱亲昵的表示。"为什么"说不出做不出"呢，源于父亲的尊严，他必须恪守着"父严"的准则去引导儿子成人。殊不知，在这一漫长的过程中，他丧失了许多天伦之乐以及与儿子沟通的机会。所以，在儿子眼中，父亲更近于神。这也许培养了儿子在潜意识里的叛逆，时机一旦成熟，大儿子孝文就走向了反面。

女儿白灵的例子更能清楚地说明这一点。当白嘉轩对于女儿的叛逆无计可施，当女儿揭了他的脸皮后，他当着所有族人的面宣称白灵死了的时候，他的心实际上在流血。在白灵被处决之后，白嘉轩奇迹般地梦见了白灵流泪的脸，真正是"心有灵犀一点通"。白灵失踪多年之后，他闻知白灵的死讯，大声地感慨："是我把娃娃咒死了呀！"并在前来慰问的人说不上来白灵具体的死亡日期时，清楚地说出了"阴历十一月初七"的时间后大放悲声。父爱的深沉在此时完全表现了出来，只是，这种父爱长久地被压抑了。这种悲剧，是白嘉轩的，也是关中许多人的。

三 贞洁妇道里的人性戕害

《白鹿原》中最为引人注目的一位女性无疑就是田小娥，她也是整部小说中占用作家笔墨最多的女性。围绕在她身边的有很多位男性，这些男人与她共同演绎了一个个或欢乐或恐怖或悲惨或凄婉的故事。在这些男人心目中，她或者是女神，或者是婊子，不管哪一种身份，都不是她自己所能选择的。

田小娥在《白鹿原》中出场时的身份是黑娃熬活的东家郭举人的小妾，但命运却比丫鬟更悲惨。她实质上只是郭举人的一个工具，为郭举人炮制返老还童枣儿的一个工具。然而，这是一个充满了生命活力的美貌女子，她并不甘心命运的摆布。于是，她开始主动接近黑娃，并与他成功地偷尝禁果。事情败露之后，她被郭举人赶出家门，后来终于在黑娃的安排下两人踏上了回家之路。

但等待她的却是更大的不幸。她与黑娃的爱情得不到大家的认可。首先不容她的是鹿三，他见到这罕见的漂亮女人，顿时疑云四起，在得知真情后，便将黑娃和"婊子"都赶出了家门。白嘉轩只看田小娥一眼，就凭着本能知道她"不是居家过日子的女人"，"拾掇下这号女人是要招祸的"。于是黑娃和小娥不能进祠堂拜祖宗，只能在村外破窑中安身。是人却不能在居人的村里居住，失去了做"人"的机会和条件。黑娃的逃走使她陷入了生存的危机，她不得不同流于鹿子霖，后来又成为鹿子霖伤害白嘉轩的工具，她拉白孝文下水，成为人人不齿的"婊子"。直到最后，她被公公鹿三杀死，临死时，她惊异而凄婉地叫了一声："——啊——大呀"，令所有的读者为之动容。

《白鹿原》中还有一位女性，她心甘情愿地走着贞洁之路，最终却被残忍地杀害。她的悲剧命运，比之田小娥似乎更具有发人深省的力量。她是白鹿原上名医冷先生的大女儿，嫁给了鹿子霖的大儿子鹿兆鹏为妻。但是，已经接受了新思想的鹿兆鹏无论如何也不愿娶她，在新婚之夜，鹿兆鹏被他爹的三个大耳刮子逼进了洞房，然后很快就远走他乡，留下独守空房的她。她在鹿家经历了漫长的等待，从满怀希望到心灰意冷。她严格地恪守着贞洁的标准，想在鹿家做一个好儿媳，然而事与愿违，她无法抵挡情欲的煎熬，做出了引诱公公这样违背情理的事。最终，已经疯了的她被自己父亲的一剂药夺去了生命。

在中国传统的伦理观念中，贞洁是衡量女性的一把标尺。以男权为中心的关中文化，自然而然地遵循着这一标准。对于田小娥，我们不禁会问，是谁让她成为万人唾骂的"婊子"？她自由地追求属于她的幸福难道有错吗？她争取生存的权利难道不应该吗？对于鹿兆鹏的妻子，我们也会发出这样的疑问，处在父权与夫权中的她，有过自己做选择的自由吗？作为一个身心健康的成年女性，她不应该有自己的正常的生理欲望吗？关中以贞洁妇道为核心的女性观念对女性从身心两个方面进行着残酷的禁锢和伤害。于是，田小娥无奈地走上失贞之路，鹿兆鹏妻子无奈地走着贞洁之路，其结果都是被杀。然而，他们制造出一整套贞洁妇道的女性观念禁锢伤害女性的同时，也禁锢伤害了他们自己。鹿三从肉体上对田小娥进行戕害的同时，也使自己常常活在杀人的恐惧中。白嘉轩在村子里瘟疫横行时，只能采取用瓷封死造塔镇邪的方法，去对待一颗充满反抗性的、张扬着生命强力的女性灵魂，他们只能以这种虚张声势的做法去掩盖其虚弱。杀人，同时害己。这就是《白鹿原》对关中传统女性观念的一种言说。

高原文化与陇东文学*

李小红

甘肃陇东位于黄河中下游地区，从行政区划上来说，它包括现在的庆阳和平凉两个市的两区十三县。这里曾经是华夏民族灿烂的文化摇篮，是古羌族炎帝活动中心和西王母文化发祥地。由于南接陕北，北近宁蒙的独特地理位置，形成了这里独特的地域文化。从两汉时期开始形成以中原农耕文化为主体，兼具游牧文化的文化格局。司马迁、班固就曾认为这里"西有羌中之利，北有戎狄之畜"①。同时，严酷的自然环境也造就了这里居民豁达和务实的人生态度以及坦荡、浪漫的地域民族精神。"和我接触的陇东人，气质上粗犷，朴实，善良，心态上却原是沉静的。这毫无疑问是与这片大西北的深山野沟的广漠荒凉有同一特征。"② 据《甘肃通志》载：庆阳府人"好稼穑务本业，有先王遗风，陶复陶穴以为居，于貉为裘以御寒"。由于历史的原因，陇东地区至今保留着大量原始人类最基本的群体意识。靳之林先生曾认为，"生存和繁衍是一切生物最基本的本能，也是作为人类群体文化现象的民间巫俗和民间艺术的基本内涵"③。因此，作为一种对神与生命的崇拜、对美的向往形成了在陇东独具特色、丰富多样的民间艺术。

19世纪法国文学史家丹纳提出，种族、时代与地理环境是决定文学的三个要素。认为在分析评价作家作品的风格时，应十分关注地理条件对

---

* 本文原载于《西北成人教育学报》2007年第2期。
① 转引自吕静《陕北文化研究》，学林出版社2004年版，第417页。
② 姚学礼：《陇东人》，载《甘肃文学作品选萃》，甘肃文化出版社1999年版，第42页。
③ 靳之林：《抓髻娃娃与人类群体的原始观念》，广西师范大学出版社2001年版，第2页。

它的影响，这种研究使人们日益重视从文学的地域性这一角度来考察文学并揭示其发展的某些规律。但是，人们对于地域文化作用于文学的理解却往往只局限于自然景观的层面，而对于蕴涵其中更为复杂的人文景观诸如民风民俗、方言土语、传说掌故却往往忽视其存在。事实上，人文景观对于作家潜移默化的影响更加深远。诚如学者李继凯所谈到的，在关中平原上，最容易滋生入世济世的人文精神，最容易产生那种"究天人之际，通古今之变"的良史笔墨。他认为这都与关中平原兴盛的儒学是分不开的。那么，昂扬悠长的秦腔，栩栩如生的剪纸，娱人娱己的道情戏，这些在陇东最具代表性文化现象的民间艺术，它们所包蕴的生命精神和审美理想，都对生长或生活于此的作家产生了深远的影响。

一　现实的审视——理性烛照下的乡村文化

茅盾曾经指出："关于'乡土文学'，我以为单有了特殊的风土人情的描写，只不过像一幅异域的图画，虽然能引起我们的惊异，然而给我们的，只是好奇心的餍足。因此在特殊的风土人情而外，应当还有普遍性的与我们共同的对于运命的挣扎。"① 在陇东作家的笔下，他们对于这种普遍性的叙写主要体现在从生存困境入手切入文化的思考。

甘肃陇东由于在历史、地理上的特殊地位，使之成为中原农耕文化与西北草原文化交汇、冲撞的地带。文化的冲撞、交汇，给陇东文化注入了开放的因子，但"守"却一直是居主导地位的两种战术思想。陇东的土地上，历史留下了众多的城垣，大多乡镇都有残垣断壁遗存，这从一个方面折射出了封闭型的文化心态。陇东人自责自家没出息，恋家，不抱外面的金娃娃，只抱自家的土娃娃，把生活家计牢牢地拴在家庭农业这个桩子上。由此，在许多作家笔下，贫困成为当地农民首要面对的生存难题。

邵振国在其获得全国优秀短篇小说奖的《麦客》中，首先为我们展示了陇东人面临的严酷的生存困境："庄浪是甘肃的一个县，关山脚下，方圆几百里。别看庄浪地大，可人稠，天爷又年年不作脸，十有九旱，一亩打上二百就算破天荒。"于是，庄浪人只好远走陕西做麦客，但是，做

---

① 茅盾：《关于乡土文学》，《文学》1936年第2期。

麦客的辛苦是不言而喻的："太阳晒得肩夹子上脱下一层皮，晚上在哪个草窝窝树荫荫、牛棚马圈里一睡，乏得像死驴一样不知道动弹。"就是在这样的背景下，小说以两代麦客为两条线索展开故事情节。作者让年轻的顺昌去麟游经历情感的诱惑，让年老的父亲去南川，接受金钱的考验。儿子顺昌这一头，当多情的水香以庄重的青色大襟袄封闭了内心的激情，顺昌也以理智节制了感情。父亲这一边，生活的艰辛，为儿子娶亲的强烈愿望冲破了理智的堤坝，吴河东藏起了掌柜掉在麦地里的手表，却又在张老汉的行为比照下交了出来，流下了混浊的眼泪。父子二人割麦的经历就此结束。掩卷长思，"三个人物活现在脑子里。酸苦、善良、勤劳，加上封建观念的束缚，使人不得不同情他们，因他们的处境和命运而引起某种遐思愿望"（秦兆阳《〈麦客〉序》）。同样，他的小说《争场》，一开始以一场剑拔弩张的冲突展示出这种生存困境：年近三十的光棍双富整年辛勤劳作却一贫如洗；寡妇虎子嫂带着幼小的儿子，侍奉着年迈的婆婆苦度时光。除了邵振国，陇东土生土长的作家柏原，他的"西部乡村系列"，除了对"西部奇特景观的真实再现，对西部人生状态的深入展示"[①]之外，更多是从生存困境入手切入文化的思考。这种思考主要表现在两位作家理性地审视农民文化性格中的韧性和惰性。

现代社会心理学认为，自然环境（包括地理位置、地貌以及各种自然资源）是决定一个民族的文化性格的首要因素。陇东特定的自然环境决定了农民文化性格中的韧性。这种韧性主要表现为顽强的生存意识和对苦难的巨大承受能力。

在邵振国的《麦客》中，父亲吴河东当了大半辈子的麦客，却始终没有实现"自己当掌柜"的愿望，为了实现在入土之前为儿子娶上媳妇的理想，一入农历四月他就拖着衰老的身躯跟着南下的队伍赶往八百里秦川去割麦子，在繁重的劳作中依然咬着牙忍受。这一切都表现了生命的刚毅和顽强。在柏原的《喊会》中，蛮队长强有力的、回荡在黄土高原沟沟坎坎里的喊声让我们听到了生命的强力。在这些强有力的生命的律动中，是作家对这种韧性的肯定。这种韧性无疑是这块黄土地上世世代代能够繁衍下去的因由。但是，作家在书写这些韧性的同时，更以严肃的视角去关注这种韧性所带来的惰性。

---

① 李文衡主编：《甘肃当代文艺五十年》，甘肃文化出版社1999年版，第89页。

忍受贫穷，承受苦难，是人与自然冲突的特殊形式。在这种人与自然的对峙与相持中显示了人的韧性。但是，一味地承受忍耐就会慢慢演变为迟钝、麻木，从而韧性变成一种惰性。《天桥崾岘》里的一道土塬、一处院落边承载了米换奶奶、米换妈、黑换三代女性所有的辛酸和不幸，她们渴望过幸福，也曾有过挣扎和追求，但是，对于宿命的认同让她们归于麻木，归于沉寂。这样的故事上演了三代，她们的生命就如同连接两座黄土山的崾岘，默默承受烈日与严寒。同样在小说《喊会》中，古老的秩序如千年滚动的车轮，拉着山沟里的农民日出而作，日落而息。朴素的文化心理，顽强的集体无意识，土塬上的农民正借此而延续着他们的生命，却也麻木着他们的心灵。辉煌的生命力由此暗淡，他们的生命力也与那环境——灰黄色的土山融为一色。

这种对于乡民生存困境的全方位的展示中，含着作家对于乡村文化的深刻思考。基于贫困之上的乡村文化，作者让我们看到了静态的乡村文明在现代化进程中的长期性和艰巨性。在中国走向现代化的进程中，农民作为中国农业文化的主体，作为农业文明演进的主要推动者，他们身上的惰性，他们根深蒂固的陈腐观念，都是阻挡农业文明向前演进的障碍。就如同马步升在《老碗会》中描写的那样，在作家看似不经意点染出的小山村里，我们却能够深深体会到中国农业文明走向现代化的步伐如此沉重！

二　虚构的载体——精神想象中的家园

"乡土是我们的物质家园，也是我们的精神家园。"① 文学意义上的乡土，既是一种客观物质存在形态，更是一种精神现象，是一种文化象征与文化信念。德国作家措特勒曾提出过"呼吸故乡"和"头脑故乡"两个不同概念。"所谓'呼吸故乡'，应该是指'生存故乡'，也就是地理位置上的故乡；而'头脑故乡'，我以为就是'梦幻故乡'、'精神故乡'，这是作家头脑中，具体说是创作思维中的故乡，它是作家主体活动中的梦幻般的世界。"②

---

① 张洪明：《建构文化的通天塔》，《中国文化研究》1995年夏之卷。
② 转引自白忠德《浅谈现代作家的乡土情结》，《飞天》2009年第22期。

姚学礼在其小说集《根儿本儿》的扉页上写下这样一段话："这里焦黄的土地确实没有奇异景观，心中绿不起来。不用悲剧，不用苦难理解陇东，但无法回避乡土走不出历史。悄然隐入黄色山野中的活者，不想让陇东人与世人陌生，姚学礼正用亲切而憔悴的神情告诉：时代的潮流正冲刷遥远的西部角落。"除了小说创作，姚学礼同时也用诗歌构筑起自己的"精神故乡"。"诗人经常从高原原有的事物出发，在平缓的节奏中，推开一个贫瘠却不乏欢乐的黄土世界。"这是阴暗的陇东："怀里凝结着潮湿、冰冷和常年低温的风/捧着低矮的草、发育迟缓的树/还不到深秋就萎缩的不成熟的青果。"（《写在山的背面》）这是明媚的陇东："老不了的塞上羌笛/一天天谱一支朝阳之曲。"（《泾河黎明》）将陇东赋予两种色彩，诗人借以表达出对陇东历史、现实的思考。

从对生命的感受与体验入手，彭金山的诗从另一方面表现出一个中原游子的高原情结。《哑女》、《沉重》、《有根的石头和无根的山》等一系列诗作显示出诗人对陇东黄土地的深刻理解和深入的生命体验，从而使他的诗深入历史和生命的深处。

高凯以诗集《心灵的乡村》表达出他对陇东的独特理解。在这里，陇东不再沉重、不再灰暗，而是一派温暖与明亮。他的《在田野上》和《上学路上》中扑面而来的泥土和青草的芳香，上学路上跳动着的女孩头上的蝴蝶结，都带给我们新鲜的气息。他的诗多用白描的手法，同时融入口语，在机智中带着俏皮，在俏皮中有对社会人生的思考。

如亨利·詹姆斯所说："只有在丰厚的土壤上才能开放出灿烂的艺术之花。"[①] 福克纳一辈子也没有离开密西西比州的那个家乡的小镇，就在邮票那么大的地方他构筑了一个精彩的文学世界。在八九十年代的西部文学创作中，西部作家也用小说、诗歌不断构建起自己精神想象中的家园。陇东作家亦是如此。

---

① ［美］T. E. 密勒编：《亨利·詹姆斯的小说理论》，内布拉斯加大学出版社1972年版，第48页。

马自祥长篇小说《阿干歌》的文学地理之维

盛开莉

甘肃东乡族作家马自祥的文学创作是从20世纪70年代开始的,这个从东乡大山里走出来的少数民族学者兼作家,凭借他的诗文、小说、报告文学以及学术著作,斩获了多项国内甚至国际文艺奖项,堪为甘肃少数民族作家的杰出代表。2008年底出版的长篇历史小说《阿干歌》再次荣获甘肃省少数民族文学一等奖。这部历经数年完成的鸿篇巨制堪称马自祥创作生涯中里程碑式的作品。小说以乞伏鲜卑荡气回肠的阿干悲歌为题名,为已然逝去的历史招魂,在金戈铁马、刀光剑影的纷攘历史画卷中,千年以前乞伏鲜卑《阿干歌》的艺术遗骸得以起死回生。"文学地理学"已是近年来学界研究的热点话题,其对文学与空间地理关系的关注,引起强烈反响,文学地理学提供的理论视野和研究路径关键在于,"主要是分析与研究具体作家与作品中地理因素的种种现实"[①]。本文尝试从地理空间的角度观照马自祥的长篇小说《阿干歌》,以期呈现地理与文学的双向互动,进而揭示背后的深层文化语境。

一 实体地理对作家的主体塑形

按照文学地理学的角度,作家成长的地理环境,在外地求学与工作的地理环境,以及其游历的地理环境等都会对作家的人生记忆、世界观的形

[①] 邹建军、周亚芬:《文学地理学研究的十个关键词》,《安徽大学学报》(哲学社会科学版)2010年第2期,第38页。

成、言说方式等方方面面产生或隐或显的影响。

"我的故乡在东向山区腹地山巅的小山城——索南坝,那里,山套山,湾连湾,连绵不迭,整个是一个大山的部落。"① 《阿干歌》的后记里,作者有意将思绪追溯至自己的故乡。马自祥出生在甘肃省临夏回族自治州东乡族自治县,青年时代来到兰州求学并参加工作,可以说他日后的文学创作和学术研究在地理区域上都没有真正离开过家乡,始终是在以籍贯地理为辐射的甘肃省的部分区域活动。而正如他自己说的"到省城近四十年中,在学术单位混饭,家乡的花儿时不时成了我乞食的饭碗"②。不论是学术研究和文学创作,马自祥从来没有离开过甘肃、东乡这样具有地域性、民族性的主题。

"一个作家或者艺术家,童年和少年时代所生存的自然山水环境对他日后的创作,往往有着重大而深刻的影响。"③"在那山的故土里,童年的记忆总是那么让人留恋。"④ 在《阿干歌》后记里谈到故乡的马自祥放大了自己的童年记忆。东乡族自治县位于临夏回族自治州东面,东临洮河,西接大夏河,北隔黄河与永靖县相望。全县大部分面积为荒山枯岭。"以自治县政府所在地索南坝高地为中心,直落下垂12条大山梁大沟,分出数十条大岭,上百条支沟,波浪状向四面延伸,倾斜而落,形成一幅绵亘层叠、纵横穿插的山峦图,地势极为复杂。"⑤ 前人形容东乡:乱山多破碎,岭岩经逼仄;东乡人说自己住的是"山高没尖子。沟深没底子。碰死麻雀滚死蛇的地方"。有别于杏花春雨江南的温润,也不同于朔风猎猎一望无际的戈壁沙漠,东乡山区险峻的地理形貌更多呈现为山梁下高坡上的乱石松林。"作家的自然视域决定了他的不见与洞见,决定了其作品具有什么样的地理性以及何种山水意象与自然环境形象为主体。"⑥ 由于土地生存空间的逼仄、交通的阻隔、气候条件、相对贫乏的生产生活资料等

---

① 马自祥:《阿干歌》,甘肃文化出版社2008年版,第311—312、1、141页。
② 同上。
③ 邹建军:《文学地理学研究的主要领域》,《世界文学评论》2009年第1期,第42页。
④ 马自祥:《阿干歌》,甘肃文化出版社2008年版,第311—312、1、141页。
⑤ 钟进文:《看山还是家乡好——试论东乡族作家马自祥创作的审美主题》,《民族文学研究》2001年第1期,第47页。
⑥ 邹建军、周亚芬:《文学地理学研究的十个关键词》,《安徽大学学报》(哲学社会科学版)2010年第2期,第37页。

组成的特殊生态环境的影响,强烈的生存需求,使东乡居民养成了强烈的自强意识,充满生气活力,不拘一格、刚毅、豪放的性格。自然环境的艰苦与恶劣反而历练出作家无惧艰险、坚韧不拔的性格底色。东乡山区成为作家艺术生命的栖息地、创作的源泉和动力。对大西北山区天然的认知和接受,与土坡山林的血肉联系,成为作家创作的主要基调。马自祥创作之初就曾在诗中从容而坦荡地表达出对土地的眷恋与艰险的无惧:"爱慕之心深扎进黄土里面/早就喝惯了西北风的冷冽/含辛茹苦再何惧什么艰难。"① "我们山庄的老人们/喜欢在田野里踱步/手中的拐杖/点着喷香的泥土/指着,划着/这一绺绺条田/这一垄垄麦地。……你们就高兴地捏吧/捏出油来啊/这乐滋滋的耕土//大地的毛发翠然如丝/而白白的雪/却落满了你们的发际。"② 满含柔情地描摹大山和土地,只看得到敬畏或是热爱,对于大山的阻隔、经济的落后毫无嫌弃与藐视。《山情》、《凤凰山上的一支牧歌》、《岷山叠翠》、《太子山下》、《空谷地籁》、《莲花山风采》等一系列以山为题的诗作,无一不具有鲜明的地域特色。

  故乡境内连绵的青山尤其是巉岩奇崛的太子山,在他的人生记忆中始终清晰。"我不止一次地遥指那一坨坨远山发问,探究它变幻无穷的奥秘,可大人们只乐呵呵地告诉我,那远远的、高高的、蓝幽幽的山叫太子山,比我们脚下的山高了许多,以至我从小聆听的家乡的'花儿'里,老是提它的名字,至于它为什么叫太子山,没人能说得清楚,可我对它愈加充满了好奇。"③ 太子山主峰由临夏县风景秀丽、环境幽美的槐树关景区内因山形及山泽不同而逐称的公太子、母太子、睡太子三峰组成。其中雄伟挺拔的母太子峰以海拔 4368 米的高度直入云霄,上面的露骨积雪之景十分浩瀚壮观,因此也称"露骨山"。在那叠翠的奇峰和矗立的绝壁上,只有雪鸡、石羊、高山蓝鸟时而鸣旋于顶,若人攀难于上青天。太子峰的险峻和难以攀爬,历经千年而未变,它成为激发作家前行的动力。高山的险峻和难以攀爬锻造出作者"千磨万击还坚劲,任尔东西南北风"的探索精神。自然地理影响了马自祥的情感气质、想象形态以及审美向

---

① 舍·尤素夫(马自祥):《踱步集》,敦煌文艺出版社 1994 年版,第 122 页。
② 同上书,第 54 页。
③ 马自祥:《阿干歌》,甘肃文化出版社 2008 年版,第 311—312、1、141 页。

度，并由此打造了其诗性主体，这在其文本中得到了呈现和印证，显示出自然地理与作家关系的密切及恒在性。

除去自然地理的影响，人文地理背景对作家的塑形也有重大影响。作者的故乡正处于河湟和陇右文化圈相互交叉的地带，自然受到河湟文化和陇右文化积淀的双重熏陶。河湟即黄河、湟水流域。河湟地区自古以来就包容过多个民族繁衍生息。河湟文化作为地域文化，其文化圈所处位置，在中原文化圈与吐蕃文化圈、西域文化圈的交界地带，是黄河源头人类文明化进程的重要标志。在河湟地区，农耕民族和游牧民族之间的交往十分频繁，形成了河湟文化内涵的多元性。

陇右地区位处黄土高原西部，既是历史上中西文化与商贸交流的通道——丝绸之路的必经之地，又是历代中原王朝经营西域、统御西北边防的前沿地带，在这块土地上孕育并由当地各族人民创造、传承的陇右文化，源远流长，内涵丰富。河湟文化和陇右文化的共同之处在于其渊源内涵都与多民族文化交融密不可分。身处两大文化圈内因而深受两种文化熏陶的作者天然地吸收了这种多元混杂的包容性和开放性气质，并不自觉地影响了作者对创作的选材和主题，小说《阿干歌》便是很好的例证。作者选取了西晋"八王之乱"后从边疆内迁的各民族急剧动荡的一段历史，聚焦于南北朝时期东迁的鲜卑族一支——乞伏鲜卑族建立的西秦政权，西秦立于五胡十六国之林，对于甘肃历史上多民族交流融合过程中的文化沉淀有着诸多影响。

二 精神地理——太子山、《阿干歌》、"花儿"

由作家主体的审美观照后所沉淀升华的精神性地理，即作家的心理地理（心理空间）更加直接地参与了小说文本的建构。"早在1600年前，这山的方圆千里曾经生息繁衍过一个戈矛叱咤的古老民族——乞伏鲜卑族。而今它虽说已消失得无影无踪，而它最后的挽歌竟借尸还魂，化为不朽，在其他几个民族的歌谣中长久地演绎、变异，传承下来，且历久弥新……"① 太子山成为作者始终未能放下的溯源探微之根，"一切都恍惚而过，可心底终究有一丝眷恋久久不能泯灭"。这种眷恋是维持作者持

---

① 马自祥：《阿干歌》，甘肃文化出版社2008年版，第311—312、1、141页。

续探索力的根本动力。作者精神地理世界中的太子山是创作小说《阿干歌》的最初动机。太子山在未经作者的想象过滤前，不过是终年露着雪顶的奇崛高山，可是一旦经过作者的审美关照后经过沉淀升华，成为作者主体自我过滤后的精神性地理，一种心理意义上的意象，被除去基本的地理学意义，被赋予更丰富的联想，它带出一个古代民族的生命里程，一个短暂王朝的久远记忆，一种民间歌谣的原初母体。"其他几个民族的歌谣"在这里特指"花儿"。乞伏鲜卑建都于今天的甘肃临夏，而甘肃临夏正是"花儿"的发端之地，居住在这里的多个民族，无论在田间耕作，还是在山野放牧，只要有闲暇时间，都要漫上几句悠扬的"花儿"。对于五胡十六国中的西秦，真正关注过的人屈指可数。但起源于慕容鲜卑也流传于乞伏鲜卑的口传民歌《阿干歌》却引发人们的关注，已被今天的学者发现为"花儿"的滥觞。

许多少数民族有语言无文字，他们的历史要靠口头文学来记载、传承和延续，这样的历史是一种不断阐释、不断丰富和深化的建构过程。在东乡族民间流传的"花儿"作为东乡族"历史情结"的载体，为民族精神的"自我表述"提供了丰富资源。如同撒拉族文学中普遍存在的"图腾情结"、彝族文学中的"毕摩"意象、藏族文学中的"格萨尔王"等，东乡族的"花儿"无疑成为东乡族作家建构本民族身份的形象化显现。今天的"花儿"成为多民族共享的文化资源，某种程度上成为中国历史上族群融合的活化石。"花儿"里那些炽烈鲜活的歌谣是几个民族代代相传的生命初元，好比民族生命的 DNA，大量的民族记忆和民族想象被存续下来。据研究，人类会说话的基因变异发生在 12 万年前，人类写字的历史不过五千年，而古典时代用文字写作的人只是很少的一部分。研究文化生成的完整的生命过程只能存在于口传系统。马自祥恰好热衷于民族口传系统的保护和研究。比如，对东乡族非物质文化遗产"花儿"的抢救、保护、搜集、整理就是马自祥多年来从未停歇的工作。

在太子山脚下生息的现代民族——东乡族传唱的"花儿"，使得远古时期的口传民歌《阿干歌》得到某种程度的保留。《阿干歌》经由"花儿"，而后幻化在民族作家的血液里，在作者的心理空间沉淀为精神意象，进而升华出潜在的民族身份认同。这块以太子山为表征的土地经过作者升华以后已出离了原本的实体地理空间，成为作者精神地理的依托处。

太子山的神秘给作者带来探寻不尽的文化想象，无论是民族寻根还是文化溯源，它都被作为坐标系上的原点。虽然东乡族与历史上生活于此的乞伏鲜卑族并无直接的族源联系，但在漫长的历史过程中，乞伏鲜卑与居住在此的其他民族逐渐融合。东乡族的先祖，经历了被迫迁徙后，最终在甘肃东乡一带定居，也就是以太子山为地缘中心聚居，又逐步融合了当地的多个民族，逐步形成了自己的族群。在时间维度上两个民族毫无交集，但是在空间地理上，却有着相同的生存地域。从《阿干歌》到"花儿"，地域文化的某些方面的恒久性通过某些口传系统得到证明。迁徙与融合是东乡族民族形成过程中不可缺少的两大要因。东乡族在民族形成过程中所经历似乎与西秦时期的民族迁徙与大融合有着某种相似性。一般而言，通过对民族文化、历史的追寻，对民族迁徙历程的回顾，在触摸族源中窥探民族生存的隐秘力量是少数民族作家重建身份认同的基本途径。东乡族生存地域狭小、生活生产方式单一、人口数量较少，因而文化存续能力脆弱，重建身份认同就显得更加可贵。通过这样一种历史的回溯，对"花儿"的探源，对太子山的想象，不能不说与作为东乡族作家的作者寻找民族身份认同的潜在愿望有所关联。作者对太子山的探寻更像是一种追问。

三 还原再造——文本描写地理的艺术空间

"以心理空间为构成其关系的框架，而具体呈现在作品中的第三空间表象，即描写地理，才是最具有审美价值的地理。"[①] 探寻"花儿"的滥觞，追寻太子山的隐秘，希望在历史回溯中达成对民族文化的深刻参悟和多维关照，通过重述历史进行对"文化记忆"的修复与建构。如上的心理空间架构了小说《阿干歌》里的描写空间。作为民族作家，马自祥对"历史"的重述不仅是要返回历史现场，梳理历史事实的连贯性，以揭示某种"历史规律"，更是为了在对历史的反复追寻与书写过程中，确立当前的精神原则和民族立场。因为这段古代少数民族的历史中有过辉煌的建都历史，有过大量混杂的民族迁徙历史，有过族群间的战争与融合，更有民族的文化记忆。都城就建在今天东乡人繁衍生息的地方，今天东乡人的

---

① [美]爱德华·索亚：《第三空间》，布莱克韦尔出版社1996年版，第61页。

血液里或许也流淌着这些族群的遗传因子。《阿干歌》的精魂作为"花儿"的滥觞仍然在东乡族的文化中存续下来。

"可皇皇史书中,关于这个古老民族的记载真正是惜墨如金,总那么寥寥几笔,简洁死板得让人发怵生痴。"① 对于曾经留存在这片地域上的王朝,史书留下诸多空白,如果要再造一个还原的空间,小说是最好的选择,小说《阿干歌》以重述历史为基本框架,让我们在回溯历史的轨迹中,在"编年体"之内的描写空间去触摸民族民间文化的印记,并加入了现代性的人性思考,通过这一新的话语方式为我们提供了一种重新审视民族历史的可能。

"过去成为历史地理资源进入诗人的诗学基因,常常带有文学的虚拟。诗人无论是和现实的地理还是和历史的地理,均构成了审美关系,只不过与现实地理之间的关系有时会形成拒斥态势,而历史地理往往因为时间的遥远和因为空间的阻隔而产生无比的美感。"② 在小说《阿干歌》中,实体地理通过时间的阻隔幻化成另一维度的空间,1600多年前,由乞伏鲜卑人建立的西秦王朝在这片土地繁衍生息。小说以"匡乱潭郊"为起始章,西秦王乞伏乾归于公元412年把国都从宛川迁到枹罕的边地潭郊。枹罕就是今天的甘肃临夏,在实体地理上属于作者出生的故乡,也就是作者的籍贯地理。小说叙事的开启实现了作者籍贯地理和描写地理的高度吻合。这种吻合并没有使空间消弭,而是通过时间历史使得两者获得某种立体互动。

西秦先后定都勇士城(今甘肃榆中)、金城(今兰州西固)、宛川(今兰州榆中大营川),最终迁至枹罕(今甘肃临夏)。极盛时,西秦国的疆域相当辽阔。这几个地方中,临夏属于作者的籍贯地理,兰州则是作者生活和创作的地方,属于活动地理。对照今日实体地理,作者的籍贯地理以及活动地理从自然地理角度衡量属于西北内陆,贫瘠、干旱、寒冷的黄土高原地带,从人文地理衡量则是经济相对落后的西部边远区域,在一个经济主导的社会中,无疑属于远离中心的边缘化区域。由历史建构的描写地理和实体地理造成审美上的诸多差异。实体地理在今日中国的文化经济

---

① 马自祥:《阿干歌》,甘肃文化出版社2008年版,第311—312、1、141页。
② 梁笑梅:《台港澳及海外华文诗歌的地理学关系思考》,《南京社会科学》2012年第7期,第132页。

图景下时常被作为边远和落后的典型区域，而作品中的描写地理却雄踞一方，傲立于五胡十六国之林。今天临夏州小小的积石山县在小说里是富饶的兵家必争之地。"潭郊是个北临黄河，南依积石，三面环山，一面临河的战略要地。历来是兵家必争之地。这地方也是川谷盆地地带，土地肥沃，草山广袤，气候宜人，这里人杰地灵，人口较为稠密，是易守难攻之地。"① 作者曾讲到甘肃大地上氐羌文化、五凉文化、匈奴文化、鲜卑文化、回鹘文化、吐蕃文化、穆斯林文化都有过自己辉煌的历史。他试图完成"民族记忆的修复"。显然这种"民族记忆的修复"更多的是对已经逝去的历史的一种复杂情绪。

"回到时间在空间中运行和展开的现场，关注人在地理空间中是怎么样以生存智慧和审美想象的方式来完成自己的生命的表达，物质的空间是怎么样转化为精神的空间。"② 作者从浩如烟海的材料中，追踪人文地理承传和演变的脉络，寻找西秦大地上各个古代民族的生活方式、民俗信仰的形态。作者搜罗了丰富的人文地理材料，并以历史编年的准确性，印证了作者民族记忆修复的宏大理想。小说文本通过对历史遗迹的空间拓展、想象和建构，展开对历史的想象性还原，将实体的地理空间转化为精神的空间再构筑成小说文本层面的第三空间。以黄河飞桥的建造和炳灵寺石窟的开凿为例。其中虚构的汉族工匠鲁敏以真实的历史人物鲁班为参照系，以卓绝大胆的构想设计了第一座黄河飞桥。唐述和鲜卑人的公主则以血肉之躯献身于炳灵寺石窟的开凿。

杨义认为："文学地理学的四大领域之二，就是文化层面剖析。"③ 少数民族文学总是通过地域文化书写来定义自我身份，一切景观意象都成了民族文化的象征性符码与身份认同的外在表征。游牧民族的草原文化是河湟文化的重要部分。地处河湟文化圈内的西秦鲜卑族在文化上更多呈现出草原文化特色。小说建构的描写空间里，这种草原文化再次分层，可分出骑射文化。在小说《阿干歌》里，其中对游牧民族骑射文化的关注尤为细致。古代游牧民族作为马背上的民族，和马有着密不可分的联系，小说中对骑射文化的展现多有精彩之处。马对于当时的少数民族来讲，既是南

---

① 马自祥：《阿干歌》，甘肃文化出版社2008年版，第311—312、1、141页。
② 杨义：《文学地理学的渊源与视境》，《文学评论》2012年第4期，第74、79页。
③ 同上。

征北战的重要战争工具，也是闲暇娱乐时的赏玩伴侣，更是老百姓迁徙时的重要运输工具。小说中，作者在太子幕末和兄弟亲族的一席谈话中，植入了晋书所载《阿干歌》的来历故事，其中，兄弟因嫌隙而翻脸，兄长赌气离开后，弟弟很后悔，就命人去请，这时兄长以马为局，决定自己的选择，因为马不愿走回头路，所以他毅然决定不再回去。马在鲜卑人的眼中，成为有灵性的动物，此时马的选择何尝不是哥哥吐谷浑的选择。小说中写的最引人入胜的情爱故事则是太子万载和汉臣的养女辛姒之间的马背爱情。二人的情缘起于一次贵族娱乐活动摔跤骑射比赛，马是获胜者的奖品。因为争夺二人同时相中的一匹烈马，在辽阔的鲜卑塬上激烈地追逐后，两人同时跨上了马背，因为同乘一匹马，不期然太子万载发现了辛姒女扮男装的秘密，也开启了他对辛姒的爱恋。这段描写安排得紧凑而富有节奏，从剑拔弩张到柔情渐生，从近镜头的个人特写到鲜卑塬上壮观的马群展示，贵族公子们热烈有趣的骑射游戏，以及鲜卑塬苍凉厚朴的地貌描写，安排布局得恰到好处，引人入胜。而其中对于少年套马手匹兰迭达的集中刻画则相当精彩，匹兰迭达长年累月在鲜卑塬上纵横驰骋，也像一匹骏马一样，练就了一副矫健机敏的性子。"匹兰迭达的脸上感到一阵燥热，他奋不顾身，一鼓作气冲上去，决心套住目标。匹兰迭达的坐骑似乎也明白主人的想法，不等摆动马缰，就转向灰白马，紧紧不放，匹兰迭达将套马杆托在背后，迅速地解开腰间的套马索，一头系在膝盖上，一头握在手中，在与灰白马两丈远的距离，绳环准确地落在灰白马的脖颈上。"①将草原上长大的少年表现得活灵活现。西秦王炽磐病重，为了达到磨砺儿孙心智的目的，以为他治病为由，命众子孙去太子山伏虎降熊。太孙万载和辛姒在早春三月的露骨山（即太子山）亲手捕杀虎熊，绝妙无比的剑法，神速敏捷的身手，二人合力捕杀老虎的场面写得逼真细腻。

马自祥的小说文本大量引用民歌、传说和历史故事，从中汲取生命的汁液，其中以乞伏鲜卑的口传民歌《阿干歌》为集中代表。露骨山（太子山）在文本中是《阿干歌》的集中生发地，西秦贵族们在露骨山的山涧松林聊以自娱时，《阿干歌》作为祝酒词让大家开怀畅饮。炽磐的左夫人秃发迷姆所唱的《阿干歌》则撩人情思，让乞伏炽磐欲焰顿生。结尾处，吐谷浑人将一曲荡气回肠的《阿干歌》献给殉情的太子万载和辛姒，

---

① 马自祥：《阿干歌》，甘肃文化出版社 2008 年版，第 311—312、1、141 页。

在露骨山山谷间回荡的"阿干心恋阿干妮,唱得地脉至此断"充满着忧伤和沉痛,如泣如诉的哭腔既高亢粗犷又婉转悠扬,在茫茫山野里回荡,不论是主题还是基调和旋律都和"花儿"无限接近了。西秦末代太子万载和辛姒的殉情之地就被安排在露骨山,太子死后得名太子山,作者在文本情节层面精心终结了太子山的神秘,让它的得名以符合自己心理空间模式的形式与某种永恒性连接在了一起。

小说《阿干歌》在重述历史中让虚构主动参与进来,并有意地展示民族民间文化中的风俗、仪式,在小说中,作者沿着西秦帝国扩张和征战的版图,把对民俗的关注从鲜卑聚居的陇右、河湟一带扩充到了北凉王朝所在地,即今天的河西走廊一带。另外还有陇南山区居住的山羌。带有明显远古意义的萨满祭祀仪式几次被强调,这种意识在进攻北凉前在万石川举行的一场关于鲜卑英雄轲比能的祭祀大典中得到强化,比如强调了鲜卑人崇尚黑色的细节,乞伏鲜卑王室成员身着衮服徐徐而入高台祭坛。其中还加入了对鲜卑人的祖先崇拜这样的民族特性的介绍。小说中还加入了一个特殊的虚构人物,西凉乐户女柳扶翠,通过这个人物,来串联对于北凉百姓生活场景的重现与想象,其中穿插了柳扶翠在丈夫坟前烧放良书这样的细节,在一丝不苟地印证历史的同时,又掺入了作者的想象。而西凉乐户女这样的出身又是对历史上战乱中掳掠为奴的各族人民失去人身自由后的悲惨命运的集中体现。有别于西秦王朝所在地枹罕,北凉以河西地区为中心,文化和民俗都带上了以祁连山为屏障的绿洲与戈壁相间的地理印记。小说描写的戈壁里冲天的沙粒、沙柳树根上系着的毡居都具有明显的地域特性。因为最早受匈奴人控制,又经历了收留避难的中原百姓的历史,所以呈现出五胡文化与中原文化交叠融合的独特风貌,加上气候寒凉干燥,滋养了当地人勇武粗豪的民风。在西秦进攻北凉成功,掠迁北凉绿洲村庄时,就受到当地百姓的勇敢抵抗。而接受少数民族文化的熏染,西凉乐户的音乐表演呈现出多民族多元文化的融合之美,所以,西凉乐户女柳扶翠两度为兵戈解围。一次是在绿洲村落,因为柳扶翠弹奏出了《阿干歌》的送葬调,一场沉郁庄严的鲜卑族葬礼化解了一场即将来临的恶斗。一次是在迎战氐山部落的过程中,羌笛的吹奏勾起山羌人对故土的怀念以及对自己本民族质朴生活的回忆,遂放弃了对乞伏鲜卑军队的围攻,音乐使得民族间的争战土崩瓦解。

"我们所处的世界是由相依相存、混杂的多种社会所构成的。这些社会是混杂的、不纯粹的。"① 萨义德认为,在强调民族认同的时刻,也承认历史、疆域和身份的混杂性,从而包容了他者,属于宽容的、共享的认同;在自我认同的同时努力排斥、压抑文明的他者,属于狭隘的认同。作者在民族认同形式方面显然属于前者,这一点在小说的描写空间层面可以得到某种印证,作者在小说中反复强调了民族文化间的相互交融和多元共存。根据记载,《阿干歌》的故事是表达兄弟之情的,旋律多悲壮苍凉。兄弟间的团结与和睦是《阿干歌》的基本情感寄寓。与此相对应,小说特意提到了吐谷浑临终前的折喻子孙的故事,着力强调兄弟齐心。如果将兄弟间的友爱和团结扩充上升到民族间,就是不同民族的和睦与相互包容。西秦及周边是鲜卑、氐羌、匈奴、吐谷浑等少数民族杂居的地区,各种文化相互影响、渗透,并逐步趋同。《阿干歌》正是在这样的地域和几个民族中相互流传与演变。《阿干歌》本身就是民族融合与团结的例证。小说文本中对于民族历史上的混杂和融合给予许多包容性的肯定。如在尊重历史的前提下,多层次全方位地表现民族融合:巧妙安排了襁褓中幸存的鲜卑公主辛姒由陇右士族辛进抚养成人,巧喻胡汉一家。长大成人的辛姒一身戎装,无闺阁之限,爱好骑射,纵马驰骋。可见辛进对女儿的教育已经鲜卑化,教育中更加偏重于草原文化的渗透。西凉乐户女柳扶翠对少数民族音乐的精通,反映出汉族对于少数民族艺术的接纳与融合。小说中多次描写少数民族对汉族文化的接受,如太子幕末喜好诗文,父王的祭词诔文都亲自撰写。乞伏炽磐临终考问儿孙历史掌故,万载因为通晓汉人孝悌典故而大受赞扬。

  时至今日,真正坚持在自己文化传统中,坚守在自己土地上的少数民族作家,事实上所剩无多。现代性和全球化的迫近,使得少数民族作家对本民族身份、价值观念的认同与坚持,显得更为可贵。然而,民族作家若能在坚持民族文化认同的同时,以一种多元一体的文化眼光,将彼此差异甚至彼此矛盾的文化力量同时呈现,从而形成一种包容多元、认同多元的宏阔胸襟,在作品中凸显多元文化的碰撞、交融,则不失为一种高明的选择。马自祥在长篇小说《阿干歌》的创作中也许就已经做了这样的尝试。

---

① [美]薇思瓦纳珊:《权力、政治与文化——萨义德访谈录》,单德兴译,生活·读书·新知三联书店 2006 年版,第 551 页。

贫瘠、闭塞中的生存书写

——读雪漠的长篇小说《大漠祭》

陈 力

长篇小说《大漠祭》是新世纪以来甘肃文坛最有影响力的文学作品之一。作者雪漠以其平实、质朴的创作理念，为我们平静讲述了生活在沙漠边缘地带的西部农民的生存境遇。作品一经发表就受到评论界的广泛关注，评论家雷达称其是"给21世纪初物欲横流和城市书写流行的文学界吹来了一股清新明朗的微风"[①]，是"一部充满钙质的作品"[②]。在这部小说里，作者以真切的情感、高超的叙事能力，为我们展现了西部独特的乡土风情和沉重的生活现实，的确是一部不可多得的佳作。阅读这部小说时，你会完全沉浸在扑面而来的醇厚的乡土情韵中，同时也会体验到浓郁的地域特色，并发现西部地区特别是甘肃凉州地区特殊的地理环境对作家创作的深刻影响。如果作者没有把贫瘠、闭塞的沙漠环境作为小说故事情节展开的大背景，那么《大漠祭》中所刻画的人物、述说的事件也不会给读者留下鲜明、动人、持久的记忆，小说也不会获得巨大的成功。因此，如果能深入分析地域环境与小说中人物、情节的密切关系，就可以帮助我们更准确地把握《大漠祭》的内在意蕴和其独特的艺术价值。

小说《大漠祭》所描写的故事发生在甘肃凉州地区的沙漠边缘地带。

---

① 雷达：《新时期以来的甘肃乡土小说》，《小说评论》2010年第3期，第63页。
② 雷达：《西部生存的诗意——〈大漠祭〉与新乡土小说》，《飞天》2001年第10期，第101页。

这里瀚海接天、干旱缺水，荒凉、贫瘠、闭塞的地理环境在作者的笔下真实地展现在读者面前。如这里的沙海：

> 沙窝里到处是残梦一样的枯黄，到处是数十丈高的沙岭。游峰回旋，垅条纵横，纷乱错落，却又脉络分明。驼行沙岭间，如小舟在海中颠簸。阳光泄在沙上，沙岭便似在滚动闪烁，怒涛般卷向天边。①

又如大漠的风：

> 风最猛的时候，太阳就瘦，小，惨白，在风中瑟缩。满天黄沙。沙粒都疯了，成一支支箭，射到肌肤上，死疼。空中弥漫着很稠的土，呼吸一阵，肺便如僵了似的难受。②

再如大漠的热：

> 太阳开始暴戾起来了，放出似有影似无形的白色光柱，烤焦沙海，烤蔫禾苗，烤得人裸露的皮肤尽成黑红了。吸满阳光的沙海更黄了，衬得蓝天成了放着蓝焰的魔绸。蓝焰一下下燃着，舔向地上的万物。③

"怒涛"般的沙岭，"瘦"、"小"、"惨白"、"瑟缩"的太阳，"箭"一样的沙粒，蓝天是"放着蓝焰的魔绸"……在雪漠的笔下，沙漠的光影形色是如此的逼真，直入读者的心底，让人时刻体验着黄沙漫天、狂风肆虐、极暑极寒的大漠给世间万物的一种巨大压迫。而且更为重要的是黄沙、狂风、炙热、严寒等这些极具地域特色的描写一方面构成了小说中重要的环境要素；另一方面也与《大漠祭》中各色人物的衣食住行、生老病死等生活际遇息息相关。我们甚至可以断言，这部小说中故事情节的发展变化、人物命运的起起伏伏都要受到大漠这一地理环境的规定和制约。

---

① 雪漠：《大漠祭》，敦煌文艺出版社2009年版，第76页。
② 同上书，第151页。
③ 同上书，第308页。

《大漠祭》以沙湾村老顺一家一年的生活为主线，讲述了老顺、灵官、憨头、猛子、莹儿、兰兰、孟八爷、瘸五爷等众多乡民的喜怒哀乐、悲欢离合。在这些人物中，灵官是一个比较特殊的人物形象，从他的身上我们似乎能体察到鲁迅笔下"归乡者"的影子。灵官高考失败，连续补习几年后仍然没有考上大学，尽管心有不甘，但想到父母家人只能依靠在贫瘠土地上的艰辛劳作来资助自己的时候，他不得不放弃梦想回到闭塞的故乡。虽然对于灵官来说，故乡依旧是那个养育了自己的故乡，但他似乎已经与这里的一切都格格不入了。不但村民笑话他的高考补习是无功而返，花光了娶一房媳妇的钱，而且就连他的家人也会说他是一个肩不能挑、手不能提、干不了农活的"白肋巴"。但灵官依然我行我素。在猎杀野兔和狐狸时，他会思考人类用吃肉、剥皮的方式对待这些动物是否过于残忍；在看到嫂子莹儿的眼睛时，他会想到《西厢记》里的唱词"怎当她临去时秋波那一转"；在面对月色寡淡的沙漠时，他会认定心灵和现实应当是两个不同的世界，而只有《追忆似水年华》的作者普鲁斯特的心灵才称得上是真正的心灵……作者笔下的灵官就是一个活生生的异类，一个生活在闭塞乡村中的"他者"。他的存在，似乎就是为了映衬其他人的愚昧和麻木。理想破灭的灵官回到故乡，体味到的不是给予失败者的安慰，而是现实生活的无奈与艰辛。面对这样的现实，沙湾村的其他人已经能完全适应了，他们可以很坦然地生活下去，但灵官不行，他需要在孤寂的大漠中找到心灵的慰藉。此时，他注意到了自己的嫂子莹儿，一个擅唱"花儿"的漂亮女子。我们似乎很难用简单的对与错去评论灵官与莹儿之间的偷情。他们之间有纯洁的爱情？他们只是为了满足荷尔蒙分泌后的本能欲望？很难说清。我们只能看到，偷情后的灵官便开始在情欲与伦理的冲突中生活，自责与爱恋经常轮番折磨着他。沙湾村的其他男女也有很多荒唐事，但他们似乎没有灵官那样丰富、细腻的心理体验。双福女人可以让自己与猛子的偷情变得轰轰烈烈、理直气壮，其他男人可以让自己的偷情经历变成闲谈时的笑料和喝酒时炫耀的资本。但这些灵官都做不到，因为他是一个异类，一个漂泊在故乡的"他者"。特别是他的哥哥憨头因绝症而逝去后，他就更加无法面对莹儿以及其他亲人了。无边的痛苦挤压着他，所以他只能选择离开家乡，用逃避的方式摆脱种种煎熬。家人为了能让灵官摆脱大漠贫瘠的生活，送他去读书，期望灵官能用知识改变自己的命运，但失败了。由于在外面的世界生活了几年，长了见识、开了眼界，回到故乡的灵官又无法融入家乡闭塞的乡村生活，诸多的不如意，乃至不幸，只能让他选择再次离开。"离开—回乡—再离开"，这就是每一个"归乡者"标准的命运轨迹，也就成为灵官的人生宿命。而那片环绕着沙湾村的大漠，就是灵官人生宿命的主宰，是它让灵官的生活中充斥着贫瘠与闭塞，是它操纵着灵官的去与留，也是它决定了灵官这个人物的命运起伏。

在《大漠祭》中，绵延的沙漠不但与人物命运息息相关，而且也支配着小说故事情节的发展演变。作者雪漠曾说在《大漠祭》中，他只是想写一家西部农民一年的生活，只是记述些诸如驯兔鹰、捉野兔、吃山药、喧谎儿、打狐子、劳作、偷情、吵架、捉鬼、祭神、发丧等小事，只想平平静静地告诉人们："在某个历史时期，有一群西部农民曾这样活着，曾这样很艰辛、很无奈、很坦然地活着。"① 可当我们翻开小说仔细阅读后就能明白，《大漠祭》中老顺一家的生活已经很难用"艰辛、无奈、坦然"等词汇去修饰了。老顺养育了三儿一女，其中大儿子憨头人如其名，虽然老实本分，但先是失去了做男人的能力，后又得绝症而亡。小儿子灵官高考失败后回乡务农，因无法忍受自己在哥哥身患绝症时还与嫂子莹儿偷情的罪孽，选择离开家乡，音信全无。生性鲁莽的二儿子猛子与双福的妻子偷情时，恰好被回乡的双福发现，老顺只能用磕头的方式屈辱地祈求双福的饶恕。而他唯一的女儿兰兰，也被老顺以换亲的方式嫁给了赌徒白福，以便让憨头将白福的妹妹莹儿迎娶进家门。嫁入白福家的兰兰在生活中经常与婆婆争吵，满心委屈，而白福却总是怀疑自己与兰兰所生的女儿引弟是"白狐转生"，妨碍了自己新添儿子的美梦，最后竟故意将引弟遗弃于沙漠里，致使自己的女儿被活活冻死在大漠半夜的寒风中……这就是老顺家一年的生活遭遇，就是作者自己宣称的诸多"小事"。无疑，老顺一家的经历不关乎国计民生，不关乎民族命运、国家前途，他们只是生活在大西北的农民，一些小人物。"他们唯一能向世界展示的，就是他们现在还活着，挣扎着，并延续着。"② 老顺家遭遇的是"小事"，但带来的痛苦却是无边的。这样的生活实际是一种苦难的延续，

---

① 雪漠：《大漠祭（自序）》，敦煌文艺出版社 2009 年版，第 10 页。
② 马步升：《卑琐与高贵的双向冲突与和解——评〈大漠祭〉》，《飞天》2001 年第 6 期，第 106 页。

如同一种垂死的挣扎。面对着强悍的沙漠，生活在这里的人们似乎只能逆来顺受，逐渐变得麻木而执拗，即使是有那么一点点的善良、温暖和美丽，也会被风沙摧残、荒漠碾碎。但在很多读者看来，这一切似乎又都是理所当然的。原因很简单——老顺一家是生活在沙漠边缘地带的农民。贫瘠、闭塞的大漠一定会使得老顺家的生活变得简单，简单到只剩"活着"二字。而"活着"就是老顺们生存状态的真实书写。由此我们可以看到，沙漠不仅是《大漠祭》中众多人物赖以生存的外在环境，而且还是诸种苦难产生的重要根源。沙漠环境的荒芜、贫瘠决定了人们的生活状态，也塑造了人们的性格，而小说中故事情节发展演变的轨迹也由此得到了安排。

很多甘肃作家在创作时都会有意无意地受到所谓"西部意识"的影响，就如有学者所指出的："我国西部独特的人文地理、经济政治形成了绝不同于其他地区的独特的西部意识。它支配着西部人的心理和行为，演变着西部的历史，影响着西部的未来。面对这块富有特色的地域，我们的作家认识到，只有独特的西部意识，才是甘肃小说创作之魂。"[①] 对于这一点，评论家雷达也曾细致分析过，他认为："甘肃作家因苍凉、贫瘠的自然环境和深固保守的文化处境而具有某些共同的文化性格，比如倾向于悲剧感、苦难意识、忧患意识、超越意识、生态意识等，其中苦难意识与忧患意识表现得尤为浓重。苦难是甘肃乡土小说叙述的核心。虽然在不同时期、不同作家的笔下，对于苦难的表现方式略有不同，但苦难成为一种无法摆脱的宿命笼罩着甘肃的乡土作家，并最终成为甘肃作家的桎梏。"[②] 读罢《大漠祭》后我们可以发现，无论是被称为甘肃小说"创作之魂"的"西部意识"，还是被解读成为甘肃作家创作"宿命"与"桎梏"的"苦难意识"，在这部作品中都有显著的体现。在《大漠祭》中，较为独特的沙漠环境不但成为"西部意识"的最佳展示平台，而且也成为产生各种苦难的重要源头。作家雪漠就是要书写出甘肃凉州地区的农民在贫瘠、闭塞大漠中的生存状态，平实而质朴，真实而动人。总体看来，《大漠祭》不愧是一部具有浓郁西部地域特色的优秀作品。

---

① 季成家主编：《西部风情与多民族色彩——甘肃文学四十年》，红旗出版社1991年版，第280—281页。

② 雷达：《新时期以来的甘肃乡土小说》，《小说评论》2010年第3期，第65页。

第四部分

敦煌文学与文化研究

敦煌遗书中的"唱导"仪式与唱导文之关系探微[*]

陈 烁

与大量的讲经文和变文相比，敦煌遗书中保存的唱导文数量并不算多，然而这些唱导文对于考察六朝以来唱导仪式的变迁，以及敦煌讲经文和变文的来源与演变，却显得弥足珍贵。以下笔者从三个方面详细探讨敦煌唱导文、唱导仪式及二者之间的关系问题。

一 敦煌唱导文渊源考述

在进一步考察唱导文与讲经文、变文的关系之前，我们有必要弄清：唐代唱导活动与唱导文的情况如何？唱导文的体制从何而来，其间又经历了怎样的演变过程？

"唱导"在六朝时期曾是佛教宣讲的主要活动之一，隋唐五代时期，"俗讲兴而唱导衰废"[①]，故传世文献中的唱导文寥若晨星，幸有敦煌遗书唱导资料，为我们考察唱导文兴废演变的历程提供了重要线索。

关于唱导文的起源，据《高僧传》卷13《唱导》所载：

> 唱导者，盖以宣唱法理，开导众心也。昔佛法初传，于时齐

---

[*] 本文是教育部人文社会科学研究规划基金项目（项目编号：10YJA751010）阶段性成果。本文原载于《甘肃社会科学》2012年第4期。

[①] 周叔迦：《漫谈变文的起源》，《现代佛学》1954年第2期。

（斋）集，止宣唱佛名，依文致礼。至中宵疲极，事资启悟，乃别请宿德，升座说法。或杂序因缘，或傍引譬喻。其后庐山释慧远，道业贞华，风才秀发。每至斋集，辄自升高座，躬为导首，先明三世因果，却辩一斋大意。后代传授，遂成永则。①

可见唱导的兴起，与佛教的传播有关。慧皎在《高僧传》一书中专设"经师"、"唱导"二科，并广记各位有功于此的佛门人物，正是看重了唱导开化民众的作用。六朝时期的唱导，很注重唱导师的临场应变技能训练以及所讲内容的生动性，一些高僧的高度艺术化的表演，的确使得唱导活动对于佛教佛理的宣传达到了惊人的效果：

至如八关初，夕旋绕行周，烟盖停氛，灯惟靖耀。四众专心，又指缄默。尔时导师则擎炉慷慨，含吐抑扬，辩出不穷，言应无尽。谈无常则令心形战栗，语地狱则使怖泪交零，征昔因则如见往业，核当果则已示来报，谈怡乐则情抱畅悦，叙哀戚则洒泪含酸。于是阖众倾心，举堂恻怆，出五体输席，碎首陈哀，各各弹指，人人唱佛。爰及中宵后夜，钟漏将罢，则言星河易转，胜集难留。又使人迫怀抱，载盈恋慕。当尔之时，导师之为用也。②

然而，在唱导伎艺蓬勃发展的同时，唱导活动与唱导文本之间的矛盾日益显露：一方面，一场精彩的唱导活动本身就值得保留，同时后来者也需要固定的文本形式予以学习和借鉴；另一方面，这类唱导文本的生成无疑又会促使唱导活动走向规范化和程式化，使其精彩程度和艺术感染力大大减弱。因此在一批卓越的唱导演说艺术家之外，这样一些令人尴尬的局面似乎是不可避免的：

才非己出，制自他成，吐纳宫商，动见纰谬。其中传写讹误，亦皆依而唱习，致使鱼鲁混乱，鼠璞相疑。或时礼拜中间，忏疏忽至。既无宿蓄，耻欲屈头。临时抽造，骞棘难辩。意虑荒忙，心口乖越。

---

① 释慧皎撰，汤用彤校注：《高僧传》，中华书局1992年版，第521页。
② 同上。

前言既久，后语未就。抽衣謦咳，示延时节。列席寒心，观途启齿。施主失应时之福，众僧乖古佛之教。既绝生善之萌，秖增戏论之惑。始获滥吹之讥，终致代匠之咎。①

尽管可能出现种种问题，但由于唱导艺术传承的需求和宣讲佛理的需要，以及僧众对于唱导艺术本身的喜爱，还是推动了唱导文本的产生。上文"传写讹误"、"依而唱习"的记载，就说明这类文本已经存在，也说明记载灵活多变的唱导过程及其内容的复杂与困难，加上唱导活动先天具有的世俗特征所带来的不利地位，使得六朝时期留存下来的唱导文学文本不是很多。

当然，根据一些存世资料，我们还是大致可以考见六朝时期佛教唱导文的基本情况。据《续高僧传》记载，释法韵"诵碑志及古导文百有余卷，并王僧孺等诸贤所撰"②，此外《广弘明集》卷15载有梁简文帝《唱导文》一篇以及王僧孺的《礼佛唱导发愿文》，亦可为我们考察六朝唱导文的情况提供重要参考。对于释法韵所诵"古导文"的范围，李小荣认为：

"古导文"应该包括导师在唱导时所宣唱的各种事缘，如前揭"谈无常"、"语地狱"、"征昔因"、"核当果"、"谈怡乐"、"叙哀戚"之类。它们是唱导中最精彩和最重要的组成部分，也是最能表现导师才能的内容。其次，"古导文"还包括唱导活动中的忏悔文、发愿文及初夜文。③

吴福秀则在此基础上进一步考察，认为六朝唱导文应该包括"宣唱事缘、杂引譬喻的唱导文本、愿疏、唱赞、赞叹缘记、各种祝愿文、发愿文、忏悔礼佛文、初夜文等各种体式"④。所谓"忏悔文"，主要是僧众或

---

① 释慧皎撰，汤用彤校注：《高僧传》，中华书局1992年版，第522页。
② 《佛藏要籍选刊》，上海古籍出版社1994年版，第729页。
③ 李小荣：《变文与唱导关系之检讨——以唱导的生成衍变为中心》，《敦煌研究》1999年第4期。
④ 吴福秀：《论唱导文的发展演进——兼论六朝唱导文是话本产生的来源之一》，《华中师范大学学报》2009年第2期。

施主在法会上的唱诵文字，主要内容是陈述自己的罪过并祈求佛与菩萨的谅解；"发愿文"又称为"愿文"，是在唱导过程中施主向佛和菩萨陈述自己意愿的文字；"初夜文"也是一种僧俗二众通用的祝愿文字，与愿文的性质比较相似。可见当时唱导文的范围比较广，用途也比较多。

其后，唱导活动和唱导文在隋代又经历了一次重大变革。如前所述，唱导文"或杂序因缘，或傍引譬喻"，相对于早期"宣唱佛名，依文致礼"的佛教宣讲方式，已是一种很大的变革。其后释慧远"自升高座，躬为导首，先明三世因果，却辩一斋大意"，又对唱导仪程有所改革。但是，在正式讲经向唱导宣讲的转变过程中，很多重要的佛教仪式仍然得以保留，随着佛教世俗化的进一步深入，难免不能适应新的时代需求，所以才有隋代高僧释彦琮对于唱导的第二次改革。据《续高僧传》记载，释彦琮：

> 与陆彦师、薛道衡、刘善经、孙万寿等一代文宗著《内典文会集》。又为沙门撰《唱导法》，皆改正旧体，繁简相半，即现传习祖而行之。①

释彦琮是隋代高僧，学识渊博，曾撰《众经目录》，又被隋文帝委以讲筵之任，名著当世，"改正旧体，繁简相半"也符合佛教发展的现实需求，所以他对唱导的改革取得了很大的成功，随后即被"祖而行之"。但是，"改正旧体，繁简相半"这样的文字记载，似乎隐约说明这次改革重点是在仪式方面，唱导仪式的改革当然也会对唱导文的变化产生重要的影响。从敦煌遗书中所存的唱导文来看，唐宋时代的唱导文正是沿着释彦琮的改革方向发展的。如 P.3334 号《声闻唱导文》云：

> 罗汉圣僧集，凡夫众和合，香汤沐净筹，布萨度众生。
> 大沙门已入内外寂静无诸难事，堪可行筹，广作布萨。我比丘某甲为布萨故行筹。帷愿上中下座，各各端身正意，依如法受筹（三说）……大僧若干人，沙弥若干人，都合若干人。各于佛法中清净出家，和合布萨。上顺佛教，中报四恩，下为含识，各诵经中清

---

① 《佛藏要籍选刊》，上海古籍出版社1994年版，第462页。

净妙。

　　大德僧听，众请比丘某甲为众诵戒，比丘戒师某甲梵音，戒师升高座。

从内容来看，这篇唱导文乃是在为比丘授戒的布萨会上使用的，其文辞简易，紧扣布萨仪式的步骤，与其他非文学的佛教仪式应用文风格相差不大。由此可见，此时的唱导文褪去了文学生动华美的外衣，渐趋僵化呆板。这无疑是其生命力衰减的标志，也是留存于世的这类作品大量减少的原因。对于敦煌唱导文与六朝唱导文体制的差异，吴福秀曾有很好的总结：

> 就其形制看，敦煌遗书中的唱导文多以口语化的形式道出，很少丽词艳句，且文句十分简易；而六朝唱导文则以当时盛行的骈句韵语写成，文辞华美，不避繁缛。其次，敦煌唱导文用语单一，文前均以四句韵语领起……此期不同的唱导文中领起语基本相同，中间又均以散体、口语形式表现；而六朝唱导文博采经史，表达方式复杂多变，这说明唐五代时的唱导文已一改六朝唱导文的体式，成为一种相当程式化的文本。[①]

不但如此，从上引部分敦煌唱导文可以看出，佛教唱导文在唐代敦煌地区的用途及其仪式背景已发生了很大的变化：它们常常与某些布萨文一样，在布萨仪式上而不是在唱导活动中被使用。为什么会发生这种变化？在唱导文起源演变的过程中，又与哪些佛教仪式紧密相关？这些仪式相互之间的关系如何？笔者接着对这些问题略作考察。

二　唱导文的仪式背景及其演变

对于唱导的来源问题，学界至今还存在一定的争议。少数学者认为，唱导是佛教中国化的产物，是生长于中国的通俗文艺形式。但考诸史实，

---

① 吴福秀：《论唱导文的发展演进——兼论六朝唱导文是话本产生的来源之一》，《华中师范大学学报》2009 年第 2 期。

这种"本土"说其实是有一定问题的。综合考察各种典籍记载，可知唱导应该是印度佛教文化和中国既有的经典传诵形式相融共生的结果。

虽然大规模的唱导活动直到六朝时期才出现，但"唱导"一词的出现却比较早。早在汉代所翻译的《大方便佛报恩经》中便曾记载："尔时大众中有十千菩萨，一一菩萨，皆是大众唱导之师。"① 后秦时翻译的《妙法莲华经》卷5亦云："是四菩萨，于其众中，最为上首唱导之师。"② 梁代翻译的《阿育王经》卷3也云："是时王子畏其父，故不敢言，便举二指示唱导比丘，表其修福倍多其父。"③ 据此可知，唱导在印度早已非常流行。著名史学家陈寅恪也曾通过对《贤愚经》内容的分析，指出：

> 《贤愚经》者，本当时昙学等八僧听讲之笔记，今检其内容，乃一杂集印度故事之书，以此推之，可知当日中央亚细亚说经，例引故事以阐经义。此风盖导源于天竺，后渐及于东方。④

可见唱导本是印度既有的佛教宣讲方式。只是在中国文化的影响下，佛教僧徒为了更好地适应中国民众的心理状况和审美趣味，又根据宣传的需要对唱导活动进行了不断的改革和调整，使得唱导仪式在中国也经历了一个不断发展变化的过程。约而言之，唱导文在发展过程中大概与下列几种佛教仪式密切相关。

（一）唱导文与"赞佛"仪式

在佛教传入中国的早期，"唱导"并非一种以宣传佛理为目的的民间讲唱文艺形式，而是一种比较正规的宗教活动。义净《南海寄归内法传》所载那烂陀寺的唱导活动为我们了解早期的唱导仪式提供了重要线索：

> 净人童子持杂香华，引前而去。院院悉过，殿殿皆礼。每礼拜时，高声赞叹，三颂五颂，响皆遍彻。迄乎日暮，方始言周……且如

---

① 高楠顺次郎：《大正藏》，台湾佛陀教育基金会1990年影印版，第125页。
② 同上书，第40页。
③ 同上书，第140页。
④ 陈寅恪：《金明馆丛稿二编》，上海古籍出版社1980年版，第19页。

礼佛之时，云叹佛相好者，即合直声长赞，或十颂五颂，即其法也。①

《大宋僧史略》亦云：

> 焚香胡跪，叹佛相好，合是导师胡跪尔，或直声告，或讦曲声也。又西域凡觐国王，必有赞德之仪。法流东夏，其任尤重，如见大官谒王者，须一明练者通暄凉、序情意、赞风化，此亦唱导之事也。②

由此可见，"唱导"活动最初是与"赞佛"仪式有关的，"唱导"的最初含义乃是指对佛与菩萨的赞唱和导引，导师是赞佛仪式过程中的主持人③。西域民族觐见尊贵长者亦有赞德仪式，佛教的传入使得这种风俗对中国社会产生了一定的影响。

特别值得注意的是，从上引材料可以看出，"赞佛"仪式中是有说有唱，说唱兼行的。六朝以后的唱导活动虽然主要以演说为主，但是在某些局部仍然保留了这样的内容。如上引《高僧传》所载唱导演出达到高潮的情形"阖众倾心，举堂恻怆，出五体输席，碎首陈哀，各各弹指，人人唱佛"，其中"唱佛"实质也就是对佛的一种赞唱活动。此外，《出三藏记集》卷12《经呗导师集》所载唱导文中，亦有《竟陵文宣撰梵礼赞》、《竟陵文宣制唱萨愿赞》这样的篇目；《大宋僧史略》所载僧祐所撰的《齐主赞叹缘记》，亦在唱导文范围之内。这些文章之所以被纳入唱导文的范围，无疑与早期唱导活动中的"赞佛"仪式有关。随着唱导活动的发展和影响的扩大，特别是随着佛教信徒的增多和宣讲的需要，唱导活动中尤其需要一些沟通僧徒和俗众的互动环节，所以随后逐渐增加了一些其他仪式和内容，这些仪式可以"发愿"仪式作为代表。

---

① 义净撰，王邦维校注：《南海寄归内法传校注》，中华书局1995年版，第177页。
② 释赞宁：《大宋僧史略》，《续修四库全书》（第1286册），上海古籍出版社1996年版，第674页。
③ 李小荣：《变文与唱导关系之检讨——以唱导的生成衍变为中心》，《敦煌研究》1999年第4期。

(二) 唱导文与"发愿"仪式

"发愿"仪式亦是唱导活动中的主要组成部分。据《大宋僧史略》记载:"唱导者,始则西域上座,凡赴请,祝愿曰:一足常安,四足亦安,一切时中皆吉祥等,以悦可檀越之心也。舍利弗多辩才,曾作上座,赞导颇佳,白衣大欢喜。此为表白之椎轮也。"① 据此可知,在唱导之始有导师发愿这一仪式。发愿仪式是沟通人神的重要一步,在唱导演出的过程中,还可以起到引领听众、整合演出现场秩序的作用。

《广弘明集》卷15所载梁简文帝《唱导文》以及王僧孺的《礼佛唱导发愿文》,亦主要以"发愿"的内容为主,可证六朝时期"发愿"仪式在唱导活动中之存在。在简文帝所撰的《唱导文》中,发愿所涉的事项依次是:"奉愿圣御与天地比隆"、"奉愿离明内映合璧外和"、"奉愿月相与万善同休"、"奉愿镜凝深情岳峙洪福"、"愿一切善神"、"愿图固空虚"等内容;王僧孺所撰《礼佛唱导发愿文》则依次是"仰愿皇帝陛下"、"仰愿皇太子殿下"、"仰愿诸王"、"仰愿诸王殿下"、"愿六宫眷属"、"愿诸公主"、"愿现前众"等七条;其《忏悔礼佛文》之发愿条文则依次为"愿大王殿下"、"仰愿皇帝陛下"、"仰愿重明累圣"、"愿诸王殿下"等内容。这些发愿条文的内容,不但说明唱导活动中"发愿"仪式之重要,而且也说明发愿仪程的严格和细致。简文帝和王僧孺所撰唱导文发愿内容及其次序的不同,也说明了尽管是在宗教活动中,人间帝王的影响仍然是巨大的。

六朝时期帝王对于佛教唱导活动的参与,对后世唱导文的内容是有一定影响的。如敦煌写卷P.3228号《菩萨唱道文》载:

> 帝王圣化无穷,太子诸王,福延万业。师僧父母,常保安乐。见闻随喜,宿障云消。恶道三途,灾殃殄灭。回此功德,誓出娑婆。上品往生阿弥陀佛国。

此处所载"发愿"部分对于帝王太子祈福的内容,自然是佛教律藏

---

① 释赞宁:《大宋僧史略》,《续修四库全书》(第1286册),上海古籍出版社1996年版,第674页。

的记载中不可能有的。对此，冉云华认为，这与王权的高涨以及净土宗的兴起有关①。湛如则认为："对国家及帝王的祈福，揭示了中国佛教教团与王权的关系，也表明中古及五代至宋初的王权对佛教教团的直接影响。"② 相比之下，后者的解说更为清楚明了。从唱导文演变的角度来看，则不但说明六朝唱导文对敦煌唱导文内容的影响，也说明敦煌唱导活动对六朝唱导活动在"发愿"仪式方面的继承关系。

（三）唱导文与"布萨"仪式

从前文引述的敦煌唱导文可以看出，敦煌遗书中的唱导文主要用于"布萨"仪式，多数敦煌唱导文的内容与功用与敦煌布萨文有不少相通之处。那么为什么会发生这种转变？"布萨"仪式从何而来，其具体展演过程如何？

布萨为梵语，汉译为"增长、共住、长住、说戒"等义。这本是一种起源于古印度婆罗门教的宗教仪式，此后随着佛教的发展，也逐渐建立了布萨制度，主要是让僧众通过自我检讨、忏悔发愿，从而达到僧众自新、僧团团结、正法久住目的的一种教内活动。

敦煌遗书中的唱导文，如P.3228号《菩萨唱道文》、P.3330号《唱导文》、P.3334号《声闻唱导文》，均与"布萨"活动密切相关；其所载"布萨"仪式与S.543《大乘布萨维那文》、列宁格勒本1351《大乘布萨文》所记多有相合之处。今以S.543《大乘布萨维那文》为代表，将唱导文与布萨文所记"布萨"仪式比较如下：

P.2680号《声闻唱导文》仪式：1.说布萨偈；2.问小护；3.问清净入；4.结问行筹；5.行筹偈；6.清净行筹；7.沙弥行筹；8.一切普诵；9.请比丘某甲为戒师；10.戒师升高座。

P.3228号《菩萨唱道文》仪式：1.说布萨偈；2.白布萨时间及地点；3.宣布参加布萨的出家在家两众；4.功德祈愿；5.主持僧三问发心及誓愿；6.白未发心未受大乘戒者出；7.宣清净菩萨入；8.

---

① 冉云华：《敦煌本大乘布萨文》，载汉学研究中心编《第二届敦煌学国际研讨会论文集》，第422页。
② 湛如：《敦煌布萨文与布萨次第新探》，《敦煌研究》1999年第1期。

清净行筹；9. 行在家筹；10. 一切普诵；11. 请比丘某甲为戒师；12. 戒师升高座。

P.3330号《唱导文》仪式：1. 说布萨偈；2. 白布萨时间及地点；3. 宣布参加布萨的出家在家两众；4. 功德祈愿；5. 主持僧三问发心及誓愿；6. 白未发心未受大乘戒者出；7. 宣清净菩萨入；8. 清净行筹；9. 行在家筹；10. 还筹偈。

S.543号《大乘布萨维那文》仪式：1. 入堂偈；2. 布萨文；3. 白布萨时间与地点；4. 宣布参加布萨的出家在家两众；5. 功德祈愿；6. 主持僧三问发心及誓愿；7. 白未发心未受大乘戒者出；8. 宣清净菩萨入；9. 内外清净布萨行筹；10. 受筹偈与还筹偈；11. 一切普诵；12. 持具请戒师；13. 梵音戒师升高座。

从上述比较可以看出，虽然各篇唱导文所载略有差异，但敦煌唱导文与布萨文所显示的"布萨"仪式有诸多相同之处，比如都有对布萨活动时间地点、僧众参与情况的宣布；都有功德祈愿环节、行筹仪式、具请戒师和戒师升高座等仪式内容。当然，如果进一步更细致地比较，布萨文和唱导文中所反映的仪式状况又有细微的差别。敦煌唱导文所使用的唱导仪式，实际上包含在正规的"布萨"仪式之中，敦煌文书S.543《大乘布萨维那文》等，严格说来都应叫做"维那唱导文"[1]。

为什么六朝时期的唱导文，经过几百年的发展在敦煌遗书中会呈现如此面貌，并且大量在"布萨"仪式之中被使用？这的确是一个比较复杂的问题。约而言之，大概有以下几个方面原因。

首先，如上所述，唱导活动最初是与"赞佛"仪式有关的，它最初是指对佛与菩萨的赞唱和导引；而布萨活动源于古印度沙门社会婆罗门教的佛陀祭法，在新月祭、满月祭的圣日前夜，祭主多以诸多赞歌咏叹供养，可见唱导和布萨在起源上本有密切关系。

其次，唱导和布萨活动在传入中国之后，各自走上了不同的发展道路：布萨仪式遵循的是严肃正规的宗教仪轨，主要对佛教僧团发挥清净和合的作用；而唱导活动则由于佛教宣讲的需要而屡经改革，在此后佛教活动的多个方面发挥着不同作用。这也使得六朝时期的唱导文涵盖更为广

---

[1] 湛如：《敦煌布萨文与布萨次第新探》，《敦煌研究》1999年第1期。

泛，如上所述，既包括各种新颖而流行的宣唱事缘、杂引譬喻的故事文本，也包括各类愿疏、唱赞、赞叹缘记、祝愿文、发愿文、忏悔礼佛文、初夜文等各种体式。

最后，随着佛教影响的扩大和世俗化程度的加深，特别是俗讲、转变等佛教文艺活动的兴起，逐渐取代了早期唱导活动中宣唱事缘、杂引譬喻的故事性内容；而六朝唱导文中的唱赞、祝愿文、发愿文、忏悔礼佛文等各种文体，则不免为布萨仪式中所包含的唱赞、发愿、忏悔礼佛等重要仪程所吸收。进而言之，敦煌唱导是对六朝早期唱导的回归，因为六朝后期，唱导逐渐世俗化，而这一变化，反被俗讲所代替，原来的唱导只剩下"唱诵"的外壳。所以我们在敦煌文书中看到的布萨文和唱导文，不但在文章体式上有诸多相似之处，而且在仪式背景方面也有部分重合的地方。

三 敦煌唱导文与相关仪式的关系

唱导文随着佛教的兴盛而兴起，自六朝至于隋唐，经历了几百年的发展历史。我们从敦煌遗书中所看到的唱导文，已经呈现一种明显的衰落趋势，这与佛教的发展壮大和世俗化程度有关，也与佛教宣讲方式的兴衰轮替，尤其是与俗讲、转变等新文艺形式的兴起有很大关系。在唱导盛衰转变的过程中，唱导文与唱导仪式的关系尤其值得我们注意。进一步考察二者关系，也可为我们理解讲经文、变文的发展演变提供重要的启示。

首先，唱导文产生于佛教赞佛仪式，在此后的发展过程中，赞佛仪式和其他并生的佛教仪式一起，作为一种神圣的宗教基础支撑着唱导活动和唱导文的发展。由上文可知，早期的唱导是一种纯粹的宗教活动，后来随着佛教在中土影响的扩大和佛教文化的普及，唱导才逐渐转变成一种"宣唱法理，开导众心"的兼具宗教性和娱乐性的活动。但是在这种转变过程中，包蕴其中的佛教仪式始终作为重要的文化象征，支撑着唱导活动宗教性的神圣方面，并没有随着唱导活动娱乐性的加强而消失。尽管在后来的展演过程中，唱导的娱乐作用似乎已经大于宗教劝导作用，但是包蕴其中的宗教仪式，仍然是这种活动具有神圣性、号召力和影响力的重要基础，这是唱导与唱导仪式关系的核心。在隋唐时期，唱导文因为其他更具有综合性和吸引力的文艺形式的兴起而走向衰落，但此时唱导仪式仍然在支撑着唱导文的存在与发展。比如从敦煌遗书中保存的唱导文，可以看出它已经完全地走向程式化而缺乏文学的生命活力，但因为有仪式的需要，它们仍然作为配合这种仪式的话语内容而存在着。

其次，唱导与唱导文的兴起，在某种程度上又是以对唱导仪式中宗教神圣性的轻度背离为前提。这乍一看似乎难以理解，但实质上的确如此。如前所述，佛教传入的早期，唱导的主要形式是"宣唱佛名，依文致礼"，但是这种严肃的宗教形式，在宣讲效果方面无疑不够理想，所以才有"杂序因缘，傍引譬喻"、"先明三世因果，却辩一斋大意"之类的转变。在这种转变的过程中，宣唱事缘的内容受到了特别的欢迎，并获得了快速的发展，其原因何在？所谓"谈无常则令心形战栗，语地狱则使怖泪交零，征昔因则如见往业，核当果则已示来报，谈怡乐则情抱畅悦，叙哀戚则洒泪含酸"，正是因为其中的内容更为深入地切中了僧俗大众的世俗生活，所以才引起如此强烈的反响，这无疑是此前正襟危坐的严肃讲经形式所无法达到的。此外，为了达到通俗晓畅的效果，一些听众比较熟知的书籍也被引用，如《高僧传》即记载慧远"乃引《庄子》义为连类，于是惑者晓然，是后安公特听慧远，不废俗书"[1]。由于这一时期佛教仍然具有崇高地位，所以这些宣唱事缘的内容基本没有脱离佛经教义。但到了隋唐时期，随着佛教世俗化程度的加深，一些历史与世俗人物的故事也借助俗讲、转变等佛教宣讲形式而大行其道了。

最后，唱导与唱导仪式的相融共生，促进了佛教宣讲活动中口头文学传统的形成。唱导与唱导文的关系，是一种口头文学与书面文学的关系；唱导的过程无法复现，我们只能通过一些史籍的记载和一些唱导文的内容推见当日演出的情形。诚如《续高僧传》所载的经验之论：

> 唱导之设，务在知机。诵言行事，自贻打棒，杂藏明诚，何能辄传？[2]

所谓"知机"，就是指唱导表演中的灵活性与随机性，这是在说明唱导的口头文学性质及其难以复制的根本特征。在唱导演说的现场，唱导中的导师都并非有意创作纯粹的文学作品，而只是力图使得一场唱导活动更

---

[1] 释慧皎撰，汤用彤校注：《高僧传》，中华书局1992年版，第212页。
[2] 高楠顺次郎：《大正藏》，台湾佛陀教育基金会1990年影印版，第704页。

为精彩和富有魅力。

当然，唱导文作为唱导活动的形迹遗留，在某些方面必然会体现唱导活动口头特征的深刻影响，其中最为突出的就是唱导文的故事性。口头文学之所以长于叙事和侧重叙事，首先是因为故事中的各类事件和场景为讲说者的语言表现才能提供了绝好的机会；其次叙事过程中所包含的时间序列不但便于记忆和讲述，也便于听众理解和接受。佛教宣讲活动中的口头文学传统和叙事特征，正是奠基于唱导活动中的"谈无常"、"语地狱"等基本内容，并对后来的俗讲、转变产生了深刻的影响。富世平对此曾有较为全面的总结：

> 唱导不仅促成了转变艺术的发生发展，而且形成了转变艺术的说唱语境；不仅影响了转变艺术说唱的题材，而且影响了转变艺术的说唱方式；不仅孕育了变文的口头传统，而且直接影响（甚至构成）了转变艺术口头创编的程式话语。正是在这一层面上，唱导对转变艺术的发生发展起到了关键性的作用。①

当然，不仅在说唱题材、说唱方式、程式话语，而且在演出仪式方面，唱导对于俗讲和转变的影响也是比较深刻的。

---

① 富世平：《敦煌变文的口头传统研究》，中华书局2009年版，第74页。

敦煌遗书中的丧葬仪式与丧俗文之关系探究*

陈 烁

死亡，意味着人生命的终结。活着的人们希望已亡故的亲人在另一个世界得到幸福与安宁，并且保佑家人兴旺发达，便以异常隆重的仪式祭葬亡人。同时因为这是人生礼仪中的最后一件大事，所以人们便寄寓临终关怀于其中，同时不乏遗嘱文化、死亡教育、死亡观念、殡仪习俗、丧仪文化、葬文化、祭祀文化乃至葬仪经济、殡葬科技等诸多内容。尽管历代的丧葬仪式不尽相同，且有些仪式的意义也因时代价值观的更迭而有不同的变化，但从这些密切关乎人们日常生活的仪式当中，依然可以看出个人与家族以及宗族的关系。所可惜者，古代典籍记载的多是帝王将相等上层阶级丧葬的仪式，一般民间的史料却很少。幸赖敦煌遗书保存了大量有关资料，详细记载了唐五代宋初敦煌人民丧葬时的各种祭祀活动和习俗，借由这些遗珍，可以窥见敦煌丧葬仪式程序原貌之一斑。

一 敦煌丧葬仪式及其文化背景

唐五代宋初敦煌地区的祭祀活动，与先秦时期的祭祀文化存在着一定的继承关系，但也表现出鲜明的时代和地域特征。周一良先生曾将敦煌写卷S.1725号《书仪》残卷所载婚丧礼俗与唐玄宗时期颁布的《大唐开元

---

* 本文是教育部人文社会科学研究规划基金项目（项目编号：10YJA751010），甘肃省高等学校人文社科重点研究基地——西北少数民族文学研究中心项目阶段性成果（项目编号：XBM-2012013Y）。

本文原载于《西夏研究》2013年第2期。

礼》进行比勘,以探究敦煌丧葬仪式中的入殓、吊丧、下葬等若干细节及用语等,揭橥敦煌丧葬仪式,颇具参考价值①。谭蝉雪先生通过对敦煌丧葬活动中的"葬式"、"出殡"、"临圹"、"忌辰"等仪程的细致分析,指出"敦煌的丧俗既保存了儒、道和民间信仰的传统,又受着佛教东渐的直接影响,所以与中原丧俗有相同的一面,亦有迥异之处"②。段小强先生亦广泛搜罗敦煌写卷中有关丧葬仪式的各类文献,对敦煌丧葬活动中的"初死"、"告丧"、"奔丧"、"吊唁"、"出殡"等若干仪程进行了较为详细的考述③。此外,吴丽娱对于敦煌写本书仪中的丧服图与唐代礼仪制度关系的考察④,亦可从图像文化的角度为我们的探索提供重要的助益。参考前贤研究成果,核诸相关文献,可将敦煌丧葬仪程之要者归结如下。

(1) 临终。为了避免临时的忙乱,亲属往往在死者临终之前就要提前准备后事。这些准备事项主要有二:其一是老人去世前要写下遗书,穷者遗书一般比较简略,富者则要繁杂一些,往往要交代财产的归属,作为日后子孙分家时的依据;其二是老人年高或病危之时,家属要请人为其画像题赞,以供此后祭奠、瞻仰之用。在老人病危或临终之前,要将其从卧室转移到堂屋,更换新衣,为官者则换上朝服,在严肃安静的气氛中让老人安静地逝去。

(2) 停丧。死者去世后,首先要将其遗体转移到地上,看死者能否在地气的养护下生还;同时还要派一人持死者上衣登上屋顶,面向北方招魂,看死者的魂魄能否回来。待确定死者不能生还之后,众人开始哭泣哀悼,并为死者沐浴、整容,然后将其停放安置。停放之时,要将死者脸部用布料或纸张覆盖,称为"面衣";有时还要在死者口中放置米粮和珠玉之类的物品,称为"饭含"。这样做的目的是"使亡故的亲长如同活人一样享受饮食的乐趣"⑤,是孝子尽孝的一种方式。各个朝代对于从帝王到

---

① 周一良:《敦煌写本书仪中所见的唐代婚丧礼俗》,《文物》1985年第7期,第17—25页。
② 谭蝉雪:《三教融合的敦煌丧俗》,《敦煌研究》1991年第3期,第72—80页。
③ 段小强:《敦煌文书中所见的古代丧仪》,《西北民族研究》1999年第1期,第209—218页。
④ 吴丽娱:《敦煌写本书仪中的丧服图与唐礼》,载《中国社会科学院历史研究所学刊》(1),社会科学文献出版社2001年版,第211—229页。
⑤ 《十三经注疏》(下),中华书局1980年版,第209—218页。

庶民"饭含"所用的物品，都有不同的规定，敦煌遗书中亦有关于"饭含"习俗的记载。

（3）吊丧。"吊丧"是指在入殓和埋葬之前，死者生前的亲属、朋友、乡邻前来进行的吊唁活动，因此"吊丧"还包括之前的"告丧"活动。死者去世后，家人应及时将消息告知亲戚、朋友和邻居，如是官员还要上报朝廷，通知僚属。亲属和乡邻知道后则前来帮助办理丧事，并进行吊唁活动，有时还携带一定的财务进行经济上的帮助。亲友前来吊丧时，孝子要在村口或家门外下跪迎接，亲友则执孝子之手将其扶起，如敦煌写卷 P.3691 号云："重孝之子擗踊。若平怀，手执之。若尊重，以两手扶之。"可见这一仪程的细节是很讲究的，不同辈分的人之间在动作上有不同的要求。

（4）入殓。给死者穿上"寿衣"，放进棺材称为"入殓"。入殓分成"小殓"和"大殓"。"小殓"指为死者穿衣、裹衾、盖衾等准备工作；"大殓"则指在上述工作基础上将死者遗体放进棺内，并用衣物将棺材填满。富贵之家还要放置少数贵重用品陪葬，最后由工匠加盖棺盖，用钉子将棺材封闭严实。"大殓"是生者与死者的最后一面，孝子、亲属在这个过程中要哭泣尽哀。然后开始设置灵座，奉献供品，行祭奠之礼，"入殓"过程就算完成了。

（5）出殡。"出殡"是指将死者的灵柩从停放地点运往墓地下葬。这一天往往要选择一个吉日，甚至还要选择一个好的时辰，以利于子孙后代的吉祥和发达。在出殡之前，要模仿死者生前的生活，准备好"魂车"、"魂帐"等，在行过"辞灵礼"之后，将棺材抬上灵车，孝子手持纸幡前行，晚辈和亲友随后，往墓地方向前进。由于各个家庭的经济状况和社会地位不同，出殡之礼的仪式细节往往有所区别，难以尽述。富贵之家在出殡过程中，有时还要设置"路祭"，祭祀山川和河道诸神，以使死者的亡魂得以顺利通过。

（6）下葬。灵柩到达墓地后，要举行一次隆重的祭奠活动。敦煌遗书中对于灵柩停放的位置、孝子哭拜的方向等都有详细记载。如 P.2622《书仪》云："柩车到墓，亦设墓屋，铺毡席上，安柩北首。孝子居柩东北首而哭，临圹设祭。"下葬过程中常常要延请僧人或道长作法，这时要念诵《临圹文》等斋文。P.2622《书仪》又云："三献讫，孝子再拜哭踊，抚棺号殒，内外俱哭。则令僧道四部众十念讫，升柩入圹。"有时下葬后还要祭祀土地神，然后封闭墓室，堆土起坟，立碑植树等，下葬仪式至此完毕。

（7）斋祭。死者安葬完毕后，要迎其灵魂返家，在家中设置"真堂"，以方便四时的祭奠。在三教交融的文化背景下，唐五代宋初敦煌地区的斋祭主要有"七七斋"、"百日斋"、"周年斋"、"三年斋"等。其中周年斋又可称为"小祥斋"，三年斋又可称为"大祥斋"①。"七七斋"源自佛教，在逝者新亡49天之内，逢七设斋奉祭，可以减免亡灵生前的罪过，使其得以顺利升入天堂。"百日斋"和"周年斋"是指在死者满百日和周年的时候进行祭祀。儒家古礼"大祥斋"本为两年，敦煌地区实行三年之制是受到了佛教的影响。"大祥斋"之后即可撤去真堂，一月之后再祭祀一次，丧事至此则彻底结束了。

从上述敦煌丧葬仪程可以看出，敦煌地区的祭祀活动虽然受到了佛教文化的深刻影响，但仍然以传统儒家的丧葬礼仪文化为主。中国祭祀文化的发达与兴盛，与儒家文化对于孝道的大力提倡是分不开的。《礼记·祭统》云："孝子之事亲也，有三道焉：生则养，没则丧，丧毕则祭。养则观其顺也，丧则观其哀也，祭则观其敬而时也。尽此三道者，孝子之行也。"② 可见丧祭之礼很早就是儒家伦理的重要规范，也是孝子之行的基本内容。《论语·学而》载曾子之言曰："慎终追远，民德归厚也。"③ 孟子也曾说："养生丧死无憾，王道之始也。"④ 这些论述表明古人对丧祭之礼的重视，不但包含着一种深切的人文关怀，而且也与他们对于伦理道德与政治秩序关系的深刻认识有关。

这种对于祭祀文化重要性的认识，使得曾有很长一段时期，祭祀活动构成了我国早期国家政治生活的重要内容。《左传·成公十三年》记载："国之大事，在祀与戎。"⑤ 说明祭祀活动在当时国家政治生活中的重要地位。近百年的上周考古发掘中，出土了大量农具，但青铜制的农具寥寥无几。⑥ 对此现象，张光直先生的分析可谓鞭辟入里：

---

① 谭蝉雪：《三教融合的敦煌丧俗》，《敦煌研究》1991年第3期，第72—80页。
② 《十三经注疏》（下），中华书局1980年版，第1603页。
③ 同上书，第2458页。
④ 同上书，第2666页。
⑤ 同上书，第1911页。
⑥ 陈文华：《试论我国农具史上的几个问题》，《考古学报》1981年第4期。

进入青铜时代以后，农业工具仍然用木、石、角、骨制造，青铜却被用来做兵器、礼器（食器、酒器和乐器）、装饰品和斧、锯、凿等木工用具。后者对于制作木制战车这种青铜时代最有威慑力的战具可能是必需的。这种使用模式成为中国青铜时代最显著的特征，青铜主要与仪式和战争联系在一起。①

作为商周时期财富与权势象征的青铜器主要用于军事和祭祀活动，也从一个侧面说明当时的祭祀仪式活动的庄严与神圣特征。那么，何以使时人如此重视祭祀活动呢？有没有更深层的推动机制？祭祀活动的起源及其发展传承的根本动力又是什么？

这些问题，可以从自然和社会两个方面进行考察。《礼记·祭统》云："凡治人之道，莫急于礼。礼有五经，莫重于祭。夫祭者，非物自外至者也，自中出生于心也，心怵而奉之以礼，是故惟贤者能尽祭之义。"② 易言之，从人与自然的关系看，祭祀活动并不是起源于一种外在的约束，而是人发自内心的自觉行为。所谓"心怵而奉之以礼"，即说明祭祀是出于人对自然与天道的一种敬畏之心而产生的一种沟通天人的现实需要，由此也就决定了祭祀之礼具有庄严、神圣的叙述、沟通、交流的特征。"祭"字的字形和字义也可以说明这一点。《说文·示部》："祭，祭祀也。从示，以手持肉。"祭祀所用的食品和器物，其实都是沟通人神的工具，因此"祭"和"际"可以相通，《孝经·士章》"守其祭祀"，疏云："祭者，际也，人神相接，故曰际也。"③《论语·八佾》："祭如在，祭神如神在。"庶几乎可以肯定古人把祭祀活动看作一种带有真实性的交流、沟通的行为，而不仅仅是一种外在的仪式象征。

从社会的角度看，当与中国古代的社会生产方式和宗族制度有关。中国是一个农业历史十分悠久的国家，与此适应的宗族制度和祖先崇拜现象，早在上古即已初步形成。中国文化的发生，曾经历了一个"从生殖

---

① 张光直：《美术·神话与祭祀》，辽宁教育出版社1988年版，第92页。
② 《十三经注疏》（下），中华书局1980年版，第1602页。
③ 同上书，第2548页。

崇拜到祖先崇拜"①的过程,而祖先崇拜正是孝道思想和祭祀文化的重要基础,这从《诗经》中的商周民族史诗也可以看出来。印度佛教在其兴起的早期,对于祖先祭祀活动持一定程度的否定态度,但在传入中国之后,不得不依中国的实际情况而改弦更张②,所以敦煌丧葬仪式常常是儒家和佛教仪式的结合。古人正是在敬畏和崇拜的文化心理积淀中,完成一系列丧葬和祭祀活动的。

二 敦煌丧俗文及其应用状况考述

周绍良先生最早将敦煌文学分为30类,并首次列出"祭文"一类③。之后谭蝉雪先生对敦煌祭文的"来源"、"用途"、"名称"、"祭祀地点"、"祭祀对象"、"宗教性质"、"体裁"等各方面情况进行了较为细致的研究考察,认为敦煌祭文应当包括亡文、忌日文、亡斋追福文、临圹文、行香文、祭畜文、祭鬼神、山川文等④。黄征、吴伟在其所编的《敦煌愿文集》中,则将亡文、临圹文等全部纳入"愿文"的范围之中⑤。郝春文先生则提出了不同的意见,认为祭文应当独立为一类,亡文、临圹文、亡斋文、行香文等属于斋文,而不应该包括在"愿文"范围之内⑥。本文所指的"丧俗文"则相对宽泛一些,包括祭文、亡文、临圹文、亡斋文、行香文等相关文献。

从数量上看,敦煌丧俗文总数在150卷左右,其中祭文的比重较大。其次还有大量的亡文、临圹文、行香文、追念文等。下面分类说明并讨论其与各类丧葬仪式的关系,特别是二者间的相互作用与影响。

(一) 一般祭文

在敦煌遗书中有不少祭文,其范围相对比较宽泛。除了一般的祭亡文

---

① 王昆吾:《从生殖崇拜到祖先崇拜——汉文化发生过程中的一个重要环节》,载《中国早期艺术与宗教》,东方出版中心1998年版,第111—143页。
② [日] 道端良秀:《中国佛教と儒教の祖先崇拜》,载《中国佛教史》第10卷,东京株式会社书苑1985年版,第79—150页。
③ 周绍良:《敦煌文学刍议》,《甘肃社会科学》1988年第1期。
④ 颜廷亮主编:《敦煌文学·祭文》,甘肃人民出版社1989年版,第121—130页。
⑤ 黄征、吴伟编校:《敦煌愿文集·前言》,岳麓书社1995年版,第4页。
⑥ 郝春文:《关于敦煌写本斋文的几个问题》,《首都师范大学学报》1996年第2期。

之外，还有祭祀社稷神、风伯、雨师等自然神之文，以及祭祀马、牛、犬、驴等生产和生活中重要动物的祭畜文等。敦煌祭文在继承前代和中原地区祭文的基础上，表现出了鲜明的地域特征，形成了一套基本的写作模式，如敦煌写卷 S.381《十二娘祭婆婆文》：

> 惟岁次丁亥五月庚子朔十五日甲寅，孙女十二娘谨以清酌之奠，敬祭于故婆婆之灵，伏惟灵天然德厚，自性矜怜，每蒙训育，与子无异。久染时疾，医药不诠（痊）。和祸来迊，我今无依，肝肠分裂，戾（泪）也涓涓，愿灵不昧，请就歆隆，伏惟尚飨！①

观其内容，显然是一篇祭祖母文。祖母新逝，孙女儿万分伤感："我今无依，肝肠分裂"，用朴实的语言写出了晚辈的悲伤与孤立之感，很有代表性。再如 S.1318 背《祭文》：

> 卯年正月廿四日朔寅时，吾告汝之灵：吾门凶衰，钟念汝盛年，不终荣受，俄归蒿里。天命颠倒，交母送断肠。呜呼痛苦，弟妹悲伤。日翳云雾，行坐哀戚。愁云不飞，风结泉路。祭酒三历，汝降魂路，尚飨！②

与上文相比，本文显得比较简略，未交代逝者与祭祀者的关系，可能与祭祀者当时心情的凄怆有关。从内容上看，应该是平辈之间的祭祀活动。

上引两篇祭文虽然比较简短，但形式尚称完整，从中可见敦煌祭文的基本模式：开头点明祭祀的时间、祭祀者和逝者的关系以及祭祀所用的物品等，文末则常常以"伏惟尚飨"的祈求语结尾，其现场感和实用性特征非常明显。

除此以外，敦煌写本祭文中也有少数篇幅较长，辞藻较为华丽，内容较为丰富的作品，为我们展现了当时敦煌地区祭文写作的不同面貌，

---

① 郝春文：《英藏敦煌社会历史文献释录》第 2 卷，社会科学文献出版社 2003 年版，第 222—223 页。
② 敦煌研究院编：《敦煌遗书总目索引新编》，中华书局 2000 年版，第 39 页。

P.3214《祭寺主文》堪为其例。

> 维岁次己巳八月癸巳朔十一日癸卯,当寺徒众法藏等,谨[以]清酌之奠敬祭于故安寺主阇梨之灵。惟灵天生慈善,轨范立身,温柔有德,泛爱仁人。投真舍俗,禁护六门。在寺无分毫之阙,荁理实越人伦。为僧清格,并无氛氲,释中硕德,众内超群,营私建塔,触(处)事匀均。将谓永沾不替,同佛教而(如)长春。何兮妖祸降坠善界,愿亲思之闷绝,合寺咸喷。今生一弃,弥勒会因。路边司箪,请来饮真。伏惟尚飨!

从内容上看,这是一篇僧人祭奠寺院长老的祭文,与上举两文相比,增加了部分赞述逝者功德的内容,且遣词造句更为典雅一些。虽然是寺院的祭文,但仍然采用了世俗祭文的格式,由此可见儒家文化影响很深。此外,如S.5744署名"徐彦伯"的《祭文》,也是一篇文笔典雅、辞采华美的祭文。

总体上看,多数敦煌写卷中的祭文都注重实用性,体现了民间文学朴素、真挚的特征,只有少数出自文人笔下的作品才带有华美倾向,并在文中使用一些中国历史文化典故和佛教典故[①]。那么,上述祭文主要是在丧葬活动中的何种仪式上使用的呢?对此我们可以从其内容和感情倾向上予以考察:从内容上看,祭文和下文的临圹文、亡斋文、脱服文的区别在于,祭文主要是表达生者对逝者的哀悼、对生者事迹的追述等,而后面几种则还包括为亡人追福、为生者祈福等相关部分;从感情倾向上讲,祭文抒发的感情往往比临圹文、亡斋文、脱服文等更为悲痛、哀伤,所以它应该是在亲人去世不久的丧葬活动中所使用。因此,祭文应该是逝者亲属在入殓之后的祭奠仪式上所使用的哀悼文。

(二)临圹文

敦煌写卷P.2622号写本《书仪》记载:"柩车到墓,亦设墓屋,铺毡席上,安柩北首。孝子居柩东北首而哭,临圹设祭。"可见,敦煌"临

---

① 龚泽军:《敦煌写本祭悼文研究》,博士学位论文,四川大学,2005年,第172页。

圹文"是在灵柩运到墓地以后,在"下葬"仪式上所使用的。由于儒家和佛教丧葬仪式的不同及其相互影响,所以敦煌地区的下葬仪式也往往分成两个部分:前半部分临圹设祭,祭奠并宣读祭文;后半段则为佛教仪式,延请僧人念诵佛事斋文①。因此临圹文也分成普通临圹祭文和僧人所用临圹文。前者往往篇幅比较短小,内容比较简单,如敦煌写卷 P.2622号、P.3886号《临圹祭文》就有具有代表性:

> 不能自没,奄及临圹,幽明道殊,慈颜日远,以今日吉辰,迁仪宅兆,欲就去官,不胜号绝!

可见其内容主要表达孝子对逝者的告别,以及孝子的悲痛哀悼之情。作为佛事斋文的临圹文则迥然有别,因为是僧人所用,所以文中便不免带有宗教色彩,这对临圹文的结构与内容均产生了很大的影响,如 S.6417《临圹文》云:

> 无余涅槃,金棺永寂;有为生死,火宅恒然。但世界无常,历二时而运转;光阴迁易,驰四相以奔流。电光飞而暂耀,等风烛以俄消。然今亡灵寿尽今生,形随物化;舍兹白日,奄就黄泉;体逐时迁,魂随幽壤……破无明之固,卷生死之昏云;入智慧门,向菩提[路]。又将功德,次用庄严持炉至孝、内外姻亲等:惟愿三宝重护,众善资持;灾障不侵,功得圆满。摩何般若,利乐无边;大众皮诚,一切普诵。②

这类临圹文跟敦煌其他斋文结构有相似之处。敦煌临圹文的结构"可分五个部分:号头、明斋、叹德、斋意、庄严。敦煌祭悼文中有十数篇临圹文,这些临圹文在内容、结构上大体一致"③。在内容方面,文中在表达对死者的哀悼的同时,也包含了不少的佛教佛理和用语。所以可以

---

① 段小强:《敦煌文书中所见的古代丧仪》,《西北民族研究》1999年第1期,第209—218页。
② 黄征、吴伟编校:《敦煌愿文集·前言》,岳麓书社1995年版,第789页。
③ 龚泽军:《敦煌写本祭悼文研究》,博士学位论文,四川大学,2005年,第173—190页。

认为这是一种典型的儒释结合的祭文形式，富有宗教色彩。这类祭文与斋文的结合，正是敦煌祭亡文的特点之一。① 由是可以看出，敦煌临圹文不但受到儒佛文化的共同影响，而且也与临圹设祭的仪式有关。

（三）亡斋文

也称"追福文"或"延福文"。根据前文对于敦煌丧葬仪式的考述，死者家属在埋葬活动完毕后，要把亡灵请回宅中，设置"真堂"并在不同时间进行祭奠，"亡斋文"就是逝者家属在不同祭祀周期祭奠亡灵的仪式上所诵读之文。这些祭祀仪式活动包括七七祭、百日祭、小祥祭、大祥祭等，所以敦煌遗书中留下的这类亡斋文为数不少，是敦煌祭文的重要组成部分。

由于祭祀的周期不同，以及祭祀仪式和抄写习惯等原因，敦煌遗书中的亡斋文在格式上存在着一定差别。有的结构完整，内容丰富，如写卷S.343《亡兄弟文》：

> 厥今坐前斋主所申意者，奉为兄弟某七追念之加（嘉）会也。惟亡灵乃风树（凤摽）勇捍（悍），早擅骁雄，七德在心，六奇居念。更能弯弓射月（日），鹰泣长空；举矢接飞，猿啼绕树，故得位显戎班，荣参武列。将欲腾威四海，启四弘以驰诚；严诫六兵，凭六通而稽首。何图逝水洪波，漂蓬逐浪。[福]分金药，哀伤四鸟之悲；妖（夭）折玉芳，硬噎三荆之痛。每恨盈盈同气，一去九泉；穆穆孔怀，忽焉万古。意拟千年永别，首目顿亏；稀万（世）难逢，股肱俄断。趋庭绝川，瞻机案而缠哀；生路无踪，望空床而洒泪。无门控告，惟福是凭，故于此晨（辰），设斋追福。是日也，请三世诸佛，敷备清宫；邀二部静（净）人，洪（弘）宣妙偈。厨馔香积，炉列名香，幡花匼匝而盈场，领（铃）梵鸿（洪）鸣而满室。总斯多善，莫限良缘，先用奉资亡灵去识，惟愿弥陀楼□（前），将居净土之宫；慈氏会中，先为龙花初首。然后三宝覆护，众善庄严；灾障不侵，功德圆满。摩诃般若。②

---

① 武汉强：《敦煌祭文研究》，硕士学位论文，西北师范大学，2003年。
② 黄征、吴伟编校：《敦煌愿文集·前言》，岳麓书社1995年版，第28页。

此亡斋文内容完整，由"号头"、"明斋"、"叹德"、"斋意"、"道场"、"庄严"六个部分组成。① 此文明言"故于此晨（辰），设斋追福"，在表达对亡人的悼念的同时，也表达了为其祈福之意。S.6417《亡考文》云：

> 演庆昌源，延晖秀岳；风标邈远，器宇清高。奉公输战胜之能，不失田单之操。处众多德，学及西河。于家□（竭）孝弟（悌）之名，寔有感笋之业。将谓久留仁（人）世，永覆宗枝；何图云云。但以业风动性，水有逝流；影电驱驰，于临某七云云。珍羞霞错，罗百味而参差；玉馔星繁，旬（间）此珍而新春。还疑香积之国，犹如欢喜之园云云。②

文中的"云云"二字，表示有所省略。保留的部分主要表达了对逝者的赞颂、对斋祭用意之说明等内容。由于斋祭活动常常请僧人或道士主持，所以所用些斋文体现了部分佛教或道教的思想，犹如上述临圹文一样，敦煌亡斋文也是祭文与斋文的结合体，体现了祭祀仪式对丧俗文结构与内容等方面的影响。

（四）脱服文

对于"脱服"的本义，武汉强曾概括指出："脱服，义同脱孝、脱素，指服丧期满，脱去孝服。"③ 按照儒家的礼制，孝子在服丧期间要穿孝服，期满以后则要举行一定的仪式，脱去孝服并恢复正常的生活，脱服文即是在这类仪式上所使用的应用文。

敦煌写卷中保存了一定数量的脱服文，比较典型的文本有 S.343《愿文范本》等：

> 斯乃生恩至重，掬（鞠）育情深，尽礼苦庐，屈身草土。哀哀父母，生我劬劳，泣血终身，莫能报得。慈颜一去，再睹无期，堂宇

---

① 龚泽军：《敦煌写本祭悼文研究》，博士学位论文，西北大学，2005年，第169页。
② 黄征、吴伟编校：《敦煌愿文集·前言》，岳麓书社1995年版，第758页。
③ 武汉强：《敦煌祭文研究二题》，《敦煌研究》2007年第4期。

寂寥，昊天罔极。但以礼章有［限］，俗典难违，服制有终，除凶就吉。然今丝（缌）麻有异，生死道殊，灵凡既除，设斋追福。①

由上述引文可知，脱服文内容主要包括两个方面：一是对逝者再次表示哀悼；二是又从礼制、感情等几个方面，劝勉服丧者摆脱悲痛的心情，开始新的生活。再如敦煌写卷 S.2832《脱服文》的内容也与之类似：

三年受服，服尽于今朝；累岁严灵，灵终于即夕。但以先王立礼，礼毕（必）难违；终制有时，时不可越。机（几）前案侧，无闻哭泣之声；帐后阶前，永绝悲号之响。营斋宅内，脱凶裳；建福家庭，着古服。因兹受吉，吉则长安；藉此除凶，凶□（则）永散。②

观引文知，"脱服"的主要用意在于"营斋建福"、"辞凶受吉"，因此脱服文文本往往呈现一种对比的结构、劝勉的语调和相对乐观的气氛，从此对逝者的哀悼悲痛即将成为过去，逝者的亲属毕竟还要面对现实的生活。

这类脱服文主要是在敦煌丧葬活动的哪种仪式上使用呢？上引写卷 S.2832《脱服文》开头几句已经点明："三年受服，服尽于今朝；累岁严灵，灵终于即夕"；另外写卷 P.2237 号《脱服文》之首亦云："夫日月亦流，奄经三载。哀哀父母，生我劬劳……"说明脱服文是在三年之丧期满时所使用的，根据上文对敦煌丧葬仪式的考述观之，很可能是在三年斋祭的"大祥斋"的仪式活动上所使用的。

从敦煌文献看，丧俗文还有很多，如奠不治身亡的《亡文》，盖棺告别的《盖闻无余涅槃金棺永寂文》，祭周年的《忌文》，小祥、中祥、大祥时用的《追福文》等。③ 此外，敦煌所见祭奠亡者的还有"行香文"、"释奠文"等。但"行香文"主要是在忌日祭奠皇帝或皇后所用，"释奠

---

① 黄征、吴伟编校：《敦煌愿文集·前言》，岳麓书社 1995 年版，第 16 页。
② 同上书，第 81 页。
③ 杨富学、王书庆：《从生老病死看唐宋时期敦煌佛教的世俗化》，《敦煌学辑刊》2007 年第 4 期。

文"主要是祭奠孔子等先师的应用文,虽然也与祭祀活动和祭祀仪式有关,但与本节所讨论的"丧葬"活动关系不大,故略而不赘。

三 敦煌丧俗文与丧葬仪式之关系

前文在考察敦煌丧葬仪式与丧俗文的使用状况时,曾对二者相互关系有所涉及,现在此基础上对此问题做进一步的分析。

(1)祭文、斋文韵诵活动是丧葬仪式的核心。前文曾指出,祭祀活动的本质是出于人对于天道、自然的敬畏心理,以及由此产生的人、神交流沟通的需要,这也决定了仪式本身具有叙述功能。丧葬仪式中的一切行为、工具、装饰等无不是为了达成人神交流等文化心理的需要,僧道之人凭借其特殊身份协助完成这一交流活动。但在全部仪式活动过程中,作为交流中介的语言表达,即祭文韵诵活动是祭祀仪式的核心,助祭者代表祭祀主体陈述对逝者的哀悼、祈福等诸多夙愿,因此可以说祭文、亡斋文等丧俗文的本质就是祭祀仪式诵词。在祭祀文化发展的早期,巫祝的助祭活动只是一种口头语言行为,随着文字的发明和语言的发展才逐渐出现书面文本。在人类文明的早期,文字被巫祝等少数贵族所掌握,根据早期的符号和甲骨文等看,文字沟通人神的功能远大于实用功能,巫祝的"告"、"号"则是向神灵传递人类诉求的主要方式。敦煌遗书中的丧俗文写卷,保留了丧葬仪式的详细环节,是口头文学与书面相结合的形态。从这些方面观察,可以说敦煌丧俗文源出于丧葬仪式,是丧葬仪式进一步深化、抽象化、文明化的结果。

(2)丧葬仪式决定各类丧俗文的结构模式。综观上文所述的各种丧葬仪式,无论是逝者刚去世时的"入殓"、"出殡"等仪式,还是去世后的各类斋祭仪式,不难发现时间序列是其中隐含的一条重要线索。在这个隐而不见的时间序列中,死者与生者的距离越来越远,生者从最初的悲痛之中逐渐摆脱出来,在以各种祭祀仪式表达哀悼之情与祈福心愿的同时,逐步恢复到原来的正常生活。在列次祭祀活动中使用的丧俗文,无论是普通祭文在其开始时对祭祀时间与祭祀者和逝者关系的交代,还是亡斋文中的"号头"、"明斋"、"叹德"、"斋意"、"道场"、"庄严"等结构设计,都体现了祭祀仪式中的时间序列和人物之间各种关系的变化,由此可见祭祀仪式对丧俗文结构与内容的深刻影响。这也从另外一个角度说明,敦煌丧俗文是真正的仪式和实用性的，它不同于出自文人笔下的单纯抒发感情的祭文作品，其内容完全依据各类丧葬仪式的需要而设计和写作，我们甚至可以从一篇丧俗文的基本内容及其篇幅的长短、辞采的华素等方面推测当日丧葬仪式的基本情形，这也是敦煌丧俗文具有重要的历史和民俗价值的根本原因。

（3）丧葬仪式对丧俗文的文体风格有重要影响。综观各类敦煌丧俗文，可以发现多数作品具有韵诵特征，用骈体形式。这种形式除了与仪式的节奏气氛相配合外，更由于音乐的介入，而形成了一种庄严、肃穆甚至悲伤的氛围，造成更为神秘的沟通人神的效果。

敦煌建宅仪式与《儿郎伟·上梁文》等建宅文

陈 烁

房子之于家庭有如身体之于灵魂，思想之于文字，我们很难想象没有房子的家庭，如何遮风避雨、如何团结家族或者说隔离于外界，形成一个实在的共同体。按《周易·系辞》的话则是"上古穴居而野处，后世圣人易之以宫室，上栋下宇，以蔽风雨"。从此中，我们又看到房子是文明的精细化，也是宇宙观念形成的本原："在日常住宅的特定结构中都可以看到宇宙的象征性符号。房屋就是世界的成像……它是人类模仿诸神的范例性的创造物，即模仿宇宙的起源而为自己建造的宇宙。"①

"凡人所居，无不在宅。"（《宅经》）这个共同体往往以房子为标界，像一面旗帜飘扬于社会之中，不管是颓败，还是兴盛，它是个象征，是个标志："地善即苗茂，宅吉即人荣。"（《三元经》）人因宅而安，因宅而立；宅因人而存，而废。人与宅息息相关，相互感通。也就是说，我们人类是脆弱的，是需要保护的，而最好的庇护所是以房子为标界的——家。同类，一个国家、一个社会的标识，也可以在建筑中得到应和——"予见天下州之为唐旧治者，其城郭必皆宽广，街道必皆正直；廨舍之为唐旧创者，其基址必皆宽敞。"②顾炎武敏锐地指出了这一时期建筑恢宏雄阔的风格与如日中天的唐社会之关系。因此从夏商之时起，人们就非常重视对居住地的选择：从相地到卜宅，从正位到奠基，从置础到安门，从落成

---

① [美]米希尔·埃利亚德：《神秘主义、巫术与文化风尚》，光明日报出版社1990年版，第32—34页。

② 顾炎武：《日知录》卷12《馆舍》。

到牵宅均有讲究，礼仪既繁杂又系统。而且，这种习俗历代传承衍变，生生不息。尤其是唐代，在继承两汉以来成就的基础上，吸收融合外来的居住习俗，形成了一个完整的民居建筑体系和居住风习。敦煌写卷中记载的敦煌的建宅习俗，可以说是唐代建宅习俗的缩影。

一 敦煌写本宅经类文献及《儿郎伟·上梁文》等

敦煌遗书中涉及建宅[①]习俗的资料较为庞杂，大略包括敦煌写本宅经、建宅文、《儿郎伟·上梁文》等。

（一）敦煌写本宅经

敦煌写本宅经是敦煌建筑风俗之总纲，据陈于柱统计敦煌写本宅经写卷有20件[②]，卷号分别为 P.2615a，P.2615b，P.2630v，P.2632v，P.2962v，P.2964，P.3281vb，P.3492a，P.3507，P.3594，P.3602v，P.3865，P.4522va，P.4667va，S.4534v，S.6169，дх00476+05937+06058，дх01396+01404+01407，дх01396+01404+01407v，дх05448。这些写卷所反映的内容涉及面较广，较为繁杂，包括五姓阴阳宅经、五姓宅经、阴阳宅经、八宅经、宅经一卷、大唐新定皇帝宅经和一般类宅经七部分[③]，全面记述了相宅、镇宅和以居住择吉为中心的数术理论与禁忌等三个层面的内容。例如，P.3492a："阳宅福在南"、"南入门为阳宅"、"西有泽居之凶，东有泽居之凶，东北有泽居之凶"、"凡安宅，前下后高，有水东南流，居之富贵宜子孙"、"如四方高，中央下，名曰周地，一名地藏之地，居之富贵，君子吉，小人凶"、"城郭四角、火烧、水冲、碱咸之地，及陶冶之处，葱韭五谷之场，皆不可居，令人灭门"等，向人们介绍了敦煌建筑向阳、避泽、居高及不用生产用地建房等原则。P.3594："凡人居住，处不利，有疾病、逃亡、耗财，以石九十斤，镇鬼门上，大吉利。艮是也。人家居宅已来，数亡遗失，钱不聚，市贾不利，

[①] 宅有阳宅阴宅之分。阳宅指建筑为人居住的房屋以及碾、仓、圈舍等配套设施。阴宅指墓，本文所说的宅仅指阳宅。

[②] 陈于柱：《敦煌宅经校录研究》，民族出版社2007年版，第5—6页。

[③] 同上书，第47—59页。

以石八十斤，镇辰地，大吉。居宅以来数遭兵乱□口舌，年年不饱，以石六十斤，镇大门下，大吉利"等材料说明根据遭受灾厄的不同，可以分别运用不同重量的石头和石头所放的不同位置，来消除灾害，反映了敦煌人民用石镇宅的建筑风俗和对石头的崇拜。P.3281vb 则记有一种以土镇宅的方法："凡人家长欲得举，无恶相梦，取子午卯酉中变（遍）土一升，令埋宅东西下大吉。"而 P.2615a、P.3281vb、P.4522va 中的"急急如律令"，P.4667va"谨请东方提头赖咤天王护我居宅……谨请南方毗楼勒天王护我居宅……谨请西方毗楼傅叉天王护我居宅……谨请北方毗沙门天王护我居宅"等材料则说明在运用灵物和神灵对异物进行镇压时，往往要配以某些特定的咒语，施术者通过这些特定的咒语与想象中的神灵沟通试图使神灵满足自己的意愿以祈福禳灾。

（二）建宅文

康再荣建宅文

　　维岁次丁卯三月丙寅朔廿三日戊子，沙州大蕃纥骨萨部落使康再荣建立其宅，唯愿：青龙西北处绝阳，招摇东南阴伏藏。摄提人们当母位，太阴鬼之自开张。咸池正西当兑泽，轩辕斗战履东相。一为乾坤天覆载，二为艮阙补椽梁，三为回震盖南屋，四为巽间加顺阳，五位川中立□母，六为□虚配天王。上元已亥从干起，腾蛇宛转入火乡。甲乙青龙扶左胁，庚辛白虎从右相。丙丁炎君南广□，壬癸冰水□□□。戊己中宫无住处，将来分配入四乡。辰戌丑未押四角，震兑二住守魁刚。顺得四算君南坐，尾将三子镇北方。伏愿部落使子父昆弟等，坐家封侯，子孙永昌。□保退算，寿福无疆。官高盖代，世世康强。大富大贵，梦寐吉祥。无诸中夭，寿命延长。百病除愈，身体轻强。祝愿已毕，请受春装。赏赐博士，美酒肥羊。（《沙州文录[补]》）

　　该建宅文是一段建房前祭祀许愿的文字，先从八卦方位、阴阳五行等方面叙述建房的宜忌，接着用四言韵语祈愿建宅主人一家大小能够富贵平安、长寿吉祥。

(三) 动土文

敦煌写卷只有一本,现录如下:

> 谨按大藏《因果文》,善乃修佛殿塔。则□□□□□人王;若乃建寺楼台,则世世作公侯卿相。若乃书经画像,则感一品之官□;□□□□,□□万钟之俸禄。闻法则聪明广博,悬幡则寿命延长,好生则福及子孙,□□□□□裔嗣。若要声扬四海,向遏万夫,资黄马之剧谭,纵碧鸡之雄辩,□□□□□请越,居尊则故(顾)盼威扬,莫若施玉磬于伽蓝,挂金钟于梵刹。
>
> 我侍中□□□□秉坤灵,利若吴锡,鉴如秦镜,言唯契道,语必通神。于此因缘,必能□□,□□□□,曾为佛寺,额号龙兴。殿宇峥嵘,房廊显敞,镇五龙之南客,禳万马□□□,□□□凶丑不侵,废后则暴流频至。
>
> 我侍中将安万户,用保一城,重取旧基,□□□□,初欲悬于簨簴,先乃筑于层台。固(故)须启告龙神,兼且安于土地,□□□□□,□吉良辰,骰狊方阵,畚插齐举。所冀兴工以后,千圣轮祥,百灵效祉,□□□□,□我疆垒,恩及高低,惠周远迩,百姓欢呼,三军嚭美。事主兢兢,居家□□,□□□心,克勤克己,未耜重兴,干戈渐弭。雨顺风调,秋隆夏烨。粟满囷□,□□□匪,境净烟尘,邻同鱼水,土地安宁,龙神欢喜,寿永灵长,常保始终。
>
> (P.3129(侍中天王)院枊置钟楼动土文第卅四)

这篇钟楼动土文为真实临场的文章,文章由谈破土建置钟楼的重要性、斋主功业和祈愿三部分组成。

(四) 上梁文

《儿郎伟·上梁文》在敦煌遗书中共有四卷,分别是 P.3302v,P.4995v,S.3905(正、背面),P.3757。

上梁文即造屋时在上梁仪式中所朗读的颂词。徐师曾《文体明辨》称:"上梁文者,工师上梁之致语也。世俗营构宫室,必择吉上梁,亲宾裏面，杂他物称庆，而因以犒匠人。于是匠人之长，以面抛梁而诵此文以祝之。其文首尾皆用俪语，而中陈六诗，诗各三句，以按四方上下，盖俗体也。"上梁文最早产生于南北朝时期文人中间，《爱日斋丛钞》记载吴曾《能改斋漫录》考其所始云："后魏温子升有《阊阖门上梁祝文》云：'惟王建国配彼大微。大君有命，高门启扉。良辰是简，枚卜无违。雕梁乃驾，绮翼斯飞。八龙杳杳，九重巍巍。居辰纳祜，就日垂衣。一人有庆，四海爱归。'乃知上梁有祝文矣，第不若今时有诗语也。"① 由此可见，六朝时的上梁文是四言的韵文，完全是用来祝吉的，故有"一人有庆，四海爱归"之说。发展至唐末五代，原来的四言体与敦煌民间的《儿郎伟》六言体结合，产生了敦煌民间的上梁文。

载于敦煌文献明确标为"上梁文"的有两篇。一为 P.3302v《维大唐长兴元年癸巳岁二十四日河西都僧统和尚依宕泉灵迹之地建龛一所上梁文》：

> 若夫炖（敦）煌胜境，地杰人奇。自故崇善，难可谈之。古者三峗圣迹，萨诃仗锡因资（兹）。鸿基始运，察道乘时。自后先贤圣德，建立宝殿巍巍。莫不远觅净土，即此便是阿弥。厥今大施功者，我都僧统和尚之为与！伏维（惟）我都僧统和尚：业登初地，德讬前英。神资天遐（假），五郡白眉。白金日食，声播思维。变通有侧（则），妙在心机。故乃圣慈劫远，像法皆施。会众生之本意，流名万代之期。选择形胜之地，凑日即使开基。愿得天神助护，圣力可不加威！因资（兹）一郡清宴，五老总令知之。若说和尚功业，难可谈量者矣！

> ＊ 儿郎伟 凤楼更多巧妙，李都尉绳墨难过，削截木无弃者，方圆结角藤萝。棋斗皇回软五，攒梁用柱极多。直向空裏架镂，鲁班不是大哥。康傅子能釿（斤）斧，苦也不得偻㑩，张博士不曾道病，到来便如琢如磨。别索煎汤煮水，甚人供承得他？张贤面而（如）满月，诸人总莫能过。施功（工）才经半月，楼成上接天何（河）。奉我和尚旨教，今朝赏设绫罗。具述难可说尽，且成后音之科。

---

① 《爱日斋丛钞》卷5，《丛书集成新编》第12册，台北新文丰出版公司1985年版，第566页。

儿郎伟　和尚众人之杰，多□不与时同。忽然发有大惠，委令凿窟兴功。宕泉虽为（谓）千窟，北（此）窟难可擅论。实是显扬千佛，发晖龙象之容。康押衙一心事办，不怕你赤熟三冬。海印极甚辛苦，四更便起打钟。调停一镬餺飥，一勺先如喉中。戒德厨营百味，共我和尚心同。黄家优婆姨福中第一，亦能竭力输忠。

儿郎伟　今因良时吉日，上梁雅合周旋。五郎（郡）英儫（豪）并在，一州士女骈阗。蒸饼千盘万担，一时云集宕泉。尽向空中乱撒，次有金钗银钱。愿我十方诸佛，亲来端坐金莲。荐我和尚景佑，福祚而（如）海长延。应是助修之辈，见世总福田。诸族六亲内外，永同瑶阁神仙。敦煌万人休泰，五稼丰稔龙川。莫在（怪）辞多蹇讷，岁时犹望莺迁。自此上梁之后，高贵千年万年。

这篇上梁文基本完整，开头以六言韵文为主体述说建龛的缘起，接着以"儿郎伟"引起三段四六言句式的骈体之文。内容几近口语，篇末有祈愿祝祷。根据篇题，可以肯定这篇上梁文作于930年。

另一篇为S.3905《□□（维大）唐天复元年辛酉岁十二月十八日金光明寺造□窟上梁文》：

□□□□所建，无过移石穿山。宕谷先贤古迹，萨何（诃）所化因缘。因兹万圣出现，千佛各坐金莲。石涧长流碧水，花林宝鸟声暄（喧）。圣迹早晚说尽，纸墨不可能言。狨犹狼心把塞，焚烧香阁摧残。合寺同心再造，来生共结良缘。梁栋群仙吐凤，盘龙乍吉惊天。便是上方匠制，直下屈取鲁班。马都料方□□，绳墨不遵师傅。若得多少功价，□□施与□□。□□□□菩萨，昼夜不曾睡眠。道齐□□□□，宝□不下闲言。道政但存身□，不□□□□□。□□心口□□，意中可乐福田。广建□□□□，□□□水一般。宝国不□□□，出□□□□。□□□□□出，□学打石□□。道岩□□□□，□□□□□。大悲实下造作，价直在弥勒□□。□□□□□□□□□□。大因恰似个病蚊。虚实交□□□，□□□□坐禅。若说两勒兰□，□□□□□。□□□□□，□似驴叫一般。今日良辰已至，□□□□□□□。

□□□□□□，□□□□□□□。时也同彤云初退，冰开柳絮芳烟。雾□□□□，□□□□□。□□年丰熟，急须修建福田。宕谷萨何（诃）□□，□□□□□。□□使道导引，导师最是于先。石壁紫□□□，□□□□□。□□□□□林，岩龛灵像端然。敦煌建持丈□，□□□□□□□，香阁历岁摧残。粉绘风吹日晒，□□□□□。□□□□□□，□郡实可伤酸。昆季□□勤免勉，□□□□□□□□□□，长幼尽得□欢。便幕□工匠制，俄成□□□□。□□□□□□□□穴穿。亲□□□□□，不似人间匠制。□□□□□，□□□□□石，誓结来世因缘。今日喜身富鼎，镂□□□□。□□□□相接，驱驱不曾暂闲。慈智最是辛忙，□□□□□。□□□□□，亦能办事周旋。已□诸余兄弟，□□□□□。□□□□□，无□实不可言。方直又无数般，□□作也不前。□□□□□，□德□□工钱。任博士本性柔软，□残□□□□。□阴地壬（任）博士，最□受福海似山。亡父□圣□□，故将同领福田。今日良辰克□，上梁香阁福传。余且孤陋□社命□正。傅忙空中乱撒，恰似雨点一般。大家□上梁之□后，□柴最□□□节香阁□□□作僧直□断山裂财□都摧□悉二壬□哲（下残）

此篇残缺，行多破损，结尾字迹漫漶不清。从可辨认的部分看，仅存六言韵文部分。据篇题可知，唐天复元年即 901 年，因此这篇上梁文作于 901 年。

还有 P.4995v 也抄有一篇六言上梁韵文：

（前缺）□难可筹量。枷（架）镂上侵日□月，□楹直接云傍。将荐皇王寿域，寰瀛内外宁康。先资令公宝位，西陲早愿封王。社稷千年庆吉，城隍万载无殃。夫人仙颜恒茂，似莲出水舒光。宠荫日新日厚，恩荣月胜月昌。社众道芽引蔓，菩提枝机抽芳。过往先亡获益，神游七宝之床。//并愿承斯福佑，极乐国内称扬。邓军使辕门纲纪，防危恒镇边疆。计略能过诸葛亮，机谋直迢（超）韩光。//处处多施功干，凡事禀奉公方。李乐荣（营）社内尊长，万事总瓣祇当。今载初修功德，社人说好谈量。麦饭早夜少吃，都来不饮黄汤。//教训乐行徒弟，每日伏（服）事君王。承受先人歌调，齐吹并没低昂。便是乐营果报,必合寿命延长。身才(材)一似饿鬼,行步似(失)儿母狼。养甚十男九女,时常干走干忙。牙齿早年疏陋(漏),坐处先索盘肠觔。刘生社内录事,计料土公无妨。先看良晨(辰)吉日,然后占卜相当。日常行坐啼哭,风来勤拭眼光。忽然两手停罢,坐处滴得一潢。壬似正心修缮,日日麦斗盈仓。邓押衙勾当酒料,猥地半个□□。□□音声聒聒,旦暮便作一□。□□□□□□,□□你有脂□。(下残)

该卷首尾残,失题,残存部分为六言韵文,讲述邓军使、李乐荣(营)等人修造佛窟的功德。王重民《敦煌遗书总目索引》称此卷"背面儿郎伟,存卅一行"。

另,P.3757 也载有一篇失题的上梁文。此文原无题,首标"儿郎伟",六言韵文,首写秉承天时律令护军修造之功德无量,最后对长官即人民表示美好的祝祷,末句为"今日上梁以后,天光自然覆盖"。从内容和用语上看,皆与上梁文无异,故杨挺认定为上梁文,并拟题为《护军修造上梁文》①。

除了以上四篇载于敦煌文献的上梁文外,还有载于《全唐文》卷847《长芦崇福禅寺僧堂上梁文》②,该文作者李琪为河西敦煌人,少举进士,后又中博学宏辞,历仕晚唐、后梁、后唐三朝,官至尚书左仆射、东都留司官,以太子太傅致仕③。此篇据推测是李琪于天祐三年(906年)九月随朱温至沧州(即长芦)所作④,已略具后世上梁文的体式。

祖令西来,尺苇尽包于沙界;圣图南渡,巨楹两创于觉筵。自迦叶正法眼之单传,有壁观婆罗门之故址。翩翩只履,去少林未有千年;翼翼精庐,徙滁口才逾二纪。厄于兵烬,莽为砾区。旃檀化聚棘之林,鲸象失栖禅之地。旋更七稔,未办三椽。潜庵老师五叶派下中兴,百尺竿头进步。得皮得髓,面壁正是前身;利物利人,当机勇施

---

① 杨挺:《不存在儿郎伟文体与儿郎伟曲调》,《敦煌研究》2003年第1期。
② 《全唐文》卷847,中华书局1983年版,第8901—8902页。
③ 《新五代史》,中华书局2000年版,第404—406页。
④ 杨挺:《不存在儿郎伟文体和儿郎伟曲调》,《敦煌研究》2003年第1期。

毒手。非有辽天之作略，岂能扫地以更新？再续天圣之遗规，喜遇登师之同里。众缘自合，纷舻筏之川流；群役并兴，环斧斤之雷动。要使宗风之峻立，首图云衲之安居。练吉日以鸠工，峙闳模而复古。于兹大作炉鞴，皆令直造根源。展钵铺单，不离日用；锻佛炼祖，总在堂中。摩尼峰前，突见飞之在目；菩提桥畔，会逢立雪之齐腰。既新高广明旷之基，当知净智妙圆之体。不立文字，痛着铃槌。连床上跳出栗棘蓬，柱杖下敲得麒麟子。味永安之记，常思纽草之高风；造雪峰之门，必契流香之妙趣。聊陈六咏，助举双梁。

东，衮衮长江一苇通。再续千灯融佛日，依然五叶振宗风。
南，十方禅隽总包含。认得老胡真鼻祖，各寻彗可结同参。
西，飞檐危栋接云霓。重成鹫席挝禅鼓，永洗狼烟罢战鼙。
北，回龙山绕烟林碧。双手剪除荆棘场，空拳擘出瞿昙宅。
上，参天乔木元无恙。非台镜照大千机，无绕塔高三百丈。
下，葱岭路头连绿野。室里俱承刮膜方，板头谁觅安心者。

伏愿上梁之后，丛林万指之安栖，兰若千年之不坏。人人自心见性，个个与佛齐肩。芦叶飞花，认的祖师之旨；淮流成带，祝绵绵宗祐之休。

从这些作品我们可以看出敦煌上梁文在源流方面的多重性：既有使用"儿郎伟"之词句的上梁文，也有不使用"儿郎伟"之词句的上梁文；既有四六骈文体的上梁文，也有六言体的上梁文[①]。

二 敦煌的建宅仪式

古代敦煌人民擅长建筑屋宇、重楼。莫高窟302窟壁画，描写建楼的画面，反映1000年前隋代敦煌建筑工人的技艺。敦煌人民在对待建筑与环境的关系上对自然的审视十分注重"务全其自然之势，以期无违于环护之妙"，强调"宅以形势为身体，以泉水为血脉，以土地为皮肉，以草木为毛发，以舍屋为衣服，以门户为冠带"，追求住宅建筑与自然环境的和谐统一。他们有一种牢固的风俗观，认为"宅者，人之本，人者，以

---

① 高国藩：《敦煌民俗学》，上海文艺出版社1989年版，第433—442页。

宅为家，居若安，即家代昌盛"（P.3865《宅经》）。要求建筑房屋时避"五虚"持"五实"，"宅有五虚令人贫耗；五实，令人富贵"。"五虚"即宅大人少，一虚；宅门大内小，二虚；院墙不完，三虚；井灶不完，四虚；宅地多屋少，五虚。"五实"即宅小人多，一实；大门小，二实；院墙完，三实；宅小六畜多，四实；宅中小浍东南流，五实。

敦煌人民认为自然环境的优劣会直接导致人们命脉的吉凶祸福，因而在住宅建筑的"选址"、"动土"、"立房"、"入宅"等方面均十分注重一个"吉"字。经过长时间的摸索和积累，形成了敦煌人相宅、奠基、动土、上梁、安宅、暖宅（搬入新宅）、镇宅的整个仪式过程。

（一）相宅

人类在不能完全驾驭自然力之前，常常借助于术数来卜知前途，预测吉凶。凡关乎人们生活的，事无巨细，皆要以卜筮定之，当然修造房屋、兴建宫室也不例外。每逢盖房之前，先民们都要通过方术之士、风水先生的占卜来决定到底住在何处，叫作卜宅或卜居，又叫相宅。相宅的主要内容包括如何选择和建筑住宅，以及在选择和建筑住宅时应该注意的各种禁忌。

卜宅始于上古，甲骨卜辞中有不少修建房屋和修筑城邑的记载：

丁卯卜：乍（作）宀于洮？勿乍（作）宀于洮（《▲合》二九五）

辛未卜：乍（作）宀？（《▲▲乙编》八八九六）

"宀"，《说文解字》："宀，交覆深屋也，象形。"甲骨文中的宫、室、家、安等字均从"宀"。

子卜，宾贞：我乍（作）邑？（《乙》五八三）
己卯卜，争贞：王乍（作）邑，帝若（诺）？我从，之（兹）唐。（《乙》五七〇）

此辞表明殷王要修建城邑，卜问建在何处为当。验辞认为应建在唐，于是殷王愿从上天的意愿，将城邑建在唐。

> 庚午卜，丙贞：王勿乍（作）邑在兹，帝若（诺）？
> 庚午卜，丙贞：王乍（作）邑，帝若（诺）？
> 八月。贞：王乍（作），帝若（诺）？八月。（《丙》）

从卜辞的内容可知，当时卜宅的格式是："卜日—卜—贞人—贞事—兆—在某月—卜地—中左右之屯聚也。"①

《尚书·召诰》："成王在丰，欲宅洛邑，使召公先相宅。"又云"惟太保（即召公）先周公相宅"。《尚书·洛诰》载述同一件事，云"召公既相宅，周公往营"。都说明相宅之术在商周之时极为流行。

《诗经》中也有不少内容记述周先祖是如何根据地理形势"相其阴阳"的。《大雅·公刘》："笃公刘，于胥斯原……既顺乃宣……陟则在巘，复降在原。笃公刘，逝彼百泉，瞻彼溥原，乃陟南冈，乃观于京。……笃公刘，既溥既长，既景乃冈，相其阴阳，观其流泉……度其阴阳，豳居允荒。"不难看出，周氏族首领公刘为了寻找一个好的氏族居住地，不辞劳苦，通过"陟"、"观"、"度"等程序，最后选在岐山之下的豳。《大雅·绵》："周原膴膴，堇荼如饴。爰始爰谋，爰契我龟：曰止曰时，筑室于兹。"是说古公亶父迁到岐山后准备修建宫室，先用龟甲占卜，占卜的结果是在岐周的原野上筑房居住是很适宜的。总体来讲，当时卜问的内容主要集中于两点：何时为吉，何地为吉。由于是占卜，所以很难解释其选地的合理性，但至少说明人类在几千年前就已开始能动地选择居住环境。因此，《管子·地员》"高毋近旱而水用足，下毋近水而沟防省，因天时，就地利……"就已经充分体现了当时人们的"相地"。

大致成书于前278年至前246年的睡虎地秦简《日书》②，对外环境、宅的形制对住宅的吉凶影响做了详细的记载：

> 宇四旁高，中央下，富。宇四旁下，中央高，贫。宇北方高，南方下，毋宠。宇南方高，北方下，利贾市。宇东方高，西方下，女子为正。宇有要，不穷必刑。宇中有谷，不吉。宇右长左短，吉。宇左长，女子为正。宇多于西南之西，富。宇多于西北之北，绝后。宇多

---

① 李镜池：《周易探源》，中华书局1982年版，第100页。
② 李零：《中国方术概观·选择卷》，人民中国出版社1993年版，第13页。

于东北之北，安。宇多于东北，出逐。宇多于东南，富，女子为正。道周环宇，不吉。祠木临宇，不吉。垣东方高西方之垣，君子不得志。

为池西南，富。为池正北，不利其母。

水渎西出，贫，有女子言。水渎北出，毋臧货。水渎南出，利家。①

汉代住宅亦讲究择地而居，刘熙《释名》"宅，择也，择吉处而营之"。《汉书·艺文志》目录列有《堪舆金匮》（14卷）和《宫宅地形》（20卷）两部书，虽然两书已散佚，但根据汉代风水活动的某些片段仍然可以推知汉代修建城郭都邑以及房舍，已充分考虑其周围的地理形势和自然环境。王充《论衡·诘术》：

> 宅有八术，以六甲名，教而第之，第定名立，宫商殊别，宅有五音，姓有五声，宅不宜其姓，姓与宅相贼，则疾病、死亡、犯罪、遇祸……故商家门不宜南向，徵家门不宜北向。则商金，南方火也；徵火，北方水也。水胜火，火灭金，五行之气不相得。故无姓之宅，门有宜向，向得其宜，富贵吉昌，向失其宜，贫贱衰耗。②

这里提到的是建立在古代音韵学和五行生克理论基础上的"五音相宅法"。将宅主人姓的读音按宫、商、角、徵、羽分为五类，五音分别与五行对应：商，金也（西方）；徵，火也（南方）；角，木也（东方）；宫，土也（中间）；羽，水也（北方）。然后利用五行生克观念进行相宅。

到了唐代，相宅观念更深入人心，不但在庶民中流行，士大夫之流也喜欢披览此类书籍。唐人柳玭《家训序》记："中和三年（883年）夏，銮舆在蜀之三年也。余为中书舍人，旬休阅书于重城之东南。其书多阴阳杂说、占梦、相宅、九宫、五纬之流，又有字书、小学，率雕版印纸，漫染不可尽晓。"③ 在敦煌，相宅之风流浸亦深。敦煌文学作品《燕子赋》

---

① 李零：《中国方术概观·选择卷》，人民中国出版社1993年版，第40页。
② 黄晖撰，刘盼遂集解：《论衡校释》，中华书局1990年版，第1027—1038页。
③ 《爱日斋丛钞》卷1，《丛书集成新编》第12册，台北新文丰出版公司1985年版，第543页。

（甲）卷首即云："仲春二月，双燕翱翔，欲造宅舍，夫妻平章。东西步度，南北占详，但避将军太岁，自然得福无殃。"这些拟人化的描述，实际上就是对当时敦煌相宅术极其流行的生动写照。其中最能表达敦煌人民对相宅术推崇备至的文献莫过于 P.3865《宅经》：

> （前缺）贱，寿命短长，一代盛衰，百年荣辱；占宅者，形势气色，草变迁移，祸福交并，吉凶代谢。占葬者，辩（辨）山岗善恶，营域征（正）邪，鬼神安危，子孙隆绝。占卜者，逆知前事，预测将来，审冥冥之幽微，决嫌疑之得失。如上五说，乃是阴阳之枢纽，人伦之轨模；非夫博物明贤，无能悟斯道也。就此种其最要者，唯有宅法是真秘术。
>
> 凡人所居，无不在宅，唯只大小不等，阴阳有殊。纵然客居一室之中，犹（有）善恶，大者大说，小者小论，犯即有灾，镇而祸止，亦犹药病之义也。故宅者人之本，人者以宅为家。居若安，即家代昌盛；若不吉，即门族衰微，坟墓川岗，并同兹说。上至军国，次及州县郡邑，下至村（薄）落、堡栅乃至山居，但人所处，其皆例焉。

把宅提到人之本的高度，申述所有占卜术中唯有宅法是真正的秘术，真实地反映了中古时代人们认定居住生活和家族兴衰荣辱具有必然联系的思想状况。

敦煌人民的相宅内容繁多。首先是相宅外环境和宅外形。《阳宅十书》中说："人之居处，宜以大地山河为主。"这里明确指出大地山河是住宅选址的根本，所以古代民居选址总是离不开"背山面水"的环境模式。

> 如居宅，左青龙，东有南流水，是左青龙。右白虎，西有大道，是右白虎。前朱雀，南有洿地（池），是前朱雀。后玄武，北有大丘陵，是玄武。（S.5645）

敦煌写本宅经中还有许多关于宅外环境和宅外形的描述：

> 城墩四角，火烧水冲、咸咸之地及陶冶之处，葱韭五谷之场，皆

不可居，令人灭门。

西有泽，居之凶。东有泽，居之凶。东北有泽，居之凶。西南有泽，居之亦凶。西北有泽，居之亦凶。北有泽，亦南有高地及有林木茂盛，居其内，吉。南有泽，居之吉。

凡宅，四面有坑坎，有渠道泽等，去舍一百二十步，吉。又卅五步亦得吉，居之一代安乐吉庆也。

凡地平正、中央小高，有横流一水者，居之绝世。

凡居山泽，有高地树木茂盛，名泽藏之地，居南，大富贵。居北，凶。

凡居泽，两山间或川或谷，或巷相冲，名曰当风门，居之，子孙衰。或居南有道，宜近之善。或北有道，或东有道，宜造之，吉。若西面有道及四角有道，居之凶。（P.2615a）

前窄后宽，居之大富贵。前宽厚狭，居之贫。南北长，足羊牛，士妇章。居之，宜子孙，大吉。东西长，居之，孤单贫，凶。左狭右宽，居之，少子孙。右狭左宽，居之，平平。

西短东长，法步儿郎。东短西长，夫弱妇强。（P.2615a）

以上这些论述，或从生态小环境考虑，或从景观考虑，或从安全考虑，或从心理场考虑，并非无稽之谈，有其一定的实用性和合理性。

其次是框定住宅的大小，并确定主体建筑的方位。

大宅：东西廿六步，南北廿七步；中宅：东西十四步，南北十五步；下宅：东西十步半，南北十步半；下下宅：东西九步，南北十步。（P.3281v）

如果按当时一步相当于五尺来计算，当时大宅相当于东西、南北各长40余米，最小的宅东西、南北也各有10余米。

角姓人宅图：家宅地，须东高北高，南平西下，水渎出寅未地，大吉。大门出向丙地，大富贵。西出庚，北出癸地，善，宜射富，不宜共宫商二姓人交通。

再次是规划布局。选好宅地以后，自然要对宅院的整体布局进行规划。由于中国古代以"宅为人之根本"，因此，在强调宅外环境和宅外形的前提下，也极为关注宅之内形（即宅内空间的布局）。P. 2615《诸杂推五姓阴阳等宅图经》"皇帝不整宅图"提供了18种方案以供选择，各绘有平面俯视草图，并加文字说明。如羽姓人宅图，如图1。

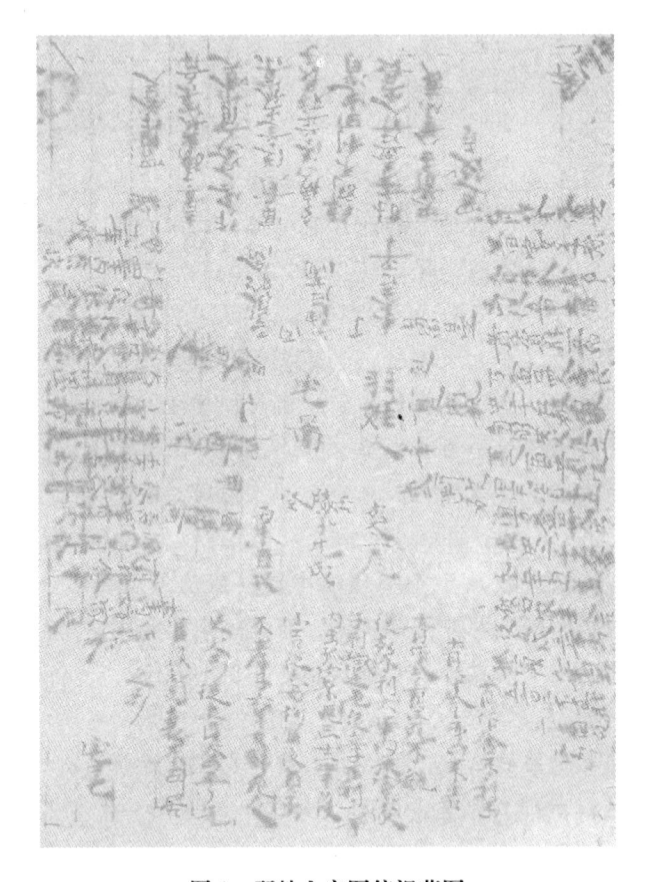

图1 羽性人宅图俯视草图

确定了宅院建设的整体形状后，在什么方位盖什么楼，高度如何，朝向怎样，都是有讲究的。P. 4534《诸家起楼法》：

欲□在少阴，东名日照武王，地名王台，盗贼不入。□□□□，天不足，西北。戍起楼，富贵，宜六畜。□西连于堂，名曰辅楼，在，大吉。□在太阴，未宜筑，六十尺，舍人灵聚，寿命长，口数众多，家无逸遥（役徭）死者。西地外，皆凶。楼在东，西□大利。楼在南，海也，使王日利。楼在西，是天仓，大富贵，宜子孙。楼高三丈五尺，并在北，大吉利。

……

宅内有东西屋，无南北屋，为偏居。有四相屋，无堂者，亦名偏居，必出癃患，常多疾病，初造二三年犹可，多大凶。（P.2615a）

这些要求也许不一定都能得到贯彻，但至少有一部分是为人所遵守的。

从以上论述可以看出，这种建筑慎重和反复论证的相宅方式，都是建立在人们生活"安定"基础之上的。人们审慎周密地考察自然环境，顺应自然，有节制地利用和改造自然，创造良好的居住环境而臻于至善境界。

从敦煌写本宅经的记录来看，敦煌民间相宅的原则是：

第一，力求向阳，不干燥不潮湿，趋吉避凶。

第二，聚气不散，得水为上。

第三，地形高厚水深，忌水位高。

第四，非生产用地盖房。

（二）择时

相宅完成后，就要开始选择建宅的时日。《论衡·讥日》："工伎之书，起宅盖屋必择日。"住房与民众生计紧密相关，因此人们的观念中有自己的良辰吉日与禁忌日。这从磨咀子汉简材料中可以看到，《日忌木简乙》记述十天干的避忌事项："甲毋治宅，不居必荒。乙毋内财，不保必亡。……"《日忌木简丙》记述十二地支的避忌事项："［辰］毋治丧……午毋盖屋，比见火光。……"刘复《敦煌掇琐》90号"吉凶避忌条项"中也有记载：

子不卜问，丑不冠带，又不买牛，寅不召客，卯不穿井，辰不哭泣，不远行，巳不取女，午不盖房……

可见，古代敦煌对择日民俗是有所继承的。P.2615a 从"角姓入宅图"开始，专讲五姓宅建筑时间吉凶：

> 角姓：正月作舍，官事，危，凶。二月作舍，灭门，凶衰。三月作舍，少子孙。从立寅，煞家人，孤寡、官事、口舌、危。……十二月作舍，伤中子，三年衰。……从立艮，先富后贫，三年妨家长，七年后即衰。
>
> 徵姓：正月作舍，宜子孙，大富贵。二月作舍，宜父母，富贵，大吉。三月作舍，妨父母，凶。从立寅，得田宅，富贵足财，八年后衰。……十二月作舍，宜子孙。……从立艮，大吉，宜富，资财盈益，大吉。
>
> 宫姓：正月作舍，害五人坐死，大凶。二月作舍，三年内有死亡。三月作舍，妨家长，灭门。从立寅，三年后出三丧，绝灭门，凶。……十一月作舍，多死亡。……从立丑，大富贵，宜田种，六年后衰，后还吉，贤人，害东北家，刑伤不可居，急宜移，吉。
>
> 商姓：正月作舍，少子孙，害六畜。二月作舍，五年内有死，克财。……十月作舍，宜子孙，富。十一月作舍，大富，出贵子，得田宅。十二月作舍，三年出三丧，大凶。……从立艮，平，先富后贫，其年妨家长，五年大吉，贵。
>
> 羽姓：正月作舍，十年内妨家长。二月作舍，三年灭门。三月作舍，三年内有死亡。先富后贫。……十月作舍，不利，凶。十一月作舍，亦凶，不吉。十二月作舍，有死亡不绝。……从立艮，大凶，平，先富后贫衰，不可居之，凶。

P.3281v 以五行金木水火土分五家，各言其家作屋吉凶之月和良、忌日：

> 土家：正月架屋吉，二月出孤寡，三月殃祸灭门，四月生贵子，五月、六月大富贵，七月出刑人，八月出贵子，九月出长史，十月有大富贵，十一月不吉，十二月宜子孙。
>
> 金家：正月架屋悬（县）官事，二月煞六畜及婢，三月大吉，四月富贵，五月宜子孙大吉，六月宜子孙，七月出刑人，八月出刑病

人,九月疾病,十月、十一月大吉,十二月祸至灭门。

木家:正月架屋出贵子,二月大穷耗、凶,三月大富贵,四月出贵子,五月益田宅富贵,六月祸至灭门,七月保子孙,八月煞长脾,九月卅年富贵,十月亦宜子孙,十一月多口舌,十二月破灭门。

火家:正月架屋悬(县)官事,二月多口舌,三月灭门,四月出贵子,五月、六月子孙吉,七月、八月出刑人,九月致灭门,十月大吉,十一月保子孙,十二月大富贵。

水家:正月架屋大富贵,二月宜子孙,三月祸致灭门,四月多恶口大舌,五月出子孙孤寡,六月祸致灭门,七月宜子孙,八月增财物大吉,九月祸致灭门,十月大吉利,十一月煞子孙,十二月大吉。

作屋忌日:癸巳、戊午、乙酉、戊寅、庚申凶。

其实,择时之俗贯穿建宅的全过程,P.3281vb还包括"治门忌日"、"治门良日";P2615a则记有"修灶日法"、"治故灶日法"、"五姓杂修造日法"等;P.3594也记有"推五姓祭祀修造月日法"。这些择日的方法中有可取的部分,但迷信成分居多,现在仍有些地方有这种习俗,应予摈弃。

(三)开基——宣读建宅文

P.3302vb:"选择形胜之地,凑日即便开基。"说明在选择吉地吉时之后,就要动手兴建房屋了。古敦煌人民在盖房之前,在破土动工之前需要举行一种仪式,即宣读建宅文。

建宅文不是主人自己宣读,而是由主持仪式的工匠宣读,所以有"伏愿部落使子父昆弟"等字样。工匠师傅主持完这种仪式,主人会酬报他,"祝愿已毕,请受春装,赏赐博士,美酒肥羊"。是说主人给工匠披上一件新的衣裳,并赏赐给工匠美酒和肥羊,这一仪式才算圆满结束。

接着开始动土。动土有如今日建宅初始动工前举行的破土典礼,动土之前要宣读动土文。

动土之后,就要正式建房了。先造哪间屋,后起哪间房,先后顺序也是不得有违的。P.2615《八宅经》:

干官生人作宅法:先向兑、艮上,便出宅,皈(归)来入震、兑造宅，即下阳一爻，为先次北屋，后南屋，名为兑家，生气，干。

坎宫人作宅法：先向干、离，便出宅，皈（归）来入巽，即阴一爻，次至北屋，先动艮土，一间，名曰巽宅。

艮宫人作宅法：先往震兑，便出，皈（归）来入坤、兑宅，即下阴一爻，次立南角二方，用上首，得合生气之宅。

震宫人作宅法：先往兑、离上，便出，皈（归）来入震，即下阴一爻，次立西舍，后立北舍，为离宅。次立东方，后立南，断手即是震家，生气。

巽宫人作宅法：先往北地，便出，皈（归）来入离，即下阳一爻，次立北，后立南，名离地，生气，巽，东南断手。

离宫人作宅法：先往坎、坤上，便出宅，然后皈（归）来艮、震，即下阳一爻，次立西舍，东北间名震宅，次立东北方，东南断手。

坤宫人作宅法：先往震、艮上，便出，后皈（归）来入兑，即下（后缺）。

以上记载是将人按八卦分为不同的命宫，并论述各命宫人作宅的方法：先入某两个方位造宅，造好这一间屋后，要出来，再回来进入到某一方位，继续造另外一间，最后于一方位停止造宅。"不同方位的造作顺序和出入的目的，在于凑成与命宫相生的卦象，也就是获得'生气'。"[①] 所谓"生气"，即命宫八卦本位卦之第三爻发生阴阳转变时所产生新卦之专称[②]。不同命宫的人，通过以上的建造步骤，所形成的新卦象相对应之八卦宅，就是宜作之宅，即"生气宅"，居之，人宅相生，否则就是祸害、绝命，则人将患疾、遭灾。

（四）上梁

修屋造房本身是一件大事，而梁是房屋的主件，因此在建筑房屋时，

[①] 余欣：《神道人心——唐宋之际敦煌民生宗教社会史研究》，中华书局2006年版，第184页。

[②] 陈于柱：《敦煌写本宅经中的八宅——"八宅经一卷"研究》，载郑炳林、花平宁主编《麦积山石窟艺术文化论集》，兰州大学出版社2004年版，第243页。

有非常隆重的上梁仪式。

上梁源自南北朝，当架竖屋梁时，要以食物犒劳工匠，并朗读颂词，众人将饼、钱等物向梁上抛洒。上梁首先要选好吉日时辰。通常人们认为上梁是作屋的"重头戏"，上好了梁，可以兴旺发达，利荫子孙。因此要选择"黄道吉日"，图个大吉大利。"今因良时吉日，上梁雅合周旋"（P.3302v），"辛酉、午（戊）巳之日立柱、架椽、盖屋，被灭（火）烧大凶。作屋良日及架椽、立柱用乙巳、乙卯日大吉"（P.3281v）。P.4680《占卜书》中也提道："造立宅舍富，上梁架椽凶。"此俗至后世也风靡不绝，明代郎瑛《续已编》载："诚意公过吴门，中夜闻撞木声，以向左右，曰某人上梁也……公曰：此日此时上梁最吉，家当大发。"闵文振《涉思志》也载："明南司寇余姚滑南廓营第邑之南赐，夜半将上梁，木工报以未及吉，公就冠带坐以待。"可见，如果上梁日是吉日的话，那就"吉日为人添喜，人借吉日威风"。

其次由工匠之长或伎人来唱诵主人的功德及交代修建之缘起，如前引P.3302v《维大唐长兴元年癸巳岁二十四日河西都僧统和尚依宕泉灵迹之地建龛一所上梁文》记载。同时还要称赞盖房的工匠师傅技赛鲁班，巧夺天工，除P.3302v记载外，P.4995v也载："并愿承斯福佑，极乐国内称扬。邓军使辕门纲纪，防危恒镇边疆。计略能过诸葛亮，机谋直迢（超）韩光。"因为工匠师傅们劳苦功高，因此主人会奖赏他们。对建宅过程中其他帮忙的人员也要大力赞扬，最后正式上梁。在徐徐上梁之时，"蒸饼千盘万担，一时云集宕泉。尽向空中乱撒，次有金钗银钱。"（P.3302v）就是说古敦煌民间上梁之时要以饼、钱抛梁。同时，来祝贺的亲朋好友还要一同唱祝贺歌在诵唱和祝愿声中结束上梁之庆典。

上梁之后，宅内还有一系列的配套设施需要修建，如开门、建灶、置井、安厕，还有水溪的流出，碓磨、栏枥的布置等，P.2615a都有介绍，此处不再一一赘述。

（五）安宅

按照敦煌民间建筑风俗的要求，在主人建筑好房屋以后，先行安宅之仪，即拜护宅神。S.6094《甲戌年正月二十二日洪润乡百姓高延晟祭宅文》：

维岁次甲戌正月己亥朔廿二日庚申，洪润乡百姓高延晟，谨以酒酌之奠，敬祭于宅神之灵……修治宅舍，不自觉□，[前犯]朱雀，后触玄武，左污青龙，右秽[白虎]，伏龙土苻（符），深有过失，今日屈请[宅神]，[一]厌已后，宅舍安宁……

除此之外，有的还要在新屋各处画上各种护宅神的符咒，形式多样，丰富异常，反映了人们各式各样的奇异的思想状态[①]。如贴在房屋四角的镇四角符、贴在门上的安门符、床符、室内符、桃木板符、床脚符等，据高国藩统计研究计有 18 种。人们认为这种种的符咒可以用来驱鬼逐疫，治病消灾。

从唯物主义观点看，符咒自然是道教宣扬的迷信观念，所谓的符咒也不过是暂时给人们以心灵安慰而不可能解决任何生活实践的骗人的鬼把戏。但是，也必须看到，它所以在敦煌民间建筑风俗中反映出来，除了说明古敦煌民间道教迷信盛行以外，还说明它利用了民间习俗、民间传统观念，糅合佛教，取得了人们的信任[②]。

其实这种安宅之俗到现在在农村依然非常流行，城市里也有，不过衍变为放炮、踩气球等。

（六）乔迁新宅、暖宅

当宅第竣工并安宅之后，就要乔迁新居了。当然，乔迁的时日必定是根据宅经或具注历日的规定，事先谨慎地拣选好的，类似于建宅择时，兹不赘述。

汉族人民在宅居上向来"安土重迁"，所以在新居落成迁居时也颇有讲究。迁居，俗谓之搬房子。P. 3281vb"初入宅法"记载："欲入宅，先以五谷遗户屋庭，宜子孙。入阴以寄（奇）月，入阳以偶月。第一，童女二人，一人擎水，一人举烛。童男三人，二人擎水，一人执烛。第二，牵羊。第三，牵黄牛。第四，二人擎案，案上着金宝器。第五，二人将釜，釜内着五谷。家长随后，带剑，后一人擎马鞍，子孙宅右并从。第六，二人持箱，盛缯彩绵帛。第七，二人持甑，甑内盛五种饭，家母带镜

[①] 高国藩：《敦煌民俗学》，上海文艺出版社 1989 年版，第 417 页。
[②] 同上书，第 427 页。

于心前，随后行。男女左右并从至门，次弟（第）而入，大吉。"这条材料展示了唐宋时代人们迁居入门时的风俗礼仪。这些入宅仪式的细节浓缩了人们对于幸福生活的热切希望和美好憧憬。

入宅之后还有所谓"暖宅"的习俗，亦称暖房、暖室、暖屋。暖宅是指庆贺新居落成的活动，这是一种古老的传统习俗。《诗经·小雅·斯干》篇就记载了宣王筑宫庙群寝，室成之后，设宴招待群臣，歌《斯干》之诗以欢乐之。王建诗中也称："太仪前日暖房来，嘱向朝阳乞药栽。敕赐一窠红踯躅，谢恩未了奏花开。"① 敦煌地区在新屋建成搬入新居时，也行暖宅之俗。S.6452c《壬午年酒破历》："十一月一日，李僧正铺暖房酒壹斗。"P.3691《新集书仪》中有《暖房相屈书》："某乙近迁漏（陋）居，都无准备，空酒一酌，望垂检校，即所望也。"谭蝉雪认为敦煌的暖宅有两种方式②，一种方式是佛俗，在新剧落成、迁入新宅时，举行一次斋会，在斋会中念诵入宅文，以祈福佑。P.2838入宅文记录如下：

> 厥今坐前斋主所申意者，奉为庆宅之福会也。惟公乃风兰播馥，月桂流（疏）芳；雅量超群，神才绝代。故能卜居胜地，以召功人，而成巧妙。宏规既就，胜叶（业）先崇；严丽闲（间）庭；建斯清供。香然百味，院起初烟；梵吼三天，经连四室。其宅乃阴阳合会，龟兆相扶；[八]卦吉祥，五笙（行）通利；四方平正，八表堪居。离、坎分南北之堂，震、兑置东西之室。左清（青）右白，妙惬乾坤；前朱后玄，雅合阴阳之道。召籽（梓）人于（以）构葺，日影红（虹）梁；专功力以削成，月晖珠柱。詹（檐）楹钻（攒）集，栋宇参差；玉砌争光，绮院竞色。现建功毕，祈合吉征。或恐惊动土功（公），轻触神将；凡力未[能]消伏，圣德方可殄除。故就新居，虔诚妙供。于是洒庭宇，严绮延（筵）；玉粒盈厨，芳馔宿设。邀摩利之首坐，会三界之净人；转念焚香，设斋祈福。以斯功德，无限胜因，总用庄严施主合门长幼等入宅已后：惟愿金龙绕宅，玉凤衔珠；地涌珊瑚，天垂玛瑙。四王持剑，斩䜣摩（魔）军；八部冥加，

---

① 《全唐诗》卷302，中华书局1960年版，第3444页。
② 谭蝉雪：《敦煌民俗——丝路明珠传风情》，甘肃教育出版社2006年版，第32页。

殄除鬼魅。人曾（增）益寿，各保长年；忧患消除，庆流后胤。千祥顿集，万福齐臻；七善资身，灾殃务廓。施主命同劫石，历千固（古）而不亏；娘子质比松筠，陵（凌）岁寒而不变。男贞女洁，子盛孙昌；皆含磊落之才，并有神姿之貌。然后四神欢怿，护客安人；五常（帝）喜忻，永无灾难。摩诃般若。

另一种是沿袭古代传统，迁入新宅后，邀请亲朋邻人至宅宴乐，亲友备礼祝贺。敦煌写本《新集书仪》：

暖房相屈
近离人眷，阻隔非遥，早经数旬，有阙言展。多幸得接光阴，每蒙周指。厶乙近迁漏（陋）居，都无准备，空酒一酌，忘垂检校，即所望也。不宣，谨状。
答书
吾贤千（迁）转高弟（第），深承获安。又闻梁尘清虚，雅妙华饰。厶乙所恨驱驱，不及频届贵居，勿弃屏愚，寻当款话。奉状不宣，谨状。①

赵和平指出，此书仪当流行于10世纪前期，即瓜沙曹氏统治时期②，并认为"从两封往来书札中可知，'暖房'是迁入新居后请人喝酒庆贺的活动"③。"暖房"之俗，在唐诗中也有不少记载。除前述王建《宫词》之外，还有《题元郎中新宅》："近移松树初栽药，经帙书签一切新。铺设暖房迎道士，支分闲院着医人。"④ 而且，S.6452《壬午年（982年）净土寺常住库酒破历》载："（十月）二十八日，周和尚铺暖房，酒一斗。十月一日，李僧政铺暖房，酒一斗。"这些资料都说明在唐代敦煌，暖房之俗相当风行。

---

① 赵和平：《敦煌写本书仪研究》，台北新文丰出版公司1993年版，第665页。
② 同上书，第684页。
③ 赵和平：《敦煌写本书仪略论》，载中国敦煌吐鲁番学会编《敦煌吐鲁番学研究论文集》，汉语大词典出版社1991年版，第593页。
④ 《全唐诗》卷300，第3412页。

（七）镇宅

人们在搬入新宅居住的过程中，如有异常现象出现，如家人生病、六畜不宁、出门不利、办事不顺等，则须请人念镇宅文，并行镇宅之仪。镇宅的目的是避邪，以便逢凶化吉。镇煞的方法很多，有用物镇的，如石头、石敢当、兽面镜、倒镜、八卦镜等；也有用符镇的，即用相应的符号来镇煞。

敦煌遗书中有许多镇宅的记录。如 S.4400《曹延禄醮奠文》就是当年镇宅的真实记录：

> 惟大宋太平兴国九年（984 年）岁次甲申二月壬午朔二十一日壬寅，敕归义军节度使特进检校太师兼中书令敦煌王曹，谨于百尺池畔，有地孔穴自生，市场水入无停，经旬亦不断绝，遂使心中惊愕，意内惶忙。不知是上天降祸，不知是土地变出？伏睹如斯灾现，所事难晓于吉凶，怪异多般……无处避逃，解其殃祟，谨择良月吉日，依法广备书符、清酒杂果、干鱼鹿肉、钱财米饣乍，是事皆新，敬祭于五方五帝、土地阴公、山川百灵一切诸神，以后伏愿东方之怪还其东方……今将礼单，献奉神王，祸灾成福，特请降筵。

镇宅时，要宣读镇宅文。S.2717《镇宅文》运用典雅的敦煌民间赋体的四六骈文，书写镇压一切妖魔鬼怪，宅舍安宁之意：

> 惟愿邪摩（魔）恶鬼，併（屏）迹人寰；魑魅妖精，潜藏地穴；役（疫）毒休行，吉祥咸集；年元（无）九横，月去三灾；大众清宜，尊卑纳庆；门来善序（述），宅纳吉祥；风绕宝和，林□天服，仓盈金玉，库积琼珠；宅富人兴，永安千载。……是以契阴阳而会合，克八卦以相扶。龟《易》占而吉祥，五兆补而应端。其宅乃四方平正，八表堪居，离坎分南北之堂，震兑列东西之位。左青右白，能引乾坤之规；前朱后玄，雅合阴阳之气。故能罢严佛像，列席新庭，炉焚六铢，厨荣（营）百味。……

此中"仓盈金玉，库积琼珠；宅富人兴，永安千载"还代表着世世代代敦煌贫苦农民的梦想。

敦煌写本宅经中记录了敦煌地区种种求吉趋福、避恶镇邪的镇宅方法。

1. 用石头镇宅

  镇宅法第六，用石。……凡居宅不利多有疾病，但以石九十斤镇之鬼门中吉。(P.4667va)

  凡人居处不利，有疾病逃亡耗财，以石九十斤镇鬼门上大吉利艮是也。人家居宅以来，数亡遗失，钱不聚，市买不利，以石八十斤镇辰地大吉。居宅以来数遭兵乱□口舌，年年不饱，以石六十斤镇大门下，大吉利。(P.3594)

2. 用豆、米镇宅

  南方以黑石一枚，重十一斤，大豆一升，埋南墙下大吉。东方以白石一枚，重十二斤，白米一升，埋东墙下大吉。西方以赤石一枚，重十斤，赤小豆一升，埋西墙下大吉良。……(P.4667va)

3. 用雄黄、朱砂、桃板镇宅

  北方以雄黄五两，黍米一升，埋北墙下大吉良。……桃板九斤，朱沙（砂）射书。已上用方镇之，宜人及下钱六畜财物等，人世世安乐吉庆，无人病痛死亡大吉利。(P.4667va)

  凡人家虚耗，钱财失，家口不健，官职不迁……用雄黄五两，朱沙（砂）五两神□门者……令人宅家（安）。(P.4522va)

  凡人家镇宅造作者，书此神等姓名桃板上，奏本位，本位地上大吉。

4. 用符咒镇宅

  凡人家宅不安，朱书此符，皆长一尺二寸，以一丈竿子头县

（悬）之庭中，皆令大吉。（P.2615a）

图 2　镇宅符咒

主人比年以来婴［患］，唯言宅舍虚耗，龙神不定，今看吉日，依人之道，如法书符，安置宅中，备具周迎，愿神符护［佑］，宅宇所从如愿，宅生金光，善神拥护，七珍具足，即知圣神之恩。（主人再拜，［沥］酒添香）。（P.2624v）

人们借助于这些东西来镇治各种难以名状的神煞鬼怪，这显然是在人类征服自然的能力有限的情况下，一种追求吉祥心理的表现。其实，这些镇物和镇符，并没有真正意义上的建筑学功能，只不过是满足人们的心理需求而已。

除了上述镇宅方法之外，敦煌遗书中还载有种树镇宅之法。P.2615a：

凡宅东无有青龙及南流水，种青桐八根。宅西无白虎巷门大道，［种］梓树九根。宅南无朱雀洿池，种枣树七根。宅北［无］玄武丘陵，种榆［树］六根，应吉。桃木者百木之恶，种舍前百鬼不入舍。榆木者百木之少府，种之于舍后，令人得财，一名谷树。枣者百木之使，种之舍前吉。槐树，百木之丞相，种之门前蓬庭，［令］人家富贵宜仕官。李者百木之使，种之舍前，出贵子。

P. 2661：

> 凡种树，东方种桃九根，西方种槐九根，南方枣九根，北方榆九根。依此法，宜子孙，大吉利，富贵。

由此可以看出，这种镇宅之法不仅可以利用各种树木所具有的象征意义以消除人们心理上对既定宅势不足的忧虑，更重要的是多种多植，长此以往地处西北荒漠的敦煌的生态环境会在根本上有所改观。可见，敦煌本宅经对中国传统的一些宅法不仅有继承，而且还根据本地区的客观现实进行必要的创新，以便更好地满足当地的实际需要①。

三 敦煌建宅仪式与相关文学

从以上可看出，对于一个家庭、一个组织来说，房屋，并不仅仅意味着具有现时的、功利的功能，而更多的功能是连接过去与将来，把炫耀夸饰与威慑恐吓混为一谈，所谓顺天承运但也企图接天连地，希望因为房屋而成为实在，将来因为房屋而触手可及。这样，建造房屋以及与房屋有关的一系列行为，就成为人与自然、社会、群体的一次神圣的交流，一场严肃的仪式，它关涉的是一个家庭、一个组织的命运，是一场人企图扼制失败、乞求天佑的战争。"自此上梁之后，高贵千年万年。"如是，人，不管富裕，还是贫穷，都将穷尽所有为自己的栖居、为明天而投入赌注——物质的、精神的。而由此形成的仪式就更加精细、更加繁复、更加盛大，一句话更具有表演性和文学性。

实际上，这样的仪式形成了一个或大或小的戏剧舞台：每一个人都是表演者，从类似巫，甚至就是巫的阴阳先生（今天的主持人、司仪）到工匠，从房屋的主人到看客；每一个人又都是诗人，他们应和着仪式的过程性需求，发出自己应该发的"台词"，从一个没有意义的虚词到具有实在意义的句子。在这样的舞台上，文字——历来被认为具有泣鬼神之魔力的文字，自然将被发挥得淋漓尽致。咒语、乞祷文、许愿文……所表达的是愿望、恐惧、恐吓，所展演的模仿、行动等戏剧性情节，所具有的共同

---

① 陈于柱：《敦煌宅经校录研究》，民族出版社 2007 年版，第 23 页。

精神则是文学精神。

进一步讲，一方面仪式中的这些文本涵盖了人对于美好明天的乌托邦想象和实现这一想象的途径，如 P.3302v："愿我十方诸佛，亲来端坐金莲。荐我和尚景佑，福祚而（如）海长延。应是助修之辈，见世总福田。诸族六亲内外，永同瑶阁神仙。炖（敦）万人休泰，五稼丰稔龙川。莫在（怪）辞多蹇讷，岁时犹望莺迁。自此上梁之后，高贵千年万年。"另一方面，正因为是想象之言，所以其修辞都竭尽夸张之能事，"五郎（郡）英傢（豪）并在，一州士女骈阗。蒸饼千盘万担，一时云集宕泉"。而更有趣的是，叙事、描写与抒情的结合"百尺池畔，有地孔穴自生，市场水入无停，经旬亦不断绝，遂使心中惊愕，意内惶忙。不知是上天降祸，不知是土地变出？伏睹如斯灾现，所事难晓于吉凶，怪异多般……无处避逃，解其殃祟"，谁又能说，这段文字不是文学，不具备天问般的文学品质呢？

农耕文化岁时节日仪式与敦煌文学*

陈 烁

岁时节日民俗是指某一区域的社会群体,在一年的某一特定日期所举行的具有自发性、集体性和礼仪性的活动。这些特定日期就是岁时节日,它们往往受特殊的天象、物候、信仰等因素的影响而形成。敦煌文学中保存了非常宝贵的与农耕文化相关的各类岁时节日材料,笔者将以这些材料为基础,结合各类岁时节日的起源以及敦煌地区的历史状况,通过分析它们与相关敦煌文学作品题材、内容、风格等因素的关系,以揭示这些文学作品的撰写背景、用途及其与相关仪式文化的关系问题。

一 敦煌节气诗及其仪式文化背景

岁时节日与一年的二十四节气虽然不一定有直接承接关系,但二者在文化渊源方面的确有不少难以分割的地方。这是因为,岁时节日与节气文化都与古人的时间观念有关,二者都随着时间的推移而循环流转,有些节气如立春、冬至甚至是岁时节日的一部分。因此,笔者从岁时民俗的角度探讨敦煌文学与仪式文化的关系问题,从长期流行于敦煌地区的《二十四节气诗》开始是比较合适的。

敦煌遗书中,有两件完整的歌咏节气文化的通俗诗,其一为 P.2624《卢相公咏廿四节诗》,标题为原文所有。其二为 S.3880《咏二十四气

---

* 本文是教育部人文社会科学研究规划基金项目(项目编号:10YJA751010)阶段性成果。原载于《甘肃理论学刊》2012 年第 5 期。

诗》，原文没有标题，写卷后记云："甲辰年夏月上旬写认，元相公撰，李庆君书。"据此可知此诗为"元相公"所写，并拟题为"咏二十四气诗"。这是考察隋唐时期敦煌地区节气文化与相关文学状况的重要材料，如其中咏"立春"、"雨水"两首云：

> 春冬移律吕，天地换星霜。冰伴游鱼跃，和风待柳芳。
> 早梅迎雨水，残雪怯朝阳。万物含新意，同欢圣日长。
>
> 雨水洗春容，平田已见龙。祭鱼盈浦屿，归雁□山峰。
> 云色轻还重，风光淡又浓。向看入二月，花色影重重。

这些诗以时间的推移为线索，分别歌咏二十四节气的物候变化及相应的自然风光，颇有中古田园诗的风味。对于有些转换作用比较明显、对人们日常生活影响较大的节气，作者还不忘提醒一些重要的注意事项。如歌咏年末的"小寒"、"大寒"诗云：

> 小寒连大吕，欢鹊垒新巢。拾食寻河曲，衔柴绕树梢。
> 霜雁延北首，鸲雉隐蒙茅。莫怪严凝切，春冬正欲交。
>
> 腊酒自盈樽，金炉著炭温。大寒宜近火，无事莫开门。
> 冬与春交替，星同月俱存。明朝换新律，梅柳待阳春。

所谓"大寒宜近火，无事莫开门"，即是提醒人们注意避开深冬的寒气，等待阳春的到来，这与古人阴阳消长观念和养生思想有关。对于这些节气诗的文化价值和社会作用，高国藩曾经指出："敦煌民间这种每逢节气咏节气诗的风习，是一种良好的自我教育与自我娱乐，有利于增长知识，活跃生活，也是淳朴民风的体现。"[①] 这些诗歌在描写自然景物的同时，也加深了人们对于各个节气的认识，可以说融艺术性与实用性为一体，无疑有利于节气知识的传播。

在一年的二十四节气中，进入11月以后的几个节气，处在阴阳交接

---

① 高国藩：《敦煌民俗学》，上海文艺出版社1989年版，第481页。

的关键时期,气候变化十分明显,对人们的生产和生活的影响也最大,所以有些特殊的风俗也产生在这一时期。敦煌写卷 P.5755《杂抄》云:"冬至之日,阳爻始动,万物生芽……是以贺吉,不灰凶。"敦煌写卷 P.4017《咏九九诗》以及《九九消寒图》便是敦煌地区进"九"以后的"贺吉"风俗的明显体现,如其中咏"四九"和"七九"之诗云:

> 四九寒风不掩心,鸟栖犹自选高林。
> 参没未知过半夜,平明辰在中天心。
>
> 七九黄河已半冰,鲤鱼惊散滩头行。
> 喜鹊衔紫巢欲垒,去年秋雁却来声。

从上引诗句可知,诗歌虽然一方面据实对严冬的景物进行描写,另一方面也尽量传达一种吉庆、乐观的气氛,鼓励人们打起精神度过漫漫寒冬。这与上引《二十四节气诗》的内容有相似之处,但在用途上又有细微的差别,要之均与源远流长的节气文化紧密相关。因此,要考察节气诗的起源,不能不对节气文化的起源做一个简略的追溯。

二十四节气的形成,与中国久远的农耕文化传统密切相关。由于农业耕作的需要,所以古人很早便根据朴素的天文学知识,结合既有的农耕经验,对一年中季节变迁规律和物候变化现象进行观察和总结。今传《大戴礼记》中的《夏小正》,便是已知的关于上古历法与节气的最早记录,之后《吕氏春秋》中的《十二纪》和《小戴礼记·月令》、《淮南子·时则训》即是在此基础上发展而来,这些文献可以统称为"月令文献"。在节气知识尚未形成文本的远古时期,人们凭借某些神圣的信仰和现实的需要谨慎使用这些知识;而随着社会的发展和国家的形成,特别是以农耕经济为基础的国家政权出于对历法和节气的重视,便将原本朴素的民间节令知识升格为一种强制规范,"明堂月令"制度即是由此而来。《孟子·梁惠王下》云:

> 夫明堂者王者之堂也,王欲行王政,则勿毁之也。[①]

---

① 焦循:《孟子正义》,中华书局1987年版,第132页。

孟子所谓实践"王政"的明堂政令，其实包含一项非常重要的内容，即《大戴礼记·明堂》所谓"明堂月令"，北周卢辩注云："于明堂之中，施十二月之令。"可见"月令"制度是"明堂"制度的重要组成部分。

对于《礼记·月令》的成书时间及其真伪问题，近代学者顾颉刚曾认为"《月令》所记，全为明堂布政之事，而明堂布政实始于新莽"[①]，故而认为《月令》也作于王莽时期。然而《周礼》、《左传》、《逸周书》均有关于明堂制度的记载，因此要说"月令"制度纯属个人的伪造，恐怕令人难以遽信。从"明堂月令"到岁时民俗的转变有一个缓慢的过程，其间年深月久加上政权的转移和朝代变迁，各种民间信仰和原有的政治规约结合在一起，慢慢转化为一种生活习俗，因此岁时民俗与节气文化实际是一种同源异流的关系。对此，李道和曾有比较准确的概括：

> 从总体上看，月令文献既反映了其编定成书以前有关的岁时民俗，也是成书以后的岁时民俗的直接源头。岁时民俗就脱胎于月令文化以及与月令有关的礼仪文化，月令文化是岁时民俗整体起源的直接前提。从"时令"到"时俗"的转化过程，也就是岁时民俗从前形态到基本成型的过程。[②]

但是，"月令"制度之所以在较长时期之内具有如此巨大的影响力和号召力，并对后来的中国民俗文化产生如此深远的影响，却不仅仅是因为王权政治的推动，还与上古先民的原始宗教信仰有关。如上所述，节气文化与先民时间观念的成熟和上古天文学的发展有密切关系。但在时间观念的发展过程中，"敬时"与"敬天"思想紧密相连。在"君权神授"的思想支配下，王权统治者往往通过对历法的控制来体现"天命"的权威，所以"观象授时"就成了王权统治的重要任务。《尚书·尧典》记载帝尧即位后的重大政治举措之一，即是：

---

① 顾颉刚：《中国上古史研究讲义》，中华书局1988年版，第205页。
② 李道和：《岁时文化与古小说研究》，天津古籍出版社2004年版，第11页。

> 乃命羲和，钦若昊天，历象日月星辰，敬授人时。①

"敬授人时"乃是"允厘百工，庶绩咸熙"的重要前提，于此可见季节时令的明确对于社会生产和政治秩序之重要。统治者对于天文知识的把持和天文活动的控制，不但有利于对社会生产活动的管理，而且也有利于对其他部落和普通民众的控制。

与"敬授人时"紧密相关的，就是"观象授时"仪式。过去学者对于《尚书·尧典》所记天文活动的真实性曾有所怀疑，但近年山西襄汾陶寺观象祭祀遗址的发现和考古学者的相关研究成果表明，历史上大量关于"观象授时"活动的记载并非毫无依据②。有学者甚至认为，陶寺观象遗址的发现标志着我国上古公共权力的形成和国家的起源③。特别值得注意的是，陶寺观象遗址的发现表明，观象活动和祭祀活动紧密相连，这是"授时"活动曾有某种神圣庄严仪式的标志。由于年代久远，"授时"仪式的具体过程和细节已经难以考见，但今传《夏小正》和《礼记·月令》等重要文献仍然为我们推测上古"授时"仪式提供了重要线索。近年韩高年通过对《夏小正》成书年代和文本结构的重新考察，认为《夏小正》就是夏代颁布时令的"授时"仪式上的"仪式诵词"，并进一步分析认为，以《夏小正》为代表的月令类仪式韵文，对后世农事诗的"依时叙事"结构模式和"以象系事"表现模式均产生了深远影响④。

上引敦煌写卷中的《二十四节气诗》和《咏九九诗》在结构模式方面完全符合这两个特征。首先，两诗均是"依时叙事"，即以时间的推移为基础，依次对相应季节里的物候和农事活动进行描述。如《二十四节气诗》，即是以时间为顺序，依次对"立春"、"雨水"、"惊蛰"、"春分"、"清明"、"谷雨"等节气进行歌咏，表现出一种时间上的井然有序

---

① 孙星衍：《尚书今古文注疏》，中华书局1986年版，第10—12页。
② 何驽、严志斌、王晓毅：《山西襄汾陶寺城址发现大型史前观象祭祀与宫殿遗迹》，《中国文物报》2004年2月20日；《山西襄汾县陶寺城址发现陶寺文化大型建筑基址》，《考古》2004年第2期。
③ 赵瑞民、郎保利：《观象授时与中国文明起源——从陶寺观象祭祀遗迹谈国家起源时期公共权力的形成》，《晋阳学刊》2005年第1期。
④ 韩高年：《礼俗仪式与先秦诗歌演变》，中华书局2006年版，第141、153、155页。

和内在的和谐节奏。《咏九九诗》则更是纯粹以时间作为诗的起兴，分别以"一九"、"二九"、"三九"等时间序列开头，在此基础上来展开景物的描写和情感的抒发。其次又是"以象系事"，即以特定时令和季节性物候起兴，来展开诗歌的状物和抒情。如《二十四节气诗》中，就分别以"绿沼莲花放，炎风暑雨清"和"桂轮开子夜，萤火照空时"作为"芒种"和"大暑"两个节气的物候象征，可谓鲜明而又生动，很能引发人对于时间和季节的丰富想象。

因此，可以说两诗无疑是上古月令文化长期影响下的产物。这些歌咏节气的诗歌虽然在状物、抒情方面显得普通、平常，但又不同于一般的通俗诗，因为它们在平凡的叙事与抒情之中，表达了自古相传的时序心理，根植的是古老而又神圣、庄严的"授时"仪式，因此可以说它们既是"大俗"，又是"大雅"的。

二 寒食节墓祭仪式与相关诗文

寒食节与清明节在时间上比较接近，并且节日风俗有相似之处，但从相关文献记载来看，寒食节在唐代的影响更大一些，清明节则包括在寒食节之中，还没有完全独立出来。关于寒食节的时间，据《荆楚岁时记》记载："去冬节一百五日，即有疾风甚雨，谓之寒食。禁火三日。"清明则为春分后十五日，也就是寒食后一两日，所以一般情况下清明节往往是包括在寒食节之中的。虽然自汉代以来我国节气文化中就有"清明"这一节气，但节气与节日又有所不同，杨琳曾经指出："节气只是季节时序的标记，而节日则要有一定的庆祝纪念及相应的仪式习俗"，并认为墓祭习俗乃是"清明节产生的社会基础"①。寒食与清明节比较重要的就是墓祭活动和祭祖仪式，此外还有相关的出游、宴饮活动等。

在扫墓祭祀活动的过程中及其前后，人们触目伤怀，自不免形诸笔端，所以唐代文学中留下了不少与寒食、清明相关的文学作品，如王建《寒食行》就是对寒食扫墓情形的生动描绘。

> 寒食家家出古城，老人看屋少年行。丘垄年年无旧道，车徒散行

---

① 杨琳：《中国传统节日文化》，宗教文化出版社2000年版，第211、215页。

入衰草。牧儿驱牛下冢头,畏有家人来洒扫。远人无坟水头祭,还引妇姑望乡拜。三日无火烧纸钱,纸钱那得到黄泉。但看垄上无新土,此中白骨应无主。①

敦煌写卷中也有一些与寒食、清明相关的文学作品,尽管其艺术水平不如一些著名诗人的诗作,但其对寒食祭祀活动的描述和所抒发的感情,也自有其特色。如其中 P. 3211 云:

> 身如破皮袋,盛脓兼裹骨。将板作皮裘,埋入深坑窟。
> 一入恒沙劫,无由更得出。除非寒食节,子孙冢旁泣。

此诗写得简单朴素,内容以感叹人生无常,以及人在死后孤独无助的命运为主;对埋葬情况的叙述,则似乎暗示了死者的家境并不富裕。另外一首也与此类似,P. 3418 云:

> 独守丘荒界,不知春夏秋。但知坟下睡,
> 万事不能忧。寒食慕边哭,却被鬼耶由。

这是一首五言白话诗,"慕"为"墓"的代字,"耶由"即"揶揄"。这首诗表面上看似乎更为轻松幽默一些,写墓主死后的安息和解脱,但反映的却是诗人对于人生忧患的默默感叹。上举二诗,都与敦煌地区的寒食节墓祭风俗与墓祭仪式有关,虽然这些诗歌不是在仪式活动上使用,但无疑与寒食墓祭活动有着紧密的关系。

此外,敦煌写卷 P. 3608 卷背面还载有一首长诗《寒食篇》,诗歌不但介绍了寒食节的起源、时间,还对唐代洛阳寒食节的风俗进行了细致描绘:

> 天运四时成一年,八节相迎尽可怜。秋贵重阳冬贵腊,不如寒食在春前。禁火初从太原起,风俗流传几千祀。筭(算)取去年冬至时,一百五日今朝是。今年寒食胜常春,惣缘天子在东巡。能令气色

---

① 《全唐诗》卷 298,第 3374 页。

随河洛，到（倒）觉风光竞逐人。上阳遥望青春见，洛水横流绕城波。殿上楼台列岸明，风光所吹皆流遍。画阁盈盈出半天，依俙（稀）云裡见秋千。来疑神女从云下，去似恒（姮）娥到月边。金闺待看红妆早，先过陌上垂阳（杨）好。花场共斗汝南鸡，春游遍在东郊道。千金宝帐缀流苏，簸环还作锦筵铺。莫愁光景重窗暗，自有金瓶照垂珠。心移向者游遨处，乘舟欲骋凌波出。池中弄水白鹇飞，树下抛毬彩莺去。别殿前临走马台，金鞍更送彩球来。球落画楼攀柳取，枝暖香径踏花回。良辰更宜三月，能成昼夜芳菲节。今夜无明月作灯，街衢游赏何曾歇。南有龙门莿洛城，车马倾都满路行。纵使遨游今日罢，明朝上（尚）自有清明。

从诗歌内容来看，依次描述了洛阳寒食节中画阁荡秋千、花场斗鸡、郊外春游、簸环赌博、飞舟弄水、树下抛球等游戏活动，可见当日寒食节的确热闹非凡。对于诗中所谓"东巡"的天子，谭蝉雪根据《资治通鉴》、《旧唐书·代宗本纪》以及敦煌写卷 P.3608 等文献记载，认为"此天子应是代宗"[①]。此诗不见于《全唐诗》，它在敦煌遗书中的出现，不但说明其流传较广，更说明敦煌寒食节风俗与中原地区有着千丝万缕的联系。

要更好地理解上引几首诗歌的民俗文化内涵，有必要对寒食节的起源演变，及其仪式文化背景做一番较为细致的考察。对于寒食节的起源，大概有三种说法，较早的一种认为寒食节起源于介子推焚死传说，此说流传很广。《艺文类聚》卷 3 引桓谭《新论》云：

> 太原郡民，以隆冬不火食五日，虽有病缓急，犹不敢犯，为介之推故也。

这说明介子推传说与寒食节相关习俗，至少在两汉之际即已在太原地区流行。此外《后汉书·周举传》亦载：

> 太原一郡，旧俗以介子推焚骸，有龙忌之禁。至其亡月，咸言神

---

① 谭蝉雪：《敦煌岁时文化导论》，台北新文丰出版公司 1998 年版，第 125 页。

灵不乐举火，由是士民每冬中辄一月寒食，莫敢烟爨。

这是汉顺帝永建或阳嘉年间的事，但是《后汉书》所记寒食节的时间，与《荆楚岁时记》所记在"去冬节一百五日"所记明显不同，这说明寒食节的日期在后世还有所变更。敦煌写卷 S.6537 卷背《郑余庆书仪》对于寒食节的记载则云：

> 寒食禁火为介子推投绵上山，怨晋文帝，帝及（乃）禁（焚）山，子推抱树而死。文公乃于太原禁火七日，天下禁火一日。

这虽然有对"寒食禁火"的记载，但却没有提到寒食节的具体时间。此外 P.2721 亦只是解释寒食"断火"的原因，没有对寒食节的时间做出说明：

> 寒食断火何谓？昔介子推在覆釜山中，被晋文公所烧，文公收葬，故断火，于今不绝。

以上两条记录，足以说明寒食节起源于介子推之死的传说在敦煌地区是流传很广的。虽然此处没有对于寒食节时间的明确记载，但根据其他敦煌写卷中寒食节有祭祀活动的记载，可知其时间大致在清明之前不久。总而言之，寒食节起源于介子推焚死传说在唐代是极为流行的，唐人卢象所写《寒食》诗亦可为一证："子推言避世，山火遂焚身。四海同寒食，千秋为一人。深冤何用道，峻迹古无邻。魂魄山河气，风雷御宇神。光烟榆柳灭，怨曲龙蛇新。可叹文公霸，平生负此臣。"①

但是，对于寒食节源于介子推焚死传说，很早就引起了学者的怀疑，因为在早期的《左传》、《史记》等书中，并没有关于介子推"割股"、"焚骸"的记载。因此自唐末以来即有不少学者根据《周礼》等书记载，认为寒食节起源于古代的"改火"礼制。如《周礼·夏官·司爟氏》云："掌行火之政令，四时变国火，以救时疾。"《周礼·秋官·司烜氏》亦云："仲春以木铎修火禁于国中。"故唐末李涪在《刊误》卷上"改火"

---

① 《全唐诗》卷122，第1221页。

条中引《论语》"钻燧改火"章为据,认为寒食禁火源于钻燧改火,与介子推传说无关。南宋罗泌在《路史发挥》卷1《论燧人改火》中也力主寒食源于禁火礼制,与介子推之事无涉。现代学者李宗侗将中国的寒食与改火节俗和古希腊风俗联系起来,他认为古希腊的"每年重新燃火,即我国古代所谓'改火'";"后人对寒食之说,去古已远,不能了解,遂附会到介子推身上。其实改火、寒食的制度,较古不知若干年也"①。此后裘锡圭综合历代史籍有关改火、烧山、焚烧牺牲等民俗记载,对"寒食"与"改火"的关系进行了更进一步的论证,②使得寒食节起源于"改火"风俗之说更加完善了。但是,寒食"改火"习俗又是如何与墓祭活动相关联,其间又经历了一个怎样的发展演变过程?其中还有不少问题值得进一步探索。

实际上,早在80年前,钱穆即对介子推焚死传说中的地望问题进行过探讨,指出介子推传说中的"焚山"事象可能与神农氏有关:

> 窃疑汉魏以来相传焚山之事,即自古烈山氏之遗说也。古之稼穑,其先在山坡,以避水潦,烈草木而火种曰菑畬,故神农氏又称烈山氏。后既以烈山为厉山界山,乃误及于介之推,因以炎帝之"烈山",误传为介推之"焚山"也。③

在古史传说中,炎帝号神农氏,又称大庭氏。《初学记》卷9引谯周《古史考》云:"大庭氏,姜姓,以火德王,故号曰炎帝。"大庭氏既为炎帝,那么,寒食节的禁火以及介子推的焚死传说则可能与之有一定关系。《路史》卷29《国名纪六》云:"介,之推先国,即汾之介休。"王献唐进一步指出:

> 炎族以画名地者,字亦作界,界介通用,初文正当为介,介在春

---

① 李宗侗:《希腊罗马古代社会研究序》,载《中国古代社会新研》,开明书店1948年版,第17页。
② 裘锡圭:《寒食与改火——介子推焚死传说研究》,《中国文化》总第2期,三联书店1990年版;后收入作者《古代文史研究新探》,江苏古籍出版社1992年版,第524—554页。
③ 钱穆:《周初地理考》,《燕京学报》1931年第10期。

秋为东夷国……东夷固炎族名，以介为名，尤其确证也。①

所以王先生认为，介子推是"以介为氏者也"。由于炎帝神农氏与上古农业文化的深切关系，所以启发一些学者从新的角度对介子推传说进行研究，如法国学者康德谋即认为寒食与春季的焚畋及祈雨巫术有关，日本学者中村桥则认为介子推是祈雨仪式中被焚的巫觋②。近年李道和综合相关文献，对寒食与改火、禁火相关习俗及其演变问题进行深入考察，特别是对介子推传说中的雨旱意象、介子推立枯与暴巫求雨仪式、介子推焚骸与焚巫求雨仪式几个环节的细致研究，从而总结说：

  仔细分析寒食习俗和介子推传说，可以发现它们都是以求雨礼俗为载体的农耕文化的产物。农耕文明中的求雨礼俗，应是产生寒食习俗及介子推传说的背景和根源。③

也就是说，寒食节相关习俗实际上是起源于上古农业文明中的求雨仪式。对于介子推"焚骸"以及文公收葬之说，作者认为是与古人"葬骸求雨"活动有关。《管子·度地》云："春不收枯骨朽脊，伐枯木而去之，则夏旱至矣。"再结合《周官·冢人》等记载，则可以推论寒食节墓祭风俗的起源：

  （周代）即使没有墓祭，也有葬骸，而且在周代仲春礼仪中，司煊氏既要施行火禁，又要掩埋野骨，其时的葬骸本来和禁火一样是求雨之举。《管子》以来的收骨避旱俗信，也是出于同样的背景。结合古代上陵墓祭礼仪的逐步生成，我们可以推知墓祭正有可能跟葬骸求雨有关，也就是说，求雨是关系到农业收成甚至政治稳定的大事，而求雨要葬骸祭魂，这一墓祭也就渐成风习。④

---

① 王献唐：《炎黄氏族文化考》，齐鲁书社1985年版，第342页。
② 参见杨琳《中国传统节日文化》，宗教文化出版社2000年版，第187页。
③ 李道和：《岁时民俗与古小说研究》，天津古籍出版社2004年版，第59页。
④ 同上书，第94页。

李道和对于寒食节起源的研究,很好地解释了寒食习俗与墓祭活动的关系问题,对于我们理解历代与寒食节相关的诗文作品及其仪式文化背景也有很大的帮助。

当然,墓祭活动与寒食习俗并不是一开始就紧密联系在一起的。寒食期间的墓祭活动可能在此前已经流行了一段时间,到了唐玄宗时期才被正式编入"五礼"。史载唐玄宗曾颁布《许士庶寒食上墓诏》:

> 寒食上墓,礼经无文,近代相传,浸以成俗。士庶有不合庙享,何以用展孝思?宜许上墓拜扫,申礼于茔。南门外奠祭,撤馔讫,泣辞,食馔仍于他处,不得作乐。仍编入五礼,永为常式。①

由于有了帝王的推许,可以想见此后寒食节墓祭之风必将更为流行。从玄宗颁布的诏书可以看出,寒食墓祭活动还被赋予了"合庙享"、"展孝思"的另一种文化意义,这也是农耕文化中的重要内容。

前文所引敦煌遗书中有关寒食节的诗歌以及对于寒食节来源的相关记述,正是根植于这样的文化背景之中。如上所述,寒食节之起源,本与上古农耕文化的若干环节及相关民俗信仰有密切关系,又于后起的扫墓祭祀活动中增加一重"尽孝思亲"的动力,无怪乎即使地处河西内陆的敦煌地区民众,也衣被其风而于寒食之节祭祖思亲,并偶尔自作歌诗以抒发哀戚之情。

三 七夕"乞巧"仪式与七夕诗词

在我国的各种岁时节日中,"七夕节"可谓一个神秘、悠久而又富有生活气息的节日。"七夕节",也叫"乞巧节"或"女儿节",在中国农历七月七日这天,传说当晚牛郎织女在喜鹊搭建的桥上实现一年当中唯一的一次会面,民间各类女性也在当晚举行各具特色的"乞巧"仪式和乞巧活动。"七夕节"与牛郎织女的爱情传说有关,也是农耕民族社会文化心理的深刻反映,因此几千年来一直流传不衰,历朝历代也留下了不少与此相关的各类文学作品。

---

① 《全唐文》卷30,中华书局1983年版,第341页。

在我国最古老的诗歌总集《诗经》中，就有了关于"牛郎织女"故事的作品。《诗经·小雅·大东》云：

> 维天有汉，监亦有光。跂彼织女，终日七襄。
> 虽则七襄，不报成章。睆彼牵牛，不以报箱。

诗中将"织女"和"牵牛"对举，已具备后世"牛郎织女"故事的雏形。班固《西都赋》对此也有所涉及："临乎昆明之池，左牵牛而右织女，似云汉之无涯。"虽然赋中句子描述的是汉代长安南郊昆明池的景观，即昆明池上的牵牛和织女塑像，但也反映了"牛郎织女"故事在当时社会上的流传及其影响。与此相比，《古诗十九首》对于这一故事的描述与抒写就更为深致凄婉了，其中的《迢迢牵牛星》曰：

> 迢迢牵牛星，皎皎河汉女。纤纤濯素手，札札弄机杼。终日不成章，涕泣零如雨。河汉清且浅，相去复几许。盈盈一水间，脉脉不得语。

这样的一种景象描绘和情感抒发，反映了当时牛郎织女故事已经更加完整和丰富。至于到了诗歌艺术更加成熟和发达的隋唐时期，描写"七夕节"和"牛郎织女"爱情故事的诗篇就更多了，如晚唐诗人杜牧的《秋夕》就是对"七夕节"温馨场景的形象描绘："银烛秋光冷画屏，轻罗小扇扑流萤。天街夜色凉如水，卧看牵牛织女星。"

与此相关，敦煌遗书中也有一些关于"七夕节"的诗文作品。如S.1497《曲子喜秋天》，就以一夜中从"一更"至"五更"的时间变化为线索，对少女们在七夕之夜彩楼祷祝的情况及其心理过程进行了详细的描绘，如其中描写"三更"、"四更"词句云：

> 三更女伴近彩楼，顶礼不曾休。佛前灯暗更添油，礼拜再三灸。频女彩楼伴，烧取玉炉烟，不知牵牛在哪边，望作眼睛穿。
> 四更换（缓）步出门听，直是到街庭。今夜中不见流星，奔逐向前迎。此时难得见，发却千般愿，无福之人莫怨天，皆是上（少）因缘。

少女们结伴在彩楼祈祷，等待着牛郎的出现，但最终却无果而终。这一等待的过程，写得曲折缠绵，深挚婉转。另外 S.2104 还记载了一位在敦煌的侨居者在"七夕节"写给金光明寺僧人道清的信函及其赠诗，其七言赠诗云：

> 七夕佳人喜夜晴，各将花果到中庭。
> 为求织女专心座，乞巧楼前直至明。

其五言赠诗云：

> 乞巧望天河，双双并绮罗。
> 不犹针眼小，只要月明多。

从内容上看，这两首诗不侧重于"牛郎织女"的爱情故事，而更侧重于"七夕节"当晚各类女性的"乞巧"活动。那么，什么是"乞巧"？"乞巧"与"七夕"和"牛郎织女"又是怎样的关系？要解开这些谜团，必须对敦煌七夕"乞巧"活动与中原风俗的关系，以及"牛郎织女"传说的起源演变做一番较为细致的考察。

对于唐代敦煌地区"七夕节"的内容和形式，敦煌遗书中也有相关记载。写卷 S.5755《杂抄》云："七月七日何谓？看牵牛织女，女人穿针乞巧。又说：'高辛氏小子其日死，后人依日受矛。'"由此可见敦煌地区对于"七夕"的文化内涵有两种解释，但从上引诗歌作品来看，似乎"牵牛织女"一说的影响更为广泛。"七夕"之夜"女人穿针乞巧"的记载，则说明敦煌地区"七夕节"的风俗活动与中国其他广大地区没有太大区别，因此可以结合其他史籍对于"七夕节"活动情况的记载，来考察上引敦煌写卷中有关"七夕节"诗歌的仪式文化内涵。

关于"七夕"之夜的活动情况，史籍中记载最早的，当数东汉崔寔的《四民月令》。其文云：

> 七月七日，曝经书，设酒脯时果，散香粉于筵上，祈请于河鼓、织女，言此二星神当会。守夜者咸怀私愿。或云见天汉中有奕奕正白

气，如地河之波，辉辉有光曜五色，以此为征应。见者便拜乞愿，三年乃得。

这说明最初"七夕"之夜的活动主要包括三项内容，一是对牛郎织女的"祭祀"仪式；二是"守夜"并等待有关"征应"出现；三是待有"征应"出现时"乞愿"。那么"乞愿"活动可以包括哪些方面的内容呢？晋代周处《风土记》的记载则更为详细一些：

七月初七日，其夜洒扫于庭，露施几筵，设酒脯时果，散香粉于筵上，以祈河鼓、织女，言此二星神当会。守夜者咸怀私愿。或云：见天汉中有奕奕白气，或光耀五色，以此为征应。见者便拜而陈愿，乞富乞寿，无子乞子。唯得乞一，不得兼求。三年乃得言之。颇有受其祚者。

可见"七夕"之夜对"牛郎织女"的祭祀仪式，是自汉代以来就广为流传的，同时也说明"七夕"夜晚"乞愿"的内容，包括"乞富"、"乞寿"和"乞子"。特别值得注意的是"乞子"内容，无疑与"牛郎织女"的爱情故事有一定关系，也可以看作后来"乞巧"活动中所包含的文化心理的早期表达方式。

此外，《西京杂记》亦载："汉彩女常以七月七日穿七孔针于开襟楼，人俱习之。"[1] 夜色之中要穿"七孔针"，自然是很难的。这大概是"七夕"之夜另一种与"守夜"和"乞愿"并行的活动，此后"乞愿"活动和"穿针"活动结合在一起，大致就构成了后来"乞巧"活动和"乞巧"仪式的基本内容。那么，"乞巧"活动的仪式与程序到底如何呢？成书于六朝时期的《荆楚岁时记》对此有所记载：

七月七日为牵牛织女聚会之夜。是夕，人家妇女结彩楼，穿七孔针，或以金银鍮石为针，陈几筵酒脯瓜果于庭中，以乞巧。有蟢子网于瓜上，则以为符应。[2]

---

[1] 葛洪：《西京杂记全译》，成林、程章灿译，贵州人民出版社1993年版，第17页。
[2] 宗懔著，谭麟译注：《荆楚岁时记译注》，湖北人民出版社1985年版，第106页。

由此可见，六朝时期"七夕"之夜的"乞巧"仪式活动大致包括三项内容：一是对"牛郎织女"的祭祀仪式，自汉代以来相沿不变；二是女性的"穿针乞巧"仪式，所谓"穿七孔针"是也，到唐代则演化为"对月穿针"；三是以"蟢网卜巧"，即以是否有"蟢子网于瓜上"作为是否"得巧"或"得巧"多少的"符应"。

到了唐代，七夕"乞巧"风俗更为流行，普遍存在于宫廷和民间。成书于五代时期的《开元天宝遗事》就记载了唐时宫廷之中"七夕"之夜"乞巧"活动的盛况：

> 帝与贵妃每至七月七日夜在华清宫游宴时，宫女辈陈瓜花酒馔列于庭中，求恩于牵牛织女星也。又各捉蜘蛛于小盒中，至晓开，视蛛网稀密以为得巧之候。密者言巧多，稀者言巧少。民间亦效之。①

> 宫中以锦结成楼殿，高百尺，上可以胜数十人，陈以瓜果酒炙，设坐具以祀牛女二星。嫔妃各以九孔针五色线向月穿之，过者为得巧之候。动清商之曲，宴乐达旦，士民之家皆效之。②

真可谓"天上鹊桥会，人间乞巧忙"。从以上两条材料可知，唐时的"乞巧"仪式和程序，与六朝时期相比没有太大变化，都有对"牛郎织女"的祭祀和"对月穿针"两个仪程，只是"卜巧"的方式变成了将蜘蛛放置于小盒之中，以蛛网之疏密作为"得巧"程度的标志。另外当晚还有与之相关的"宴乐"活动，其热闹程度可以想见。宫廷之中对于"七夕节"的崇尚既已如此，则其在民间的流行程度就可想而知了。

如此广受欢迎的盛大节日活动，自然不能不见之于才情勃郁、诗意盎然的唐人笔下。如祖咏《七夕》诗云："闺女求天女，更阑意未阑。玉庭开粉席，罗袖捧金盘。向月穿针易，临风整线难。不知谁得巧，明旦试相看。"③ 王建《宫词》："画作天河刻作牛，玉梭金镂采桥头。每年宫里穿

---

① 王仁裕：《开元天宝遗事》，载《唐五代笔记小说大观》，上海古籍出版社2000年版，第1730页。
② 同上书，第1738页。
③ 《全唐诗》卷131，第1336页。

针夜,敕赐诸亲乞巧楼。"① 林杰《乞巧》诗云:"七夕今宵看碧霄,牵牛织女渡河桥。家家乞巧望秋月,穿尽红丝几万条。"② 除了上引直接描述"乞巧"活动的诗歌外,一些歌咏"牛郎织女"爱情故事的诗篇也借景抒情,如白居易《七夕》云:"烟霄微月澹长空,银汉秋期万古同。几许欢情与离恨,年年并在此宵中。"③ 以及李商隐的《马嵬》诗:"海外徒闻更九州,他生未卜此生休。空闻虎旅传宵柝,无复鸡人报晓筹。此日六军同驻马,当时七夕笑牵牛。如何四纪为天子,不及卢家有莫愁。"④ 因此,上引敦煌写卷中 S.1497《牛郎织女诗》和 S.2104 关于"七夕节"中"乞巧"活动的诗,不过是唐诗中这类题材的大量诗篇中一个细小的组成部分。但是,唯有具体了解了"乞巧"活动的仪式及其程序,以及同一时期类似题材作品的创作情况,我们才能更好地理解这些诗句的内在含义。

事实上,"七夕节"中的"乞巧"活动不但在隋唐时期广泛流行,而且宋明时期也同样深受欢迎。宋代罗烨、金盈之所辑《醉翁谈录》即云:

> 七夕,潘楼前买卖乞巧物。自七月一日,车马嗔咽,至七夕前三日,车马不通行,相次壅遏,不复得出,至夜方散。

"七夕"之前的商业活动即如此繁忙,则"七夕"当晚的热闹和繁华程度可想而知。更为值得注意的是,"七夕"之夜的"乞巧"活动到明代仍然没有太大变化。明朝田汝成所撰《熙朝乐事》曰:

> 七夕,人家盛设瓜果酒肴于庭心或楼台之上,谈牛女渡河事。妇女对月穿针,谓之乞巧。或以小盒盛蜘蛛,次早观其结网疏密,以为得巧多寡。

---

① 《全唐诗》卷302,第3445页。
② 《全唐诗》卷472,第5361页。
③ 《全唐诗》卷462,第5261页。
④ 《全唐诗》卷539,第6177页。

自唐至于明几百年间，而"七夕"夜晚的"乞巧"仪式活动仍然没有太大的变化。那么，其中特别值得注意的一个问题是："七夕节"到底隐藏了怎样的深层文化内涵？"乞巧"仪式流传不衰的内在文化动因又是什么？

对于"七夕"文化的起源演变及相关问题，近年学术界已经取得了比较丰富的研究成果，但对于"牛郎织女"传说的原型及其发源地域问题，仍然存在不小的争议。赵逵夫师根据《史记·秦本纪》所载"帝颛顼之苗裔孙曰女修。女修织，玄鸟陨卵，女修吞之，生子大业"史实以及睡虎地秦简《日书》等相关文献，考证"织女"原型乃是秦人的始祖"女修"；又据《山海经》、《诗经》等文献记载和周族早期活动情况，考证"牛郎"的原型是"始作牛耕"的周人始祖"叔均"，从而论证"牛郎织女"传说是周、秦文化交流的产物，是我国从远古至近代农业社会中"男耕女织家庭结构与社会经验特征的反映"，其最早应该产生于甘肃东部即今甘肃天水、庆阳地区[①]。这为我们理解"七夕节"的历史文化内涵提供了重要启发，现结合学界其他相关研究成果总结如下。

首先，"七夕节"在我国古代社会的广泛流行，与我国长时间的农业经济结构和家庭模式密切相关，"七夕节"中的一些仪式活动是广大人民"耕织"祈愿的朴实表达方式。其次，从时间安排上看，"七夕节"的起源也与先民发展子嗣的生殖祈愿有所联系[②]，这使得有关"牛郎织女"的爱情传说成为礼教压抑中广大女性追求思想解放和感情自由的契机，也是"七夕"文化广泛流传的内在动力之一。再次，"七夕节"中"乞巧"仪式之所以最受重视和最为流行，不但是因为女子的针织能力与家庭经济的发展有关，而且也与女子在家庭中的地位及感情和婚姻生活的幸福与否有一定联系，因此可以说广大女性表面上是在"乞巧"，而实际上却是在为自己"乞福"。敦煌地区与"牛郎织女"传说起源的甘肃东部地区遥遥相望，上引敦煌写卷中有关"七夕节"的诗歌，无疑扎根于流传广远的乞巧"仪式"，同时也表达和包含了"七夕节"的上述文化内涵。

---

① 赵逵夫：《汉水、天汉、天水——论织女传说的形成》，《天水师院学报》2006年第6期；《先周历史与〈牛郎织女〉传说的起源》，《陇东学院学报》2008年第1期；《先周历史与牵牛传说》，《人文杂志》2009年第1期。

② 何根海：《七夕风俗的文化破译》，《池州师专学报》1998年第1期。

敦煌文学中的婚礼仪式及其文化空间[*]

陈 烁

关于婚姻，《白虎通疏证》中说："婚姻者何谓也？昏时行礼，故谓之婚也；妇人因夫而成，故曰姻。"关于婚礼，《礼记·昏义》云："昏礼者，将合二姓之好，上以事宗庙，而下以继后世也，故君子重之。……昏礼者，礼之本也。"可见，婚礼不仅仅是个人行为，而且是"合二姓之好"及"重人伦，广继嗣"的家族大事。婚姻礼俗的建立是风化之源，万世之始。因此，婚姻就成为传统社会关系的凝聚点，人们又通过烦琐的礼仪规范来为之提供保障，由此产生了一系列隆重而严肃的婚嫁礼仪，形成了类似节日般的婚礼文化空间。

一 敦煌婚俗文所反映之婚礼仪式

婚姻礼俗源远流长，当我们追溯古代的婚俗变迁时，只能依靠历史上的文字记载，而这些文字记载大多为朝廷的典章制度，而对流行于广大民间的婚俗，不是失之阙如，就是言之过略。然敦煌写卷中的婚俗文给我们展示了当时婚俗文化的真实情况，加之壁画中的婚嫁图，既让我们看到了当时汉族婚俗的传统，也体现了少数民族的风情，真可谓"中古婚姻史上的活化石"[①]。

---

* 本文是教育部人文社会科学规划基金项目"敦煌文学：雅俗文化交织中的仪式呈现"（项目编号：10YJA751010），甘肃省高等学校人文社科重点研究基地——西北少数民族文学研究中心项目（项目编号：XBM - 2012013Y）阶段性成果。

① 谭蝉雪：《敦煌民俗——丝路明珠传风情》，甘肃教育出版社 2006 年版，第 141 页。

敦煌的婚礼仪式，据 P.3284《婚事程式》记载，其节目有：通婚书、答婚书、女家受函仪、成礼夜祭先灵、女家铺设帐仪、同牢盘合卺杯、贺慰家父母语等若干段。谭蝉雪也著文详述过敦煌的婚姻礼仪①。下面，笔者将综合各家之长并结合具体的敦煌写卷婚俗文材料及婚嫁图对敦煌民间的婚礼仪式做一次系统的巡礼。大体来说，敦煌民间的婚礼有两种情况：一种是聘娶婚（即在男家成礼），另一种是入夫婚（即在女家成礼）。其婚仪可以分为两大阶段，即订婚和成婚。

（一）聘娶婚之婚仪

1. 订婚

P.3284 反映出的敦煌《婚事程式》基本上是古婚俗六礼的传承，但又有所变化。婚俗如下。

（1）合婚。S.4282《婚嫁图》，名虽为图而实无图，只有残文而已，卷中有"土木夫妻，下克上，阴阳不顺"、"夫妻两相刑，之少子孙"等。联系"通婚书"中"令淑有闻，四德兼备，愿结高援"等语，可以推知，在敦煌行"纳采"礼前，男方首先私底下打听女方的名讳及生辰八字等，并找阴阳先生来合婚，问男女有无相冲相克之命。如果生辰八字相和，始行后续之礼。

（2）通婚书。敦煌唐人说媒，先由媒人将男方家长"通婚书"带去，正页上对女方家长的问候，纯属客套，如"动止万福，愿馆舍清休"等。在"别纸"上提出议婚，即"通婚书"，范式（P.3284、P.2646《新集吉凶书仪》、P.2619、P.3502《新集诸亲九族尊卑书仪》、P.3909 等均有记载）：

> 厶自第几男（或弟，或侄，任言之），年已成立，未有婚媾，承贤第厶女（或妹、侄女），令淑有闻，四德兼备，愿结高援。谨因媒人厶氏，厶乙敢以礼请脱（说），若不遗，伫听嘉命。厶白。

（3）送财礼。据 P.3284《婚事程式》记载"送财礼"与"通婚书"

---

① 谭蝉雪：《敦煌婚姻文化》，甘肃人民出版社 1993 年版。

似为同时进行。敦煌唐人时兴此俗，诸多写本均有记载①。P.2621《孝子传》云："时有董贞秉国政，将璧两双，杂彩千匹，奴婢百人，求欲娶之，父母见则欲许。"P.2344《祇园因由记》："其友报曰：'舍卫长者大臣闻君有女，故来求婚。'长者让弥勒答曰：'此则门当户对，要马百匹，黄金千两，青衣百口，贍物百车。'"S.4511《丑女缘起》云："私地诏一宰相，交觅薄落儿郎，官职金玉与伊，祝娉（聘）为夫妇。"届时选俩有官有才貌之儿郎充使及副使，携财礼，结合着婚书一并送至女家，女家设受函仪式。

（4）答婚书。女家在收到男方通婚书后，如同意则回以"答婚书"，完成双方交换正式订婚证书。正页照例要回复一封"久仰德风"、"忽辱荣问，慰沃逾增"一类的客套问候信，然后"别纸"向男方允婚，范式（P.3284、P.2646《新集吉凶书仪》、P.2619、P.3502《新集诸亲九族尊卑书仪》、P.3909 等均有记载）：

> 厶自第几女（或妹，或侄、孙，任言之），年尚初笄，未闲礼则，承贤第厶男（或弟、侄、孙），未有伉俪，顾存姻好，愿托高援。谨因媒人厶氏，敢不敬从。厶白。（P.3284）

"通婚书"与"答婚书"具有法律效用。据唐律规定"诸女许嫁，已报婚书及有私约而辄悔者，杖六十。虽无许婚之书，但受聘财亦是"②。白居易在拟作的议婚案件的判文中也指出："婚书未立，徒引以为辞；聘财已交，亦悔而无及。"③ 同样表明婚书及聘财在婚姻中的法律效力。

另外，在敦煌还有戴指环（亦称戒指、约指）订婚的风俗。莫高窟五代第 61 窟壁画中，就有戴指环订婚之壁画。敦煌本《搜神记》、P.2999《太子成道经一卷》、S.4633《太子成道变文》等都详细记载了戴指环订婚的风俗。

（5）请期。因为敦煌写卷部分残缺漫漶，目前尚没有资料支持"请期"仪式，但唐人重视婚姻择日是有史料记载的。有一则故事称，范阳

---

① 高国藩：《敦煌民俗资料导论》，台北新文丰出版公司 1993 年版，第 63 页。
② 《唐律疏议笺解》卷 13 "许嫁女辄悔"。
③ 《得乙女将嫁于丁既纳币而乙悔丁之乙云未立婚书》，《白居易集笺校》卷 66 "判"。

举子卢氏频年不第，梦见姑姑为他张罗婚事，"检历择日，云'后日大吉'"①。《传奇》也记载，张无颇游番禺，以玉龙膏为广利王女疗疾，广利王决定以女嫁无颇，"遂命有司，择吉日，具礼待之"②。这些故事的情节当然是虚构的，但它反映了这一时期在民间和宫廷中都广泛存在的婚姻择日习俗。再如唐德宗建中元年（780 年），有唐朝宗室女出嫁，占卜的吉日在十一月丁卯，但是到了这一天恰恰德宗的堂妹去世，虽然已准备就绪，但还是改变了婚礼的时间③。这些习俗肯定会影响敦煌人，因此他们一定会选择吉日，确定亲迎的日子。

2. 成婚

敦煌聘娶婚的成婚阶段礼节繁缛，细节极多。以下分婚礼前、婚礼中和婚礼后三个阶段一一详述。

首先，婚礼前的仪式。

（1）男方送聘礼，男家设青庐、铺帐。

男家于亲迎日早晨将聘娶的礼品送至女家。S.1725：

> 问曰："送其六礼（雁、羊、酒、黄白米、玄纁、束帛），竟取何时？"答曰："旭日始出，大昕之时，纳采物名用昕，亲迎用昏也。……"

这就是近世所谓"催妆"，甘肃靖远、景泰等地仍有此俗。盖佳期将届，男家使人送聘礼并告知女家，及早为新娘置妆，以便及时亲迎成婚的意思。明吕坤《四礼疑》卷 3 记述"催妆，告亲迎也……此可代请期之礼，近世用果酒二席，大红衣裳一套，脂粉一包，巾栉二面先亲迎一日早，女宾二人以车往，先回，薄暮婿往"。此礼一行，婚礼进行的第一步便算开始了。

亲迎前，男家要于室外用青布幔临时搭一屋，称青庐，以便新郎和新娘在此"夫妇并拜或共结镜纽"④，前来贺喜的亲朋好友也在青庐玩家婚礼、饮宴、观赏歌舞。封演《封氏闻见记》也载"卜地安帐"。敦煌莫高

---

① 《太平广记》卷 281 "樱桃青衣"。
② 《太平广记》卷 310 "张无颇"。
③ 《资治通鉴》卷 226。
④ 段成式：《酉阳杂俎》前集卷 1《礼异》。

窟第 148 窟中的《婚嫁图》,屋外右侧圆形穹庐即婚礼之"青庐",系帷布搭成。画面上的青庐正虚席以待,恭候新婚夫妇的驾临。青庐亦称"百子帐",婚礼用百子帐寄托了对子孙后代的美好愿望。

设青庐后还要铺帐,即是指女家到男家布置好新房。司马光《书仪》云:"亲迎前期一日,女氏使人张陈其婿之室,俗谓之'铺房'……床榻、荐席、椅桌之类婿家当具之;毡褥、帐幔、衾绸之类,女家当具之。"敦煌的"铺帐"发展到宋代便是"铺房",《东京梦华录》、《梦粱录》皆有记载。

(2)祭先灵、辞父母。即在成婚之夜,男家先要举行祭祖及拜别父母之仪式。P.2619、P.2646、P.3284、P.3205 等都有祭祖范本,如 S.1725:

> 在于中庭近西置席,安祭盘,祭人执酒盏曰:"敬启云考妣之灵,(长子、小儿)甲(某)乙年已成立,某氏不遗,眷成婚媾,择卜良辰,礼就朝吉,设祭家庭,众肴备具,伏愿尚飨!卑者再拜。"

祭拜后,辞别先灵,新郎即向父母告辞:

> 婿父在庭前,面向南坐,儿面向北立,父告子:"自往迎汝妻承奉宗庙。"子答曰:"维不敢辞。"再拜如出。

与此同时,女家也要祭先灵。

> 维年月日,某谨荐少牢之奠,敢昭告于祖(考妣)之灵,第厶女年及初笄,礼适某氏,五礼已毕,克今日吉辰,不敢自专,谨以启告,伏愿听许,伏惟尚飨。厶等再拜!(P.2619)

(3)亲迎。唐人承袭古人婚礼传统,在晚上举行婚礼。"士庶亲迎之仪……当须昏以为期……"[①] 若不在晚上举行,则视为"黩礼"。贞观年间,城阳公主下嫁杜荷。唐太宗命卜吉日,卜者曰:"二火皆食,始同

[①] 《旧唐书·舆服志》,中华书局 2000 年版,第 1332 页。

荣，末同戚，请昼昏则吉。"马周谏曰："朝谒以朝，思相戒也；讲习以昼，思相成也；燕饮以昃，思相欢也；婚合以夜，思相亲也。故上下有成，内外有亲，动息有时，吉凶有仪。今先乱其始，不可为也。夫卜所以决疑，若黩礼慢先，圣人所不用。"① 唐太宗采纳了马周的意见，还是在晚上举行城阳公主的婚礼。可见唐代宫廷庶人都注重在晚上举行婚礼。敦煌的亲迎仍然按照古礼，在夜间进行。P.3909"儿家将烛到女家门，烛出儿家灭"。新郎被侍从傧相引出后，即登程前往女家，因为是晚上，所以需执烛照路。《下女夫词》② 亦云"日为西至，更阑至此"，"更深月朗，星斗齐明"，"夜久更阑，星斗西流"，"何方贵客，浸宵来至"，"使君今夜至门庭，意见姮娥秋月明"，"漏促更声急，星流日月长"，"月落星光晓，更深恐日开"，"夜久更阑月欲斜"等诗句与昏夜的背景吻合无间。P.2646写卷具体描写如何在晚上亲迎，云："引女出门外，扶上车中、举烛、整顿衣服，男家从内抱烛如出，女家烛灭。"莫高窟第85窟窟顶西坡的婚嫁图左下角一人高擎火炬，前导引路，后面是新郎与傧相的亲迎行列。这些都说明敦煌的亲迎是在黄昏（夜间）举行。另外，敦煌民间亲迎必用车，敦煌本《搜神记》云："我是辽西太守梁合龙女，今嫁与辽东太守毛伯达儿为妇。今日迎车在门前。"P.2633还说亲迎"香车宝马竞争辉"。P.2914《王梵志诗》也说有"临丧命辂车"之俗，即"皆吉"，家中办丧事也要给儿子娶媳妇，用车去亲迎。

（4）下马。敦煌遗书中有《下女夫词》八件，记载了当地婚仪中的"下女夫"之俗。对于《下女夫词》所反映的具体内容，各家说法并不一致，大部分研究者认为是新娘请新郎下马③。但李正宇先生经过仔细的研究，发现《下女夫词》中所反映的内容并非新郎新娘亲口吟唱的"喜歌"④。而是亲迎行列至女家大门后，男方傧相与女方傧相（还有侍奉新娘的女佣人及新娘的贴身人）的盘诘斗口之词，是用来烘托喜乐气氛的。这种说法似更合情理。

---

① 《新唐书》，中华书局2000年版，第2967页。
② 文中《下女夫词》引文依王重民《敦煌变文集》录文，第273—275页，并参考谭蝉雪《敦煌婚姻文化》录文，第34—36页。
③ 谭蝉雪：《敦煌婚姻文化》；高国藩：《敦煌民俗学简论》；吴玉贵：《中国风俗通史》（隋唐五代卷）；赵睿才：《敦煌写本〈下女夫词〉的民俗解读》，等等。
④ 李正宇：《〈下女夫词〉研究》，《敦煌研究》1987年第2期。

新郎至女家门,男方女方互作盘诘戏谑之词:

儿家初发言:贼来须打,客来须看,报道姑嫂,出来相看。
女答:门门相对,户户相当。通问刺史,是何祇当?
儿答:心游方外,意逐姮娥。日为西至,更阑至此。人疲马乏,暂欲停留。幸愿姑嫂,请垂接引。
女答:更深月朗,星斗齐明。不审何方贵客,侵夜得至门庭。
……

戏谑后请新郎下马及故阻新郎下马:

女答:立客难发遣,展褥铺锦床。请君下马来,缓缓便商量。束带结凝妆,牵绳入此房。上圆初出卯,不下有何妨。
……
女答:窈窕出兰闺,步步发阳台。刺史千金重,终须下马来。

男方向女方奉献绫罗:

儿答:亲贤明镜近门台,直为多娇不下来。只要绫罗千万匹,不要胡觞数百杯。

女方向新郎敬"上门酒":

女答:酒是蒲桃酒,将来上使君,幸垂与饮却,延得万年春。
儿答:酒是蒲桃酒,先合主人尝。姑嫂已不尝,其酒洒南墙。
女答:酒是蒲桃酒,千钱沽一斗,即问二相郎,因何洒我酒?
儿答:舍后一园韭,刈却还如旧。即问二姑嫂,因何行药酒?

(5)拜门。戏谑之后,新郎入女家门,要行拜门礼,每进一道门都要念诗一首。P. 3909:

《下至大门咏词》:"柏是南山柏,将来作门额。门额长时在,女是暂来客。"①

《至中门咏》:"团金作门扇,磨玉作门环。掣却金钩锁,拔却紫檀关。"

《至堂户诗》曰:"堂门策四方,里有四合床。屏风十二扇,锦被画文章。"

同时,女家院内设土堆,新郎铲去,念诗,象征治家勤劳。

《至堆诗》曰:"彼处无瓦砾,何故生此堆。不假用锹镘,且借玉把推。"

新郎上堂基,念诗,象征家庭根基牢固。

《至堂基诗》曰:"琉璃为四壁,磨玉作基阶。何故要相勒,不是太山崖。"

新郎进屋门,逢锁,也要念诗,象征家庭谨慎。

《逢锁诗咏》:"锁是银钩锁,铜铁相铰过。暂请钥匙开,且放刺史过。"

(6) 翁婿相见。S.1725:

妇翁在门东颊,面向西立;女婿在西畔,面向东立。妇翁曰:"敢请吾子升。"女婿答曰:"维不敬拜。"妇翁于先入门,女婿随后如(入),至门内,还依门外法,妇翁曰:"众请吾子升。"女婿答曰:"维不敢辞。"

(7) 奠雁。婚礼用雁由来已久,盖男属阳,女属阴,大雁南迁北返顺乎阴阳,象征男女和顺;同时还因雁雌雄固定,有类夫妻,一只先死,

---

① 引文依谭蝉雪《敦煌婚姻文化》录文,第41—42页。

另一只不再择偶,象征爱情忠贞。后世因雁不易捕得,改用鸡、鸭、鹅代替。

> 女在中庭东畔,面向西立,女婿正北质方行,男女相当,女婿抱鹅向女所位,跪放鹅于女前,还向西回出门外。(S.1725)

(8) 戏舞、催妆。奠雁之后,已是到了深夜,男家迎亲者照例"向女家戏舞,如深夜,即作催妆诗"(P.2646)。既表示欢乐和喜庆的气氛,也是打发时光、等待新娘盛装露面的最佳办法。莫高窟 445 窟北壁、186 窟北坡、榆林窟第 38 窟的婚嫁图都真实地再现了戏舞的场面,戏舞者系傧相或请来的音声人。历史上婚礼催妆的方式一般有以物催妆、以乐催妆、以喊催妆和以诗催妆等①。敦煌盛行以诗催妆,P.3350《催妆二首》:

> 今宵织女降人间,对镜匀妆计已闲。自有夭桃花菡颜,不须脂粉污容颜。
> 两心他自早相知,一过遮栏故作迟。更转只愁奔兔月,情来不要画蛾眉。

(9) 训女。结婚,是少女生活的关键时刻,他们将从女儿之身变为人妻人母,婚姻习俗、人伦关系、长幼尊卑等都要详细了解,故敦煌还有父母训示临嫁女儿的婚俗。S.1725:

> 女向父前,面正北立,父诫女曰:"敬之慎之,无违宫室!"母诫女曰:"敬之慎之,夙夜无违。"

更典型的还有 P.2633《崔氏夫人训女文》:

> 教汝前头行妇礼,但依吾语莫相违。好卒恶事如不见,莫作本意在家时。在家作女惯娇怜,今作他妇信前缘。欲语三思然后出,第一

---

① 谭蝉雪:《敦煌民俗——丝路明珠传风情》,甘肃教育出版社 2006 年版,第 205—206 页。

少语莫多言。路上逢人须敛手，草卑回避莫汤前。外言莫向家中说，家语莫向外人传。姑嫜共语低声应，小郎共语亦如然。早朝堂上起居了，诸房叔伯并道传。抽姐（妯娌）相看若鱼水，男女彼此共恩怜。上和下睦同钦敬，莫作二意有庸偏。夫娇醉来含笑问，迎愿扶侍若安眠。莫向人前相骂辱，醒后定是不和颜。若能一一依吾语，何得翁婆不爱怜。故留此法相教尔，千古万秋共流传。

这篇训女文教育性非常明显，它多方面表现了怎样做人的民俗观：尊敬长者、上下和睦、夫妇和睦、慎言少语、力戒谗言。

（10）哭嫁、拜别。将为人妻的新娘，对着亲人悲歌恸哭，直到挥泪上轿。哭嫁习俗源远流长，直至现代民间仍见流行。P.2633《崔氏夫人训女文》："香车宝马竞争辉，少女堂前哭正悲。""作将喜貌为愁貌，未惯离家往婿家。""拜别高堂日欲料，红巾拭泪贵新花。"哭嫁毕，"引女出门外，扶上车中，举烛整顿衣服"（S.1725）。新娘拜别父母乘车前往男家。

（11）障车。障车之俗起于何时，无明文记载，唐初上流社会已非常流行。据《旧唐书·舆服志》载："太极元年，左司郎中唐绍上疏曰'……又士庶亲迎之仪……往者下俚庸鄙，时有障车，邀其酒食，以为戏乐。近日此风转盛，上及王公，乃广奏音乐，多集徒侣，遮拥道路，留滞淹时，邀致财物，动逾万计。遂使障车礼觎，过于聘财，歌舞喧哗，殊非助感。……'"① 唐中宗时，安乐公主再嫁武廷秀，"相王障车"②。此后，障车习俗也流行于民间，敦煌写卷中就有"障车文"（S.6207、P.3909），说明敦煌也盛行此俗。谭蝉雪认为敦煌的障车是新郎前往女家亲迎途中进行③，笔者以为这种观点仅指入夫婚之障车，有以偏赅全之嫌，在聘娶婚中应为亲迎时由女家返回男家途中进行，理由是 P.3909：

障车之法：吾是三台之位，卿相子孙。太原王郭，郑州催陈，河东裴柳，陇西牛辛，南阳张李，积世忠臣。障君车马，岂是凡人！

---

① 《旧唐书》，中华书局2000年版，第1332页。
② 《新唐书》，中华书局2000年版，第2972页。
③ 谭蝉雪：《敦煌婚姻文化》，甘肃人民出版社1993年版，第161页。

女答：今之圣化，养育苍生，何处年少，漫事纵横，急手避路，废我车行。

篇中记载"女答"说明迎亲队伍中回障车之人话的是女人，联系《下女夫词》中的"女答"，可知此仍为"女傧相"之语，说明此时新娘及其傧相已在车上，那么必为新婚夫妇辞别女家同赴男家之时，途中有人拦车嬉闹，索要酒食、赏钱。同时，古代娶妇前往男家，新娘进男家门的时间也是经阴阳先生占卜必须按时赶到的，现在甘肃农村有很多地方还恪守此则。在这时障车，新郎就会抛出钱财、糖果，以求通行。与前面的催妆仪式一样，都是为了避免延误进男家门的良辰吉时。有趣的是，障车的风俗在维吾尔族中一直流传到了现代，20世纪五六十年代在新疆地区，每当唢呐声响起，维吾尔迎亲花车经过时，人们便闻声赶来，牵起一根小绳，拦在路上，这时迎亲队伍便会下车翩翩起舞，并向拦车的人群抛撒糖果。

其次，婚礼中的仪式。

（1）在男家门前行同牢、合卺礼，男女互拜。S.1725：

男家从内抱烛，如出女家，烛灭，扶妇下车。于门西畔设同牢盘，男东坐，女在盘西坐，合及男西女东，连瓢共饮，若其无瓢，以盏充之。将五色绽绳长四尺有余，瓢连瓢，无瓢连盏饮酒之。行食三口，男女俱起。

合卺礼完成，男女要互拜：

女向东畔，面向西立，男在西畔向东立。男女相当，一时再拜。

（2）牵绳入青庐，当夜成婚。由新郎抓着红锦绸把新娘牵进喜房，这就是《下女夫词》说的："束带结凝妆，牵绳入此房。"S.1725："答拜既讫，即引新妇入青庐。"牵绳是婚礼中重要的程序，这根红绸绳象征着使新郎新娘会合的桥梁，古名叫"合欢梁"。《说郛》引《戊辰杂钞》解释说："女初至门，婿去丈许迎之，相者授以红绿连之锦，各持一头，然后人,俗谓之通心锦,又谓之合欢梁。雁夫妇自此相通如桥梁也。"① 敦煌唐人的"牵绳"婚俗,宋以后衍化为"牵巾"。前文提到《东京梦华录》、《梦粱录》所载就是"牵巾"。

(3) 拜堂。唐王建《失钗怨》诗云:"双杯行酒六亲喜,我家新妇宜拜堂。"唐封演《封氏闻见记》记述当时婚礼说:"近代婚嫁,有障车、下婿、却扇及观花烛之事,及有卜地、安帐并拜堂之礼。上自皇室下至士庶,莫不如此。"可见,拜堂之礼在唐代是非常流行的。S.1725 所载,聘娶婚之拜堂礼应在亲迎次日晨举行。

> 至晓,新妇整顿钗花,拜见舅姑大人。翁于北堂南阶前,东畔铺席,面向西坐。妪在北堂户西畔,面向南坐。新妇在中庭正南铺席,置脯及果各一盒。新妇直北质方行,先将脯盒,大人翁前再拜讫,胡跪献脯盒,回向本处,大人翁寻后答,再拜。新妇又将果盒质方行,至大姑前再拜,胡跪献果盒,回向本处,大姑寻后答,再拜。

通过参拜,"成妇礼,明妇顺。……妇顺者,顺于舅姑,和于室人,而后当于夫"。② 参拜以后新娘就要开始行妇道了。

(4) 拜宾客,祝愿新婚夫妇。S.1725:

> 引新妇入房,卸钗花。宾客诸亲聚集坐定量分,新妇出扇在庭前正南立,拜见宾客。拜一人,诸亲长宿遣宣言一人,于新妇前,可行一二步,侧立曰:"诸族亲,新妇新妇可谓高门贵族,积代人伦,令淑有闻,退席还房,新妇更设日拜。"回返入室。

当新娘拜宾客时,"遣宣言一人",此人念诵的就是祝愿文,敦煌保存了近 20 篇祝愿文,有不分新郎新娘共同祝愿的,名曰《祝愿文》,如 P.3608:

> 冬穴夏巢之时,不分礼乐;绳文鸟迹之后,渐至婚姻。或因地封

---

① 高国藩:《敦煌民俗学》,上海文艺出版社 1989 年版,第 199 页。
② 杨天宇:《礼记译注》,上海古籍出版社 2004 年版,第 819 页。

官，或因官得姓，爰及姬汉，声教郁兴。女辞家以适人，臣蒙恩而事主。陇西令族，吴郡高门，凤凰和鸣，官商叶律。……生男尚主，育女荣嫔。富贵万代，荣华万春。功业继世，万笔绝伦。邦国之宝，室家之珍。皇华奉使，同受咨询。享□将久，日暮君□，献酬□祝，以酢主人。伉俪并退，门外送宾。

有祝愿新郎的，是一种范本，题曰《祝愿新郎》（P.3608、S.5546、S.2049等卷），如：

愿新郎身强凝（疑）㹅儿，□□□非（飞）鸦；盛财如五岳，五岳似恒沙。千年寿宝贵，万（大）代足荣华。咸（感）得先（仙）人拍钲（铮）板，玉女弹琵琶。后园林檎树，上有琉璃花。东至一几乌，西有一几鸦。汉北光明日，叶叶生莲花。男则乘龙马，女则乘钿车。身登三品位，每日在朝衙。细马千余匹，仆从万余强。白象驼金入库，青牛载麦入仓。绫罗满道，金玉盈堂。五男二女，队队似凤凰、文王。女娉（聘）高门上姓，男为六州参君（军）。富贵英雄如水，世世不乏长为。驼骡永万足，鹅鸭水（永）千行。生在黄金宅，长在玉楼床。朝朝得见此，富贵乐昌昌。祝愿礼毕。（S.5546）

也有祝愿新娘的，对新娘的祝愿比较短小，如S.5546：

盖闻二仪相好，运合阴阳。开书卜问，是是（事）相当。愿新妇入宅已后，大富吉昌。夫妻相对，二若鸳鸯。孝养父母，宜姑宜嫜。九族和目（睦），宜叔宜郎。白银造南衙，黄金造北堂。琉璃为东屋，马（玛）瑙作西行。锦被绣褥，纬纬行行。生男满十，七涉（步）成章；生女四、五，娉与公主。回刃裁害（割），善能□绣，□万陵罗盖（下残缺）。

现在，包括敦煌在内，各地农村仍然流行亲迎次日行拜堂、拜宾客之礼。

（5）闹房（闹青庐）。P.2976《奉赠贺郎诗》，黄永武《敦煌宝藏》

认为是高适诗,伏俊琏师认为恐怕未必是。这首诗其实是一首民间流传的婚礼时闹洞房的诵词。在婚礼结束后,在婚仪上办事的乡人要嬉闹,向新郎索要酒食、赏钱。这首诗正是乡民索闹时的唱词:"报贺郎,莫潜藏。障门终不见,何用漫思量。清酒浓如鸡䐗,□独与白羊。不论空□酢,兼要好椒姜。姑娣能无语,多言有侍娘。不知何日办,急妇共平章。如其意不决,请问阿耶娘。"大意是说,我们给你做了丰盛的酒席,姑娣侍娘皆称赞不已。你们总不能无动于衷吧?快和你的妻子商量一下,给我们赏钱;如果还犹豫不决,就请示你们的父母吧!

新婚闹房之仪,自两汉始(应劭《风俗通义》)历两晋(葛洪《抱朴子·疾缪》),以迄李唐时代,此后世世相承,至今未变。男家亲属,贺客宾朋,都有戏谑的权利。并且"闹"的方式很多,有时不只胡闹乱闹,甚至闹得很凶,猥亵粗俗,不堪入人耳目。

最后,婚礼后的仪式。

(1) 家长互贺。婚礼后双方家长互通答谢书函,"伏承贤郎,已过礼席,深助感慰!答:儿(女)子已过礼席,不胜感怆"。云云。

(2) 思相离。P.3284《婚事程式》:"嫁女之三夜,不息烛,思相离也。娶妇之三日,不动乐,思嗣亲也。"

(3) 回门。《崔氏夫人训女文》"三日拜堂还得归"之句,表明结婚三日后始能回门。

聘娶婚整个婚礼过程至此圆满结束。

(二) 入夫婚之婚仪

唐宋时期敦煌有在女家举行婚礼之俗,即入夫婚。入夫婚是一种少数民族婚俗,成婚后女方可继续居留在妇家,时间无明确规定,长者在生儿育女后仍不回夫家,男方保持其独立性,自由来往于两家之间。其婚礼仪式与聘娶婚颇有不同。

据 P.2646、P.3284 记载,入夫婚之婚仪除订婚外,亲迎前女家也要设青庐,铺帐。亲迎时先是男女双方祭先灵、新郎拜别,P.2619、P.2646、P.3284、P.3205 等都有祭祖范本,男家祭文云:

> 维年月日朔,某谨荐少牢之奠,敢昭告于祖考(考妣)之灵,某子厶乙、年已成冠,礼有纳聘,宗继先嗣,与某氏结姻,克用今日

吉辰，不敢自专，谨以启告，伏愿听许，伏惟尚飨。某等再拜！（P.2619）

女家祭文云：

> 第厶女年已成长，未有匹配，今因媒人厶乙，用今日吉辰，适厶氏男。维厶年岁次厶月厶朔厶辰，厶乙谨上清酌之奠，伏惟听许尚飨！（P.2646、P.3284）

祭拜后，辞别先灵，新郎拜别父母：

> 三献讫，再拜，辞先灵了，即于堂前北面辞父母。如偏露，微哭三五声，即侍从傧相引出。（P.2646、P.3284）

之后到女家门，行拜门礼，继而行戏舞、催妆之礼，后新郎新娘入青庐，行撒帐礼，P.2646、P.3284"儿郎索果子、金钱撒帐"。果子寓托多子、金钱寄予富贵，这体现出中国人重子嗣、爱富贵的思维定式。女家傧相持装满果子、金钱的盒子，男傧相手捧一对青白鸽，绕青庐吟诵诗及祝福之语：

> 一双青白鸽，绕帐三五匝，为言相郎道，先开撒帐盒。（《论开撒帐盒诗》）
>
> 今夜吉辰，某氏女与某氏儿结亲，伏愿成纳之后，千秋万岁，保守吉昌。五男二女，奴婢成行。男愿总为卿相，女即尽聘公主。从兹咒愿已后，夫妻寿命延长。

敦煌的撒帐婚仪，傧相和男女新婚之人都要读诗，婚礼进行的优雅而文质彬彬，它反映敦煌人民具有卓越的婚礼艺术创造力。

撒帐结束以后，"即以扇及行帐遮女于堂中，令女婿傧相行礼"，礼毕，令新娘坐马鞍，新郎奠雁，后同牢，合卺，礼数几与聘娶婚同。之后开始闹青庐，P.2646："女婿起侧近，脱礼衣冠，清剑履等具，揽笏入。男东坐，女西坐，女以花扇遮面，傧相帐前咏除花、去扇诗三五首。去扇讫，女婿即以笏约女花钗，于傧相夹侍者俱出，去烛成礼。"这一系列的活动包括去扇、去帽、去花、脱衣、合发、梳头、系指头、去离心、下帘等，都在青庐中举行，类似后世的闹新房，是一种民俗活动，中心围绕着新娘逐一除去妆饰，由傧相咏有关诗词，新娘须依令而行。P.3350、P.3893、S.5515等卷都记有相关的诗词①。

《去扇诗》：青春今夜正方新，红叶开时一朵花。分明宝树从人看，何劳玉扇更来遮。

《去帽惑（帽）诗》：瑛瑛一头花，蒙蒙两鬓渣。小来头发好，不用帽惑（帽）遮。

《去花诗》：一花去却一花新，前花是假后花真。假花上有衔花鸟，真花更有采花人。

《脱衣诗》：山头宝迳甚昌扬，衫子背后双凤凰。襜裆两袖双鸦鸟，罗衣折叠入衣箱。

《合发诗》：昔日双蝉鬓，寻常两髻垂。今宵来入手，结发赴佳期。

《梳头诗》：月里娑罗树，枝高难可攀。暂借牙梳子，笄发却归还。

《系指头诗》：系本从心系，心真系亦真。巧将心上系，付以系心人。

《咏系去离心人去情诗》：天交侄女渡河津，来向人间只为人。四畔傍人总远去，从他夫妇一团新。

《咏下帘诗》：官人玉指白纤纤，娘子姮娥众里潜。诚心欲拟观容貌，暂请旁人与下帘。

至此"入夫婚"婚仪结束。敦煌写卷中对"入夫婚"中参拜舅姑之事没有提到，盖在女家举行婚礼，何时到夫家无确切记载，不落夫家婚甚至在生儿育女后新娘尚未见过父母之面，所以婚礼中无参拜舅姑之仪②。

唐宋敦煌的婚礼仪式，是我国古代迄今所见最完整最复杂的婚礼，具

---

① 引文依谭蝉雪《敦煌婚姻文化》录文，并略有校正。
② 谭蝉雪：《敦煌民俗——丝路明珠传风情》，甘肃教育出版社2006年版，第222页。

有明显的文化价值。

二 敦煌婚礼仪式的文化空间

要论述敦煌婚礼仪式和婚俗文之关系，这里必须引进一个概念，即"文化空间"。在联合国教科文组织通过的有关文件中，"文化空间"（cultural space）这个源于文化人类学的概念，如果直译，就是"独特的文化"，有人也译作"文化场所"。文化空间的概念并非是狭义的空间范畴，而是由特定的要素组成的。一定区域的人、文化活动和活动设施是构成文化空间不可或缺的三要素。它的内涵有两个方面应予以特别强调：一方面，它是口头和非物质文化遗产代表作的一种重要的活态存在形式。另一方面，应当准确把握这一概念所包含的四个要素：其一，它是传统的有悠久历史的文中文化活动的地点，其范围相对固定。其二，它在活动时间上有周期性、循环性（或称反复性）的特征。其三，它往往以神圣性和娱乐性相结合的形式表现出来。其四，参与人数众多[①]。基于这个层面，本文所探讨的"文化空间"主要是指一个社会群体的文化现象、文化需求和历史记忆在一定区域的空间表现以及社会成员之间在这个空间文化交往的表达方式。

用上述条件来衡量，敦煌民间的婚礼仪式可说是一个十分典型的文化空间，或者说是由家族、亲戚和男女当事人形成的独特的公共文化空间。在这个文化空间当中，人们实现一系列的意愿；在这个文化空间中，突破了日常生活的呆板与秩序，创造这一时段的特殊生活，借用食物、酒、诗、双关语等形成了类似巴赫金的狂欢化的空间，使参与者形成了独特的记忆。用文化空间代替自然时间（当事人往往用结婚的那一年代替那一年我们结婚，前后者的情感色彩泾渭分明），本来，所谓文化空间更多的是指对于日常生活的时间的隔断或者挪用，而使线性时间成为轮回时间，空间便替代了时间。分析婚礼仪式所形成的文化空间，笔者认为主要有这样一些功能。

---

① 柯杨：《一个具有浓郁地方特色的传统节日文化空间》，载《传统节日与文化空间》，学苑出版社2007年版，第47页。

（一）人生角色转换

每个人在一生中都必须经历几个生活阶段，每个人的社会属性就是通过这些重要阶段不断确立起来的，在各个阶段中自古以来使用一定的形式加以表示，并以此获得社会的承认和评价。范根纳普在《通过仪式》一书中指出："任何社会里的个人生活都是随着其年龄的增长，从一个阶段向另一个阶段过渡的序列。所谓'一阶段向另一个阶段过渡'，仿佛时间被人为区分为有临界状态的'阶段'，然而，这真是生命时间制度的另一种表现，或者说'生命时间的社会性'。"敦煌民间的婚礼仪式是当时人从未婚阶段向已婚阶段的过渡点、衔接点，同样也是身份和角色的转换阶段。就女主角新娘而言，婚礼仪式转换了她的生活空间即从姑娘到妻子，从娘家到婆家（就聘娶婚而言），而且转换了人生角色。通过拜堂仪式，将姑娘变成为儿媳、妻子，将来也成为人之母、人之祖母、外祖母。将儿子变成女婿、丈夫，也会成为父亲、祖父、曾祖父。同时，这些仪式，不仅仅意味着婚礼是两个人的事情而意味着结亲双方家庭的亲属群和亲属圈的重新形成和构建的重大事情，同时也成为双方家庭在生产和生活领域里更多的协作和经常来往的桥梁。

（二）指引教育

指引教育功能的实现，体现在敦煌民间婚礼仪式中，最典型的即训女仪式。P. 2633《崔氏夫人训女文》："教汝前头行妇礼，但依吾语莫相违。好卒恶事如不见，莫作本意在家时。……欲语三思然后出，第一少语莫多言。路上逢人须敛手，草卑回避莫汤前。外言莫向家中说，家语莫向外人传。……"女方家长在特定的空间里，通过训女仪式，教育女儿要尊敬长者、上下和睦、夫妇和睦、慎言少语、力戒逸言。另外诸多婚礼之间亦可对比评价，最终能形成一种价值标准，指引人们采取或者规避某种行动，促使人们向善发展，不断追求幸福美满的生活。

而这种指引教育的内容除了以上社会性的内容之外，还有有关私密性的、身体性的内容，我们知道，性的陌生化及其私密性，对于初涉婚姻生活的涩男涩女们来说会自然产生一定程度的窘迫感，而所谓成夫成妇的角色转换，表现在身体的维度首先恐怕就是性的，所以在所有的婚礼空间中，性就像无处不在的欢乐气氛一样总是或者以隐喻的形式或者以直白的形式弥散在该空间中，形成一种独特的文化现象。独特是因为一方面它是难以言说的，另一方面它又是不得不说的。以此，就像文学必须借助形象、意境等来表达观念一样，性又借助文学、艺术来呈现自己，前述的所谓下马、障车、闹青庐等无不如是。神圣性和娱乐性，社会化的和身体的、私密性的连接在一起，形成了"有意味的形式"，这也是我们把婚礼仪式作为一个文化空间的原因之一。

前引敦煌文献《至中门咏》中的"团金作门扇，磨玉作门环。掣却金钩锁，拔却紫檀关"。门与锁、开门与开锁无不具有性的隐喻功能。而这也许就是"堂门策四方，里有四合床。屏风十二扇，锦被画文章"中的屏风、锦被所画的"文章"。而"一花去却一花新，前花是假后花真。假花上有衔花鸟，真花更有采花人"中的"花"和"采花人"更像"花儿"中的尕妹和阿哥："杏花的骨朵没开放，蜜蜂的哈孽障，碰给着网尖上了；尕妹是清泉没喝上，阿哥哈孽障，渴（音 kāng）死在泉沿上了。"① 值得注意的是"花"不管在文人的笔下，还是民间的口头吟唱中是女性，是女性的身体，更是要被采摘的；反之，不管是衔花鸟、蜜蜂，还是采花人，都是男性的、具有占取功能的，这是男权社会最明显的权力表达形式之一。

事实上，从订婚到结婚过程中的种种仪式是文化空间在时间维度上的结构性节点，每一种仪式在不同的空间内都会有特定的文化表达方式。比如在敦煌民间婚礼仪式中男女双方家长带领当事人都要举行祭先灵仪式，这时，祭台便成为一个文化空间的表达方式；牵绳入青庐、闹房（闹青庐）仪式中的青庐，拜宾客仪式中的院落等都是当事人及家族意愿表达的一种空间形式的文化表达。这种空间形式的表达，还有相应人的行为方式，作为一种仪式、一种文化的符号被记载下来。不管是哪一种仪式对文化空间都有自己独特的要求，而且也形成了一些独特的物质表达方式。通过这种物质的表达方式，又形成了一种规范和行为，从而记载了敦煌地区的历史记忆。

---

① 仲禄：《爱情花儿》，敦煌文艺出版社 2002 年版，第 76 页。

(三) 文学的创造与再生

婚姻的神圣性致使婚礼仪式是否隆重成为评判婚姻、家族的社会化标准之一，仪式愈是烦琐，说明人们对仪式所涉及的事物愈是重视。换句话说，即人类的仪礼活动，其仪式本身的烦琐程度总是同人们对该仪式对象的重视程度成正比的。在这里婚姻是内容，而婚礼仪式是形式，但有趣的是往往形式大于内容甚至替代内容。于是我们看到，婚礼仪式除了物质性的展演（比如财礼、嫁妆）、文化性的展演（如仪式过程）之外，还有身体性的展演（如新郎、新娘，特别是新娘的美貌）等。而我们所关注的是在文化性的展演中，文学具体说是诗歌的创造与再生功能。我们很难想象昔日婚礼中人的文化水平是否都能够出口成章，但肯定的是其中的部分人（如司仪等）具有较高的文化水准，他们一方面继承了以前婚礼中所需的各类诗词章句（仪式中的程式化由此可见），另一方面又能够随环境的变化而变化其诗词章句（在固定的程式中加入新的内容，形成新的程式），以体现该婚礼的唯一性。如去花仪式中，因为环境的不同就有不同的去花诗；障车仪式中也有不同的障车文；尤其是拜宾客，祝愿新婚夫妇仪式中，因为环境、场面的不同，在敦煌写卷中祝愿文多达十篇以上。实际上，这种仪式的展演过程就成了一个诗歌（文学）再生与创造的过程，记忆与流传的过程。

仪式展演或者说仪式传播"实质上是一种传递文化信息的符号互动过程"[①]。一般地说，仪式传播比文学传播的范围大，速度快，它的受众更多。仪式的传播带动文学的传播，从而使各种文学样式得以流传至今；文学在其传播过程中也影响着仪式的传播，使我们通过文学作品仍然能够窥探当时人们的生活。当然二者在传播的过程中因为外界各种因素的影响自身也在不断地发生着变化，即所谓"优胜劣汰，适者生存"吧。

---

① 沙莲香主编：《传播学——以人为主体的图像世界之谜》，中国人民大学出版社1990年版，第71页。

敦煌写本《天地开辟以来帝王纪》浅谈[*]

马培洁

一 写卷叙录整理与年代判定

在敦煌遗书中,有《天地开辟以来帝王纪》写本四件,即 P.4016、P.2562、S.5505、S.5785。

P.4016 文书存 209 行,尾题"天地开辟以来帝王记一卷","唯大唐乾祐三年庚戌岁正月廿五日写此书一卷终"。文书为白麻纸,旋风装,每半页七行或八行长 14.8 厘米,有折痕,纸高 21.4 厘米。干支为庚戌的乾祐三年(950 年),为后汉隐帝年号,文书乃抄于此时。

P.2562 文书存 94 行,首题"天地开辟以来帝王记一卷",行 20 字左右,注文双行小字,背为"丙午年洪润乡百姓宋某借券"等。文书不避"民"字,当为归义军时期抄本,但文书仍为卷子装,且字体工整,应早于 P.4016 文书的抄写年代。

S.5505 文书存 3 纸,第 1 纸杂写"南无日光佛",第 2 纸、第 3 纸为"天地开辟以来帝王记",第 2 纸、第 3 纸内容相联结,首题"天地开辟以来帝王记一卷",共 28 行。第 2 纸中间有折痕,长约 30 厘米,高约 20 厘米,则半页纸约长 15 厘米,这正是第 3 纸的长度。从文书形式看,虽然不是册子装,所采用的应为类似旋风、蝴蝶装的一种册子式装帧形式。文书不避唐讳,应抄于归义军时期。

S.5785 文书存一纸,正背连写,共 14 行。纸长 10.7 厘米,高约 14

---

[*] 本文原载于《社科纵横》2008 年第 2 期,第 153—155 页。

厘米，行22字左右。从纸张及正背书写看，文书应是册页装，抄于归义军后期。①

郭锋《敦煌写本〈天地开辟以来帝王纪〉成书年代诸问题》一文②，对这四件文书有详细论考。在P.4016抄件的末尾，写有"天地开辟以来帝王纪一卷，唯大唐乾祐三年庚戌岁正月廿五日写此书一卷终"字样，据郭锋先生考证，此件抄录于五代十国时期的后汉（隐帝刘承祐）乾祐三年，文中大唐的"唐"字系"汉"字之误，因唐及后唐均无此年号。而且后汉乾祐三年，正是庚戌年，即公元950年，约在曹氏归义军统治敦煌时期。故而认为该书抄写于五代曹氏归义军统治敦煌时期，成书年代可能在晋隋之际，颇具说服力。

二　形式特点及宗教色彩

写卷形式非常独特，全卷内容以问答的形式展开，卷中共有一问一答的句式20余处，如："问曰：须弥山下，广长周匝，里数几许？答曰：须弥山高三百六十万里，下有海水三百三十六万里……"显然受到我国固有文学传统和佛经偈颂语言形式的双重影响。考察我国发问形态的作品，源远流长。早在先秦时期，屈原的《天问》，就人文、地理、历史、现实、人、物等宇宙间万事万物的发展变化，一连提出172个问题，因涉及范围之广，知识容量之大，被称为中国古老的百科全书。汉赋中主客问答的作品也很普遍，"主客问答"是汉大赋继承先秦诸子问答体散文发展而来的，如《子虚赋》、《上林赋》、《两都赋》等都采用了"述客主以首引"的方式③。以《西都赋》为例，开头云："有西都宾问于东都主人曰：'盖闻皇汉之初经营也，尝有意乎都河洛矣。辍而弗康……作我上都。主人闻其故而睹其制乎？'主人曰：'未也。愿宾摅怀旧之蓄念，发思古之幽情，博我以皇道，弘我以汉京。'宾曰：'唯唯。……'"六朝以来，模仿渐多，遂有"天问体"之称。此外，问答体形式也为佛家

---

①　《敦煌典籍与唐五代历史文化》，中国社会科学出版社2006年版，第425—426页。
②　郭锋：《敦煌写本〈天地开辟以来帝王纪〉成书年代诸问题》，《敦煌学辑刊》1988年第1、2期。
③　《文心雕龙·诠释》中论赋的特征是："述客主以首引，极声貌以穷文。"（南朝梁）刘勰著，王运熙、周锋撰：《文心雕龙译注》，上海古籍出版社，第60页。

著述所常用,各类佛经中常用"何"字发问的句式。敦煌文献中类似的写卷还有《杂抄》、《孔子备问书》等,这种形式与六朝佛教典籍所采用的问答形式较为近似,特别是律的部分,如《律戒本疏》、《律杂抄》、《三部律抄》、《律抄》等。敦煌发现的此类读物采用问答的形式传播天文、岁时、地理、历史、日常生活等各方面的基本知识,并多与佛教有关,反映了当时社会生活与庶民思想的真实面貌。

从全卷行文来看,《天地开辟以来帝王纪》明显吸收了印度佛教文化的内容,如言"百劫轮回",言"金刚天神",又言"造佛像"、"供养十二部经"、"阎浮提国"、"阿修罗王",等等。此外,文中还多次提到"昆仑山纵广几许",将中国的昆仑山与佛教的须弥山混为一谈,可见其吸收融合之处。

全卷内容不仅受到了佛教的影响,道家思想也渗透其中。如文中所云:"尔时人民,正当枸楼秦佛出现之世,寿命三千(S.5505作'万')年,饮风食露,乘空而(S.5505作'如')行,自受快乐。复自(S.5505作'经')百劫,地遂生肥,甘甜殊美,香气彻天。尔时人民,闻之香气下来,相共食之,人身沉重,不得升天";最后在描述女国风俗时,又云:"其人饮风食露,不能言语",显然受到了道教仙话的影响。闻香气便能存活,延续生命,这是道家神仙观的鲜明体现。

敦煌地区佛教盛行,寺院众多,各寺院均有寺学的兴办,寺学除对佛门弟子进行教育外,也多教授庶民弟子。而且唐代学子寄读寺院的风气盛行,敦煌地区尤为如此。寺院成为敦煌地区民众启蒙受学的主要场所之一,而且其教授者常为寺院的高僧大德,因此其编选的启蒙读物往往渗透佛教信仰与思想,也是不可避免的。

三 与同类敦煌蒙书的关系

在敦煌文献《杂抄》(P.2721)、《孔子备问书》(P.2581)、《天地开辟以来帝王纪》(P.4016等)中记载了很多关于文明起源的知识,其中有天地开辟以来的传说、日月星辰的知识、人民种族的描写、四时八节的历数……可以说是日常生活中必备知识的百科全书,是社会风俗的资料总汇。

在翻阅敦煌蒙书类的作品时,我们不难发现,《孔子备问书》的内容与《天地开辟以来帝王纪》十分相似。《孔子备问书》前 38 行，以孔子问，老子答行之，计问"人皇之后，有谁承之"、"伏羲之后，治化何似"、"伏羲之后，有谁承之"等。而且《孔子备问书》也多涉及佛教内容，如"日月谁造"、"凡贤圣有父母否"、"人能生佛？佛能生人"、"何名八难"等，可知《孔子备问书》也深受当时社会风气的影响，广受佛教习染与熏陶。

《杂抄》内容自"论三皇五帝，何名三皇"始，至"言有八顽者"止，历叙历史、天文、地理、山川、节气、帝王、年节、经史、事物起源、社会常识及伦理道德等，内容非常丰富。郑阿财、朱凤玉在《敦煌蒙书研究》中指出[1]，敦煌文献中 P. 2579、P. 2581、P. 2594、P. 3756《孔子备问书》其形式与《杂抄》相似，内容也多有所雷同。P. 3155 卷子内容，后段同于《杂抄》，前段则同于 S. 5505、S. 5785、P. 2652、P. 4016《天地开辟以来帝王纪》[2]，同属敦煌流行的通俗读物。如"辨年节日"中所提："昔人皇九头，兄弟九人，人别居住，是以因次，即立九州……""何人种五谷？神农。何人造酒？杜康"等，从这些内容中，可以看到三者众多相似之处。

敦煌写本中各类蒙书，内容往往取材于同一来源，而且多仿作、改编或因袭抄录的现象，这也是其非常鲜明的特色之一，《天地开辟以来帝王纪》、《孔子备问书》和《杂抄》，三书内容彼此相涉，可见这一类敦煌通俗读物的出现，与当时的社会风气有着密切的联系。这些文本采用问答体制，儒佛交融，内容广泛，我们完全可以将其作为一种文化现象进行分析，这是当时敦煌民众接受知识的通俗形式，以及获得天文、历史、地理等各类知识的一种独特形式。也可借此了解敦煌大众的知识构成状况。

总之，三者无论在形式、内容，还是在受佛教的影响方面，都存在大量相似之处，是唐五代敦煌地区所流行的性质、体制相似的启蒙类的通俗读物，为我们了解这一时期敦煌民间普遍的自然观、道德观和历史观提供了资料。

---

[1] 郑阿财、朱凤玉：《敦煌蒙书研究》，甘肃教育出版社 2002 年版，第 182 页。
[2] 郑阿财：《敦煌写本孔子备问书初探》，载《敦煌学》第 17 辑，1991 年，第 99—128 页。

四 与《帝王世纪》的关系

一般认为，敦煌遗书中的《天地开辟以来帝王纪》与杂史类古籍《帝王世纪》等有一定的传承关系。

《帝王世纪》是专述帝王世系、年代及事迹的一部史书，所叙上起三皇，下迄汉魏。现存的《帝王世纪》计有10卷，其中第一卷记天地开辟至三皇；第二卷记五帝；第三卷记夏；第四卷记殷商；第五卷记周；第六卷记秦；第七卷记前汉；第八卷记后汉；第九卷记魏；第十卷记历代星野、垦田及户口，是整理历代帝王世系的历史书典，内容多采自经传图纬及诸子杂书，载录了许多《史记》及两《汉书》缺而不备的史事，分星野，考都邑，叙垦田，计户口，"宣圣之成典，复内史之遗则，远追绳契，附会恒滋，揆于载笔，足资多识"①，有很高的史料价值。

敦煌遗书中的《天地开辟以来帝王纪》，以记述民间神话、传说为主，又夹杂了一些佛教知识，显得比较浅显、通俗，具有启蒙读物的性质。"文书中所记的五帝与《史记·五帝本纪》、《吕氏春秋》等记载不符，但却同于虞世南的《帝王略论》。此外，关于五帝的事迹，文书也有与《帝王略论》相同者，如文书云：'五帝少昊，字青阳，号金天氏，有凤鸟之瑞，故以鸟名官。'日本学者尾崎康已论述了《帝王略论》关于三皇五帝记载取材于皇甫谧《帝王世纪》②，则指出《帝王略论》与此文书有相同之处是因为二者均来自《帝王世纪》。文书叙述五帝一段较少荒诞之语，与其取材于《帝王世纪》直接相关。也正因为如此，文书才稍微具有了一点'史'的特色。"③

在著述水平上，《天地开辟以来帝王纪》与《帝王世纪》相比较，明显的要低一些，读者层次上也要相应的低一些。从全卷行文来看，也似乎有重复杂沓之感，行文逻辑略显不够严谨。如卷首提到："其次复有九皇而治。九皇者，配罗皇生容成皇，容成皇生大达皇，大达皇生赫头皇，赫

---

① （清）宋翔凤：《帝王世纪集校·序》，清嘉庆道光间浮溪草堂刻本。
② 尾崎康文发表在《斯道文库论集》第5辑，1967年；《关于虞世南的"帝王略论"》，蔡懋堂译，《国立编译馆馆刊》第3期，第173—194页。
③ 《敦煌典籍与唐五代历史文化》，中国社会科学出版社2006年版，第417、426—427页。

头皇生雄隆皇,雄隆皇生平统皇,平统皇生尊庐皇,尊庐皇生白马皇,白马皇生粟隆皇,粟隆皇生犁连皇,犁连皇生汉中皇,汉中皇生伏羲皇。"原文提到:"百劫始有圣帝,自称配罗皇,乃有九头十八眼,治经廿万年,遂即灭矣。其次复有九皇而治",而此处配罗皇后为何却有十一皇?此写卷在敦煌地区流行比较广泛,也许是在敦煌民众的多次传抄过程中,文字发生了讹误。

但从整体上看,由于内容通俗,《天地开辟以来帝王纪》却比经典的历史著作更易于被大众所理解,更易于被处于西北一隅的敦煌民众所接受。某种意义上说,从《帝王世纪》到《天地开辟以来帝王纪》,我们似乎看到了历史知识下移的脚步,历史知识通俗化的过程。可以说,经典著作中的知识在传播下移的过程中,在通俗化的过程中,在被民众广泛接受的过程中,才真正找到了它的生命所在。

五　写卷的重要价值

首先,《天地开辟以来帝王纪》中提到了很多事物的来历,为我们认识事物提供了新的看法。如"一百二十子各认一姓",说明了多姓氏的来历。"已(以)后人法之,十二头作十二月为一岁",十二月为一岁的来历。"地(皇)之时,有一身一头,兄弟十一人,治经一万年,遂即灭矣。后人于是法之,以十一月为冬至",说明了冬至的来历。"兄弟九人,各住一州。已(以)后人因而此立九州,取之治道,以三百六十日为一岁,此之法者也",说明了九州的来历,三百六十日为一岁的来历。"昔康桂家有一贼人名吉利,在夜田(荣)作,残余笋麦馈,置于树孔中。计于五、六日,麦饭生子(籽)变作麦类。遇天大雨,得水淹之后,黍饭残不尽者,泻著树孔。后计五日树香,遂即食之,合迷荒(恍)。君子饮之,以得自将。小人饮之,(紊)闵乱猖狂。自示(是)以来,遂成甘味,传相效法,因此即有造酒",说明了酒的来历。"答曰:伏羲龙身,姓风,名王。能造衣裳,定日月星辰,成立万物,推其阴阳,以成冬夏",说明了冬夏的来历。"伏羲用树叶覆面,女娲用芦花遮面,共为夫妻。今人交礼,戴昌妆花,因此而起",说明了婚俗的来历,具有民俗学研究的价值。写卷所记载的与传统文献的不同之处,具有更宝贵的认识价值。

其次,《天地开辟以来帝王纪》补充了神话研究的珍贵资料,表现了中古时期民间神话观,意义十分重大。写卷中对于地理方域的新描绘,如言阎浮提国、瞿耶尼国、郁单越国、沛于坠国等,对于各类人种的介绍,如言女国、师子国等,还有对于其国风俗的介绍,扩大了人们的认识范围,开启了人们的想象空间。特别是《天地开辟以来帝王纪》中对于伏羲、女娲的记载,更是引起了学界的重视。

[1] 复自(经)百劫,人民转多,食不可足,遂相欺夺,强者得多,弱者得少,地配(S.5505作"肥")神农(S.5505作"圣"),化为草棘,人民饥困,递相食啖。天之此恶,即下洪水荡除,万人死尽,唯有伏羲得存其命,遂称天皇丞(承)后。

[2] 尔时人民死,惟有伏羲、女娲兄妹二人衣(依)龙上天,得存其命。恐绝人种,即为夫妇。

[3] 答曰:伏羲、女娲,因为父母而生,为遭水灾,人民死尽,兄妹二人,依龙上天,得存其命。见天下荒乱,惟金岗(刚)天神,教言可行阴阳,遂相羞耻,即入昆仑山藏身,伏羲在左巡行,女娲在右巡行,契许相逢,则为夫妇,天遣和合,亦尔相知。伏羲用树叶覆面,女娲用芦花遮面,共为夫妻。今人交礼,戴昌妆花,因此而起。怀娠日月充满,遂生一百二十子,各认一姓。六十子恭慈孝顺,见今日天汉是也。六十子不孝义,走入丛野之中,羌敌(氐)六巴蜀是也。故曰:得续人位。

柯杨在《敦煌遗书中有关伏羲神话的记载与甘肃民间活态神话之比较》[①]一文中认为,这是迄今为止,伏羲、女娲兄妹配偶型洪水神话在我国古籍中最早的文字记载,比唐代李冗《独异志》的记载大约提前了400年,对于某些问题也有了新的解释。并指出这对我们从"史"的角度深入探讨伏羲是"华夏文明始祖"这一重要命题,以及对分析我国历史上各民族古老的文化交流史也极有帮助。

---

① 柯杨:《敦煌遗书中有关伏羲神话的记载与甘肃民间活态神话之比较》,载《伏羲文化论丛》,甘肃人民出版社2004年版。

六　写卷的性质

《敦煌学大辞典》中将《天地开辟以来帝王纪》列为年表性质的提要史书，"始于天地开辟的传说，中间记三皇五帝的故事，终于殷周，约三千字，似供童蒙诵习之用"。《天地开辟以来帝王纪》一般被认为属于杂史类敦煌写本，严格说来，此文书不能算作史书，写卷中除记述远古天地开辟三皇五帝事迹外，还夹杂了许多民间、佛教传说或神话，内容多荒诞不经。文书涉及的内容十分广泛，可以说是各类知识的汇编。因此，我们可以将其作为综合知识的蒙书类作品来理解。尽管其中有些内容和史书记载相去甚远，而且郭锋先生已经指出："本书中有关佛教的内容浅而多误"①，甚至对于一些神话、民间传说的记载也与传世文献有较多不同，而这些恰恰反映了敦煌的特色。正如陈逸平《敦煌大众的历史知识》一文所云："唐宋时期，敦煌大众的历史知识结构是非常简约明了而又非常具体，而这正是他们历史知识结构的特点。另一方面，受文化水准和接受基础的制约，不仅神话、民间传说，甚至历史事实本身也被演绎、虚构，添加了许多适合大众接受方式（如变文、通俗诗）、接受心理的内容，而这些内容和历史本身相去甚远。而恰恰是这种被认为是民间的、被演绎虚构的历史知识，在敦煌大众中有广泛的影响，成为其历史知识的主要来源。"②可见正是通过这种大众化的传播方式，他们获得了各方面的知识。"尽管敦煌大众的历史知识来源复杂，但它所反映的思想和主流文化的方向是一致的"③，写卷杂糅了儒释道三家的思想，独具敦煌文化特质，雅俗兼备，比经典著作流传更广，更深入人心，而且更直接、更具体，更真切地体现了中国传统文化的精神。

这类通俗性的作品反映了敦煌地区大众社会生活的实际状况，更具地方文化特色。写卷涉及的各种知识对敦煌大众来说，并非高深的学问，而是日常生活的常识，由此可以窥见敦煌大众对世界的认识水平和思想状

---

① 郭锋：《敦煌写本〈天地开辟以来帝王纪〉成书年代诸问题》，《敦煌学辑刊》1988年第1、2期。
② 陈逸平：《敦煌大众的历史知识》，《敦煌研究》2006年第2期。
③ 同上。

况。总之,《天地开辟以来帝王纪》是百姓在日常生活中所孕育的通俗作品,是深受当时社会风气之影响,广受佛教习染的通俗读物,透过它可以了解此类通俗读物之脉络,掌握其发展源流,具有一定的认识价值和意义。

第五部分

古代少数民族史诗研究

纵聚向与横组合:《格萨尔王传》与《荷马史诗》整体结构之异*

罗文敏

语言作为人们感知和把握客观世界这个具有多维向度复合体的工具,按照索绪尔的观点,它首先体现为一种线性的或水平的序列,主要体现在日常语言中;而经由普通语言过滤(分割和重组)后的文学语言以其任意性而使得联想或垂直的序列凸显出来。雅各布森从诗歌语言的"相邻性"和"相似性"与两种基本修辞手法——转喻和隐喻的密切关联中,证实了索绪尔上述关于人类语言具有句段和联想的双向结构的假说。此双向结构在诗歌里表现为两极(隐喻/转喻)模式:垂直轴是选择性的/联想性的共时的向度(隐喻),联想和类推是其特点,重在表现(expression);水平轴是组合性的/句段性的历时的向度(转喻),衔接与连缀是其特点,重在叙述(description)。按照雅各布森的解释,转喻就是根据相邻性原则(把一词置于另一词旁边)的句段组合方式。显然,以描述或叙述为首要目的的文类首先得诉诸相邻性原则,因为散文的形式离转喻最近。

雅各布森认为隐喻模式在古诗歌里试图得到凸显。这明显是倾向于强调诗歌重表现、重垂直轴上的纵聚合性,这种选择性或联想性的诗歌回环,这种空间性原则,可以是在一句诗或一首诗中,更可以被看作一种文本的结构方式——空间性、诗歌性的复沓强调,它正是本文所要研究的

---

* 本文原载于《中南民族大学学报》2009 年第 4 期。

《格萨尔王传》的整体空间性结构。相应地,韦勒克"传统的叙述体或故事(史诗或小说)是……必须严格地采用时间这一维的空间的"① 之表述,也正好可为与上述《格萨尔王传》的整体空间性结构相对的《荷马史诗》的整体时间性结构做一个强有力的注脚。

一

"韵"、"乐"结合的诗歌美感是英雄史诗早期(口头)发展阶段的核心要素之一,但从现已形成文本的英雄史诗中已基本看不到史诗配乐表演及其他相对比较古旧的本初元素了。我国藏族英雄史诗《格萨尔王传》作为依然被口头吟唱着的"活形态"史诗,正如普罗普先生所理解的俄罗斯英雄史诗的重要因素一样:其表现形式不是为了阅读而是为了配乐表演。在普罗普先生看来:音乐、演唱表演对史诗来说如此重要,以至于对这些作品而言,不唱就意味着没有史诗的品质。我们在"田野调查"时发现:藏族史诗《格萨尔王传》的吟唱者对"韵"与"乐"的严格要求,正说明了表演是证明歌手个人投入的深度和他们对描述的事件的兴趣的途径,还为这些歌手提供了由这些英雄和他们的故事唤起的艺术冲动和情感借以表达的机会。相对而言,史诗的音乐是史诗吟唱之民族最为古老的传情达意的凭借。显然,从这个角度来看,我们应当为今天依然能够有幸欣赏到与音乐和舞蹈紧密结合的史诗演唱过程而感到自豪。虽然仅就音乐这一点来说,相对于深沉的、富于变化的且更适合于表现的歌曲而言,史诗音乐在这方面是较低级的。但由于《格萨尔王传》是一部具有强烈音乐性的史诗,其价值不容忽视。该史诗不仅有叙述故事情节的散文(艺人的"说")的部分;而且说唱艺人歌唱的曲调是丰富多彩的。曲调名都在段前予以提示,这的确是稀有的现象。可喜的是在国内已有音乐学者在曲调方面进行了探索。而在国外,法国著名女藏学家、巴黎高师的M.艾尔费教授已写出《〈藏族格萨尔王传·赛马篇〉歌曲研究》(*Les chants Dans L'Epopee Tibetaine De Cesar*)这部长达573页的巨著,其中有196页为藏文歌词拉丁代号音记。艾尔费从《格萨尔王传》的诗句由双音节词组构成、七音节诗句的构成以及如何配以"专用曲调"、"套曲"、"通

---

① [美]韦勒克、沃伦:《文学理论》,生活·读书·新知三联书店1984年版,第240页。

用调"等诗词和曲调内涵等问题①展开对该史诗音乐学方面的研究。

当富含音乐元素的史诗变成文字的文学文本后，首先失去的是它的音乐形式，而且有时候也可能丢失它的韵律形式。而当其被翻译为别的文字的时候，它的"韵"与"乐"的成分就几乎要流失殆尽了。在史诗被定型前后，势必要经历这样三次变化："从即兴而作到死记硬背，从配乐吟唱到无乐朗诵，从王谢堂前到寻常百姓。"② 当然，对于单纯以文字形式存在的史诗文本，从信息统一与文字定型的角度看，无疑是好事。但史诗的文字定型势必使得史诗更重视"史"（散文）化之"叙"而淡化"诗"化之"抒"。在公元前 6 世纪就已经有了文字定型的《荷马史诗》③ 就更多地具有了"史"化之"叙"，而至今仍未文字定型的《格萨尔王传》就更重视"诗"化之"抒"。从总体架构上看，前者体现的是时间性的横组合，后者体现的是空间性的纵聚合。

在《格萨尔王传》的口头传承过程中，依据史诗口头程式指引的史诗创编更加体现了其"诗"化之"抒"的空间性联想特点。其口头传承中的即兴演唱与"创编"是既高度依赖传统的表述方式和诗学原则，又享有一定的自由度所进行的即兴创造。以强调口头程式重要性而著称于世的帕里—洛德理论，是一种重心对史诗类大型民间叙事样式展开研究的方法论，其三个核心概念中之首要概念便是程式（formula），同时作者也注意到主题或典型场景（theme or typical scene）与故事形式或故事类型（story-pattern or story-type）④ 这两个概念的重要性。为了强调自己对大型民间叙事文学样式中某些较为固定的结构的认可，帕里—洛德以深入南斯拉夫田野调查、体验及详细记录的相关原始资料为直接理论依据，强调南斯拉夫史诗同一歌手的重复演唱，都是与前次以及以往其他次演唱内容不

---

① 王建民、黎阳、[法] M. 艾尔费：《〈《藏族格萨尔王传·赛马篇》歌曲研究〉一书评介》，《西南民族学院学报》（哲学社会科学版）1995 年第 2 期。
② 程志敏：《荷马史诗的文本形成过程》，《国外文学》2008 年第 1 期。
③ 我们现在所看到的《荷马史诗》，其最早的印刷全本是 10 世纪或 11 世纪的 Laurentianus 本，而这个标准本的母本是亚历山大里亚的学者所编定的……亚历山大里亚图书馆在荷马史诗史上占据着非常关键的位置，它的承上启下之历史功绩体现在收集各国编本，并根据当时的图书编纂体例为后世弄出了荷马史诗的"定本"。参见程志敏《荷马史诗的文本形成过程》，《国外文学》2008 年第 1 期。
④ 周爱明：《史诗研究的第三只眼——〈口头诗学：帕里—洛德理论〉的评介》，《西藏大学学报》2003 年第 2 期。

完全相同的重新创作。经过进一步分析，他认为这些歌手是利用从传统程式中抽取出的某些元素，来选择性地将其安放在大主题中的每个小主题转折要点的虚席上。总体看来，这些程式不仅出现在史诗颇具传统特征的循环性片语和典型场景上，也在多样化的史诗整体叙事范式的表现中。被特殊化了的古希腊和南斯拉夫的诗歌语言中的"大词"（large words）就是程式，是一种修辞单元和叙事单元，是歌手在史诗口头表演中进行创编的故事模式和诗歌韵律。简而言之：程式，是相同的步格条件下具有重复性和稳定性的词组、句子以及更大的修辞单元与叙事结构，它在口承史诗的发展中作用极大。

既然口头创作都既是传统的又是程式的，而在各个传统的形成中，那些已经预制以利于变通的结构或者程式，又会生出差异。那具体的研究办法就是"将那种共通的策略放在各自传统的背景上，联系着它们各自语言的特殊性来考辨"①。做好这种研究，需要实地调查的田野活动与对所得材料的具体描述和分析这两个方面紧密而有效的配合，才可以在研究口头传统领域有大的收获。

文学中的传统成分意味着从过去承继下来的东西而并非作者自己的创造，它包括对文学程式整体的继承，而诗学的"传统"多指"传承文化"或表演过程中所涉及的全部因素，它包括已经被表现出来的全部，以及那些没有被叙述出来的、由歌手和听众共享的默认性知识。这便使得与"书面性"相对的"口承性"（"口头性"）具有了与口头传播信息相联系的一系列特征和规律：并置而非递进，聚合而非离析，充斥"冗赘"或者"复言"，以及保守性和传统化等。如前所述，在这一方面，我国藏族史诗《格萨尔王传》在局部细节与整体结构上更像诗歌复沓乃至扬雄大赋：从体积、数量、种类、色彩、速度等诸多方面，借程度副词的强化作用，加之排比与夸张修辞所凝结成的语句与语句群的渲染与铺陈，以及比喻修辞的形象化效果，使得格萨尔的勇武、顽强与智慧产生"神圣而令人崇敬"的氛围感，带来的是一种让人驻足、凝神、屏息的审美效果，是一种凝聚在瞬间膨胀的空间美感的强化，而不是像《荷马史诗》那种让人到场、跟进、享受，让人带着好奇与悬念走下去的审美效果。准确地

---

① 转引自周爱明《史诗研究的第三只眼——〈口头诗学：帕里—洛德理论〉的评介》，《西藏大学学报》2003年第2期。

讲，前者的英雄如"神"般伟大，听众或读者甚至不用担心他有化解不了的危险；而后者的英雄则如"人"般真实，听众或读者随他的言行而现场跟进。格萨尔的勇武与智慧在各部中都有表现，从而其效果就如同重峦叠嶂的诗节回环咏叹一般，为了反复强调以使其表现效果更为强烈，甚至要"不厌其烦"地循环往复，譬如类似的效果在《北方降魔》、《霍岭大战》、《姜岭大战》、《门岭大战》这几大部分里同样出现。此处选《霍岭大战》一例来看，在该部中，霍尔国白帐王趁格萨尔去北方降魔，利用岭国内部的矛盾，抢走王后珠牡，捣毁岭国神庙，劫走无数财物，立叛贼晁同为王，岭国处境危险。格萨尔临危回国，先惩奸贼晁同，召集岭国各将领做安排，再独身前往霍尔国。

> 格萨尔到霍尔国要过十二个关口，他用霹雳箭结果了长脑袋、千里眼、大力士三个魔鬼；射死了霍尔野牛；格萨尔掷骰子降服了守卫沙石山的霍尔三魔女，巧妙地渡过霍尔河，将守渡口的水魔兄妹淹死在河中；格萨尔变成一条巨鱼出现在霍尔君臣面前，"霍尔河口，突然出现一条头颅很大的鱼，眼睛如红玛瑙，背鳍象琉璃透明，腹部如白螺光洁，鳞片耀眼夺目，那鱼伸出巨头，头在这边山上，尾部在彼岸，吞食生物如吃炒麦一样，粗大的身躯将霍尔六川河水堵住往上倒流，一口吞下河水，吐出来淹没了船户十二村落"（见《霍岭大战》下卷，青海藏文版第231页）。当霍尔君臣莫明其妙之际，格萨尔变成一商人出现在阿钦滩，一箱箱茶叶垒得象高山，布匹、绸缎、氆氇难以计数，金银、玉石、玛瑙，分类陈列，山上放满了骡马，山下扎起了大帐，有六十只大狗守卫四方。当霍尔辛巴跑去询问时，格萨尔巧妙地回答："我是汉地大商贾，珍珠玛瑙用斗量，黄金万两用升量，十万商客居首位。曾与霍尔作买卖，卖给黄金、孔雀、海螺、水獭和明镜，一半价钱未收回，今日特地来收价钱。"（意为复仇）[①]

无论是从总体结构，还是从细节语句及语句群来看，《格萨尔王传》更像是"铺陈其事"的大赋，常用且极端化地使用那些结合了比喻的排比式夸张语句与语句群，听众随时会被格萨尔"排山倒海"、"瞠目结舌"

---

① 索代：《〈格萨尔王传〉的人物体系》，《西藏艺术研究》1996年第2期

般的"神"性所"吸"住,乃至于"凝神敛气"。与《格萨尔王传》的"诗"化之"凝"、"敛"相比,《荷马史诗》的"史"化之"流"、"进"则更为突出。

二

作为古老说唱文学的《荷马史诗》,具有民间叙事诗的特点。其由希腊文原意"谈话"到后来与叙述英雄故事的韵文联系起来,从柏拉图首用"史诗"一词到亚里士多德以其确指《荷马史诗》,其间经历了很长时间。黑格尔强调了这种篇幅超长、规模巨大的具有独特叙事方式、结构与语言的"史诗的任务就是把事迹叙述得完整"①。但是,虽然都是以叙事为其主要任务,"两千年来一直被看作是欧洲叙事诗的典范"② 的《荷马史诗》,与其他民族的史诗在叙事策略和叙事结构上却有着很大的区别。"史诗作者荷马既不是古希腊唯一的,也不是最早的史诗诗人。他的功绩不在于首创史诗,而在于广征博采,巧制精编,荟前人之长,避众家之短,以大诗人的情怀,大艺术家的功力"③ 来创作。如果要论《荷马史诗》的艺术成就,最重要的恐怕就是作家如何将散传于民间的传说与歌谣以更为贴近读者阅读心理的叙事方式综合加工而成史诗,正如上所述之"巧制精编",具体表现为详略得当的材料选取与故事叙述,以及比喻等修辞手法的巧妙使用。本文重在分析前者即选材与叙述所呈现出来的横向时间轴上的句段性。

无论是在《伊利亚特》中选取 10 年征战的最后 51 天作为典型情节来叙述,还是在《奥德赛》中选取 10 年返家的最后 41 天作为核心动作来叙述,都能透过作者的材料取舍与对情节徐疾进度的巧妙安排,看到其清醒的值得仔细揣摩的选材意识。在《伊利亚特》中,作者一方面大胆采用"快进键"使关键点被凸显出来。譬如,第 24—25 天这两天,用了 101 行(第七卷第 381—482 行④),平均每天 50 行,主要写希腊人和特洛

---

① [德] 黑格尔:《美学》第 3 卷,朱光潜译,商务印书馆 1997 年版,第 150 页。
② 郑克鲁主编:《外国文学史》(上),高等教育出版社 1999 年版,第 20 页。
③ 同上。
④ 相关资料见甘运杰《荷马史诗情节动作时间考辨》,《郑州大学学报》(哲学社会科学版) 1982 年第 2 期。

伊人停战焚尸；希腊人造壁垒，挖壕沟。第41—51天这11天共用了109行（第二十四卷第695—804行），平均每天占不到10行，主要写双方停战11天，以便特洛伊人为赫克托耳之死举哀（打柴九天，焚尸一天，筑墓一天）。第1—9天这9天，共53行，平均每天不到6行，主要写日神阿波罗一连九天降瘟于希腊军营。第31—39天这9天共用了17行（第二十四卷第13—30行），平均每天不到2行，主要写阿喀琉斯接连九天每天凌辱赫克托耳尸体；众神九天来议论此事。而第11—21这11天，则仅仅占用了15行（第一卷第477—492行），主要写阿喀琉斯拒绝参战，也不出席集会。另一方面，史诗则在有限的情节动作所占用的时间（51天）中，精选4天来"特写"，并使其占据整个史诗（24卷）的近九成（共约21卷）分量。具体为：第26天这一天，几乎花费了3卷（第八卷第1行—第十卷第579行），主要写特洛伊人攻打，阿伽门农赔罪，阿喀琉斯拒战。第28天这一天，花费4卷余（第十九卷第1行—第二十三卷第108行）的篇幅，主要写在全体成员大会上，阿喀琉斯收下阿伽门农的赔罪礼，两人正式和解。众神参加双方战斗，埃涅阿斯勇斗阿喀琉斯。阿喀琉斯大战河神。特洛伊人溃败，逃回城里。阿喀琉斯在城下杀死赫克托耳。阿喀琉斯祭奠帕特洛克罗斯的亡灵。第23天仅仅这一天，用了将近6卷（第二卷第48行—第七卷第380行）来写；而第27天这一天，竟用了整个《伊利亚特》的三分之一篇幅——8卷（第十一卷第1行—第十八卷第617行）的宏大篇幅来浓墨重彩地叙写：希腊人和特洛伊人大战，双方伤亡惨重。赫克托耳砸开壁垒，攻打船舶。帕特洛克罗斯借阿喀琉斯的铠甲盾牌带兵出战，大败特洛伊人，但他后来为赫克托耳杀死。赫克托耳纵火烧船，希腊人处境危急。阿喀琉斯决心为帕特洛克罗斯报仇。工匠神赫淮斯托斯连夜为阿喀琉斯赶制盾牌铠甲。之所以这样在一边极尽俭省笔墨之能事，一边又充分展开、详细描摹，无非是为了突出关键爆发点之前的过程积累，使英雄形象在必要性叙述中更为鲜明生动。

无独有偶，共24卷的《奥德赛》中的41天情节动作，其中大胆简略乃至一笔带过的是：第4天、第8—11天、第12—28天、第34天及第36天。其中：第36天这一天只有132行（第十五卷第56—188行），第4天这一天只有86行（第三卷第404—490行），第34天这一天只有74行（第十三卷第18—92行），更有甚者，第8—11天这4天仅有34行（第五卷第228—262行）的叙述，平均每天不到9行的叙述分量，最为离奇的是第 12—28 天这整整 17 天的情节动作时间，作者竟只用了 15 行（第五卷第 263—278 行）来一笔带过，以平均每天不到 1 行的篇幅对奥德修斯离别卡吕普索，继续回家的航程进行简略交代。如前所述，简略交代是为详细描写和重点叙述蓄势。相应地，《奥德赛》中以下 4 天是大分量"特写"：第 33 天、第 35 天、第 39 天和第 40 天。其中对第 35 天这一天的情节动作，作者花了两卷的篇幅（第十三卷第 93 行—第十五卷第 55 行）来叙述；而第 39 天这一天进而用了 3 卷的篇幅（第十七卷第 1 行—第二十卷第 90 行）来进行多方面的充分叙述；第 40 天则用了 3 卷半的篇幅（第二十卷第 91 行—第二十三卷第 346 行）；更有甚者，第 33 天的情节动作被多方面地展开在 5 卷本的分量（第八卷第 1 行—第十三卷第 17 行）中，它主要叙述阿尔喀诺俄斯为款待奥德修斯举行宴会和竞技。奥德修斯听盲乐师德摩多科斯演唱木马计故事后伤心落泪。他向国王讲述自己离开特洛伊后在海上和异域漂泊流浪的冒险经历。

尤为值得研究者们关注的是这第 33 天，它已经到了《荷马史诗》所涉及的事件时间（20 年）之倒数第 9 天了，可是战争之后的主要事件迄今为止却并未被叙述者纳入到故事情节的正面叙述中。于是，巧妙的荷马则借用"（向国王）讲述"这一理由充分地以"插叙"的方式来"倒叙"，把主人公奥德修斯自离开特洛伊后这 10 年来的主要经历（在海上和异域漂泊流浪的冒险经历）以倒叙的方式展现给读者，合情合理又紧凑集中，尤其是具有一定的悬念引导性。这种对事件的处理方式或者说结构故事情节的技巧，是一种对"吸引读者急于把故事关注下去"的内在诱惑性的设置，是《荷马史诗》作为"叙事文学的典范"的理由。

我国以《格萨尔王传》为代表的众多英雄史诗则基本上采用由本及末、顺时连贯的叙事方式，即不打破自然时序，按照人物的生命节奏、事件发生的时序，对人物与事件进行平叙直述。郎樱先生即认为突厥语民族的英雄史诗的基本叙事框架如下：祈子—英雄特异诞生—苦难童年—少年立功—娶妻成家—外出征战—进入地下（或死而复生）—家乡被劫—敌人被杀—英雄凯旋（或牺牲）[1]。值得一提的是，与一般叙事学角度的叙事结构不同，众多研究者在对待《格萨尔王传》的时候，常用"圆形结

---

[1] 郎樱：《〈玛纳斯〉论》，内蒙古大学出版社 1999 年版，第 21 页。

构"①一词来表述其"叙述结构",这是个误解,因为这里所谓的"圆形结构",其实仅指对核心人物的大致行动轨迹是一个"天界—人间—冥府—天界"的圆周过程而已。在该作品中,核心英雄的踪迹是:观世音菩萨请求阿弥陀佛派天神之子下凡降魔。神子推巴噶瓦发愿到藏区,做黑头发藏人的君王——即格萨尔王。他是神、龙、念(藏族原始宗教里的一种厉神)三者合一的半人半神的英雄;自神奇诞生之日起,就开始为民除害,造福百姓;12岁时,赛马大会取胜,获王位,娶珠牡为妃;由此征战四方,降伏白帐王等人间妖魔之后,格萨尔功德圆满,与母亲郭姆、王妃森姜珠牡等一同返回天界②。虽然从《格萨尔王传》的故事结构看,时间上概括了藏族社会发展史的两个重大的历史时期,空间上包含了大大小小近百个部落、邦国和地区,纵横数千里。而且"征战"频繁,几乎每战必写,全是主体。除著名的四大降魔史——《北方降魔》、《霍岭大战》、《保卫盐海》、《门岭大战》外,还有十八大宗、十八中宗和十八小宗,每个重要故事和每场战争均构成一部相对独立的史诗③。各个"相对独立的史诗"之间的关系是并列性的,尤其需要注意的是其在近似乃至重复情节方面的做法,不是详略剪裁之后的叙述,而是罗列、复沓与强调。

顺便需要提及的是,笔者认为把《伊利亚特》中"战争的源起"④之"婚事"(情事)简单归为阿喀琉斯的女俘被阿伽门农抢走,容易引起误解。因为《伊利亚特》里"征战"是指希腊联军跨海出征、攻打特洛伊的10年战争,所以其源起当然是指在爱神阿佛洛狄特的帮助下,斯巴达国王墨涅拉俄斯的妻子、阿伽门农的弟媳海伦被特洛伊王子帕里斯抢走的事,而并非前述之由。至于阿喀琉斯因女俘被抢而愤怒则是到了《伊利亚特》所述之10年"征战"里的最后那51天(有些学者至今仍误作50天)。其实,关于《荷马史诗》,应当有三个时间需要廓清:一是事件时间,是故事情节所涉及的原材料时间,在此是指10年征战;二是故事时间,是被集中讲述的情节动作时间,在此作中是指荷马按时间先后呈

---

① 郎樱:《〈玛纳斯〉论》,内蒙古大学出版社1999年版,第21页。
② 《格萨尔王传·天界篇》,刘立千译,民族出版社2000年版。
③ 刘立千:《刘立千藏学著译文集·杂麻》,民族出版社2000年版,第339页。
④ 熊黎明:《中国少数民族三大英雄史诗叙事结构比较》,《云南民族大学学报》(哲学社会科学版)2005年第2期。

现给读者的那51天；三是叙述时间，一般是指叙述者进行"叙述"时，该动作本身行进过程所用之时间。所以，总体来提《荷马史诗》的"征战"，一般都是指其10年征战而非51天战斗，其区别人物，前者是海伦而后者是布里塞伊斯。《荷马史诗》的情节结构在时间、地点与核心情节上都是集中的。在对从亚里士多德到布瓦洛这一系列西方文论家的近似强调中，我们可以清晰地看到"一"、"集中"、"明确"等理念的合理性。

相对应的是，中国的民族史诗《江格尔》的总体情节结构是分散的、情节上独立的数十部长诗的并列复合体[①]。而《格萨尔王传》之详略取舍更不明显。如果从对事件的处理方面看，《格萨尔王传》是依照事件的原发时间先后顺序进行叙述，只是叙述的时间一般是小于事件进行的实际时间，简单可以看作是缩小化叙述；另外也有一种有意识强化某些瞬间动作或思想的清晰度，而将其拖长的叙述，这种可以看作是放大化叙述（当然这样做的效果可使真实感更为强烈），但在《格萨尔王传》里极少。尽管在叙述中有对原事件的变形（如此处的缩小或放大），但极少有叙述时间与事件时间的先后调换的，尤其是像上文《荷马史诗》的调换与详略裁剪的，就很罕见。相应地，其"吸引读者急于把故事关注下去"的内在诱惑性的设置就淡一些，而且"《格萨尔》中主要写了大小几十次战争，绝大多数英雄的形象，都是在千篇一律的战争故事情节里塑造出来的，所以，他们的性格就较单一些"[②]。

无论是研究者认为英雄史诗《格萨尔王传》具有"千篇一律的战争故事情节"，还是"每个重要故事和每场战争均构成一部相对独立的史诗"，都无不呼应或隐含着这样一个对比认识：口承史诗《格萨尔王传》的整体结构更像诗歌吟唱，因为它对人物形象的塑造，重在形式类似的故事情节的并列叠放，大体是一种如抒情诗的复沓迭唱、回环咏叹式的整体结构，因而可被称作纵聚合式的；而文本史诗《荷马史诗》则重在主次分明、详略裁剪之后的线性连接，大体是一种前后衔接的横组合式。因

---

① ［荷兰］兰尼克·希珀、尹虎彬：《中国少数民族文化中的史诗与英雄》，广西师范大学出版社2004年版，第99页。

② 古今：《〈格萨尔〉与〈罗摩衍那〉比较研究》，《西北民族学院学报》（哲学社会科学版）1996年第2期。

此，两者整体结构之异在于纵聚向与横组合之别。当然，这只是从审美效果角度对两部在篇幅和产生年代等诸多方面差别异常巨大的史诗所进行的总体结构方面的比较研究，其他方面的研究不在本文涉及之列，而且两部史诗各自的伟大之处也是难以穷尽的。

东西方英雄史诗中的"磨难"母题与"三段式"情节^{*}

罗文敏

一

《格萨尔王传》根植于古代藏族神话、诗歌、谚语等民间文学的土壤，内容博大精深。涉及古代藏族的社会历史、经济结构、生活方式、民族关系、宗教信仰、道德观念、风俗习惯等各个方面。有"藏族古代社会的百科全书"之称。

格萨尔王一生经历丰富，其每次离开家园的外出也并非为了冒险，其生命的过程与结局也并非是"受难"，因为"受难"一词除了"遭受磨难"之外，还有"因遭遇灾祸或惩罚而去世"之意。所以，综观格萨尔王的一生，他虽然历经很多磨难，但只是其为民造福的路途显得"磨难"重重而已，同时，即使是被有些论者当作"受难"[①]者的罗摩，也只是遭受磨难、晚年隐居而已，并非如一般读者望文生义地以为英雄因此而死去。所以，我们在措辞的时候，为避免"受难"一词所具有的歧义而选用"磨难"一词，而且后者的信息涵盖量要相应地比前者大一些。同时，

---

* 本文是西北民族大学中青年科研基金资助项目（项目编号：X2007 - 25 XBMU - 2007 - AD - 59）系列论文之一。
本文原载于《西北民族大学学报》2009 年第 1 期。
① 易新农：《从"英雄历险"原型母题看〈罗摩衍那〉》，《中山大学学报》（社会科学版）1996 年第 5 期。

我们也可以这样认为：与英雄罗摩王相比，格萨尔王作为史诗中的英雄，人们对其进行了理想化的设计与塑造，一般史诗所具有的那种悲剧性在一定程度上被做了适度淡化性的加工和处理。

近年来，关于史诗比较研究的文章比较多，有将《格萨尔王传》与印度两大史诗《罗摩衍那》或《摩诃婆罗多》进行比较研究的[①]；也有将印度史诗与希腊史诗进行比较的[②]；也有将《格萨尔王传》与希腊史诗进行比较的[③]。国内做史诗母题研究的学者虽然比较少，而且主要集中在单纯对东方单一民族史诗的研究[④]，或者主要集中在对东方民族史诗的母题的比较研究[⑤]，但是，他们发现了不少可贵的母题、原型，而且也做了较为可信的比较研究，尤其是以郎樱先生在对史诗《格萨尔王传》与突厥史诗进行比较时所做的大量启发性很强的研究，对后来学者们的研究裨益良多。

但是，如果走出单向度的两部史诗间的比较研究的峡谷，将视角放置在东西方史诗比较的开放背景下做宏阔性研究则会发现，在《格萨尔王传》、印度两大史诗和《荷马史诗》中，有许多在母题和情节结构方面的相似性。简单可做如此概括：一是神奇"孕—生"；二是情爱受阻；三是惩治奸佞（建功立业）。在这一系列的过程中，英雄的处境可谓"磨难"重重，而且此之"磨难"重重之具体的"磨难"在各个史诗里则蕴涵丰富，各有其曲折离奇的表现。也就是说，"磨难"母题可以有多种演化，但磨难母题却是塑造英雄形象之必需的过程。所以，在一定程度上，我们所使用的"磨难"是指一个过程，但同时又是在指构成东西方英雄史诗

[①] 索代：《〈罗摩衍那〉与〈格萨尔王传〉》，《西藏艺术研究》2001年第3期；李郊：《从〈格萨尔王传〉与〈罗摩衍那〉的比较看东方史诗的发展》，《四川师范大学学报》（社会科学版）1994年第2期；古今：《〈格萨尔〉与〈罗摩衍那〉比较研究》，《西北民族学院学报》（哲学社会科学版）1996年第2期；古今：《〈格萨尔〉和〈摩诃婆罗多〉的对比研究》，《青海社会科学》1992年第5期。

[②] 吴志旭：《比较视野下的印度与希腊史诗》，中国优秀硕士学位论文全文数据库，硕士学位论文，内蒙古师范大学，2005年。

[③] 张彬：《东西方民族的英雄颂歌——〈伊利亚特〉与〈格萨尔〉比较》，《黑龙江民族丛刊》2005年第5期。

[④] 乌日古木勒：《蒙古史诗英雄死而复生母题与萨满入巫仪式》，《民族文学研究》2005年第1期。

[⑤] 郎樱：《贵德分章本〈格萨尔王传〉与突厥史诗之比较——一组古老母题的比较研究》，《民族文学研究》1997年第2期。

的一个基本的叙事元素，这也正是因为英雄之所以为英雄的不同于常人的所在——超常磨难锻造非凡英雄。面对磨难，不同的英雄有其各异的具体作为，他有可能是历经艰险、杀死巨龙的英雄，譬如盎格鲁—撒克逊人的《贝奥武甫》；有可能是跨海出征、攻城略地的英雄，譬如荷马史诗《伊利亚特》中的阿喀琉斯；有可能是机智勇敢、坚忍执着的英雄，譬如荷马史诗《奥德赛》中的奥德修斯；有可能是神奇降生，义气、勇敢而深情的化身，譬如古印度的《罗摩衍那》中的罗摩衍那；还有可能是神使降生、历经万难而重返天国的大王，譬如中国藏族史诗《格萨尔王传》中的格萨尔王。

本文主要以东西方的三部代表性史诗《格萨尔王传》、《罗摩衍那》、《荷马史诗》为例，借从"三段式"情节结构和"磨难"母题两个方面来综观性思考东西方史诗中的一些共性的东西，来对这三部史诗做一个总体概观。

二

藏族史诗《格萨尔王传》的分章本把格萨尔大王一生的事迹集中于一个本子，分章叙述；而分部本则是把分章本中的每章加以扩充、发展，形成各自独立的部，形成一部完整的史诗，据说有120部之多。贵德分章本《格萨尔王传》是在青海贵德发现的手抄本，故简称"贵德分章本"。"贵德分章本"可以被看作以散文形式为主的散韵结合式《格萨尔王传》"浓缩本"或"简化本"。其五章内容分别是：在天国里—投生下界—纳妃称王—降伏妖魔—征服霍尔。

如果按照《罗摩衍那》的故事情节发展来看，其故事可以概要为如下框架结构：十车王盼望中出生的长子罗摩衍那神奇出生、武艺超群—娶悉多为妻—为父流放十四年—猴王助罗摩杀魔王、救回被抢之妻悉多—听流言休悉多—双子当朝吟《罗摩衍那》令父王罗摩悔愧—悉多伤心于丈夫的继续考验而归地母怀抱—罗摩忧伤隐居—双子治国。实际上，被描述为天神毗湿奴下凡的主人公罗摩，在人间完成征讨邪恶的魔王罗波那的功业后，又复归天国。他的妻子悉多也被描述为天上吉祥天女转世。

荷马史诗《伊利亚特》中的与英雄阿喀琉斯相关的情节是：人与神之子—神奇预言（短命的战场英雄或长寿的庸碌凡人）—情爱受阻（心

爱的女俘被伊阿宋抢走)——跨马出征(疆场英雄);与《奥德赛》中的英雄奥德修斯相关的情节亦与上类似。阿喀琉斯是海洋女神忒提斯和凡人珀琉斯结婚所生,奥德修斯在史诗中也被称为神裔拉埃提之子。阿喀琉斯在冥府声言:"我宁愿活在世上作人家的奴隶,侍候一个没有多少财产的主人,那样也比统率所有死人的魂灵更好。"①

尽管世界各地的史诗都有其曲折的故事情节和丰富的人物形象,但其故事中常用之根性题材则可以总结出来。这些根性题材,或者说那些被称为母题的最小的叙述单元,在形成过程中,吸收并夹杂许多外来文化因素,丰富了不同民族史诗中类同母题的发展演变,对不同民族英雄史诗的叙事框架进行梳理,可以发现一些共通性的东西。譬如如果仔细将史诗内容简化,则会发现罗摩大王所受之"磨难"与格萨尔王所受之"磨难"有很多情节是类同母题的发挥与进一步加工。当然,文本之间的互文与借鉴是文学史发展中的一个必然过程。不过,世界文学中的异地共生现象,已经成为研究界早已认可的共识。因此,这里只揭示相似或相通,笔者无意分析其因,也不做影响研究。

具有超常毅力与神力的英雄,是经过神奇"孕—生"而得之神子。作为"神子",格萨尔、罗摩、阿喀琉斯都是被赋予了超人之能耐的。天神之子格萨尔能上通天界下达地狱,且与格萨尔相关的两位天神(白梵天王神、白度母)常助格萨尔渡过各种难关,如在《赛马称王》中白度母授计格萨尔让他变成一只雄鹰去给岭国晁同传旨赛马可得王位,晁同信以为真,积极准备赛马登位,通过赛马正好促使格萨尔成为岭国国君。再如《降魔》中王妃珠牡不让格萨尔出征北方,正值格萨尔无法离开时,白度母用神力让珠牡沉睡,格萨尔得以脱身。《安定三界》中,白梵天王神出面,递给格萨尔一条"吉祥光旋"哈达说:孩子你是天之子,降伏四方魔敌事已完,现在回心向天界。但即使是如此,即使英雄史诗是"刚刚觉醒的民族意识在诗歌方面作出的第一个成熟果实"②,综观《格萨尔王传》,其历史性依然是非常鲜明的,尤其相比于《罗摩衍那》。虽然这两部分处古印度和中国史诗在总体上反映了处于奴隶制和由奴隶制向封建制过渡时期的各自民族精神的全部世界(社会观、道德观、哲学观、

---

① [古希腊]荷马:《奥德修纪》,杨宪益译,上海译文出版社1979年版,第144页。
② 《别林斯基选集》第3卷,上海译文出版社1979年版,第39—40页。

宗教观）以及本民族成长的特定历史时期的社会生活。但《罗摩衍那》的题材内容更具神话性（譬如罗摩降生、魔女唆使魔王抢走悉多，罗摩助猴王复国，神猴哈奴曼大闹楞枷城，罗摩大战十首魔王及悉多蹈火自明后归入地母怀抱等故事），更倾向于借描写一个由人、猴、神魔共同组成的神魔世界，在哀伤与感喟中流露出一种万物有灵、人与自然交融的倾向。

三

史诗中的英雄从一诞生起（甚至在诞生之前）就肩负着建功立业、锄强扶弱、造福百姓的神圣使命，他们的人生价值是在不断地追求与超乎常人的拼争中去实现他们的存在价值。与格萨尔王所经受的一系列"磨难"相似的是：吉尔伽美什作为古巴比伦史诗中的超常英雄，也经历了一系列的"磨难"：诛杀雪杉之妖芬巴巴，铲除危害人民的天牛，拒绝轻薄女神伊什妲尔的诱惑，艰辛探求死生奥秘；阿喀琉斯、奥德修斯分别作为古希腊英雄，为建功立业而艰险征战，为达到目的而执著奋争，历经超乎寻常的"磨难"。这里需要提到的是，荷马史诗其实并非将战争当作光荣而又有利的事业加以歌颂①。无论是阿喀琉斯的勇猛参战，还是奥德修斯不屈不挠的海上历险，都是为了实现个人存在价值的光辉闪现。如果说奥德修斯是为了"归家"这一目的的实现，是为了证明自己敢于以顽强与智慧抗拒各种磨难和打击的话；那么阿喀琉斯的选择（放弃平静终老的生活而选择上战场以让生命之星的运行虽短暂却璀璨耀眼）就更是一种对个人存在价值强烈的确证之吁求。这也正是英雄的选择：历经超常磨难，确证英雄价值。英雄对磨难之毅然决然的选择，在很大程度上，不是对现实功利的考虑，而是对个人价值的求证心切，或对整个部族利益的顾全与珍惜，在阿喀琉斯与奥德修斯这里是这样，在罗摩与格萨尔这里也是这样。阿喀琉斯不为自己的尊严不会退出战场而形成"阿喀琉斯的愤怒是我的主题"，同样，他的重上战场也是因朋友之情和联盟之义。奥德修斯的智慧与顽强都是为了一个目标——顺利归家。至于后来对其归家的目

---

① 易新农：《从"英雄历险"原型母题看〈罗摩衍那〉》，《中山大学学报》（社会科学版）1996年第5期，第119页。

的之功利成分条分缕析这里不提，笔者只是想强调：历经超常磨难却毅然故我的坚定的目标达成之意识，是这位英雄的最大魅力之所在。

《格萨尔王传》除了广泛地描绘战争，邦国的兴衰更替、人间的悲欢离合、生产与生活方式、文化与风俗等方面也都有充分的展现，它反映了公元7世纪初松赞干布建立奴隶制吐蕃王朝和公元10世纪初藏区摧毁奴隶制建立封建王朝这两个历史时期的社会现实，它所描写的重大事件和重要人物，以及其关于婚姻、政治制度、宗教斗争、风俗人情都能在历史上找到根据，一定程度而言，历史因素在《格萨尔王传》的故事情节中占有很大分量，这是它与荷马史诗的相似之点。

但相比《格萨尔王传》偏重于记叙对一个民族的命运有着决定性影响的重大事件，在这一系列重大事件所形成的"磨难"中塑造人物的这个特点，《罗摩衍那》则偏重于以歌颂英雄在"磨难"面前的奉献、忍耐与正义等英雄业绩和高贵品质为主要内容，塑造了罗摩善良、克己、正直忠实、受人爱戴的高贵形象。相应地，《罗摩衍那》就因主要人物的活动空间要么宫廷要么山野，从而显得对社会背景与普通人的日常社会生活缺乏直接的描绘。而且，对宗教乃至已诞生且后来在世界上广为传播的佛教，史诗也没有做直接的描述。至于军事、经济生产、日常生活乃至风俗人情就更为淡化。

在古希腊史诗《伊利亚特》中，虽然史诗在详略裁剪中选10年战争之最后一年的50多天来写，而且还有更进一步的详略裁剪，但其对战争场面、军事大会、体育竞技、盛大葬礼等众多的社会生活画面却依然描写细腻、富于历史现实性。与此相比，《格萨尔王传》就因为各部分相互间有一定的独立性，而显得整体叙事方面的详略裁剪不够。但正是这一点，给读者以清晰而深刻的社会生活的印象。

《罗摩衍那》这种相比于《格萨尔王传》在客观反映方面的缺乏，恰是其从精神层面表现了古代印度人的社会观念、道德意识，在反映奉行"达磨"（真善美）与违反"达磨"的冲突中，罗摩的悲欢离合、光荣业绩、人生际遇，是通过发生在宫廷内部、修行人与罗刹、罗摩兄弟与罗刹女、罗摩与十首魔王等角色之间善与恶、邪与正的斗争冲突来反映的，此中重在肯定"达磨"的神圣性、真理性与躬行"达磨"之难能可贵性。正如黑格尔所说："硬要自己忍受困乏，招致苦难，酷刑和痛苦，从而显示自己的精神。……人所忍受的越可怕，他也获得愈大的神的光荣。"①因此，由于《罗摩衍那》的重表现、重精神层面的提升的这一哲理蕴涵的意图，使得它更倾向于一种表现"内真实"的细腻之柔美、秀美；相应地，由于《格萨尔王传》更重视一种场面的壮阔、气势的宏伟、人员的众多、力量的强大以及主人公及其所统属之兵将正义人民的不可战胜或终将取胜，粗犷之刚美、壮美。尤其是前者多采用意味深长、情绪铺染性很强的诗语直指主人公的内心世界，将作为正义与善良之化身的角色的流放与独处、思念与幽怨等令人尽生"悲悯"之情抒写，与自然景物的赋情描写水乳交融，从而使得人物心翼的轻微颤动亦感人倍深。很明显，反映在史诗中的是"吠陀早期……的乐观主义正让位给悲观主义"②。"吠陀文学……早期……还具有乐观的精神，而梵语诗歌却充满了厌世的情绪。"③"厌世"表现在史诗中就是"缅邈的哀伤"。当然这得益于蚁蛭仙人的文学加工，而《格萨尔王传》则在这方面充分展现了其重外界场面而轻内心细节，重英雄事迹而轻微妙心理，夸张铺排有余而细腻雕刻不足。为了表现这种效果，《格萨尔王传》对数字的运用极尽浩大繁多夸张之能事，为突出其鲜明印象、震撼效果，不仅用比喻，且常以博喻形式出现，进而结合其在形体、数量、体积等方面的对数字、程度用词之夸张性选用，紧张场面、冲天豪气被铺染得淋漓尽致，同时，排比修辞步步为营，使这种效果在程度上常给人一种无以复加的审美感受。

从《罗摩衍那》到《格萨尔王传》的这种史诗发展过程可以看出，"史"话成分逐渐析出，"神"话成分逐渐淡远。同时，主要被描写对象则由个人经历转向社会生活。《荷马史诗》是"希腊人由野蛮时代带入文明时代的主要遗产"④。它所反映的是由氏族社会末期向奴隶社会时期转化这一过渡时期的社会生活，史诗中的群体本位意识向个体本位意识的转化痕迹甚为明显。

《西游记》中妖魔的种种磨难，加强了唐僧取经事业的神圣性。《罗

---

① [德] 黑格尔：《美学》第2卷，朱光潜译，商务印书馆1982年版，第306—307页。
② [美] 爱德华·麦克诺尔·伯恩斯、菲利普·李·拉尔夫：《世界文明史》第1卷，罗经国等译，商务印书馆1990年版，第155页。
③ 季羡林、刘安武编：《印度两大史诗评论汇编》，中国社会科学出版社1984年版，第522页。
④ 《马克思恩格斯选集》第4卷，人民文学出版社1972年版，第22页。

摩衍那》借抒写罗摩的"磨难"以深化史诗弘扬"达磨"的主题，彰显崇高悲壮的风格。《格萨尔王传》描写格萨尔王保家卫国的征战，其"磨难"渗透在战争过程中的各种相关人、事、物及战争前后其他相关广阔的社会生活内容的方方面面。《伊利亚特》中的阿喀琉斯的"磨难"则表现为多种两难处境的焦灼烤炼：处在是选择做短命英雄还是做长寿庸人的两难境地；经受情人被夺、当众受辱的考验（"磨难"），从而使得在面对战事紧迫、联盟危殆的当口，为挽回尊严而示威罢战的想法与做法无足轻重。但是，英雄之所以为英雄的魅力就在于："磨难"中，英雄深明大义，为常人之难为之事。

第六部分

古代少数民族作家作品研究

清初回族诗人丁澎及其诗词研究述评*

多洛肯　胡立猛

明末清初的诗坛，风云际会，人才高蹈，文才巨匠，俊彦风流，如过江之鲫，层出不已，以一己之笔，一颗真心，记录和咏赞着社会史实、历史风貌等。他们或结社，或交游，参与各种集会，在交流和借鉴中，不断成长和进步着，为整个清代诗歌发展贡献着自己的力量。

明清之际的江南，才人辈出，而被时人称为杭州"盐桥三丁"之冠的丁澎，更是其中的翘楚之才。丁澎，字飞涛，号药园，回族，浙江仁和（今杭州）人。生于明天启二年（1622年），明崇祯十五年（1642年）举人，清顺治十二年（1655年）进士，二甲第十二名。康熙二十五年（1686年）所修《杭州府志》卷37载，"扶荔堂乐府诗集、药园诗续集、药园文集、扶荔堂词集、读史管见、存笥日抄，俱仪部郎中丁澎著"。丁澎诗文集现存世的有：《扶荔堂诗稿》十三卷，顺治刻本，南京图书馆、美国国会图书馆有藏；《扶荔堂集》一卷，康熙刻百名家诗钞本，北京图书馆有藏；《信美轩诗选》一卷，顺治刻燕台七子诗刻本，上海图书馆有藏；《扶荔堂文集选十二卷诗选十二卷扶荔词三卷词录一卷》，分别有康熙十九年（1680年）刻本，上海图书馆有藏，康熙五十五年（1716年）文芸馆刻本，北京图书馆、南京图书馆和日本内阁有藏。

丁澎少有俊才，名播江左。与仲弟景鸿、季弟溁皆以诗名，时称

---

* 此文系甘肃省人文社科重点基地"西北少数民族文学研究中心"2013—2014年度科研项目《古典文献家族学视阈中的清代少数民族汉语文诗歌创作研究》（项目编号：XBM-2013001Z）的阶段性成果。

"盐桥三丁"。后因与同里陆圻、柴绍炳、沈谦、陈廷会、毛先舒、孙治、张纲孙、虞黄昊、吴百朋等十位诗人结社于西湖之滨,有"西泠十子"之目,是为"西泠十子"之一。通籍北上后与宋琬、施闰章、张谯明、周茂源、严沆、赵锦帆,唱酬日下,因又称"燕台七子"。

丁澎在明末清初时期极负盛名,其在《清史列传》卷70、《清史稿》卷484(文苑一)均有传。关于丁澎的记载,散见于时人及后人的各种私修传记专著、尺牍或地方志中。如《国朝耆献类征初编》卷140、《文献征存录》卷6、《国朝先正事略》卷37、《国朝诗人征略初编》卷4、《国朝杭郡诗辑》卷1、《颜氏家藏尺牍姓氏考》、《昭代名人尺牍小传》卷7、《今世说》卷4、《新世说》卷2、《渔洋山人感旧集》卷14,均有关于丁澎的零星记载。丁澎友人林璐所撰写的《丁药园外传》,[①]该文简状诗人一生行迹,叙其逸事而尽显其神貌。另,康熙《浙江通志》卷首有丁澎于康熙癸亥年间所作的《浙江通志序》一篇。

概而言之,学界对丁澎的研究,主要集中在以下三个方面。

一 生卒年问题

(一)丁澎的生年问题,学界已有定论,确为明崇祯天启二年

杨大业先生发表于《回族研究》2006年第2期上的《明清回族进士考略(五)》一文,引北京图书馆藏《顺治十二年乙未科会试三百八十五名进士三代履历便览》:"丁澎,飞涛,易二房,壬戌年二月十七日生。嘉善籍,仁和人。壬午年五十八名……父大绶。"据此,将丁澎生年定为明崇祯天启二年(1622年)。

(二)丁澎的卒年问题,一直是争论的焦点,代表性的有以下五种说法

1685年说。严迪昌先生1988年出版的《清词史》,在论述西泠词派涉及丁澎时,将其卒年明确标为1685年。王步高先生1989年主编出版的《金

---

① (清)林璐撰:《岁寒堂初集五卷存稿》不分卷,清康熙间武林还读斋刻本。

元明清词鉴赏辞典》、南京大学中国语言文学系全清词编纂研究室所编的《全清词》（顺康卷），在丁澎的小传介绍中，均明确标为康熙二十四年（1685年）。江庆柏先生的《清代人物生卒年表》（人民文学出版社2005年12月版），据《顺治十二年乙未科会试进士履历便览》和《浙江古今人物大辞典·上》中的记载，将丁澎卒年定为1685年。另外台湾大学文学院谢阳明发表在《台大文史哲学报》（2007年第5期）上的论文《云间诗派的形成——以文学社群为考察脉络》一文，涉及丁澎时，也明确标为1685年。

1686年说。邱树森先生所主编的《中国回族史》（宁夏人民出版社1996年版），提及丁澎时，卒年标注为1686年。另外朱昌平、吴建业主编的《中国回族文学史》（宁夏人民出版社2007年1月版），在丁澎的专章论述中，丁澎的卒年也是明确标为1686年。

1686年左右说。丁生俊先生发表的论文《清初的回族诗人丁澎》（《宁夏大学学报》1980年第4期），据《扶荔堂诗集选》编纂的时间，推测"丁澎的卒年应在康熙二十年（1681年）到康熙三十年（1691年）之间……我们可以说，丁澎卒于康熙二十五年（1686）前后"。杨长春先生发表于《宁夏大学学报》1986年第3期的论文《清初回族诗人丁澎生卒年考补证》，及与王玲合作发表于《宁夏大学学报》1989年第2期上的论文《谈回族作家丁澎的拟作及收藏》，根据《扶荔堂文集选》中的《浙江通志序》中的癸亥，将丁澎卒年限定为康熙二十二年（1683年）到康熙三十年（1691年）之间。

1690年之后不久，至迟或亦不迟于次年说。邓长风先生发表于《戏剧艺术》1991年第3期上的文章《周稚廉、丁澎生平考》，据高士奇《归田集》卷5中《和韵答丁药园》（作于1690年）一诗，另引毛奇龄《西河诗集》之《沈方舟诗集序》一文中："……往者予来杭州，每与陆君景宣、丁君药园主客论诗。……予迟暮还里，因医疗来杭，而故交凋丧。景宣已行遁，而药园先我而逝。"按毛奇龄辞官还萧山故里，为康熙二十五年（1686年）事，三年后（1689年）患两足风痹[①]，认为此序当作于1689年左右，推断丁澎之逝可能就在他与高士奇唱和（1690年）之后不久，至迟或亦不迟于次年。

1691年后说。杨大业先生发表于《回族研究》2006年第2期上的文

[①] 见毛奇龄《西河集》卷101《自为墓志铭》。

章《明清回族进士考略（五）》，据丁澎为米万济所作《教款微论》的"序"写于康熙三十年（1691年），认为"这可能是他的最后一篇著作，他的去世可能就在此后不久"。另引丁澎子丁辰槃作于康熙五十五年（1716年）的《扶荔堂跋》（见《扶荔堂文集》）中"先大夫弃世迄今二十有余载"为旁证。

康熙庚午（1690年）九月，丁澎还与归田家居的高士奇（仁和人）互相赠诗唱和，高士奇《归田集》卷5有《和韵答丁药园》一诗即作于此时，① 故前三种说法均可排除。按伊斯兰教学者米万济于康熙三十年（1691年）来到了杭州，并与杭州的同教中人探讨教义。② 其间，年已古稀的丁澎曾为米万济的伊斯兰教著作《教款微论》作序。③ 丁澎子丁辰槃在其作于康熙五十五年（1716年）的《扶荔堂跋》（见《扶荔堂文集》）中称"先大夫弃世迄今二十有余载"④，上推21年，是1696年，则丁澎最晚卒于是年。另据（乾隆）《杭州府志》卷100《烈女》"丁氏三节"条载："胡氏，原任礼部郎中丁澎妾也，主殁，奉嫡室谨抚子守节四十二年……以上俱乾隆二年题旌。"⑤ 按，乾隆二年为1737年，若丁澎妾胡氏在此年题旌时尚在世，则上推42年为1696年，即是丁澎卒年；若胡氏是年已死，则丁澎卒年要更早于1696年。故笔者认为丁澎卒于1691年之后，至晚不晚于1696年。

二 丁澎及其诗研究

丁澎的诗歌甫一问世就引起了时人的注意和喜爱，在其生年诗集就已被整理出版。少年之时即有《白燕楼》诗百首流传吴下。及结社于西湖之滨，酬唱赠答，有诗收录于"十子"中毛先舒、柴绍炳所订的十子诗合集《西泠十子诗选》（上海图书馆藏有《西泠十子诗选》，为清顺治七

---

① （清）高士奇：《归田集》，四库未收书辑刊本。
② 米万济在作于康熙辛未（1691年）的《教款微论自叙》中说自己："迨辛未孟秋之间，寄迹武林，遇同教诸君子，论及浙中教门……"
③ （清）米万济：《教款微论》，《回族典藏全书》影印民国铅印本。
④ （清）丁澎：《扶荔堂文集》卷12，清康熙刻本。
⑤ （乾隆）《杭州府志》卷110，（清）郑澐等修；（清）邵晋涵纂，续修四全书本。

年（1650年）辉山堂刻本）。中进士之前，即有《扶荔堂诗稿》① 13 卷问世，为顺治甲午刻本。通籍北上后，有《信美轩诗选》1 卷（收于《燕台七子诗集选》丛书中），顺治十八年（1661年）刻本。从靖安入关后，又有其弟子门人整理刊刻的《扶荔堂诗集选》、《扶荔堂文集》，均为康熙刻本。

康熙壬子年（1672年）邓汉仪所辑的《诗观初集十二卷》卷 10 录丁澎诗 9 首，康熙戊午年（1678年）《诗观初集二集十四卷》卷 3 又收录了丁澎的诗 10 首。康熙丁卯、戊辰年间（1687—1688），孙鋐、黄朱苐编《皇清诗选》30 卷，在卷 14、卷 17、卷 25、卷 29 选录了丁澎其各体诗歌共计 14 首。乾隆二十四年（1759年），沈德潜《国朝诗别裁集》编成刊行，其卷 4 选丁澎诗 17 首。

2004 年由宁夏社会科学院主办的大型回族古籍整理项目《回族典藏全书》，是以挖掘和整理回族人著述的汉文典籍为目标而编修的一部回族古籍整理巨制。该丛书拥有 500 余种 3000 多卷 250 册的原版影印，由甘肃文化出版社和宁夏人民出版社 2008 年 7 月共同出版，吴海鹰担任主编。丛书于第 174 册收丁澎《扶荔词》清木刻本和仿古铅印本两种，第 182 册和第 183 册收丁澎《扶荔堂文集》和《扶荔堂诗集汇选》，秉着对所收文献不做任何评介的原则，该丛书仅依照原件影印制作。

目前，丁澎的诗歌作品存世的有 1100 余首。其中《扶荔堂诗稿》13 卷，存诗 526 首（《扶荔堂诗稿》包含了《西泠十子诗选》中所收录的丁澎诗歌 110 首）；《扶荔堂诗集选》12 卷，存诗 640 余首（《扶荔堂诗集选》包含了《信美轩诗选》中所收录丁澎的 68 首诗歌）。

丁澎的诗歌价值，迄今为止并没有得到当下学术界的足够认识和重视。对于丁澎及其诗歌创作的研究，学界的关注可谓少之又少。

已故北京大学教授邓之诚先生的清代诗歌文献学著作《清诗纪事初编》（上海古籍出版社 1984 年版），收录了丁澎的《听石城寇白弦索歌》诗一首，并对丁澎生平及其著作版本进行了扼要而精当的交代，认为丁澎

---

① 南京图书馆所藏丁澎的《扶荔堂诗稿》13 卷，顺治甲午（1654年）刻本。另据邓长风《周稚廉、丁澎生平考》（《戏剧艺术》1991 年第 3 期）载，美国国会图书馆藏有丁澎的《扶荔堂诗稿》13 卷，同样为顺治甲午（1654年）刻本，则南京图书馆所藏与美国国会图书馆所藏《扶荔堂诗稿》为同一版本。丁澎于顺治乙未年（1655年）中进士，《诗稿》当为他中进士前的作品。

"诗学晚唐……不尽依云间钜镬。七律至四卷之多，最工此体……"袁行云先生所著《清人诗集叙录》（文化艺术出版社1994年版），虽说是专门针对诗人的诗集而作，对诗人生平的介绍也是较为详细的，然是书选录了清代诗人凡2505家，偏偏将丁澎遗漏。

对于丁澎诗的研究，丁生俊先生发表于《宁夏大学学报》1980年第4期的论文《清初的回族诗人丁澎》，是为发轫之作。丁文按丁澎的生平概况将其诗歌创作分为入仕前、入仕后、贬谪期间、漫游中四个阶段来进行分析，赏鉴。限于文章篇幅，丁文未能深入地展开论述和分析，只是蜻蜓点水似的拣丁澎人生这四个阶段具有代表性的一两首诗歌加以赏析、评点，未上升到诗学高度进行评鉴。当然丁文的价值也是不容忽视的，他为丁澎及其诗歌创作的研究起到了很好的基础作用和方向作用，指出对于丁澎诗歌的研究，不能单纯地依靠选本，就诗论诗，还要结合丁澎的社会经历和他的政治地位、经济基础的变化情况来全面考虑。

朱则杰先生发表于《杭州师范学院学报》1989年第5期上的文章《略论明清之际诗坛上的西泠派》，论及西泠诗派诗歌创作时，认为"大致都以家国之感为主"，并举代表性的陆圻、丁澎为例。在论及丁澎诗歌创作时，认为"他的诗歌最突出的就是叙述流放的悲伤和描写边塞的风物"，并对其抒写兴亡之感的诗歌，给予了充分的肯定，突出了丁澎诗歌艺术的高妙，肯定了丁澎诗歌的价值，并进一步指出"特别是丁澎作为一个回族诗人，在清代乃至整个文学史上都十分突出，因此尤其值得重视"。

而就诗学专著和文学史性质的书籍来看，关于丁澎诗的研究就更为少见了。朱则杰先生所著《清诗史》（江苏古籍出版社2000年版），论及西泠词派时，完全照搬其论文《略论明清之际诗坛上的西泠派》，并无其他新观点。清诗大家严迪昌先生力作《清诗史》（浙江古籍出版社2002年版），皇皇几十万字的著作，无一字涉及丁澎，只是在论述云间诗派的影响时，捎带性地提及西泠诗派，然而并未进行有益的展开。朱则杰先生所注评的《清诗选评》（三秦出版社2004年版），选进了丁澎的一首诗歌《听旧宫人弹筝》，并指出丁澎的诗歌创作"题材较宽，影响更为广泛"。

朱昌平、吴建业主编的《中国回族文学史》（宁夏人民出版社2007

年版），对丁澎进行了专章分节的论述，就其家世、诗歌和词创作及艺术成就，进行了梳理和分析。然而对于丁澎诗歌的分析，流于粗糙，未能涉及丁澎诗学思想及其深层次的创作心理。并且《中国回族文学史》对于丁澎诗歌作品搜求不全，认为"今天所能看到的丁澎的诗只有《扶荔堂诗集选》十二卷"，实则丁澎早期诗歌作品集《扶荔堂诗稿》、《西泠十子诗选》均存于世，且所选诗歌为《扶荔堂诗集选》十二卷所未选。《中国回族文学史》对于丁澎的生平及家世的交代也较为简单和程式化，并未有新资料和新观点。

在这里需要重点提出的是南京图书馆所藏丁澎的《扶荔堂诗稿》。作为丁澎早期诗歌的集子，《扶荔堂诗稿》是研究丁澎及其诗歌艺术的重要研读文本，可能是少为人知之故，历代丁澎及其诗歌评论者甚少提及，更不要说引起应有的注意了。乃至于邓之诚先生在《清诗纪事初编》中著录丁澎《扶荔堂诗集选》十二卷时断语丁澎诗歌曰：诗学晚唐，独无拟古乐府，不尽依云间矩矱。其实在丁澎《扶荔堂诗稿》的十三卷中，卷2、卷3均为拟古乐府，计93首，占诗稿526首的17.7%。2004年由宁夏社会科学院主办的大型回族古籍整理项目《回族典藏全书》，却也未收录丁澎的《扶荔堂诗稿》，不能不说是一件遗憾的事。

关于丁澎生平及家世的研究。邓长风先生发表于《戏剧艺术》1991年第3期上的文章《周稚廉、丁澎生平考》，就丁澎的生平进行了一个大致的梳理，其中提及许多研究丁澎及其诗歌的文献资料，极具参考价值。杨大业先生发表于《回族研究》杂志2006年第2期上的文章《明清回族进士考略（五）》，对丁澎家族谱系进行了有益的探求，认为丁澎这支家族是从嘉善县移居到仁和的。

光绪《唐栖志》卷12载："丁澎，字飞涛，号药园。漳溪人，家于杭……平湖柯汝霖《武林第宅考》云：郎中丁澎宅，在盐桥。澎与弟景鸿、潆齐名，世有盐桥三丁之称。"唐栖，即今杭州市塘栖镇的旧称，明清时属仁和县。漳溪，今塘栖镇泉漳村，则丁澎家是从仁和县泉漳村徙居到郡城杭州的，他们在杭州的第宅是在盐桥附近。

然而笔者在南京图书馆所见丁澎《扶荔堂诗稿》，每卷的卷首都题有"济阳丁澎飞涛撰"。另刘智《天方至圣实录》补遗中录有丁澎所作的《真教寺碑记》，文末有"康熙九年……丁澎顿首谨记"字样，并钤有丁澎的两个印章，分别是"济阳丁澎"的阴刻章和"飞涛氏"的阳刻章。①济阳，县名，属山东省，金天会七年（1129年）分临邑、章丘二县地置。自金迄清皆属济南府②，且丁姓于济阳县形成望族，有丁氏济阳堂之称，则可推知丁澎家早先应在山东省济阳县，后来才移居到浙江省仁和县泉漳以及最终定居在盐桥附近。

三　丁澎词的研究

丁澎词在当时就受人推崇和喜欢，在其同时代人所辑的词选中都有一定数量的选录。

清初两位词坛大家顾贞观、纳兰性德于康熙十六年（1677年）编纂刊刻的词选集《今词初集》，选"本朝三十年"来之词，收丁澎词19首，仅次于宋徵舆21首、朱彝尊的22首。康熙二十五年（1686年）以后行世的清词丛编型选本《百名家词钞》，收录了丁澎的《扶荔词》，选其词53首。康熙二十六年（1687年）蒋景祁编订的词选《瑶华集》选录丁澎的词有28首之多，并在卷首《刻瑶华集述》中论曰："……今俱遵旧谱不录新名，亦复古之意也。惟丁仪部（澎）、沈处士（谦）自工其曲，其按谱有出前人之外者，则既从本集所命然，皆联珠合璧，纂述为多，何嫌于作……"康熙四十八年（1708年）由顾彩编选刊刻的《草堂嗣响》是清初康熙年间最后一部专门为当代词坛进行整体性总结的综合型选本，是书收录了丁澎词11首。

及当下，叶恭绰所编的《全清词钞》（中华书局1982年版）收录了丁澎的《贺新郎·塞上》、《玉女摇仙珮·望春楼故邸》、《氐州第一·旅与和清真韵》、《叶霜飞·冬怀》四首词。2002年中华书局出版，南京大学中国语言文学系全清词编纂研究室所编纂的《全清词》（顺康卷第六册），存录了丁澎的245首词。

对丁澎词的研究，开其先者是清人对丁澎词的评论。其中最为重要的是其同时的梁清标、沈荃、宗元鼎为丁澎《扶荔词》所写的序、记和李

---

① （清）刘智：《天方至圣实录》，续修四库全书本。
② 广东、广西、湖南、河南辞源修订组，商务印书馆编辑部编：《辞源》，商务印书馆1983年版。

渔的《与丁飞涛仪部》① 一文。

梁清标的《扶荔词集序》认为丁澎的词作"骏骏乎踞南唐北宋之室",大都"清丽隽永,一往情深","言近指远,语有尽而意无穷","乐而不淫,怨而不怒"。沈荃的《扶荔词序》说丁澎:"辄发而为小词,如屯田淮海,缠绵婉恻,清绮柔澹。"宗元鼎的《扶荔词记》更认为丁澎词"愈出愈妍,后人驾前人之上,真可谓山间明月,凤管秋声,凄楚回环,伤情欲尽",将丁澎的词驾于《花间》、《草堂》、唐宋诸词人之上。李渔的《与丁飞涛仪部》一文则认为丁澎词"隶使苏、秦,奴鞭辛、柳,自成一家,而又能合众美以成一家……将来必有院本,词场突出一飞将,湖上翁之片帜,将为大力者攫之而走矣",肯定了丁澎词的成就。

当下学界对丁澎词的关注还较为单薄,研究尚不够深入。丁生俊先生发表于《宁夏大学学报》1980年第4期上的论文《清初的回族诗人丁澎》,在结语部分附带提到丁澎词,认为其词"无论在思想内容或艺术手法方面,都达到了一定的高度",但说得比较笼统,不够透彻。20世纪80年代前的词学著作(如吴梅的《词学通论》等)目光多集中在陈维崧、朱彝尊、纳兰性德等几个大家身上,对丁澎及其词几乎完全忽略。严迪昌先生1988年著述出版的《清词史》一书,概括了丁澎词风格:"小令工旖旎愁肠,曲尽纤艳之思,长调多寄慨悲凉,气势腾跃,这是迁谪塞上的遭际激旋的心声。"且认为"清词的渐自明末流风中蜕变的足迹于此可见一端",对丁澎在清初词坛的地位给予了中肯的评价。杭州大学谷辉之1997年的博士论文《西陵词派研究》(国家图书馆,全国优秀博士论文库藏)在论及"西泠十子"时,仅重点对"十子"中的沈谦、毛先舒进行了一定深度的论述,并整理出了简单的年谱,然而对于同样卓有成就的"十子"之一的丁澎,完全是一笔带过,做了极为彻底的省略。朱丽霞成书于2005年的博士论文《清代辛稼轩词接受史》,将丁澎词专门列了一节的内容来论述,指出丁澎对稼轩词的"心律认同",并且"丁澎在从各个方面进行追寻以图通过词向世人展示自我,他的这种努力正是在前辈大家——稼轩词风笼罩下所作的艰苦探索",对丁澎的词创作给予极大的肯定。朱昌平、吴建业主编的《中国回族文学史》(宁夏人民出版社2007年版),在丁澎的专章论述中,将丁澎词分为闺情、纪游、感怀、言志四

---

① 《李渔全集》,浙江古籍出版社1992年版。

种题材类型，分别进行了赏鉴和论述，然而只是选了几首代表性的词作稍加分析便浅尝辄止，流于表面，并未上升到词学的高度，丁澎词的价值及其词学观等均未能够阐发出来。

概而言之，丁澎及其诗词的研究，正处于一个起步阶段，可拓展的空间非常大，亟待有识之士的关注和努力。而对于丁澎及其诗词的研究，未来会更多地聚焦于以下几个方面，即丁澎卒年问题的确定及其生平的详细考证；将丁澎的诗词创作与其人生历程相结合，对其诗歌题材、艺术成就及诗学思想的研究以及对丁澎词的题材内容、艺术成就及词学思想的研究；丁澎与其周围的诗歌创作群体（如"西泠十子"、"燕台七子"及东北流人诗群）之间关系及影响的研究等。对于丁澎及其诗词的研究，不仅对于当下学界关于丁澎及其诗词的研究能有所补充和开拓，为弥补中国文学史中像丁澎这样优秀诗家的流失做出努力，更为尽可能多地去发掘文学史书写中"冰山一角"的代表作家背后的庞大而真实的文学创作大背景提供可能，为明末清初这一特殊时期文人的特定风貌有一个更为清晰真实的展现提供可能。另外丁澎回族的民族身份，对于回族古代文学作家的研究，也将是一次有益的补充。

清初回族诗人丁澎诗文词作品版本考述

多洛肯　胡立猛

丁澎（1622—1691年），字飞涛，号药园，回族，浙江仁和（今杭州市）人，其在明末清初诗坛极负盛名，为杭州"西泠十子"和京师"燕台七子"之一。丁澎一生创作颇丰，其诗文词作品多收录在《扶荔堂诗稿》、《扶荔堂文集选》、《扶荔堂诗选》及《扶荔词》中。因丁澎在诗歌方面取得的成就较高，故本文仅对其文词集子版本做简要考述，而重点探讨《扶荔堂诗稿》和《扶荔堂诗集选》的版本。

一　《扶荔堂诗稿》及其湮没原因

《扶荔堂诗稿》，南京图书馆藏，顺治十一年（1654年）刊本，九行十九字，白口，四周单边。前有顺治甲午（1654年）河阳陈郎甫、云间张安茂、云间彭宾及云间社宋徵舆所作的序。其中宋徵舆所作的序又被抽出，附在了《扶荔堂诗集选》前面刊印。

《扶荔堂诗稿》以体分为风雅体、拟古乐府、古逸歌辞、五言古诗、七言古诗、五言律诗、七言律诗、五言排律、五言绝句、七言绝句，计13卷，收录丁澎入仕前所作诗歌共526首，《扶荔堂诗稿》包含了《西泠十子诗选》中所收录的丁澎110首的诗歌。

---

* 此文系甘肃省人文社科重点研究基地，"西北少数民族文学研究中心"2013—2014年度科研项目《古典文献家族学视阈中的清代少数民族，汉语文诗歌创作研究》（项目编号：XBM-2013001Z）的阶段性成果。

《扶荔堂诗稿》问世时，丁澎的好友毛先舒作《读丁飞涛扶荔堂诗新稿》①、柴绍炳作《始晴喜丁七飞涛示近集赋此却简》② 二诗志之，另外毛先舒《潠书》卷2《题扶荔堂诗卷》一文，也是针对丁澎的《扶荔堂诗稿》而作。兹抄录如下：

> 此丁子飞涛之所作也。飞涛沉深酝藉，众共推其识度。为诗抽骚激艳，自然发采。其五七诸律体尤称农逸，足使摩诘掩隽，达夫失豪，数百年来，蔚称高唱矣。惜其湘水投文，江州洒泪。登高少茱萸之侣，把臂失竹林之欢。永玩斯文，为之惋叹。辛丑夏日题。

顺治辛丑，即1661年。
另毛先舒《思古堂集》卷4有《怀药园四首》：

> 击剑高歌三十春，翻因远别倍情亲。
> 揽云楼上留诗卷，把读看君是古人。（其三）
>
> 红颜少妇倚高楼，头白慈亲泪未休。
> 日没冰天音信断，北来人更说边愁。（其四）

此诗当作于丁澎受科场案牵系，谪戍辽东之后。其中的"诗卷"当是指丁澎的《扶荔堂诗稿》，因《扶荔堂诗稿》中多拟古之作，所以毛先舒称丁澎为"古人"。

《扶荔堂诗稿》是研究丁澎及其早期诗歌艺术的重要文本，为什么甚少为研究者们所参考和提及，乃至于造成对丁澎诗歌评论的失当，如邓之诚先生在《清诗纪事初编》中著录丁澎《扶荔堂诗集选》十二卷时，不但没有提到《扶荔堂诗稿》，并断语说丁澎"诗学晚唐，独无拟古乐府，不尽依云间矩镬"③。其实在《扶荔堂诗稿》中，卷2、卷3均为拟古乐府。另钱仲联先生编纂的清诗巨著《清诗纪事》，论及丁澎诗歌作品，也

---

① （清）毛先舒辑：《西陵十子诗选》卷16，顺治七年刻本。
② （清）毛先舒辑：《西陵十子诗选》卷8，顺治七年刻本。
③ 邓之诚：《清诗纪事初编》，上海古籍出版社1865年版。

忽略了《扶荔堂诗稿》，只是说丁澎"有扶荔堂诗集选十二卷"①。实则钱先生在书中所摘录的"陶元藻《全浙诗话》引张安茂《扶荔堂集序》"以及丁澎的《咏蝶》诗，均是出自《扶荔堂诗稿》。还有回族文学的第一部通史——《中国回族文学史》，也是错误地认为"今天所能看到的丁澎的诗只有《扶荔堂诗集选》十二卷，存诗六百余首"②。另外2004年由宁夏社会科学院主办的大型回族古籍整理项目《回族典藏全书》，该丛书是以挖掘和整理回人著述的汉文典籍为目标而编修的一部回族古籍整理巨制，拥有500余种3000多卷250册的原版影印，却也未收录丁澎的《扶荔堂诗稿》，可谓一件遗憾的事。

或许从目录学的角度加以探寻会带给我们一些启发，下面是笔者在地方志中查找的关于丁澎诗文词集的著录，兹录如下：

康熙二十三年（1684年）《浙江通志》卷44艺文：

丁药园文集、药园诗续集，扶荔词集。

康熙二十五年（1686年）《杭州府志》卷38艺文：

扶荔堂乐府诗集、药园诗续集、药园文集、扶荔堂词集、读史管见、存笥日抄，俱仪部郎中丁澎著。

乾隆四十九年（1710年）《杭州府志》卷59艺文：

药园诗集十二卷药园文集二十二卷，礼部郎中仁和丁澎飞涛撰，一刻扶荔堂集、信美轩集。

光绪十六年（1890年）《唐栖志》卷16艺文：

扶荔堂乐府诗集、扶荔词集，丁澎字药园著，按王丹麓文集纪云：扶荔堂集，丁药园所著，门弟子裒辑付梓，共二十八卷，李容斋

---

① 钱仲联主编：《清诗纪事顺康卷》，江苏古籍出版社1987年版。
② 朱昌平、吴建业：《中国回族文学史》，宁夏人民出版社2007年版，第311页。

学士序曰，诗本黄初，律宗神景，赋拟卿云，辞追景宋，至其杂文，各见之于班马韩欧之间。

另著录：《读史管见》、《存笥日抄》，徐士俊著。
光绪二十五年（1899年）《浙江通志》卷251经籍：

药园诗集十二卷药园文集二十二卷，仁和丁澎飞涛著。

民国《杭州府志》卷91艺文：

药园诗集十二卷药园文集二十二卷，仁和丁澎撰，一作扶荔堂集、信美轩集。

而查找近代学者关于清人诗文集作品的提要之作，除了柯愈春《清人诗文集总目提要》和李灵年《清人别集总目》以及《中国古籍善本书目·集部》著录《扶荔堂诗稿》外，其余则如《浙江历代版刻书目·清代书目》著录"扶荔堂文集选十二卷诗选十二卷扶荔词四卷，清仁和丁澎撰，康熙五十五年文芸馆刊本"①、《中国古代诗文名著提要·明清卷》著录"丁澎的《扶荔堂集》二十八卷，凡文集选十二卷……诗选十二卷……扶荔词四卷"②类似，对《扶荔堂诗稿》均没有著录。

综上，目录学上的缺失，是丁澎《扶荔堂诗稿》鲜为后人所知的主要原因。另外查《扶荔堂诗稿》中有《弘光宫词》这样悼念明朝的诗歌，以及《扶荔堂诗稿》中很多诗歌为拟作，诗歌艺术水平不高等原因，丁澎本人对《扶荔堂诗稿》也甚少提及，所以就渐渐地消失于时人和后人的视野中了。鲁迅先生曾说："我们要考察某一个时代文学的状态，某一个时代文学的风气，最重要的材料并不是那个时代的评论，而是那个时代的选本。"③《扶荔堂诗稿》渐渐被湮没，很可能也是因为受到了清前期诗

---

① 浙江省出版志编纂委员会编：《浙江历代版刻书目》，浙江人民出版社2008年版，第289页。
② 傅璇琮总主编：《中国古代诗文名著提要》，河北教育出版社2009年版，第255—256页。
③ 莫砺锋：《杜甫诗歌讲演录》，广西师范大学出版社2007年版，第10页。

坛"反唐为宋"诗风的影响。

二 《扶荔堂诗集选》版本考述

《扶荔堂诗集选》前有丁澎弟子李天馥所作之序，按体分五古、七古、五律、七律、五绝、七绝，按行迹分杂集、京集、游集、居东稿四类，收"燕台七子"诗刻中的《信美轩》诗，有王士禛、吴伟业、龚鼎孳、黄宗羲、陈维崧等名家评语。

笔者所见《扶荔堂诗集选》有两个版本，即上海图书馆藏本和南京图书馆藏本，均为康熙刻本。上图本较晚，为丁澎之孙重新校订过的本子。

南图本首页有书名，题"扶荔堂诗集选，丁药园著，文芸馆梓行"。南图本的序较少，仅有李天馥序和萧起辛序，无跋，为杭州八千卷楼藏本，可能是早期的单行本。南图本卷4末仅有"男丁梓龄丹麓、丁榆龄紫厓同校"字样，无"孙丁焜远观光正字"，而上图本卷4末则有"孙丁焜远观光正字"，可见上图本是晚于南图本的。

上图本为后印本，故多处有字迹模糊看不清楚的现象，而南图本相同的书页则字迹清晰。南图本从品相来说较好，但存在页码错排现象，如卷9至"归云庵"页便中止了，错将本应属于卷9的后四页排在了卷6尾，上图本中将其纠正，进行了重新排序。南图本为丁澎子丁梓龄、丁榆龄所校，上图本为丁澎孙丁观光重校本，所以次序较好。

另上图本《扶荔堂诗集选》前有宋徵舆所作诗序，而此序实则是宋徵舆早年为丁澎《扶荔堂诗稿》所作的序。究其原因，很可能是在《扶荔堂诗集选》重校梓行时，宋徵舆已经去世，而《扶荔堂诗稿》多不为世人所见，故将宋序从《扶荔堂诗稿》中抽出加印在《扶荔堂诗集选》中，仅在序的末尾署名处将"云间社盟弟宋徵舆辕文撰"改为"云间同学弟宋徵舆辕文撰"，而序文的字体、版式和《扶荔堂诗稿》前的宋序毫无二致。

三 《扶荔堂文集选》版本考述

《扶荔堂文集选》12卷，选文96篇，按题材分为序、议表、策对、史论、书牍、纪传、赋、题跋、墓碣、铭等，为丁澎的弟子李天馥和许三礼等所编订。

关于《扶荔堂文集选》的版本有两个说法存在疑处乃至讹误，分别是康熙十三年（1674年）刻本和康熙十九年（1680年）刻本，需要加以澄清。

《扶荔堂文集选》康熙十三年（1674年）刻本的说法出自《清史稿艺文志拾遗》，载：

> 扶荔堂文集选十二卷，丁澎撰，康熙十三年文芸馆刻本（善目，贩记）；扶荔堂诗集选十二卷，丁澎撰，康熙十三年文芸馆刻本（善目，贩记）。①

查孙殿起《贩书偶记》卷14载："扶荔堂文集选十二卷诗集十二卷扶荔词四卷，仁和丁澎撰，康熙丙申文芸馆刊。"另查《中国古籍善本书目·集部》（上海古籍出版社）载："扶荔堂文集选十二卷诗集选十二卷扶荔词三集别录一卷，清丁澎撰，清康熙刻本。"

康熙丙申为康熙五十五年（1716年），所以从《贩记》和《善目》的查询，无法看出《清史稿艺文志拾遗》是如何得出《扶荔堂文集选》有康熙十三年（1674年）刻本的因由。查《浙江通志》、《杭州府志》、《唐栖志》等地方志的"艺文"中也均无丁澎《文集选》有康熙十三年（1674年）刻本的记载，而上海图书馆、南京图书馆、国家图书馆中所藏《扶荔堂文集选》中均收有丁澎作于康熙二十三年（1684年）的《浙江通志序》，故对这一说法存疑。

《扶荔堂文集选》康熙十九年（1680年）刻本的说法出自李灵年先生的《清人别集总目》，载：

> 《扶荔堂文集选十二卷诗选十二卷扶荔词三卷词录一卷》，分别有康熙十九年刻本，上海图书馆有藏，康熙五十五年文芸馆刻本，北京图书馆、南京图书馆和日本内阁有藏。②

---

① 王绍曾：《清史稿艺文志拾遗》，中华书局2000年版。
② 李灵年、杨忠编：《清人别集总目》，安徽教育出版社2001年版。

此外,查上海图书馆古籍书目,也有《扶荔堂文集选》康熙十九年(1680年)刻本的记载,李灵年先生的著录或许也是查询上图所藏古籍书目而来。然而上图所载的康熙十九年(1680年)刻本的说法是错误的。查该版本《扶荔堂文集选》中收有丁澎作于康熙癸亥(康熙二十三年(1684年))的《浙江通志序》一篇,则该本绝不可能为康熙十九年(1680年)刻本。上海图书馆之所以将该版本《扶荔堂文集选》标为康熙十九年(1680年)刻本,究其原因是因为根据卷前丁澎弟子许三礼作于康熙庚申(康熙十九年(1680年))闰秋八月的序,断下判语所致。上图所标注的康熙十九年(1680年)《扶荔堂文集选》,九行二十一字,白口,单鱼尾。此本是和《扶荔堂诗集选》及《扶荔词》的合刻本,当为康熙五十五年(1716年)刻本,只是书后并无丁澎子丁辰槃所作的跋。

上海图书馆还藏有另一个版本的《扶荔堂文集选》十二卷,四册,九行二十一字,白口,单鱼尾。书前护页处有收藏者丰氏手抄夹页,题"丁澎,字飞涛,号药园……著有扶荔堂、信美轩、药园等集"。卷末左下角钤有"西湖中书房,经售古今善本书籍"的牌记。该版本前面仅有周起辛所作《药园集选本序》,年代比上图所藏的所谓"康熙十九年刻本"《文集选》要早。书中常有页码错排和缺佚现象。该版本文集也收有丁澎的《浙江通志序》,故年代当在康熙二十三年(1684)年之后。

四 《扶荔词》版本考述

笔者曾见过六个版本的《扶荔词》,其版本信息如下。

《续修》本《扶荔词》,四卷,卷4为"词变",该本是"据福建省图书馆藏清康熙刻本影印",九行二十一字,白口,左右双边。前有梁清标、沈荃和宗元鼎所作序和记,卷首"目次"处有"男榆龄紫垩、梓龄丹麓校"字样。卷3末有"孙丁煜远观光校订"字样。

上海图书馆藏《扶荔词》,四卷,卷4为"词变",康熙刻本,九行二十一字,白口,左右双边。因为上图所藏《扶荔词》是和《文集选》及《诗集选》合在一起的,所以梁清标、沈荃和宗元鼎所作序和记放在了《文集选》前。卷首"目次"处有"男榆龄紫垩、梓龄丹麓校"字样,卷3末有"孙丁煜远观光校订"字样。《续修》本《扶荔词》可能是其单行本。

南京图书馆藏《扶荔词》，四卷，为药园藏本，即丁澎自己收藏的本子。蓝皮封面，粉色书签，署"扶荔词，药园藏本"。康熙刻本，九行二十一字，白口，左右双边。前无序，卷3末有"孙丁谦、乾、坤、震重校订"字样，卷4为"词变"。

北京师范大学图书馆也藏有《扶荔词》四卷，据北京师范大学图书馆古籍善本书目载：

> 扶荔词三卷别录一卷，清康熙间丁辰槃刻本，四册，九行二十一字，小字双行同，白口，左右双边。钤"南海谭氏所藏"、"汛鉴"印。

国家图书馆、清华大学图书馆、中国科学院图书馆、上海图书馆收藏的《百名家词钞一百卷》（清聂先曾王孙编，康熙绿荫堂刻本）中的《扶荔词》一卷，为九行二十字，黑口，四周单边。另国家图书馆收藏的《百名家词钞二十卷》（清聂先曾王孙编，康熙绿荫堂刻本）中的《扶荔词》一卷，为九行二十字，黑口，四周单边。卷前有总目，分二十卷，有封面与《百名家词钞一百卷》封面同。

以上是笔者根据自己所见，对丁澎诗文词集版本所做的一些考述，希望能对丁澎的研究有所裨益，而文中存疑之处，诚心求教于方家。

清初回族诗人丁澎诗学思想发微*

多洛肯　胡立猛

丁澎是清初诗坛上著名的回族诗人，为"西泠十子"和"燕台七子"之一，名重一时。丁澎一生雅好作诗，不仅创作颇丰，而且乐于论诗，其《药园闲话》虽不存世，但是丁澎的诗学思想散见于他给同时代人诗集所作的序和论诗尺牍中。在这里，笔者试对其诗学思想进行发微。

一　诗品与人品相统一

明亡清入关以后，在诗坛占有重要地位的是陈子龙和以其为代表的"云间派"。名列"西泠十子"之一的丁澎所代表的"西泠派"也是在陈子龙及云间派影响下形成的，[①]均继承了"明七子"的衣钵，故其诗学主张与"明七子"基本相同，可以说就是"明七子"的余绪。丁澎的早期诗歌作品集《扶荔堂诗稿》前面作序的诸如陈爌公郎甫、张安茂蓼匪、彭宾、宋徵舆等均为云间派成员，更可见丁澎早期诗歌主张的倾向。丁澎通籍北上京师后，与宋琬《清史稿·文苑·宋琬传》："始琬官京师，与严沆、施闰章、丁澎西州唱，有'燕台七子'之目。"施闰章等有"燕台

---

* 此文系甘肃省人文社科重点研究基地"西北少数民族文学研究中心"2013—2014年度科研项目《古典文献家族学视阈中的清代少数民族汉语诗歌创作研究》（项目编号：XBM-2013001Z）的阶段性成果。

①　杨钟羲《雪桥诗话·初集》卷1说："陈卧子司理绍兴，诗名既盛，浙东西人无不遵其指授。西泠十子，皆云间派也。"吴伟业《致孚社诸子书》也说："西陵（指西泠派），继云间而作者也。"

"七子"之目，颇具影响。"燕台七子"之名，拟同"明七子"之谓。在诗歌理论与创作上"燕台七子"也确实属于"明七子"、"云间派"一路。

可以说，丁澎的诗学思想多与陈子龙和"云间派"相似。陈子龙论诗，在晚明复古思潮衰微之际，重新举起前后七子复古的旗帜，强调诗歌要"温厚"平和，他在《皇明诗选序》中谈到，"世之盛也，君子忠爱以事上，敦厚以取友，是以温柔之音作"。反之，"其衰也，非僻之心生，而亢厉微末之音著"。可见陈子龙把诗风的温厚平和与亢厉激昂看成是盛世与衰世的象征，又是儒家诗教与诗人人格修养的体现。他以此来贬斥中晚唐诗，也以此来要求一切诗歌。其《李舒章古诗序》就认为："词贵和平，无取亢厉；乐取肆好，哀而不伤，使读之者如鼓琴操瑟，曲终之会，希声不绝，此审音之正也。"①

丁澎强调诗歌创作主体人品性情对于诗歌创作的影响，认为诗品即人品，诗歌对于陶淑人的品性有着极好的作用。在给邵戒三所作的《西江游草序》中，丁澎认为："风雅之作，发于情，止于礼义。不学博依，不能安诗。古先王为教，使童而肄焉。以陶淑乎人之品行，至登歌朝庙、郊劳赠答皆用之，故终身守之而勿去。"② 显然，丁澎主张作诗首先必须重视创作主体涵养的锻炼，要做到博学通识，借诗歌来陶淑品行，这显然是与孔子所说"有德者必有言"相承传的诗学观念。因此他对于当时社会"后世渐以咏歌微末，无关于明体达用之节。所操以博仕进者，矻矻隐括为制义。父兄多不以率其子弟，且相戒为类于弹棋博弈之余艺，以致衣冠世族贵游群从悉盘娱于纨绔之习，日事鸣筝、蹴鞠、投壶、打马，以相征逐"③ 的风气极为愤慨，从而打出了复古的旗帜，以求恢复风雅之道。提倡风雅，也是"西泠派"的早期诗学思想，丁澎在序中说："吾乡诸同学，独忾焉以复古为志。凡出就党塾，未离丱皆能矢口辨四声，少成立，居然大家自命。我西陵之诗，因是遂甲海内。"④ 在序中，丁澎再次强调"是则诗固感发人之性情，即以陶淑人之品行，不可不慎也"⑤。

丁澎甚至将诗品和人品直接画上等号，认为德业和诗歌是相同的。康

---

① 李剑波：《清代诗学话语》，岳麓书社2007年版，第18—19页。
② 见《扶荔堂文集选》卷2。
③ 同上。
④ 同上。
⑤ 同上。

熙十二年（1673年）丁澎为龚鼎孳作《定山堂诗余序》，曰："文章者，德业之余也。而诗为文章之余，词又为诗之余，然则，天下事何者不当用其有余者哉。若竟量而出，索焉遂尽，此坳堂之泛筋，而非洪淮巨河之有源、有本者也。……诗余者，三百篇之遗而汉乐府之流系，其源出于诗，诗本文章，文章本乎德业，即谓诗余为德业之余，亦无不可者。"① 丁澎身处明清易代之际，这是一个气节和操守更容易被检验的时代。丁澎主张人品与诗品的统一，从伦理的角度，体现了他对高尚人格和气节的重视；从诗学角度，则体现了诗歌乃真性情的流露。丁澎的很多诗歌就体现了人品和诗品的统一，杜濬曾评论说："余尝见飞涛所制词章，往往托指于美人香草，乃骚之流也。"② 另外徐健庵评丁澎所作的《杨教授诗集序》"作诗序耳，将其人品树立一一写出，一笔不苟"③，也从一个侧面看出丁澎论诗对诗品人品统一的坚持。

诗品与人品相统一的诗学思想往大的方面讲，体现在诗歌的正变与世变相联系，丁澎认为可以通过不同时代的诗歌作品"考其音以知其政"。他在《朱止豀南北六朝乐府诗集广序序》详细论述道：

> 夫言诗于南北六朝之际，世变为已亟矣。篡弑相仍，中原割裂，礼乐必百年后兴，当世颇难言之。凡郊歌庙颂，釐定乐章，已非复太常之旧。其时燕飨登歌，竞为新声僭滥。或贤士大夫闵时伤乱，多出忧离变乱之词，雅音遂以不振。况民生其间，实罹伊戚；干戈赋役，播徙仳俪。途歔巷咢之所作，其风益靡蔇不能目兴。君子伤之矣。虽运数升降，莫可谁何，然考中声之变，通讽谕之情，未有不尽然者……考其音以知其政，其为鉴诚一而已。④

徐立斋（按：徐立斋即徐元文，字公肃，昆山人。顾炎武甥，与兄徐乾学、徐秉义均为进士，人称"同胞三鼎甲"。顺治十六年（1659年）中一甲一名状元。康熙间官至户部尚书、文华殿大学士，任《明史》总

---

① 见《定山堂诗余序》，陈乃乾编《清名家词》，上海书店1982年版。
② 见《鼓集序》，杜濬《变雅堂诗文集》卷1，同治九年重刊本。
③ 见《扶荔堂文集选》卷2。
④ 见《扶荔堂文集选》卷1。

裁）就评论说："以汉魏六朝诗，上续《三百篇》，亦等诸变风变雅耳。读《纲目》而世统正，读《广序》而世变明。会同言之，真具论世知人之识。"①

二　诗史说——诗与史相比而存

"诗史说"在清初颇为流行，是清代诗学发展中一个重要现象，而清人对诗史说内涵的探讨和拓展，主要体现在"以诗存史"、"以诗补史"和诗为"史外传心之史"三个方面②。丁澎早期诗学思想中也坚持"诗史说"，然而与上面三种却有不同之处。

丁澎关于"诗史说"的观点主要体现在他给同年朱止谿所作的《朱止谿南北六朝乐府诗集广序序》中：

> 喟然叹曰：诗宁有废兴哉！穷乎本则统系以明，虽百代可知也……州来、季子请观四代之乐，识列国所由盛衰。韩宣子赋诗赠答，辨人心之有邪正，举一代治乱成败得失之故，悉系于诗。故诗者，史也。史核而断，诗婉而入。诗与史，相比而存。《诗》亡然后《春秋》作。后世尚有诗，抑遂无《春秋》哉？固必论其世也。③

丁澎的"诗史说"认为诗歌与史书相比而存，诗歌不仅具有史书记载史事的功用，并且认为诗先于史书而存在，"《诗》亡然后《春秋》作"，显然在丁澎看来，诗歌的功能不仅可以陶冶性情，甚至可以具备辅助史书的功能。范国雯就曾评说："唐之大家，首推少陵。正以其称为诗史，故能雄跨百代。今作此序，乃云诗与史相比而存。始知存南北六朝之诗，便与《匪风》、《下泉》同一感慨。高识眇论，非深于诗者，岂能及此？"④

丁澎在诗歌创作中也深刻体现了自己的这一诗学主张，他作诗推崇杜

---

① 见《扶荔堂文集选》卷1。
② 李世英、陈水云：《清代诗学》，湖南人民出版社2000年版，第11—31页。
③ 见《扶荔堂文集选》卷1。
④ 同上。

甫，有多首记录史事的诗歌。《辽海杂诗》、《东郊十首》等都是这方面的优秀诗作，宗观就曾评论《东郊杂诗》曰："东郊诗使事、序景、寓感，或悲或达，时合时离，以云霞润金璧之辉，以壮澜寄迁慨之音，真老杜秦州，东坡海外，可代纪年，可佐国史，洵古今之杰作也。"①

三 反对"竟陵派"和"明七子"，独崇气力

丁澎才高，自然不会久囿于"明七子"的宗唐圈子之中，随着人生经历的丰富，交游对象的广泛，其诗学思想也开始发生变化，并且开始对革新创造加以赞赏，如其在给好友李渔所写的《一家言序》中，就赞叹李渔的文章"创造之奇，自开户牖，不欲守前人之一隅，文若是而已传矣！"②

只有在思想上突破了限制，在行动上才能真正做到创新。

于是丁澎诗学思想中自己的东西终于喷薄而出了。丁澎的诗学思想首先从批评"竟陵派"和"明七子"开始走上自己的道路。

周禹吉，字敷文，号介石，丁澎为其写的《概堂诗集序》中曾不无感慨地说："呜呼，诗亦神物也哉！乃詹詹者欲起而矫之，刊抉字句之间，逞巧露新，琐屑已甚。自以为精思得之，其失也靡。夸者专务慕傚为工，衣裳楚楚，摹刻形似，神采愈离，其失也荡。两家互为掊击，于本原之故，未尝窥见堂奥，而诗亡矣！"③

文中"乃詹詹者欲起而矫之，刊抉字句之间，逞巧露新，琐屑已甚"，句后注"指竟陵"；"自以为精思得之，其失也靡。夸者专务慕傚为工，衣裳楚楚，摹刻形似，神采愈离"，句后注"指济南"（即李攀龙）。

在这里丁澎将自己的诗学观点鲜明地提出来了，他不但反对竟陵派，对"明七子"也颇具微词。丁澎经过深刻反思，对于自己亦步亦趋地学"明七子"逐渐开始醒悟，在为周禹吉写的诗序中进一步忏悔说"念学诗几三四十年，斤斤奉绳尺，不自得近，少知变化。衰且老矣，齿发颓眊，

---

① 见《扶荔堂诗集选》卷7。
② 见《扶荔堂文集选》卷4。
③ 同上。

自伤无成"①，然而丁澎并没有失望，他将反唐的希望寄托在了像周禹吉（介石）这样的后起之秀身上，"所望介石大震靡荡之习，一反于醇古"②。

其实丁澎在自己的诗歌创作中已在摆脱"明七子"的影响，如他给龚鼎孳写的《上枢部龚芝麓尚书》③一诗中就有"中朝相司马，征服仰莱公"和"剖从枢密院，颜动玉熙宫"这样的诗句，邓汉仪评论说："枢密玉熙，莱公司马，皆唐以后事，而用来倍觉古俊，是知济南之说为拘。"④邓汉仪的话透露出来的信息量很大，一个是丁澎宗唐而学"明七子"在当时的文坛是众人皆知的事情，另一个是丁澎在自己的诗歌创作中自觉地开始摆脱"明七子"的影响，开始找到自己的路子。

不仅在学诗宗法方面走出了"明七子"的束缚，在论诗方面，丁澎也有了自己的独立见解，他在给吴绮写的《吴蘭次宋元诗选序》就阐明了自己和"明七子"对立的诗学观点，对宗唐之说充满了批判："诗自三百五篇而下，派衍于东西京，沿泆于魏晋，泆泛于六朝，至三唐而条理极备，以集乎大成。故言诗之家，莫不如金科玉律之不可倍，自《邻》以下无讥焉。若舍此，则不可以言诗。至使事用意，有稍陟唐以后者，辄指为堕落。宋元相戒无得入，间一出之，则群然揶揄勾摘之矣。"⑤文中"故言诗之家，莫不如金科玉律之不可倍，自《邻》以下无讥焉。若舍此，则不可以言诗"句后注曰"济南始立此说，遂不可破"。"济南"是指以李攀龙为首的"后七子"而言，显然这是"明七子"宗法盛唐的诗学主张，丁澎对于这种片面的诗学观点是反对的，毕竟，每一代的诗歌都有其独特的诗学特点，不能够搞一刀切似的否定。丁澎进一步指出："夫诗，神物也。世人贵耳而贱目。故或有与时为隐，见山桐之琴，涧梓之腹，鸣廉修营，虽唐牙莫之御也。称以楚庄之遗，虽阔解漏越，而人争鼓之。惟宋元之诗亦然，当世未尝目寓而心好，无怪乎惑于其名而钤束之也。要之风雅之会，必因时代为盛衰。宋兴，崇尚质厚。才人硕儒殚精研思，悉务明经术理学，非若唐以诗取士为专家。且熙宁、天祐间，士大夫多以讥讽获遣，咏歌之事遂以不振。下遞乎元，名流屈于下僚，甚至穷老

---

① 见《扶荔堂文集选》卷4。
② 同上。
③ 见《扶荔堂诗集选》卷10。
④ 同上。
⑤ 见《扶荔堂文集选》卷1。

山野，其忧羁放废之感，自托于法曲、杂部以见其志。篇什益芜类，莫能自工。尚论者不得不以经术理学归之宋，法曲杂部归之元，以有唐诗奉为不祧之宗也。谓非时为之哉！"① 曹尔堪就评论说："写得风雅不坠代有传人，三唐不得专羡，匪第宋元生色，亦令千古作者吐气。"②

俗话说，有破有立，丁澎既然走出了七子的藩篱，自然有自己的诗学主张，而他的主张就是"独标气力"。在为周禹吉写的《概堂诗集序》中丁澎阐释了自己的诗学主张："客问予曰：'诗何以传乎？'曰：'其气力足以自举，神采精思不可掩已。信其必传于后世。'"③ 毛先舒论曰："古今人论诗者，几无剩义。起手拈出气力二字作柱，而中间突崛奥古，居然名论不磨。"④ 在序中丁澎对自己所倡导的"气力"说做了进一步的阐释。"夫气者，志之因也。力者，心之往也。心志萃而后情生焉，沛然有不可扞之势，若有物焉纡回曲折而出，奔放勃萃以发。见之于诗，自《三百篇》以迄汉、魏、三唐之作者，其精神常足以通乎天下后世之心志。故可惊、可喜、可歌、可泣，历之久而入人也深。"⑤ 可见丁澎标举气力是对儒家"言志抒情"内核的回归。

概而言之，丁澎早期的诗学思想遵循儒家诗学和唐诗学的范畴，讲究诗品和人品相统一，持"诗史说"。只是后来广交游，再加上横遭贬谪，居塞外五年，饱尝艰辛，诗风发生了变化，其持论也有所改变。后期诗学偏向宗宋，并进一步发展为主张"代有佳作"，在诗歌创作方面崇尚"气力"。

---

① 见《扶荔堂文集选》卷1。
② 同上。
③ 见《扶荔堂文集选》卷4。
④ 同上。
⑤ 同上。

清代蒙古族诗人博明研究述评

多洛肯 王荔

博明，原名贵明，字希哲，一字晰斋，又号西斋。博尔济吉特氏，世居乌叶尔白柴地方。其高祖天聪时入清，隶满洲镶蓝旗。祖父邵穆布在康熙朝曾任两江总督。博明雍正末年出生于京师，乾隆十二年（1747年）丁卯科乡试中举，十六年（1751年）肄业官学，十七年（1752年）壬申科会试中式，选庶常馆，散馆授翰林院编修。二十三年（1758年）任起居注官，凡七年。二十八年（1763年）以洗马出守广西庆远，三十七年（1772年）任云南迤西道，后降职，入为兵部员外郎。四十二年（1777年）春任凤凰城榷使。五十年（1785年）在京，与千叟宴，作纪恩诗。其卒年虽未见明确记载，然仍可考。著有《西斋偶得》、《凤城琐录》、《西斋诗辑遗》、《西斋诗草》等。在清代蒙古作家中，博明以其文史兼善、多才多艺引起人们的普遍关注。其文学创作和史学杂著均得到同人的推崇，流布士林，嘉惠后学，影响极为广泛。从清至今几百年间，对其生平及其作品诸方面多有记载及研究，散见于各种文集、文学史著作中，概而言之主要有以下几个方面。

一 博明生平事迹研究

关于博明的生平问题，《清史稿》、《清史列传》等官纂史书均无记

---

* 此文系甘肃省人文社科重点研究基地"西北少数民族文学研究中心"2013—2014年度科研项目《古典文献家族学视阈中的清代少数民族语文诗歌创作研究》（项目编号：XBM - 2013001Z）的阶段性成果。

载，方志、诗文总集所收小传甚为简略，致使一代硕儒的事迹几乎湮没。清末民初，徐世昌辑《晚晴簃诗汇》收6100余家诗作，凡200卷，是为清代以来搜罗最全的一部诗歌总集。卷81收博明诗二首，小传曰："博明，字希哲，号晰斋，满洲旗人。乾隆壬申进士，改庶吉士，授编修。历官云南迤西道，降兵部员外郎。有晰斋诗。"其称满洲旗人，族属不明。事实上，清代学者已谈到他的姓氏和族属。清末满族名儒盛昱编《八旗文经·卷五十八·作者考乙》载："博明，字希哲，一字晰斋。博尔济吉特氏，隶满洲镶蓝旗，两江总督邵穆布孙。乾隆壬申进士，改庶吉士散馆，授编修。丙子主广东试，累官洗马，外任云南迤道，降兵部员外郎。"由此可知，博明虽隶籍满洲八旗，但其人为博尔济吉特氏。道光间沈涛在《交翠轩笔记》卷1说："蒙古博西斋洗马明为元代后裔，有《西斋偶得》一书，中论辽金元掌故，颇足以资考证。"此外，清末谭献曾为光绪二十六年（1900年）刻行的博明的《西斋偶得》撰写了一篇序，序文写道："蒙古西斋兵部先生，凤官禁闱，拦柱下至藏万卷研求，学有心得，随笔纂录。"据杨、沈、谭三人所撰文字，可知其为元代后裔，邵穆布之孙，然世系尚无考。据雍正间官纂的《八旗满洲氏族通谱》，博明始祖为琐诺木，世居乌叶尔白柴地方。天聪时归附清朝，任散骑郎。子图巴，官护军参领兼佐领。孙舒穆布，官至江南、江西总督，此即杨氏所指两江总督邵穆布也。曾孙为德成、纳兰泰。元孙二人，其一为博林，任中书硕瞻，尚公主，为和硕额驸。另一位即博明也。

关于博明仕履的记载，散见于各家编著，大同而小异。博明祖父邵穆布于康熙年间官两江总督，博明生长于京师。乾隆初，曾任主事。十二年（1747年），在哈克散佐领下应丁卯科顺天乡试，中举。十六年（1751年），肄业官学。钦定《八旗通志·卷一百四·选举表三》记载：博明为乾隆十七年壬申科进士，哈萨克佐领。据严懋功《清代馆选分韵汇编》卷11记载，博明中进士后被选入庶常馆，二十年（1755年）散馆，授翰林院编修，寻充办翰林院事。乾隆二十年（1755年）至二十八年（1763年）外任广西，这期间长达八年的仕履和事迹概不见于今人的研究论著。征诸清人文集和博明本人的著述，其事迹斑斑可考。《西斋诗辑遗》收有《千叟宴纪恩诗恭和御制元韵》一诗，自注曰："臣以戊寅充起居注官者七年，岁时筵宴皆入值。"戊寅为乾隆二十三年（1758年）。《皇朝词林典故》之"翰林院办事官"条，记载博明于乾隆二十七年（1762年）以洗马充办事官。《清秘述闻·卷六·乾隆二十一年丙子科广东乡试考官》作"编修博明字晰斋，满洲镶蓝旗人，壬申进士"。又《皇朝词林典故》所列教习庶吉士一官中亦有博明，二十七年（1762年）以洗马充任，次年，教习癸未科庶吉士。自举进士以后，博明一直在翰林院供职。其间，除任考官、充教习之外，还参与了朝廷的修书工作。例如，修功臣传，成官员传2900余篇，又附无考者27人。在博明仕履中，供职翰林院时间最久，故同时代多以洗马冠其名前，以示尊崇之意。

其任外职，始于乾隆二十八年（1763年），以洗马出守广西庆远府，即翁方纲所谓观察广西者。《八旗文经·作者考乙》及其《奉天通志》等均漏掉此段经历，唯戴璐《藤阴杂记》卷6提到"博西斋明，满洲人。壬申编修，外任府道"，语焉不详。《雪桥诗话三集》卷7则明确记载了出任的时间和相关事宜。"乾隆癸未，博希哲以洗马出守庆远，翁正三约钱籜石作红兰图以赠其行，以庆远多红兰也。籜石未及画，正三诗亦未就其寄怀，西斋诗云：两粤相望梦未通，柯亭草暖又春风。如君粹美真三益，况我追陪是十同。八桂树连南岭绿，丛兰花照右江红。依然索画题诗意，回首簪裾禁苑东。"任至何时，诸小传更无记载。翁方纲说："余视学粤东，西斋观察粤西，余寄诗有十同之咏。"查《清秘述闻》，翁氏于二十九年（1764年）至三十五年（1770年）以侍读学士任广东省并院，掌地方学政事务，据此，二十九年（1764年）他们二人同时在粤之东西是可以肯定的。王昶于乾隆三十五年（1770年）奉命在云南办理靖边左副将军、云贵总督阿桂军务，博明闻讯专程由广西前往拜访挚交，王氏为此作诗一首，题为"博观察晰斋朋至永昌携樽酒歌伶见过有作"，诗中有"隽唐云树渺天涯，细柳军中过使车"等语，是为博明此时仍任职广西庆远之一证。三十七年（1772年），博明任云南迤西道，从1770年到1772年这两年的仕履是个空白，但从赵文哲的诗中找到填补这一仕履空白的重要依据。赵文哲者，博明之文友，当博明任迤西道时，他也正在云南，二人遂有唱酬。赵氏作五言排律《赠博晰斋观察即题水石清娱画卷》一首，诗中写道："天子重循吏，畴咨界大藩。粤西接滇南，军兴正纷繁。君乃得平调，万里移朱幡。"至此，博明在广西庆远任职九年，然后于乾隆三十七年（1772年）平调至云南之事明矣。在广西期间，他曾于乾隆三十三年（1768年）自腾越赴滇城襄赞试事。在云南迤西道任上，又曾于乾隆三十七年（1772年）参加征缅甸的军事行动。

乾隆四十二年（1777年），博明因事降职，由迤西道入为兵部员外郎。是年春，又外任凤凰城权使。《奉天通志·卷二百二十八·艺文志六》有《凤城琐录一卷》自序，序写道：凤凰城僻在东南，边门在凤凰城东南，其地形山水即沈城人，多不之知况都中乎。官其地者率无笔载居人亦鲜读书好事者，轶事恐久而胥湮也。予于强圉作噩之春抵任，即询访故迹。证明博明确实做过凤城权使。乾隆五十年（1785年）正月，时逢高宗御极50年，复得元孙，朝廷在大内举行千叟宴，博明与宴，并作恭和御制诗一首。

关于博明的生卒年，至今虽未有明确的说法，但亦有据可考。戴璐者，乾隆二十七年（1762年）进士，熟知博明的为人，《藤阴杂记》卷6云：

> 博晰斋明……博闻强识，于京圻掌故，氏族源流，尤能殚洽。老年颓放，布衫草笠，徙倚城东，醉辄题诗于僧舍酒楼，洒如也，人有叩其姓氏者，答云：八千里外曾观察，三十年前是翰林。又云，一十五科前进士，八千里外旧监司。

从这段载记所描述的情况看，博明确已衰老。依其所说"三十年前是翰林"，则其入庶常馆是在乾隆十七年（1752年），以散馆授编修算，是为二十年（1755年）。如再加上三十年，分别是乾隆四十七年（1782年）和五十年（1785年）。但是，这种以诗句构成的对答或因押韵和对仗的关系有所牵强，数字抑或约略言之，不足为凭。可靠的文献依据有三条，兹列举如下。

一是清代历史档案。根据白·特木尔巴根从中国第一历史档案馆所查《宫中履历片》乾隆十七年（1752年）第3卷第二三九号，中有博明履历。"博明，镶蓝旗满洲。年三十五。乾隆十七年进士，历俸十个月。"下有批注："编修。已改右江道。调云南道。革职。"宫中履历是最原始的官方记录，其可信度毋庸置疑。据此可推知博明生于康熙五十七年（1718年）。

二是博明本人的著述。《西斋偶得》一书是他的学术笔记，自序写道："予自髫年侍先人，即获闻绪论于辨证考订之事，每心志之长得，肆力于学,因知今之考证者非衍旧说,即涉穿凿附会比岁亦有所论述然,于是二者恒谨持之,浸久成帙,录之以备遗忘,乾隆三十八年。"卷下《外国纪年》条有按语云:"西洋称今乾隆五十三年戊申为一千七百八十八年。"《西斋诗辑遗》卷3还有《戊申首夏乐槐亭初度》一诗,作于1788年。可见乾隆五十三年(1788年)当年博明尚健在。

三是翁方纲的《〈西斋杂著二种〉序》。他说:"而西斋之卒,予适出使江西。西斋以所著此二编,于疾革时始托同里邵楚帆给谏,遂有脱误,不及尽为订正。今又十余年,给谏将为付锓,而属余序之。"查翁氏生平,他于乾隆五十一年(1786年)九月,奉差督学江西,任至五十三年(1788年)。《西斋杂著二种》刻于嘉庆六年(1801年)辛酉,"今又十余年"者,与出使江西的交差时间基本吻合。《雪桥诗话三集》卷7载:"时翁视学广东,十同者同生,京师乡试同举,会试同甲,同出桐城张树彤少詹若需之门,同选庶吉常,同授编修,同为中允,同充讲官,同通考馆纂修,又西斋提调庶常馆而正三教习庶常也。"翁方纲与博明有十同之谊,他断不会误记良师益友的生卒年份,因此其卒年在1786年到1788年是可信的。

综上所述,可知博明的生年是1718年,卒年是1788年。

在清初以来的蒙古族作家中,博明的创作有着较大影响,因此今人对其研究也颇多。荣苏赫、赵永铣主编《蒙古族文学史》(内蒙古人民出版社2000年版)分生平和诗歌创作两部分,对博明生平进行了简单的阐述。黄泽主编《中国各民族英杰》(陕西人民教育出版社1999年版)分一节的内容对博明的生平事迹做了简单记述。赵相璧著《历代蒙古族著作家述略》(内蒙古人民出版社1990年版)用一节的篇幅记述了博明的生平及著述。白·特木尔巴根著《古代蒙古作家汉文创作考》(内蒙古教育出版社2002年版)分一节的内容记述了博明的生平事迹及著述,并对其生卒年进行了考证。

二 博明著述作品版本研究

博明为官30余年,升沉频仍,阅历颇为丰富。公务之外,唯以把卷问学,辨章学术,弄翰吟咏为乐事,"书探典宝,学饫谟觞,金石则八十一家,国史则五千余卷"。经过多年辛勤笔耕,写下具有较高学术价值和审美价值的作品。其撰述有《西斋偶得》三卷，《凤城琐录》一卷，重编《蒙古世系谱》五卷。诗歌创作有《西斋诗辑遗》三卷，《西斋诗草》等。另有一部《祀典录要》，未经刊刻，以钞本形式得以著录。

《西斋偶得》属于笔记杂录，分卷上、卷中、卷下三卷，九十六条。内容包括天文、地理、器物、人事、史考、饮食、音乐、文学艺术等，涉猎广博，见地深刻。文史杂考之类堪称学术笔记，而探究自然界现象的篇什无异于科学小品。《西斋偶得》全文，卷上所收《状元》条写于乾隆三十六年（1777年），而收在卷下的《外国纪年》条谈的却是五十三年（1788年）之事，由此可推知其写作时间延续了近20年，非一时之作。就目前所收集的资料，概括《西斋偶得》的版本情况是：嘉庆六年（1801年）广泰据邵楚帆净写本连同《凤城琐录》合刻于广陵节署，是为《西斋杂著二种》，翁方纲序之，现存于国家图书馆；光绪二十六年（1900年），杨钟羲重刻《西斋偶得》于杭州，谭献为之序，现存于国家图书馆、南京图书馆。

《凤城琐录》一卷，撰于乾隆四十二年（1777年）。著者是年春抵凤凰城任职，意识到此地僻处东南，鲜为人知，官其地者又率无载记，深恐此间逸事久后胥湮无闻，于是"询访故迹，惜无知之者，求什一于千百，浸录成帙，半皆琐细，用备考核。朝鲜贡员亦时相过访，并问其国中典故，亦间有所得，集其语附焉"。这部琐录所记皆辽东及朝鲜故实，涉及该地区社会、经济、文化以及清廷与朝鲜关系等诸多方面，具有较高的研究价值。《凤城琐录》目前有两种版本：一是清嘉庆六年（1801年）刻本，现存于国家图书馆；一是民国三十年（1941年）抄本，现存于国家图书馆。

博明对《蒙古世系谱》重事删略，辑为五卷，并在卷1、卷2前缀以按语，对蒙古起源于吐蕃、天竺说予以有力的驳斥：元史不载受姓之始，秘史则以巴塔赤罕为第一世，即谱内之巴泰察汉。至天竺史无世系，吐蕃则羌戎之类，各为部落，本不相袭。秘史乃元时金匮石室之藏，永乐中抄入大典，诚珍重之。苍狼白鹿之说久著史册。此则援蒙古以入吐蕃，援吐蕃以入天竺。岂元初名臣大儒有所不知，而后世反详知之乎。更引入释迦益近荒渺。他认为，《蒙古世系谱》作如是叙说是宗教使然，"此谱抄自喀尔喀，当是西僧所附会。然既有其文不能芟也，厘为第一卷以俟考。仍录巴泰察汉为次卷之首，以明世次"。其做法颇为允当。他身为清廷儒臣，却不投清廷所好，甘冒忤逆之嫌，学而致用于辩证史籍，诚为难能可贵。博明重编的《蒙古世系谱》五卷先以钞本形式流传，1939年著名史学家邓之诚先生据钞本排印，将其公之于世，遂使博明的科学求实的治学态度更昭彰于身后。就目前来看，《蒙古世系谱》有三种版本：一是民国二十八年（1939年）铅印本，现存于国家图书馆、南京图书馆；二是民国间（1912—1949年）抄本，现存于国家图书馆；三是清（1644—1911年）抄本，现存于南京图书馆。

博明有两部诗集，即《西斋诗辑遗》和《西斋诗草》。《西斋诗辑遗》三卷是博明的诗歌集，由其外孙穆彰阿刊于嘉庆六年（1801年）。另有《西斋诗草》一部，系钞本，现藏北京图书馆。其篇目不见于《西斋诗辑遗》者仅数首，而缺漏者却良多，当是初稿的传抄本。刻本三卷并非以创作先后顺序排列。诗集收诗一百数十首，外任之后所作居多。博明志耽风雅30余年，其诗绝不止于此，史料记载言之凿凿。穆彰阿曾为其诗文集撰序，《西斋先生诗文集序》中有"昨又于先生敝簏中得待刊诗文若干卷，郭景纯之碎锦依旧斑斓，李义山之烂襦并无割裂"，以《西斋诗辑遗》名集，谓其不全也。法式善《梧门诗话》卷9有记载称："晰斋观察博明亡后诗多散佚，余访之而未得也。《清绮集》中载观察丙子主广东试于定远驿壁间题庐阳竹枝词四首，情韵俱佳。"翁方纲为《西斋诗辑遗》所题七绝一首亦对诗人创作颇有散佚表示深切的惋惜。就目前收集的资料，概括其版本情况，《西斋诗辑遗》有三种版本：一是清嘉庆六年（1801年）刻本，现存于辽宁图书馆、中科院图书馆、日本京都大学人文科学研究所；二是清光绪二十六年（1900年）刻本，现存于中科院图书馆；三是民国二十三年（1934年）排印本，现存于日本京都大学人文科学研究所。《西斋诗草》有两种版本：一是清（1644—1911年）稿本，现存于北京大学图书馆；二是清（1644—1911年）抄本，现存于国家图书馆。

三 博明诗歌研究

博明的诗歌主要收录在《西斋诗辑遗》和《西斋诗草》，共存诗近200首，但这只存其一二，大多已经散佚。

此外，自嘉庆初迄清末，许多重要的诗文集都曾收录了他的诗作。由官方编纂的《熙朝雅颂集》（106卷，清嘉庆九年（1804年）刻本）收其诗二十七首；铁保辑《白山诗介》（10卷，清嘉庆六年（1801年）刻本）收其诗四首。符葆森的《国朝正雅集》（99卷，清光绪三年（1877年）刻本）、徐世昌的《晚晴簃诗汇》（200卷，天津退耕堂，民国十八年（1929年）刻本）等亦有收录。地方文献也间有收录者，如李根源的《永昌府文征》就收有他的七言排律《戊子自腾阳赴滇城襄试事途中次赵璞函永昌见寄韵》一首。

对于博明的诗歌风格，古人也有不少评价。法式善在《八旗诗话》中称赞他的诗才，说"诗援笔立就，浑脱流转中动合绳墨"，并评其《庐阳竹枝词》四首"情韵俱佳"。翁方纲为博明的《西斋诗辑遗》题诗两首，给予高度的评价。其中一首云："艺苑蜚声四十年，凄凉胜草拾南天，玉河桥水柯亭绿，多少琼瑶未得传。"

博明的诗歌创作内容颇为丰富，举凡勤劳王事，讲筵翰苑，追慕古贤，鉴赏文物，酬答友朋，游历山水，诗人的所有社会活动以及所见所闻和所感均率以入诗。他本身是一位造诣较深的学者，秉性耿直，为人清廉，尊重事实。其文亦如其人，黜华崇实，质而弥永，在一定程度上反映了特定历史时期的社会生活。诗人夙有报国之志，其以儒臣入仕，研求文献，总结历史经验，不遗余力地表彰历史上的仁人志士，期望当世英才学以致用，为国效力，造福黎民。

遣怀之作在《西斋诗辑遗》中占有相当的篇幅。诗人秉性正直，憎恶趋炎附势之辈，为官清廉，于功名富贵无所希冀，所交者多饱学之士。然而在当时的社会环境中像他这样主张"运笔应趋轨，持躬贵正衡"的文人却屡屡碰壁，获咎左迁，于是便借诗排遣彷徨、苦闷的心绪。有时觉得自己不如农夫，有时借酒浇愁，他厌恶尔虞我诈的官场，试图逃避世事纷争。

博明的记游诗、咏物诗，较之遣怀诸篇更富有生活气息。如《永昌竹枝词》五首，通体采用民歌形式，比拟新颖，语言优美，是为上乘佳作。

就形式而言，博明兼擅诸体。乐府诗有《天井山歌》、《大观帖歌为柳城倪明府作并序》诸篇。五古、七古占有一定比例，五律、七律尤多。在熟练地掌握了诗词格律的基础上，他还注意从民歌中汲取养料，使自己的创作更具生气，《永昌竹枝词》、《庐阳竹枝词》等便是这方面的代表作。

博明的诗作内容和题材虽颇为丰富，但就目前来看，并没有完整的一部著作来研究博明的诗文状况，而都只是简单的记述。荣苏赫、赵永铣主编《蒙古族文学史》（内蒙古人民出版社 2000 年版）就其诗歌做了简要的分析，从题材上分为：记游诗、咏物诗、酬答诗等；从体裁上分为：乐府诗、五古诗、七古诗、律诗等，其中律诗在创作中比重较大。赵相壁著《历代蒙古族著作家述略》（内蒙古人民出版社 1990 年版）就简单将其诗歌题材分为：咏史诗、写景诗、酬赠诗、送别诗、题图题画诗、咏物诗等。白·特木尔巴根著《古代蒙古作家汉文创作考》（内蒙古教育出版社 2002 年版）对博明诗歌做了分析，从题材上分为：酬答诗、记游诗、写景诗等，从体裁上分为：乐府诗、五古诗、七古诗、律诗等，其中律诗创作尤多。

此外，赵相壁发表在《内蒙古社会科学》（汉文版）1985 年第 3 期的《清代蒙古诗人博明》将博明的诗歌分为以下几类：酬赠送别诗、题图题画诗、抒情写景诗、记游诗等，并进行了详细的阐述。

总之，在古代蒙古族文学发展中，博明是十分引人注目的诗人之一。对其诗歌研究也不在少数，但是系统全面的研究还是不够。因此，对于博明的诗歌创作研究还有待于进一步的关注和努力。

清中叶蒙古族诗人法式善诗文研究述评*

多洛肯　王荔

　　法式善（1753—1813 年）是清代乾隆、嘉庆年间著名的蒙古族汉文诗人、诗歌理论家。原名运昌，字开文，号时帆，又号梧门、陶庐、诗龛、小西崖居士。蒙古伍尧氏，祖籍察哈尔。内务府正黄旗人。乾隆四十五年（1780 年）进士。后因乾隆皇帝赏识，赐改今名，"法式善"即满语"奋勉有为"之意。历任翰林院检讨、国子监司业、詹事府左右春坊庶子、侍讲学士、侍读学士、四库全书分校、永乐大典馆提调官、文渊阁校理、实录馆纂修、熙朝雅颂集总办等。诰授中宪大夫。著有《清秘述闻》、《陶庐杂录》、《存素堂诗初集录存》、《存素堂诗二集》、《存素堂诗续集》、《存素堂诗稿》、《存素堂诗续集录存》、《存素堂文集》、《梧门诗话》等。法式善及其作品都享有很高的声誉，从清至今几百年间，对其生平及其作品诸方面多有记载和研究，散见于各种文集、文学史著作中。概而言之主要有以下几个方面。

一　法式善生平研究

　　关于法式善的生平问题，《清史稿》卷 485 列传 272 文苑 2，《清史列传》卷 72 均载有其传，可惜过于简略，且记载有讹误。清盛昱《八旗文

---

* 此文系甘肃人文社科重点研究基地"西北少数民族文学研究中心"2013—2014 年度科研项目《古典文献家族学视阈中的清代少数民族充语文诗歌创作研究》（项目编号：XBM-2013001Z）的阶段性成果。

经》（56卷，作者考3卷，续录1卷，清光绪二十八年（1902年）刻本）也载有法式善的生平事迹。清李桓纂《国朝耆献类征初编》（台北明文书局1985年影印本）卷132词臣18亦有五篇关于法式善生平传记的记载，其中黄安涛撰《法式善小传》较为详细。清杨钟羲《雪桥诗话初集》（南林刘氏民国二年（1913年）刻本）卷9也有简单记载。清李元度纂《国朝先正事略》（民国十九年至二十三年（1930—1934年）铅印本，民国二十三年至二十五年（1934—1936年）重印）卷43，载有法式善生平。此外，清郑方坤纂《湖海诗人小传》（台北明文书局1985年影印本）卷36，清钱林辑、王藻编《文献征存录》（台北明文书局1985年影印本）卷5，朱汝珍辑《词林辑略》（中央刻经院，民国间铅印本）卷4，易宗夔纂《新世说》（湘潭易氏，民国七年铅印本）卷2等均对法式善的生平有记载。但清浙江巡抚阮元撰《梧门先生年谱》（清嘉庆二十一年（1816年）刻本）关于法式善生平事迹及著述的记载比较详尽，这也是目前记载法式善生平最为详尽的史料。

  法式善在乾嘉诗坛上占有重要的位置，今人对其研究也颇多。荣苏赫、赵永铣主编的《蒙古族文学史》（内蒙古人民出版社2000年版）分生平、诗歌创作和散文创作三部分，对法式善生平进行了简单的阐述。米彦青著《清中期蒙古族诗人汉文创作唐诗接受史》（内蒙古教育出版社和内蒙古出版集团2009年版）分法式善诗论中的唐诗观、法式善诗歌的唐诗接受和法式善家族创作中的唐诗接受三小节，简单介绍了法式善的生平。云峰著《蒙汉文化交流侧面观》（天津古籍出版社1992年版）分一节内容记述了法式善的生平。白·特木尔巴根著《古代蒙古作家汉文创作考》（内蒙古教育出版社2002年版）简单地记述了法式善的生平，并对其姓氏和世系进行了考证。赵相壁著《历代蒙古族著作家述略》（内蒙古人民出版社1990年版）分一小节的内容记述了法式善的生平及其著述。云广英著《清代蒙古族人物传记资料索引》（内蒙古大学出版社1998年版）也就法式善的生平进行了简单的概述。张彬著《中国古今书画家年表》（文物出版社2006年版）记述了法式善的生卒年、字、号以及姓氏。云峰著《蒙汉文学关系史》（新疆人民出版社1997年版）用一章的内容讲述法式善，其中第一小节讲了法式善的生平。

二 法式善著述作品版本研究

法式善一生的著述颇丰，编著有《清秘述闻》、《槐厅载笔》、《陶庐杂录》、《同馆赋钞》、《同馆试律汇钞》等；诗集有《存素堂诗初集录存》、《存素堂诗二集》、《存素堂诗稿》（又名《诗龛咏物诗》）、《存素堂诗续集》、《存素堂诗续集录存》；文集有《存素堂文集》、《存素堂文续集》；诗话有《梧门诗话》和《八旗诗话》。对于其著作，现有不同的编次及刻印版本，存于全国各大主要图书馆。

法式善首先是位优秀的编撰家。他任翰林院学士、国子监祭酒时，留意于收集清代科举考试资料，编著《清秘述闻》和《槐厅载笔》两书。

《清秘述闻》共16卷，记录了从清顺治二年（1645年）至嘉庆四年（1799年）之间每年的考官、考题以及考生的姓名、籍贯、各省学校官员的姓名、籍贯、出身、任职时间等。就目前所收集的资料，概括其版本情况是：《清秘述闻》16卷，清嘉庆年间（1796—1820年）刻本，现存于国家图书馆、南京图书馆；《清秘述闻》16卷，清钱维福校，清光绪年间刻本，现存于南京图书馆；《清秘述闻》16卷，清钱维福校，台北文海出版社1967年影印本，现存于中科院图书馆、北京大学图书馆。

《槐厅载笔》分类记录了清代文人作品中的有关考试方面的文章。此书"凡所征引具有成编，都非臆造的断章取义，苟菲不遗。费以全书，遂湮只句，轶闻逸事，求备取盈而已"。《槐厅载笔》目前有两种版本：一是《槐厅载笔》20卷，清嘉庆年间（1796—1820年）刻本，现存于国家图书馆、南京图书馆；二是《槐厅载笔》，台北文海出版社1969年影印本，现存于国家图书馆、中科院图书馆、北京大学图书馆。

法式善编辑的著作还有《同馆赋钞》、《同馆试律汇钞》等。现存的《同馆赋钞》有两种版本：一是《同馆赋钞》24卷，清嘉庆元年（1796年）刻本，现存于国家图书馆；二是《同馆赋钞》32卷，清嘉庆刻本，现存于南京图书馆。《同馆试律汇钞》也是两种版本：一是《同馆试律汇钞》24卷，清嘉庆刻本；二是《同馆试律汇钞》24卷，清乾隆五十二年（1787年）刻本，均存于南京图书馆。

除此之外，法式善还有一本编著《陶庐杂录》。共六卷，记录了明清两代的典章制度、风土人情、社会政治经济以及树木、历史资料等。就目前所掌握的资料，《陶庐杂录》的版本情况如下：《陶庐杂录》六卷，清嘉庆二十二年（1817年）刻本，存于国家图书馆；《陶庐杂录（记）》六卷，清光绪三十一年（1905年）铅印本，存于南京图书馆；《陶庐杂录》，台北文海出版社1969年影印本。

法式善是蜚声于乾嘉文坛的文学家。乾隆四十五年（1780年），他26岁中进士后，渐次闻名，成为乾嘉文坛上的一颗明星。著有文集《存素堂文集》和《存素堂文续集》。《存素堂文集》共收157篇作品，分为论、辨、序、跋、考、书、状、行状、墓表、碑文、墓志铭、记、铭、书后、例言、传等16类。其中卷1收《唐论》、《宋论》、《魏孝庄帝论》、《狄仁杰论》等8篇论，《西涯考》和《苑洛集双溪东记辨》等考、辨各一篇，《洞麓堂集序》、《成均同学齿录序》、《方雪斋诗集序》、《海门诗钞序》等19篇序；卷2收《宋元人集钞存序》、《存素堂印薄序》、《北海郑君年谱序》、《香墅漫钞序》等33篇序；卷3收《草景堂制艺序》、《吴蕉衫制艺序》、《吴凤白必悔斋制艺序》、《志异新编序》等15篇序，《两宋名贤小集跋》、《江湖小集跋》、《江湖后集跋》、《存素堂书目跋》等30篇跋，《与邵二云前辈论史事书》、《与徐尚之论文书》、《复贾素斋论书》、《复王榖胜进士论仕书》等书4篇，《西魏书书后》、《南宋书书后》、《元史类编书后》、《西涯墓记书后》等书后7篇，《槐厅载笔例言》、《梧门诗话例言》等2篇例言；卷4收《张新塘传》、《武虚谷传》、《周赞平传》等传6篇，行状、状、墓表、墓志铭各一篇，即《先妣韩太淑人行状》、《本生府君逸事状》、《例授奉直大夫礼部主事吴君墓表》、《南阳清军同知林君墓志铭》，《南熏殿古像记》、《历代帝王名臣遗像记》、《道镜堂记》、《诚求堂记》等15篇记，《带绿草堂砚铭》、《云龙砚铭》、《梅花砚铭》、《云砚铭》等铭8篇。现存的版本有：《存素堂文集》4卷，清嘉庆十二年（1807年）程邦瑞扬州刻本，存于国家图书馆、南京图书馆、北大图书馆、中科院图书馆等；《存素堂文集》4卷，清（1644—1911年）抄本，存于国家图书馆；《存素堂文集》4卷，清道光年间（1821—1850年）刻本，存于南京图书馆。《存素堂文续集》共收64篇作品，分为序、墓表、记、跋、书后、例言、传、书、行状、墓志铭10类。其中卷1收《陈芝房进士诗集序》、《诚墨斋诗集序》、《罗月轩诗集序》等6篇序，《明万历二十五年顺乡试录残本跋》、《惟清斋石墨跋》、《石仓十二代诗选跋》跋3篇，墓表、记、书后、例言、传各一篇，即《耿处士墓表》、《重修李文正公墓祠记》、《明状元图考附三及第会元诗书后》、《朋旧及见录例言》和《许愚溪传》；卷2收《容雅堂诗集序》、《谷西阿诗集序》、《王子文秀才诗续集序》等序12篇，《复汪均之书》、《与南王柳于书》、《答汪均之书》等书5篇，《赠武功将军云南通判岸亭陈公墓表》、《口御史谢君墓表》、《朝议大夫宁夏府知府何君墓表》3篇墓表，《校永乐大典记》、《义新堂记》、《校全唐文记》等记5篇，跋、行状和墓志铭各一篇，即《阅微草堂收藏诸者尺牍跋》、《洪稚存先生行状》和《云南提刑按察司使按察使李公墓志铭》；卷4收《翠微山房文集序》、《白鹤山房诗集序》、《自怡轩诗集序》等序12篇，《白桃花诗丹跋》、《观生阁花鸟跋》、《桂花园跋》、《诸臣恭和诗卷跋》跋4篇，《孙学斋书评记》、《煦斋侍郎摹兰亭独孤本记》、《周贡生诗记》、《万柳堂记》4篇记，书和墓志铭各一篇，即《复赵味辛书》和《江安释道前江苏按察使司按察使子公墓志铭》）。此外，卷3已遗，尚无载录。现存的版本情况：《存素堂文续集》1卷，清（1644—1911年）稿本，存于国家图书馆；《存素堂文续集》2卷，清嘉庆十六年（1811年）程氏扬州刻本，存于国家图书馆和上海图书馆。

法式善自幼喜欢作诗，所著诗集较多，现存的诗集有《存素堂诗初集录存》、《存素堂诗二集》、《存素堂诗稿》（又名《诗龛咏物诗》）、《存素堂诗续集》、《存素堂诗续集录存》。

《存素堂诗初集录存》卷24，嘉庆十二年（1807年）王埔刻于湖北德安官署，录乾隆四十五年（1780年）至嘉庆十一年（1806年）诗2037首，现存于中国国家图书馆、中国科学院图书馆。

《存素堂诗稿》（又名《诗龛咏物诗》）2卷，清嘉庆年间（1807—1813年）刻本，有咏物诗120首，续咏物诗121首，共241首诗，现存于中国国家图书馆和人民大学图书馆。

《存素堂诗二集》卷8，嘉庆十八年（1813年）王埔刻于湖北德安，录嘉庆十二年（1807年）至嘉庆十七年（1812年）诗1010首，现存于中国国家图书馆、首都图书馆、复旦大学图书馆。

《存素堂诗续集》1卷，嘉庆十八年（1813年）王埔刻，录嘉庆十八年（1813年）诗65首，现存于中国国家图书馆、首都图书馆、复旦大学图书馆。

《存素堂诗续集录存》卷9，嘉庆二十一年（1816年）阮元刻，录嘉庆十三年（1808年）至嘉庆十八年（1813年）诗1015首，现存于中国国家图书馆、上海图书馆和山东图书馆。

对于上述诗集，《存素堂诗初集录存》是法式善于嘉庆十一年（1806年）所完成的，而《存素堂诗二集》、《存素堂诗续集》以及《存素堂诗续集录存》都是嘉庆十二年（1807年）至去世时所作，并且《存素堂诗续集录存》是在《存素堂诗二集》和《存素堂诗续集》的基础上完成的。因此，对于《存素堂诗初集录存》来说，与其他诗集并无异同之说，但《存素堂诗二集》、《存素堂诗续集》和《存素堂诗续集录存》之间既存在着一定的相同性，也存在着一定的差异性，现就将《存素堂诗二集》、《存素堂诗续集》与《存素堂诗续集录存》作以下比较。

首先，《存素堂诗二集》八卷与《存素堂诗续集录存》前八卷之比较。《存素堂诗二集》卷1收戊辰（1808年）诗108首，而《存素堂诗续集录存》卷1收戊辰（1808年）诗106首，《存素堂诗续集录存》少诗2首，即《瑛梦禅诗龛图遗卷仿倪云林查二瞻笔意》、《严香府诗龛图》；《存素堂诗二集》卷2收己巳（1809年）诗179首，而《存素堂诗续集录存》卷2收己巳（1809年）诗146首，《存素堂诗续集录存》少诗33首，即《朱野云山人邀同金兰畦尚书汪东序太仆马秋药太常小集拟陶诗屋即席有作》、《题蒋元亭先生静观图》二首、《守经堂为元庭同年题画》、《汤雨生骑尉属题秋江罢钓小景册中佳篇甚多陈石士编修意义稍别附声缀句且赠别焉》、《文正公书前人虫豸五言绝句廿四章前已阙其二且鱼蟹虾水族也不可杂入虫豸蝌蚪蛙属蚱蜢螽斯属不必复见并删之更为补盆得诗》二十八首；《存素堂诗二集》卷3收庚午（1810年）诗102首，而《存素堂诗续集录存》卷3收庚午（1810年）诗92首，《存素堂诗续集录存》少诗10首，即《蜀中缙绅先生多有以尺素见问者既各牍答之复作此诗》、《生日书怀》（少年同学侣）、《褚石珊画虫豸图语》、《朱涤斋为写二十八虫子扇头作歌谢之》、《汪均之公子得东坡定惠院寓居月夜偶出墨迹倩黄谷原补图札来征诗即用夜守韵奉寄》、《瑛梦禅居士》、《汪云壑修撰》、《江秋史御史》、《程兰翘学士》、《吴竹桥仪部》；《存素堂诗二集》和《存素堂诗续集录存》卷4、卷5相同，分别收庚午（1810年）诗139首和159首；《存素堂诗二集》卷6收辛未（1811年）诗101首，而《存素堂诗续集录存》卷6收辛未（1811年）诗100首，《存素堂诗续集录存》少诗一首，即《介文夫人梅花》；《存素堂诗二集》卷7收壬申（1812年）诗141首，而《存素堂诗续集录存》卷7收壬申（1812年）诗137首，《存素堂诗续集录存》少诗4首，即《六十生日自警》二首、《汪均之贻莲子桂元并自书诗龛画记至病中未报兹谢以诗》、《奉怀汪均之灸之昆季兼求物色石仓诗迭并乞莲子龙眼肉》；《存素堂诗二集》卷8收壬申（1812年）诗81首，而《存素堂诗续集录存》卷8收壬申（1812年）诗72首，《存素堂诗续集录存》少诗9首，即《黄贡生郁章之官沙河乞朱野云画钱别图余适至野云斋题诗其上》、《寄东篱岩都统兼怀方有堂方伯》2首（心情果相系和太史见余笑）、《李小松大京兆贻五古依韵谢之》、《病中所见》、《蒋东桥同年入传国史喜而赋比》、《题画》2首、《寄竟成师》。

其次，《存素堂续集》1卷与《存素堂诗续集录存》卷9之比较。《存素堂续集》1卷收癸酉（1813年）诗65首，而《存素堂诗续集录存》卷9收癸酉（1813年）诗64首，《存素堂诗续集录存》少诗1首，即《十七日生日感怀》（子塽及门生）。

此外，法式善还是一位杰出的诗歌理论家，其文学批评作品有《梧门诗话》和《八旗诗话》。《八旗诗话》是法式善的一部重要论诗著作，共一卷，评论条目249则。这部诗话不仅在研究八旗文人群体的诗风特点以及整体的成就方面具有重要的文献参考价值，而且在"吉光片羽"式的评论中也体现出法式善的诗学观，现存一种版本：《八旗诗话》一卷，清（1644—1911年）稿本，存于中国国家图书馆。

《梧门诗话》是法式善撰写的最重要的一部诗话著作，共16卷，评诗条目约有898则之多。全篇着重于"康熙五十六年（1717年）以后之人"的作品，并对"于编省人所录较宽"，"余子先辈名集虽甚心折，无所辨证，概从割爱。至于寒畯遗才，盛昱不彰，孤芳自赏，零珠碎璧，偶布人间，若不亟为录存，则声忱向绝，几于飘风好言之过耳，故所录特火"①。时人陈文述评《梧门诗话》说："多乾隆、嘉庆两朝文献。"② 是研究乾嘉诗坛上诗人的思想与诗歌作品的重要资料。

对于《梧门诗话》在作者身后的流传情况，嘉庆间郭麐曾云："梧门先生法式善风流宏奖，一时有龙门之目。……先生诗集闻已付梓，穷居辽

---

① （清）法式善：《存素堂文集》，嘉庆十二年（1807年）扬州绩溪城邦瑞刻本。
② （清）陈文述：《颐道堂诗选》，清刻本。

隔，亦未得见。有《诗话》十余册，交屠太史琴坞为之校刊，亦未果。终当与琴坞共成此事，庶报知己于万一耳。"① 此后，道光年间陈文述又云："此稿凡十六卷，多乾隆、嘉庆两朝文献。鄙人曩在京师，曾与编纂之役。祭酒清宦，无力付梓，以属屠君琴坞，携至江左。屠君旋以病废，因以属余。今余将归耕西溪，不及再为料理。因属朱君酉生，携交两君（指潘曾莹、潘曾绶兄弟），春明坛坫，人海多贤，得付手民，亦艺林盛事也。"② 然此事后来竟一直未果，始终未见有刻本问世。

中国社会科学院文学研究所藏杨亨寿抄本录题记中曾记述了此稿在晚清的遭际，曰："《梧门诗话》十四卷，梧门先生手纂，藏之诗龛，未付剞劂。至其曾孙玉昭，尚能克保先泽。玉昭没，后人不能继绳武，又遭光绪庚子之乱，梧门所蓄菁华一朝尽矣。先生手定《诗话》原本归叶兰台枢部家，吾友高竹坪所得，是为副本，中间脱落数卷。且写本荒率，舛讹颇多。余手钞一通，度已失必难剑合，乃正其误谬，定为四卷，并将先生自撰诗话例言补之卷首。癸丑秋八月初八日鹤宾杨亨寿录竟并识。"③

关于《梧门诗话》的版本，记载有五：其一，郭麐《〈灵芬馆诗话〉序》述法式善对他的知遇之恩之后说："有《诗话》十余册，交屠太史琴坞为之校刊，亦未果，终当与琴坞共成此事，庶报知已于万一耳。"④ 其二，盛昱《八旗文经·作者考丙》"法式善"条下载："所著《梧门诗话》未刊，稿本今藏番禺叶氏。"⑤ 其三，杨钟羲《雪桥诗话》卷9记"所著《梧门诗话》未刊，《例言》见《存素堂文集》。"⑥ 其四，恩华《八旗艺文编目》中载："《梧门诗话》十二卷，钞，有缺卷。附《八旗诗话》钞，内仅有履贯及诗目，而非定本也。蒙古法式善著。"⑦ 其五，法式善在自己的《与王柳村书》中说："《诗话》虽传于南中，其实尚未

---

① （清）郭麐：《灵芬馆诗话续》卷5，嘉庆二十三年（1818年）刊《灵芬馆全集》本。
② （清）陈文述：《颐道堂诗选》卷30，清刻本。
③ 转引自张寅彭、强迪艺编校《梧门诗话合校》，凤凰出版社2005年版，第23页。
④ 转引自魏中林《法式善诗学观刍议》，《内蒙古社会科学》1999年第3期。
⑤ （清）盛昱：《八旗文经》，光绪二十七年（1901年）刻本。
⑥ （清）杨钟羲：《雪桥诗话》卷9，文物出版社1984年版。
⑦ （清）恩华：《八旗艺文编目》，光绪十七年（1891年）铅印本。

削稿，蒙谆索，遂转鲍鸿起孝廉手录数十则求正。"①

但对于《梧门诗话》的版本情况来说，今存在两种版本，且均为稿抄本，一藏中国国家图书馆，一藏台湾"中央"图书馆。中国国家图书馆藏本著录为《进学斋藏钞本》，已收入上海古籍出版社《续修四库全书》集部诗文评类；台湾"中央"图书馆藏本著录为"手定底稿本"，现有台湾广文书局《古今诗话续编》和文海出版社《清代稿本百种汇刊》两种影印本。

关于法式善的著作，《存素堂诗初集》、《存素堂文集》均收录在《续修四库全书·集部·别集类》；《陶庐杂录》、《清秘述闻》、《槐厅载笔》均收录在《续修四库全书·子部·杂家类》；《梧门诗话》收录在《续修四库全书·集部·诗文评类》；《同馆试律汇钞》24卷则收录在《四库未收书辑刊·柒辑·叁拾册》。

三　法式善诗歌研究

法式善的诗歌创作在乾嘉诗坛上极负盛名，其诗歌主要收录在《存素堂诗初集录存》，收乾隆四十五年（1780年）至嘉庆十一年（1806年）诗2037首；《存素堂诗二集》8卷，收嘉庆十二年（1807年）至十七年（1812年）间所作诗1010首；《存素堂诗续集》，收诗人逝世那年（1813年）元月至六月间的诗作65首；《存素堂诗稿》，共收诗241首。

除法式善诗集收录其诗歌外，符葆森《国朝正雅集》（99卷，清光绪三年（1877年）刻本）、王昶《湖海诗传》（46卷，苏州绿荫堂，清同治四年（1865年）刻本）、赵怀玉《亦有生斋诗钞》（32卷，清嘉庆至道光间（1796—1850年）刻本）、徐世昌《晚晴簃诗汇》（200卷，天津退耕堂，民国十八年（1929年）刻本）等诗文集中也收录了法式善的诗文。其中，徐世昌的《晚晴簃诗汇》共收录法式善诗39首，即《两间房》、《黄土坎》、《青石梁道中》、《澄怀园与汪云壑修撰程兰翘编修夜话》、《和张水屋游西山诗》、《观泉》、《西涯诗三首》、《和胡蕙矑大今访西涯先生墓诗》、《宝珠洞》、《梦禅居士仿香光卷子》、《题白石翁移竹园后》、《送汪杏江庶子养疴旋里》、《题西涯先生像后》、《西涯晚步》、《白黑龙

---

① （清）法式善：《存素堂文集》，嘉庆十二年（1807年）扬州绩溪城邦瑞刻本。

潭至大觉寺》、《归宿怀德草堂》、《寄怀王述庵侍郎》、《正月十七日张船山招同人集茧鸿延寿草堂为余作生日赋诗各以其字为韵》、《万寿寺》、《题画山水》、《元日过积水潭》、《肃武亲王墓前古松歌》、《赠黄毂原》、《合作诗龛画会卷子》、《涤斋素人野云谷原香府合作诗龛圆摹奚铁生》、《五鼓起赴苏斋作坡公生日适西湖风水洞拓得苏题姓字四楷迹同赋》、《李山人以梦禅居士指写东坡诗意遗墨属题》、《大觉寺偶题》、《秦小岘侍郎诗来问病约同李石农茶话余病不克往用韵谢之兼寄石农》、《阮云台侍郎偕朱野云山人补种柳树于拈花寺》、《寻香水院遗址》、《沅江舟中夜雨》、《再过燕子洞》、《晓行偶占》、《安宁州温泉》、《汤阴谒岳忠武王祠》、《夏秋多雨自赵北口至郑州二十里间皆成巨浸编筏以渡宛然水乡风景也》。《湖海诗传》收法式善诗歌五首，即《游西山宿秘魔崖得三首》、《六月三日邀乡泉云巢煦斋长河晓行看荷花遂至极乐寺小坐分体得五古二十四韵》、《读王铁夫孝廉椤柳山房诗并其室人曹墨琴近作赋》、《雨后游极乐寺赠诚上人》、《同陆璞堂学士程东冶侍读江秋史编修集许秋岩前辈秋水阁》。

今人钱仲联先生在《清诗纪事》中也载录了法式善的12首诗歌，即《西涯诗》、《赠郭频伽》、《嘲王铁夫》、《题常理斋爱吟草》、《题小仓山房集后》、《梅花》、《病中杂忆》、《嘲耐圃》、《题老莲没骨芭蕉石》、《纂编宫史》、《寄王柳村》、《赠王苣孙》。

对于法式善的诗歌风格，古人也有不少的评价。王昶在《湖海诗传蒲褐山房诗话》中评价其诗风格："为诗质而不癯，清而能绮"；洪亮吉在《北江诗话》中评价道："法祭酒式善诗如巧匠琢玉，瑜能掩瑕"；陆元铉在《青芙蓉阁诗话》中评价说："法时帆学士诗能用短，不能用长。五言多王孟门庭中语，清远绝俗，未易问津"；《王豫群雅集》评价道："诗清醇雅正，力洗淫哇，堪为后学津梁"；符葆森《国朝正雅集》记载"洪亮吉云：'先生性极平易，而所为诗则清峭刻削，幽微宕往，无一语旁沿前人及描摹大家名家诸习气'"等，总之古人对于法式善的诗歌都给予了极高的评价。

法式善诗作内容和题材是颇为丰富的。但就目前来看，并没有一部完整的著作来研究法式善的诗文状况，而都是简单的记述。荣苏赫、赵永铣主编《蒙古族文学史》（内蒙古人民出版社2000年版）就其诗歌做了简要的分析，从题材上分为：纪行诗、交游诗、唱酬诗、咏物诗、即景诗、题画诗等；从体裁上分：古体、近体、歌行体等，其中五言古体和近体在其诗歌创作中比重较大。赵相壁著《历代蒙古族著作家述略》（内蒙古人民出版社1990年版）就简单将其诗歌题材分为：写景诗、咏物诗、酬赠诗、送别诗和应制之作。云峰著《蒙汉文学关系史》（新疆人民出版社1997年版）分法式善的诗文作品和法式善的诗歌理论两小节进行了简单的阐述，主要阐述了法式善的山水田园诗极其恬淡清幽的特点，同时还总结了法式善诗歌理论的三个主要方面。卢明辉编《北方民族关系史论丛》（内蒙古人民出版社1984年版）用一小节的内容阐述了法式善的诗歌理论，认为法式善推崇王士祯，并与王维、孟浩然、韦应物和柳宗元一脉相承。谢光晃编著《中国少数民族历史人物志》（民族出版社1983年版）简单地总结了法式善诗歌的体裁，即古体和近体；同时总结了法式善诗歌的题材，即记游诗、唱和诗和咏物诗。米彦青著《清中期蒙古族诗人汉文创作唐诗接受史》（内蒙古教育出版社和内蒙古出版集团2009年版）分两小节，阐述了法式善诗歌的唐诗观以及诗歌创作中的唐诗接受。云峰著《蒙汉文化交流侧面观》（天津古籍出版社1992年版）概括地阐述了法式善诗歌的题材及其诗歌理论。

此外，米彦青发表在《南京师大学报》（社会科学版）2010年第1期的《论唐代"王孟"诗风对法式善诗歌创作的影响》分三部分论述了法式善诗歌创作的唐诗接受，即追摹王维所成的清雅的山水风光诗、接受孟浩然写就的清醇的田园诗、广阔的唐诗胜景影响下的多样性创作。云峰发表在《内蒙古社会科学》（汉文版）1985年第6期的《法式善及其诗歌述评》将法式善的诗歌分为以下几类：描写山水风光的诗、关于表现劳动和描写田园风光的诗、朋友来往赠答唱和的诗、论述学习方法和诗文作法的诗，并进行了详细的阐述。

总之，在古代蒙古族文学发展中，法式善是最引人注目的诗人之一。对其诗歌研究也不在少数，但是系统全面的研究还是不够。因此，对于法式善的诗歌创作研究还有待于进一步的关注和努力。

四 法式善散文研究

法式善的散文主要收录在《存素堂文集》和《存素堂文续集》中。《存素堂文集》共收56篇作品，分为论、考、辨、序、跋、书、书后、例言、传、状、墓表、墓志铭、碑文、记、铭 15 类，其中为自己和别人的诗文集撰写的序跋占多半篇幅。

杨芳灿为他的《存素堂文集》撰序，称赞曰："其文，情之往复也，令人意移而深远；其文，气之和缓也，令人躁释而矜平。采章皆正色而无驳杂，音调皆正声而无奇。"

法式善的散文各体兼备，有论说文、考证文、序跋文、记传文、笔记文、尺牍等，程邦瑞别裁而刻之。诸体中以序跋文为多，赵怀玉对其基本内容做了高度概括，指出："（学士）顷以所著存素堂文初钞见示，读之则气疏以达，言醇而肆，意则主于表彰前哲，奖成后进居多，学士诗近王韦，文则为欧曾之亚。"

法式善的散文创作涉猎的内容较为丰富。论说文识见宏卓，自成一家言。传状碑板则夹叙夹议，文情并茂。序跋文及其记事小品或评论文坛名流杰作，探夫得失，或描摹景物，铺叙人事，以益博闻聪听，体各有别而篇篇言之有物，章法娴熟，运笔周详。

在清代蒙古族作家的汉文创作中，法式善的散文是值得大书特书的。乾嘉时期的蒙古作家主要致力于诗歌创作，散文作品为数甚少。法式善的散文以可观的卷帙和繁多的文体丰富了当时的蒙古文学创作。其中类似诗品的诗文集序跋和记事小品是古代蒙文创作中所罕见的篇什。就全国范围而论，他的散文创作亦堪称上乘之作。法式善于散文学古而不拘泥于古人，舍其貌而得其神髓，不名一家，兼采众长。其散文内容充实，富于情韵，遂达到世之文士奉以为矜式的地步，充分显示了著者在散文创作上的不凡造诣。以往的中国文学史对散文这一体裁有所忽略，少数民族作家的散文创作更没有得到客观的反映。因此，日后我们要加强对这些问题的高度关注，亟待有识之士的共同努力。

第七部分

西北方言研究

论西宁话和临夏话中的 SOV 句式[*]

安丽卿

西宁是青海省的省会，是一座多民族聚集、多宗教并存的城市。西宁话属于中原官话的秦陇片，它与普通话相比有许多自己独具的特点。临夏作为甘肃省西南部中心城市，是临夏回族自治州州府所在地，其间所使用的汉语方言又称"河州话"，属于中原官话的河州片。西宁话和临夏话虽分属两个不同的方言片区，但在语音、词汇、语法方面却有不少相同之处，这些共同的特点又使二者在中原官话中显得与众不同，如古入声字全部归派为平声，都有程度副词"胡嘟"、附置词"啊/哈"，基本语序为：主语+宾语+谓语动词，即 SOV 式等。本文拟将西宁话和临夏话中的 SOV 句式作为讨论对象，比较二者的异同，并进一步分析出现这种语法现象的原因。

一 西宁话和临夏话中的 SOV 句式

（一）SOV 基本句式

普通话的基本语序是"主语+谓语动词+宾语"，也就是动词在前，宾语在后，但是在西宁话和临夏话中基本语序则是宾语在前，谓语动词在后的 SOV 式。如：

---

[*] 本文是甘肃省高等学校人文社科重点研究基地——西北少数民族文学研究中心项目（项目编号：XBM－2012012Y）阶段性成果。

(1) 普通话：我买了火车票。
西宁话：我火车票买下了。
临夏话：我火车票买下了。

上述句子中的西宁话和临夏话就是典型的 SOV 句式，将宾语直接前置到了谓语动词前，这种句式在两地方言中非常普遍。

(2) 普通话：你想你的妈妈吗？
西宁话：你你的阿妈啊想着没？
临夏话：你你的阿娘哈想啦？

普通话的这类句子在西宁和临夏都经常用 SOV 句式表达，但相较于例句（1）而言，在这个句子的宾语"你的妈妈"后面加了个附置词"啊/哈"，表示动作"想"支配的对象，这是两者相一致的地方。二者所不同的是青海大部分方言的受事标记，即附置词"处于混用状态，即'哈''啊'都用，西宁方言只用'啊'"（西宁话中表受事标记的附置词究竟用的是"啊"还是"哈"，研究者持不同意见，如王双成、马梦玲等认为是"哈"。笔者祖辈都是西宁人，认为附置词"啊"更符合实际情况），而在临夏方言中则用"哈"。另外这种肯定语气的是非问句在临夏话中会使用语气词"啦"，而在西宁话中则根本就没有语气词"啦"。

(3) 普通话：你把那张桌子搬走。
西宁话：①你那个桌桌啊搬掉。/②那个桌桌啊你搬掉。/③你把那个桌桌搬掉。
临夏话：①你兀个桌子哈搬过。/②兀个桌子哈你搬过。/③你把兀个桌子哈搬过。

在例句①中的"啊/哈"具有"把"的作用，普通话中的把字句在两地方言中经常使用这种句式来表达。句中宾语"那张桌子"加上附置词"啊/哈"不仅可以放在谓语"搬"之前，主语"你"之后，有时也可以直接放在句首，如例②，这时的"啊/哈"则具有了"被"的作用。如何判断谓语动词前面的成分究竟是主语还是宾语呢？王森曾说："'哈'是一个表示宾语的标记，名词后面带着'哈'的，同时又出现在动词前面的一定是宾语。"由于受普通话的影响，在西宁和临夏话中出现了一种类似于普通话的把字句，这种句式在青年人的口语中使用频率较高，如例③，但二者所不同的是临夏话习惯在宾语"桌子"后面加附置词"哈"，而西宁话通常在前置的宾语后面加附置词，把字句则一般不用。

(4) 普通话：我跟他早就说过了。
西宁话：我他俩早就说过了。
临夏话：我他啦早说过了。

在西宁和临夏话中不仅动词的宾语可以前置，介词的宾语同样也可以前置，如例句中介词"跟"的宾语"他"。我们知道在普通话中总是介词在前，宾语在后，但在这两地方言中却是表示动作行为涉及对象的附置词"俩/啦"放在了宾语之后。这种相当于普通话中的"跟"、"从"、"用"、"对"等介词的附置词在西宁话中通常用"啊"、"俩"，而在临夏话中则为"哈"和"啦"。

(二) SOV 比较句

比较句有四个基本构成要素，分别是：比较主体（A），比较标记（用汉字标注），基准（B），表示比较属性的形容词（X）。

(1) 普通话：他的孩子比我的大。
西宁话：他的娃娃我的啊大着。
临夏话：他的娃娃我的哈大着。

普通话中的比较句通常是"A + 比 + B + X"，而在西宁和临夏话中则用"A + B + 啊/哈 + X"，也就是把作为比较标记的"啊/哈"这个附置词放在基准之后。这种句式在西宁和临夏使用频率很高。两地的差别在于西宁话中习惯用附置词"啊"，而在临夏话中则惯用"哈"。

普通话比较句的否定形式是"A + 没有 + B + X"，但在西宁和临夏却经常将"没有"放在句末，如：

(2) 普通话：他没有我高。
西宁话：他我大的个没有。
临夏话：他我高的个没有。

西宁、临夏话中除了使用以上否定句式，还会使用下面两种表达方式，如：

(3) 普通话：我比不过他。
西宁话：我他俩比不过。
临夏话：我他啦比不过。

(4) 普通话：他的字不如你的好。
西宁话：他的字把你的不到。
临夏话：他的字你的哈不到。

这两种句式和普通话相比最主要的差异还是语序，要把表示比较的"比不过"、"不到"放在句末。在例（3）中西宁话常用附置词"俩"标记比较对象，而临夏话则用"啦"。从例（4）可以看到西宁话中介词"把"可以介引比较基准，看到"西宁方言介词'把'的多功能性和'把'字句的多样性"。

（三）SOV 双宾句

普通话的双宾句一般是谓语动词＋间接宾语，直接宾语放在间接宾语之后。但西宁话和临夏话受到 SOV 句式的牵制，双宾句的语序也和普通话有所不同。如：

(1) 普通话：我给了他一本书。
西宁话：①我他啊给掉了一本书。/②我他啊一本书给掉了。
临夏话：①我他哈给的了一本书。/②我他哈一本书给的了。

在西宁和临夏话中是把间接宾语放在了动词之前，如例①中将间接宾语"他"提到了"给"的前面。有时不仅将间接宾语提前，连直接宾语也一起放在动词前面，如例②。

（2）普通话：我借给他照相机了。
西宁话：他啊照相机我借给了。／照相机他啊我借给了。
临夏话：他哈照相机我借的了。／照相机他哈我借的了。

西宁话和临夏话双宾句中的双受事宾语相对于普通话而言位置要灵活得多，它们不仅可以放在动词前面，有时还可以放在句首、主语之前，而且间接宾语和直接宾语的位置也可以交换。不过这里有一个条件，那就是通常直接宾语是零标记，而间接宾语后需要有一个附置词的标记"啊／哈"。

二 语言接触与西宁话、临夏话中的 SOV 句式

西宁话和临夏话属于两个不同的方言片区，它们在语序的表达上同普通话的 SVO 存在明显的差异，都是典型的 SOV 句式。临夏市距西宁有 281 公里，而离兰州只有 160 公里，"一般地说，地理位置比较接近的方言，彼此的差异小，而地理位置距离比较远的方言，彼此的差异要大"。何以临夏话在语序的表达上和兰州话截然不同，而和西宁话表现得如此一致呢？

西宁市内民族成分复杂，有汉、回、满、撒拉、藏、土、保安、东乡、蒙古等 34 个民族，少数民族人口 54.36 万人，占总人口的 25.55%。临夏居住着汉、回、东乡、保安、撒拉等 18 个民族，以回族为主的少数民族人口占一半以上。西宁和临夏都是多民族聚居的城市，共同生活着回、撒拉、藏、土、保安、东乡、蒙古等少数民族。这些少数民族所使用的语言中藏语为汉藏语系藏缅语族，蒙古语、土族语、东乡语、保安语属阿尔泰语系蒙古语族，撒拉语属阿尔泰语系突厥语族，而汉语属于汉藏语系汉语族。"汉藏系和阿尔泰系的语言长期并存，相互接触相互影响，而除汉语方言以外，其他民族语言都是典型的 SOV 语言，如藏语、蒙古语、土族语等。"我们知道少数民族地区的汉语方言因其特殊

的地理位置、民族构成，长期受到少数民族语言文化的影响，所以在与同体系的方言保持一致性的同时又具有特殊性。同属于中原官话的西宁话和临夏话中的 SOV 句式就是受到境内少数民族语言的影响而产生的。如：

   蒙古语：xœŋ ʤaran （宰羊）
      绵羊   宰杀
   土族语：bu ʂdəme deva。 （我吃馍馍了。）
      我   馍馍 吃。
   藏　语：ŋe k'ə ka: çən taŋ ŋa。 （我给了他了。）
      我 他   给 了
   保安语：dʑia ʂilənə Gua! （洗家什!）
      家什   洗!
   东乡语：tʂu çinni pidʐɯ! （你写信!）
      你 信 写!
   撒拉语：sen Go-nə atʃ! （你开门!）
      你 门 开!

  通过以上例句可以看出，虽然西宁话、临夏话语序跟普通话相比差别很大，但却和周围的少数民族语言完全一致，都是 SOV 句式。当操汉语的汉族人和少数民族母语使用者长期生活在一起，"处于杂居状态，进行各方面、各层次的接触时，语言结构的互相渗透便产生了。这样，语言的结构特征或成分会同时双向扩散或渗透，这种扩散或渗透既使彼此的语言得到丰富、发展，还有可能由于从表层到深层的渗透而形成一种质变语言或语言融合体"。西宁话和临夏话在这些少数民族语言的渗透下，语言结构由表层的、暂时的影响变为深层的、本质的影响。

  西宁、临夏方言在同民族语言长期接触中，受其影响，产生了迥异于普通话的 SOV 句式。而这种宾语+谓语动词的基本语序又牵制了其他句式的表达，如比较句、双宾句等，通过上文的论述，可见西宁、临夏话中的比较句、双宾句和普通话相比存在明显差异。

  西宁、临夏话中还存在一种特殊的语法现象——附置词，如"啊"、"哈"、"俩"、"啦"等。这些附置词是普通话所没有的，它们既可以做宾语标记，用来表示工具、材料、涉及对象等；还可做比较标记，用来表比较。现分别论述其用法和来源。临夏话中的"哈"经常出现在前置宾语的后面标记宾语或表示动作行为涉及的对象，有时也会在基准之后表示比较。李克郁先生指出宾语后面出现的"哈"字完全充当阿尔泰语系诸语言中客体格的角色，并进一步指出其在语音形式上的相似性。而用来表比较的"哈"，李蓝认为可能来自蒙古语的离比格标记"-aar"，也可能来自土族语的"sa"。西宁话中的"啊"和临夏话的"哈"应该是同一个词，只是不同地方的不同发音罢了。因为附置词是后附成分，原先较清晰的音在语流中往往会发生音变，或丢失声母，或趋于含混，所以"从有声母的'哈'到零声母的'啊'，再从'啊'到读音更加含混，甚至脱落，这之间应该是有一定联系的"。西宁方言中的"俩"有两种用法：一种是相当于普通话的介词"和"、"用"、"跟"、"对"等，用来表示动作行为的工具、材料、涉及对象，使用时通常要将其宾语前置；另一种是位于疑问句和陈述句句末，表示语气。关于西宁话中"俩"的来源，都兴宙先生考证说第一种用法的"俩"是借用了土族语中的格助词"la"，第二种则是由土族语动词的附加成分"la"转化而来。临夏话的"啦"，用法和"哈"相同，对于其来源，马伟说："土族语和撒拉语的'la'与河州话的'la'不管在语音、语义还是在用法上都是完全一致。"

从以上论述可以看出，作为少数民族聚居城市的西宁和临夏，其间汉语方言长期受到少数民族语言的影响渗透，在语序上呈现出迥异于普通话的 SOV 句式，而在表述中出现的诸多附置词也是从周围的少数民族语言中借用而来。